JOANA ARTEAGA

# LA ESTÚPIDA IDEA
## de quererte aunque no deba

# LA ESTÚPIDA IDEA
## de quererte aunque no deba

### JOANA ARTEAGA

Esta es una obra de ficción. Los personajes y hechos retratados en
esta novela son completamente ficticios. Cualquier parecido con
personas verdaderas, vivas o muertas, o con hechos reales es pura
coincidencia.

*Para todos aquellos que aman a quien no deben
y, pese a todo, son incapaces de dejar de hacerlo.*

*«Recuérdale nuestro*
*pasado y nuestra tristeza y toda la alegría que había en nuestro*
*amor fiel y tierno. Ojalá los corazones hallen fuerza contra la*
*inconstancia, pese al dolor y toda la amargura de amar».*

**Tristán e Isolda**
Joseph Bédier

# Querido lector, no te olvides de la música...

Me gusta configurar las *playlist* para cada una de las novelas que escribo. Es como dotar de más verdad la historia, porque la música le otorga un estatus de realidad. La canciones existen, entonces, lo que te cuento, también puede suceder.

He seleccionado estas canciones pensando en un contexto, una época, unos personajes... Ojalá sirva para que te introduzcas ahí dentro y la experiencia sea completa. En esta ocasión no son muchas, pero todas son especiales. Confía en mí.

Dale al play... ¡y déjate llevar!

# Índice

# Acto 1

# En la boda de Marta y Kevin

# 1
# Odio las bodas

—Hola, guapa. ¿Has venido sola a este pedazo de fiesta?

La voz ebria que me susurra en el oído mientras yo intento mover mi cuerpo desganado al ritmo de los Pet Shop Boys me hace estremecer. Y no es precisamente de placer. Me da tal repelús que, instintivamente, pego un salto para alejarme lo más posible del dueño de esas palabras.

Me giro despacio, como a cámara lenta, y miro al extraño con los ojos llenos de advertencias para que se mantenga a distancia, mientras procuro ignorar su presencia no contestando a su pregunta, a ver si así me deja en paz.

Odio las bodas. Las odio mucho. Las odio tanto que siempre me invento excusas súper buenas para no acudir a ninguna. Aunque no suelen dar resultado, porque familia y amigos ponen cara de pena ante mi negativa y consiguen hacerme ir haciendo gala de una retorcida capacidad para usar en mi contra eso que llaman chantaje emocional.

Las odio porque siempre me descuadran el presupuesto, no ya del mes, sino del semestre y, si me apuras, hasta del año entero. Las odio porque siempre que me miro al espejo con mi *modelito divino de la muerte* (principal responsable de que mi presupuesto anual se descuadre y me quede a vivir permanentemente en un mundo de números rojos) nunca me quede igual el día de la boda que cuando me lo traigo desde la tienda (la culpa, normalmente, la tiene que me lo compro con mucha antelación y que la inminencia del evento me genera tal ansiedad, que como y como en las jornadas previas, hasta pasarme siempre de talla). Las odio porque, aunque creí que eso se había acabado, han vuelto a sentarme en la mesa de los solteros y siempre me rodean de gente opuesta a mí, incluso cuando quienes se encargan de organizar las mesas son mis supuestas amigas del alma o, en este caso, mi hermana mayor.

Las odio, principalmente, porque siempre, siempre, consigo que se me pegue el tipo más lamentable de la celebración. Esa clase de tío que, al acercarse las dos de la madrugada sin haber conseguido enganchar a ninguna otra mujer disponible, llega a la conclusión de que yo estaré dispuesta a decirle que sí y a largarme con él al lugar más oscuro y alejado de la fiesta.

El que me ha tocado esta vez cumple con todos los requisitos. Está borracho como una cuba, tiene cara de comerse menos roscos que yo, y viene dispuesto a no llevarse un no por respuesta (dado que las oportunidades se le están acabando y no piensa irse de vacío de esta boda, creo que hasta le entiendo). Me sonríe mientras mueve su cuerpo de forma virulenta, haciendo como que sabe bailar (no, no sabe) y que controla la situación (no, no la controla).

Se acerca un par de pasos mientras continúa su danza inverosímil y me empiezo a cabrear de verdad. No me gusta que no hagan caso de mi cara de advertencias. No soporto a los que se saltan los límites. No puedo con los que no se dan por vencidos.

Miro a mi alrededor en busca de ayuda, algo a lo que agarrarme para no saltarle a la yugular y acabar con esto de forma desagradable. Pero queda poco de lo que tirar. Marta y Kevin aún siguen en pie, ella preciosa dentro de su vestido de novia de corte imperio y su regio recogido, tocado con unas preciosas perlas rodeadas de pétalos de seda; él, alto, atlético, con su sonrisa perenne y esa manera de mirar a su ya esposa que hace creer verdaderamente en el AMOR. Así, con mayúsculas.

Y es que no pueden ser más bonitos ni hacer mejor pareja, incluso sabiendo dónde y de qué manera comenzó su extraña historia de amor.

Se conocieron en Bucarest una aciaga tarde de fútbol, en la que ella, fidelísima seguidora del Atlético de Madrid, se fundió sus ahorros para ver la final de la Europa League que su equipo luchaba contra el Manchester United. Kevin, que es muy británico, por supuesto iba a apoyar al equipo rival, y de forma tan férrea y enconada como mi hermana Marta. El choque de trenes fue tremendo cuando el grupo de él increpó al más puro estilo *hoolingan* al de ella, mientras arrasaban con las reservas rumanas de cerveza. Marta se lanzó a su yugular y se armó la marimorena. Acabaron los dos encerrados en los calabozos de la ciudad, uno al lado del otro, lamentando su suerte por perderse un encuentro por el que habían pagado una pasta gansa, pero descubriendo, en el proceso, que el otro no era un ser tan abyecto y estúpido como habían creído en un primer momento.

Se lo acabaron montando en la celda, como si se tratara del capítulo de una *sitcom* de lo más absurda, y de ahí, al noviazgo más extraño que se pueda imaginar, con escalas en todos los países donde tanto el Manchester United como el Atlético de Madrid tenían sus encuentros internacionales. Se prometieron en la Copa del Mundo, justo cuando España le colaba por la escuadra un gol apoteósico a Inglaterra y a su alrededor todo, Manolo el del Bombo incluido, cantaban eso de *Que viva España*. Kevin, resignado, solo pudo hincar la rodilla en tierra y jurarle amor eterno a la mujer más fascinante que, sabía, iba a conocer en toda su vida.

Su boda, acontecimiento social donde los hubiera, iba a ser ese punto de encuentro de todas las chicas Onieva, desperdigadas por el mundo, a cada cual más ajetreada y con menos ganas de acudir. Pero la sangre tira mucho y, al final, ninguna excusa había resultado adecuada para librarse de aquel 'Sí, quiero' y de acabar todas juntas bajo el mismo techo. Si papá nos estaba viendo desde el Cielo, seguro que no dejaba de santiguarse.

Cerca de los aún radiantes novios, pese a la hora ya tan intempestiva, mi hermana Celia languidece apoyada en la barra del bar, con cara de estar cuestionándose la vida misma. Gianni, su último novio, la mira de soslayo desde la otra punta de la pista, como valorando si le compensa acercarse para acompañarla a la habitación, o si pasa de todo y sube él solo, que será lo mejor si lo que pretende es no complicarse la noche. No he podido dejar de observar cómo desde que lo conozco (cosa de seis o siete horas), no ha parado de echarle miraditas a Marta y a Sara (*¡Qué demonios, si hasta me las ha echado a mí!*), lo que da a entender que a este le da igual mi hermana y que cualquier cosa con faldas le atrae como a un tonto un lápiz.

Y Sara, la inocente y dulce Sara, tampoco me podría servir de mucha ayuda. Sara sí ha encontrado algo que merece la pena, o eso parece, a juzgar por el hombre guapísimo que la mira con arrobo, acomodados ambos al fondo de la sala de baile, como si fueran etéreos y todo a su alrededor no fueran los estertores últimos de una boda de provincias, sino el amanecer más hermoso de la Tierra en un *chill out* de Ibiza, de cara al mar en calma.

Si hay alguien con suerte en este mundo, esa es mi hermana Sara. Y esta verdad no admite discusión alguna.

A esas horas, con la celebración dando sus últimos coletazos, solo quedan amigos del novio, *hooligans* borrachos profiriendo gritos en la lengua de Shakespeare mientras brindan entre sonoras carcajadas, o miembros de mi familia, cada cual más enfrascado en lo suyo. Si mis hermanas están a otros menesteres en estos momentos, mi madre no es menos.

Se ha pasado toda la ceremonia llorando a moco tendido. Marta es la primera de sus hijas que logra casar, el orgullo de entre todas nosotras, perdedoras que no hemos sido capaces de cazar un chico como Kevin a estas alturas de nuestra vida, tan guapo, tan listo, con ese puestazo en una multinacional de seguros (más aburrido imposible, si me lo permites). La peor parada es Celia, la mayor, a quien mi madre no deja de insinuarle que el arroz ya empieza a oler a pasado y que, o se decide a sentar la cabeza o acabará por lamentarlo, que luego las oportunidades no volverán a por ella cuando se quede sin el guaperas de turno, ese que, en cada ocasión, cuelga de su brazo.

Y es que Celia le tiene miedo al compromiso. Un miedo visceral que la paraliza y hace que cambie de novio como de ropa de temporada en su armario según se acerca la nueva estación. No quiere hijos, no quiere hipotecas, no quiere pagar a plazos la letra del coche o ir cada viernes tarde a hacer la compra semanal en un monovolumen anodino y lleno de cosas que la acabarían por ahogar. Es una *hippie* sin remedio, un alma libre y candorosa, aunque preciosa y perfecta, tanto, que ha sido la imagen de varias marcas prestigiosas de cosmética y perfume. Es famosa, aunque ella prefiere vivir en un terreno enorme en un rincón de la Toscana, acompañada solo de sus perros, el novio de turno y la luz del sol bañando sus pies descalzos (al menos, en verano).

Mi madre abomina de su forma de vida. La acusa de despegada, de irracional, de lunática... cuando murió papá, ni siquiera vino al funeral. Estaba demasiado afectada y no entendía que mamá, siempre tan presa de las apariencias, no dejara de lado sus tonterías y sus diferencias para cumplir la última voluntad de su marido recién fallecido. Papá no quería funeral, ni lágrimas, ni caras largas ni ropas oscuras. Quería que las cinco nos montáramos en un coche, nos lleváramos sus cenizas a Finisterre, y las soltáramos allí, uno de esos sitios donde había sido feliz de pequeño y que tanto le gustaba enseñarnos cuando pasábamos en Galicia todos nuestros veranos infantiles.

Pero mi madre lo encerró en un ataúd. Lo expuso en un tanatorio. Lo llevó a una iglesia para que se dijera una misa de cuerpo presente por la salvación de su alma, y lo enterró en el panteón familiar de La Almudena, donde ella necesitaba tenerlo para exponer su pena a quienes quisieran atenderla.

Solo han pasado nueve meses. Quizá es que todo está demasiado cerca, pero Celia y mamá siguen sin hablarse con la normalidad de antes de la muerte de papá y, cada vez que están juntas, es como si estuviéramos todos inmersos en los instantes previos al lanzamiento soviético de misiles desde la bahía de Cuba. Aquel hecho histórico nunca se produjo, pero hizo que el mundo entero mantuviera el aliento en los pulmones, a la expectativa, muertos de miedo. Así es como andamos las mujeres Onieva en casa cada vez que se encuentran los huracanes que representan Celia y mamá.

Celia sigue a lo suyo, lo más lejos posible de nuestra progenitora que, aunque ya no llora como durante la ceremonia, no deja de lamentarse por el hecho de que su Isidro, su adorado y amadísimo Isidro, se haya tenido que perder la boda de la primera de las hijas que logran casar, por culpa de un ataque al corazón de lo más puñetero que lo sorprendió por la espalda y se lo llevó en apenas unos minutos.

Se lo cuenta al tío Félix, el único que aún la escucha, el único para el que la falta de Isidro Onieva, mi padre, es tan dura como para nosotras.

En realidad, no es nuestro tío. Es —era— el socio de mi padre en la asesoría que levantaron juntos cuarenta años atrás. Su más fiel amigo, su consejero, el paño de lágrimas, el pobre tío Félix al que la vida le había dado bastantes más palos que a nosotros, pero que nunca perdía la sonrisa.

Aunque no de sangre, siempre ha sido nuestro tío de pleno derecho. Veraneaba con nosotros, no faltaba en ninguna celebración familiar y nunca dejaba de mirar a mi padre como si fuera el líder natural de su vida, ni a mi madre como si fuera el ser más fascinante sobre la faz de la Tierra. Siempre supimos todos que profesaba por ella una admiración bastante insana, por más que era la esposa de su socio y amigo, casi su hermano. Pero en el corazón nadie puede mandar y, en honor a la verdad, para el tío Félix hubiera sido la peor de las acciones hacer algo de forma consciente para separar a mis padres en su propio beneficio.

Siempre le vimos como un personaje trágico, como ese pobre hombre que nunca se despegaba de una sonrisa triste y cargada de sentimientos, pero que siempre estaba a tu lado, a las duras y a las maduras, para sacarte las castañas del fuego, darte la reprimenda que te merecías o encubrirte como el mejor cómplice del mundo en las trastadas más descabelladas que se nos ocurrían a las traviesas niñas Onieva.

Él y Julio, su hijo, lo único bueno que la vida le había permitido conservar después de que su esposa, una argentina cruel y despreocupada, lo dejara tirado con un crío de cinco meses y un corazón roto en mil pedazos, formaban parte de nuestra familia como si por sus venas corriera la misma sangre que por la nuestra.

Julio, el hijo en cuestión, que se ha criado con nosotras y ha actuado de hermano mayor durante toda nuestra vida, acaba de retirarse a la habitación, tras mantener una tensa lucha de miradas dolidas con Celia, el amor de su vida. El trágico amor de su vida, debería decir. Enamorado de mi hermana hasta las trancas desde los diez años, repite un patrón parecido al de su padre con nuestra madre, como si ellas fueran la miel que el pobre Winnie The Pooh necesita para ser feliz.

Durante los años que coincidieron en el instituto, se les podía ver juntos a todas horas, pero pronto la imagen de Celia se empezó a hacer popular, le ofrecieron un contrato como modelo y se fue a una escuela preparatoria, dejando todo atrás. Incluido al pobre Julio, que suspiraba por ella por los rincones como un alma en pena.

Julio es tímido y apocado hasta decir basta, pero tras su flequillo largo, sus gafas de pasta y su ropa anodina, se esconden unos preciosos ojos pardos que son todo calidez y una sonrisa que muestra poco pero que, cuando lo hace, es capaz de iluminar un campo de fútbol entero. Es tierno y generoso, y sus formas delicadas hacen que estar cerca de él siempre te regale cosas agradables. Desde que acabó la universidad trabaja con su padre y con Marta en la asesoría que levantaron el tío Félix y mi padre, y parece que está a gusto, pese a que de pequeño dibujaba como los ángeles y todas creíamos que acabaría por convertirse en ese artista bohemio, genio loco, que haría grandes cosas, ese que se haría terriblemente famoso y se olvidaría de nosotras.

Hace años que ya nadie es capaz de pillarle dibujando a escondidas o esbozando algún retrato en alguna parte de la finca, a donde acudía casi a diario a comer con nosotras. Una pena. Y una pérdida que lamentamos todos.

El hotel donde se celebra la boda es de mi madre, su pequeño logro vital, como ella suele llamarlo. Está a las afueras de Madrid, en una finca con mucho terreno y aún más posibilidades, donde se alcanza un pequeño trozo de paraíso a solo treinta minutos de la ciudad. Tiene una cuidada piscina, establos con caballos y hasta un pequeño estanque donde se puede remar en dos coquetas barquitas, que lo convierten en el punto estrella de las instalaciones.

A la hora de elegir el lugar ideal para la celebración de su boda, Marta lo tenía claro. Iba a ser en casa, aunque tuviera que amenazar a Kevin con la ruptura si no aceptaba casarse en España y, por añadidura, en *Los Jarales*. Traer a los británicos ha costado poco, todo hay que decirlo, que la fama de la fiesta española ya es suficiente aliciente como para tomar un avión y dejarse llevar al estilo inglés. Además, los amigos de Kevin llevan aquí varios días, y mi madre da fe de lo que le ha costado tenerlos metidos en vereda para que su hotel no sufriera y se convirtiera en un Magaluf particular. El primer día que pisaron *Los Jarales* les dejó muy claro, en un perfecto inglés de Oxford, que el primero que hiciera *balconing* se iba a pasar toda su estancia fregando platos y haciendo camas a su vera. La amenaza parece haber surtido efecto, porque los británicos han demostrado un comportamiento ejemplar, al menos entre los límites de los dominios de mi madre. Ya en la capital... eso se escapa a sus posibilidades.

Yo me lo he perdido casi todo. De hecho, llegué a la ceremonia casi por los pelos. Mi jefa me ha tenido trabajando como una esclava durante los últimos dos meses. Estamos al borde de la quiebra por falta de activos y Olivia Calonge no podía tolerar que su agencia de comunicación se fuera al garete por culpa de su contable que, por cierto, había sido mi novio hasta hacía dos meses.

También su amante durante casi un año.

Carlos nos había engañado a las dos de mala manera, a la jefa implacable y a la empleada ingenua y confiada que se lo creía todo. Así que, a estas alturas, llevo una racha de mala suerte demasiado pronunciada y esta boda, que llega justo en el peor momento, es el último clavo en el ataúd de un mes mortal.

Quiero mucho a mis hermanas y siento devoción por Marta, pero por mucho que este sea su día, no significa que yo deba mostrarme risueña y feliz. Odio las bodas, no es ningún secreto, así que mi mirada de *será mejor que te apartes, baboso* se acentúa mientras el tipo que me avasalla no cede ni un milímetro en su empeño por hacerme socializar con él. Baila como un pato mareado pasado de copas, justo lo que creo que es, y su aliento invade peligrosamente mi espacio vital.

Sus ojos, pequeños y absolutamente vidriados por la ingesta masiva de alcohol, me miran como si yo fuera una fruta deliciosa, lista para saborearse, y eso solo hace que me estremezca entera. No tengo ni idea de quién lo ha invitado al evento. Si es un conocido de Marta o el hijo de alguien con quien mi madre tuviera un compromiso previo, pero joder, es una lapa de las que cuesta quitarse de encima. No creo que sea de la pandilla de Kevin, porque no tiene acento británico. Quizá sea alguien de la peña del Atleti de Marta o un cliente de la asesoría, pero desde luego, no lo había visto antes en toda mi vida.

La verdad es que la ceremonia y el banquete han pasado para mí como un espejismo. Con tanta llamada de Olivia, pidiéndome informes sobre mi reciente viaje a México para recabar todos los apoyos posibles entre sus clientes de allí, y el maldito *jet lag*, creo que es comprensible que el tipo este me suene a chino. Ni siquiera si hubiéramos estado sentados en la misma mesa me hubiera dado cuenta de que ya lo conocía.

—Bueno, ¿qué? ¿Me dejas que te invite a una copa, *cuchi*?

¿*Cuchi*? ¡¿*CUCHI*?! ¿Pero de dónde se ha escapado este pedazo de neandertal? Además, hay barra libre, el gesto caballeroso corre a cuenta de mi hermana.

Respiro hondo y me obligo a calmar mis ganas de romperle los dientes. Tiene que darse cuenta de que estoy molesta por su acoso y de que no me hace ni puta gracia que me babosee encima. Mis miradas matadoras y mi lenguaje corporal claramente emiten ese tipo de mensaje que alejarían a cualquiera sin tener que insistir mucho.

—Por favor, ¿podrías irte a bailar a otra parte? Me estás estropeando la canción.

Me mira divertido, enarcando una ceja y trastabillando un poco, a punto de perder el equilibrio. Los pocos invitados que a estas horas quedan a nuestro alrededor nos miran sin disimulo, y yo me quiero morir. Este tipo de espectáculos me dan ganas de cortarme las venas. En buena hora se me ocurrió saltar a la pista de baile a mover un poco mi estresado cuerpo al ritmo de *Always On My Mind* de Pet Shop Boys. Olivia acababa de confirmarme que se iba a la cama de una maldita vez y yo, por fin, podía apagar el teléfono, tomarme un *gin-tonic* y disfrutar de una canción antes de largarme a dormir y olvidarme de la pesadilla de día que había vivido. Es la boda de mi hermana, aunque las odie, adoro a mi hermana y simplemente eso es razón suficiente para que, al menos, intente disfrutar diez simples minutos de su fiesta.

—Vamos, nena. —Uf, *nena*, lo que me faltaba—. Tomemos algo

juntos y charlemos, estoy seguro de que, en lugar de joderte la canción, te arreglaré la noche.

Aunque soy perfectamente capaz de desprenderme de tíos plastas sin tener que largarme y darles esa victoria, y también sin recurrir a subterfugios, creo que en este momento solo me lo podré quitar de encima jugando la única carta que un tío tan básico y borracho podría entender. Así que me la juego todo a una estrategia que, espero, me saque al pesado de encima.

—Al único que le dejo que me arregle la noche es a mi novio.

Pienso fugazmente en Carlos, en el traidor de Carlos, y un escalofrío me cruza la columna vertebral. Hoy tenía que estar aquí de verdad, en lugar de en el Caribe o dónde sea que se haya ido a esconder con todo el dinero de la empresa de Olivia Calonge. Hoy, Carlos iba a hacer que el trance de acudir a una boda se hiciera menos puñetero. Le iba a decir por fin a mi madre que tenía novio, él iba a sentarse a mi lado, yo iba a ser su máxima prioridad e iba a bailar conmigo, espantando a los moscones como el tipo este que no parece darse por vencido.

El susodicho me mira poniendo los ojos en blanco. Joder, va tan borracho y se cree tan listo, que hasta duda de mi palabra. Me siento indignada de que no se crea mi afirmación y, toda digna, me pongo más derecha que una vela y me hago la ofendida con mi mirada más feroz.

—Nena, no veo a nadie a tu alrededor, y llevo observándote un buen rato... Estás más sola que la una y yo me ofrezco a remediar la situación. No te hagas la estrecha, que no te hace falta, reina.

Tengo que hacer que mi mano se quede donde está para evitar que vuele hasta su cara y dejarle la marca de mis dedos. Será impertinente... solo me faltaba que me creyera más patética que él, inventándome un novio falso para librarme de su molesto acoso.

A estas alturas de la noche me lamento de que Julio se haya ido a la cama ya o que el baboso que ha traído Celia no se acerque a mí para volver a intentar ligar conmigo. Cualquier cosa me valdría para salir de aquí y olvidarme de esta pesadilla. A este tío parece que no me lo voy a poder quitar de encima ni con agua caliente.

En ese preciso momento, y para mayor desesperación, se muere el tema de los Pet Shop Boys y empieza a sonar *The Wonder of You* de Elvis Presley —Marta adora al Rey, puede que incluso por encima del Atlético de Madrid, y ha pedido al Dj que pinche temas suyos a lo largo de la velada—. Es una canción lenta y el implacable acosador que no me deja en paz se me acerca un poco más, con la clara intención de rodearme con sus brazos y hacerme bailar con él.

Ni mi cara de rechazo ni mi lenguaje corporal, claramente en su contra, parecen disuadirle. Dios, solo me faltaba armar un escándalo ahora, como si mi día de mierda no hubiera sido ya un completo asco. No queda mucha gente, eso es verdad, pero no quiero hacerle esto a Marta. Necesito un milagro y lo necesito ya.

—Perdona, cariño —oigo una voz a mi espalda, una voz adorable, sin que el alcohol la distorsione y que suena como música en mis oídos—. Me he entretenido demasiado saludando a la gente de la universidad, pero ya estoy aquí.

Me giro despacio, como a cámara lenta, cuando noto un brazo rodeando mis hombros. Me llega su olor antes que todo lo demás. Me gusta, es masculino y suave, como el frescor en una tarde calurosa, y siento que mis plegarias han sido escuchadas. Me vale cualquier cosa con tal de que no trate de ligar conmigo ni de echarse encima de mí con varios cubatas en el cuerpo.

—¿Bailamos? —dice mi rescatador con una sonrisa en los labios y yo creo que jamás le he estado tan agradecida a alguien en toda mi vida.

Pero cuando el desconocido me toma de la cintura para bailar la canción de Elvis conmigo, el pesado decide gastar su última bala. Joder, qué tío más cansino, por favor. ¿No se rendirá ya de una vez y me dejará en paz? ¡Qué cruz, Señor!

—Eh... ¡Espera! —grita con bastante rudeza mientras me agarra bruscamente del brazo que el desconocido no me sujeta—. Tío, muy buena jugada —le dice al hombre que pretende salvarme de él —, pero yo la había visto antes. Se nota que no la conoces de nada. Reconoce que solo intentas levantármela, que has visto la presa sola y ya medio convencida y has pensado en rematar la faena que yo me llevo currando un rato largo.

Me quedo de piedra en medio de un cortocircuito mental que me paraliza. Este tío es tonto, cavernícola y subnormal. Me sube la sangre a la cabeza en un segundo, cuando mis funciones motoras y neuronales se recobran de la mierda de ataque sin sentido a mi salvador, y me deshago del amarre de su mano sobre mi brazo, que ha comenzado a asquearme de una forma hasta dolorosa.

—Mira, gilipollas —le suelto ya sin ninguna clase de respeto, más harta que nunca de esta clase de hombres que creen que las mujeres somos esa cosa a la que echarle fichas a ver si cantas premio a base de piropos de otro siglo e implacable machacamiento de unas intenciones sexuales claramente desesperadas—. Sea o no mi novio, la que decido con quién se va soy yo. Y no, lo de trabajarte a la chica no te ha servido de nada, porque no estaba medio convencida de nada salvo de denunciarte por acoso.

—¿Lo ves? ¡No es tu novio!

Madre mía qué borracho va, o qué corto es, o qué ciego... Sea como sea, como veo que esto se puede alargar hasta la salida del sol, tomo una de esas decisiones impulsivas que, aunque no lo parezca, no van conmigo para nada. Que yo soy fría y racional y tengo todo bajo mi férreo control mental, incluso en situaciones límite, incluso en las surrealistas como parece ser esta que nos ocupa.

Miro al baboso con cara de muy pocos amigos, aprieto mucho los puños y levanto mis cejas en señal de aviso.

«¡*Te vas a quedar muerto!*».

Acto seguido, y sorprendiéndome a mí misma la primera, me giro hacia mi salvador, me pongo de puntillas y le doy un beso de esos que parecen de pega, acercando mis labios a los suyos y estampándolos como si fuéramos dos niños de cinco años. Al menos eso es lo que yo esperaba del beso de pega, milimétricamente compuesto para que el baboso se largara de una maldita vez.

Pero algo pasa. No sé si es la desesperación por librarme de él, la cercanía de otro ser humano después de la traición de Carlos o que el desconocido es suave y huele como una tarde de verano, pero, poco a poco, el beso deja de ser falso, de cartón piedra, y pasa a convertirse en un morreo en toda regla, con su lengua, su intensidad justa, sus ganas de más y hasta ese pequeño gemido de satisfacción que a veces se escapa cuando lo que pruebas es bueno.

Joder. Mucho más que bueno.

Buenísimo.

# 2
# El baile debido

No tengo ni idea de cuánto dura ese paréntesis en el que todo deja de importar y en el que mi cabeza da vueltas y vueltas, como si estuviera a bordo de la noria más veloz de todo el planeta.

Debe de tratarse de mi anhelo de Carlos, al que no logro olvidar por más que me lo propongo, o que el *gin-tonic* que me estaba tomando ya me ha llegado al cerebro, multiplicando sus efectos por cien o por mil millones. Yo qué sé, pero este beso me está despertando, me está gritando en el oído las ganas que mi cuerpo tiene de un poco de calor humano, de cariño, de toda esa cercanía que te hace olvidarte de que todo lo demás es una auténtica mierda.

Y él, el desconocido, no parece que tenga intención de apartarme o de acabar esto. Le está gustando tanto como a mí y eso hace que la intensidad gane, que suba el termómetro y a mí las entrañas comiencen a caldearme el resto del cuerpo.

Me da por pensar que, en medio de la pista casi vacía, estamos dando el espectáculo, pero ni por esas me aparto de él. Es más, me aferro a su cuerpo y me acerco aún más a él, sintiendo que su deseo está a la misma altura que la intensidad de nuestro beso.

Cuando por fin nos separamos, me mira a los ojos con la sorpresa rondando por los suyos, algo que creo que es similar a lo que me ocurre a mí. Nunca había besado a ningún desconocido, no al menos sin un par de frases de ligoteo y tonteo como preámbulo, en una de esas noches de discoteca, amigas desatadas y varios cubatas en el cuerpo (y en la cabeza). Claro que, desde que me volví monógama con Carlos, de esas experiencias ya hasta me había olvidado, y la mujer sensata en la que el noviazgo me había convertido no hacía esas cosas. Pese a que el noviazgo se hubiera ido por el desagüe y el novio hubiera resultado ser un rastrero de manual.

Respiro a duras penas. Mi pecho sube y baja para recuperarse del tsunami que el beso falso ha provocado en mi cuerpo. Joder, que esto era una broma, una *performance* de nada para que el pesado se fuera con viento fresco y me dejara en paz...

Me giro entonces, con la certeza de encontrarme al borracho de mis desvelos a mi lado, riéndose de mí por ser tan ingenua como para convencerlo con semejante representación. Pero no está.

¡No está!

A mi lado no hay nadie. De hecho, en esta pista de baile desangelada del final de la fiesta ya apenas queda un alma. ¡Ha funcionado! Me entusiasmo de manera tan evidente que es imposible que de mi rostro se vaya a borrar pronto la sonrisa que se me acaba de plantar. Me he deshecho del pesado y, además, me han besado como hacía mucho tiempo que nadie lo hacía. Menudo pleno.

—Misión cumplida.

Siento su aliento en mi piel, a mi espalda, y su susurro, que es como una caricia. Hasta me lo imagino sonriendo, un poquito canalla, y un escalofrío me recorre entera. Me giro de cara a él y hago lo que debería haber hecho en un primer momento: examinarle y recrearme en él. Es guapo. Joder, es muy guapo, con esa barbita de tres días de color claro que le recubre la mandíbula, cuadrada y potente, que le da un aire masculino que lo hace aún más atractivo. Su pelo de color tostado es fino y una parte de su flequillo rebelde le cae sobre unos ojos cálidos y acariciadores de un precioso tono azul cielo. Su nariz es recta y sus pómulos altos, como los de un actor de cine, cincelados y perfectos. Al sonreír, deja entrever unos dientes blanquísimos y alineados que me matan de la envidia y, en ambos lados de sus mejillas, dos hoyuelos terminan de rematar un rostro que yo no habría sabido componer mejor. Sus labios, llenos y apetecibles, se curvan en un gesto alegre que deja entrever un buen humor que le suma más puntos.

Lleva un traje azul claro, o al menos los pantalones de un traje. No hay rastro de la chaqueta, lo que no deja de ser normal a estas horas tan intempestivas, y en su torso solo se acomoda una camisa blanca, ciertamente ajustada y sugerente, cuyos dos primeros botones están abiertos. Tampoco se ve corbata por ningún lado, otra víctima, sin duda, de la hora y de lo avanzado del festejo, al que no le quedará mucho tiempo de más. Sea como sea, esos dos botones abiertos, la camisa blanca y su piel bronceada, hacen aún más apetitoso al desconocido que, de pronto, se ha convertido en la mejor atracción de la boda.

Y eso que yo odio las bodas.

Lástima que esté de luto por culpa de mi desleal exnovio y que esto de los rollos de las bodas no suela llevar a nada más que al calentón del momento. Eso de que *de una boda sale otra boda*, en la realidad, es más cosa de *si te he visto no me acuerdo* cuando vuelve a ser de día. Y si no, que se lo pregunten a mi prima Lorena, que debe de andar por ahí, enredada al tipo de turno que, mañana, probablemente le deje las sábanas calientes y el corazón desconsolado.

—Esto... Sí, muchísimas gracias por el acto heroico de rescate —le digo a duras penas, tragando saliva mientras escondo mis pensamientos libidinosos hasta de mí misma—. Y perdona por... por el ataque a traición.

Me mira divertido, con una ceja enarcada y una sonrisa burlona recorriendo esos labios tan apetecibles y suaves que acabo de saborear sin pudor. Me muero de ganas por repetir, pero la excusa se ha acabado con la retirada del pesado y no quiero convertirme yo en la lacra de la que acabo de deshacerme. Darle las gracias e irme a dormir parece lo más sensato en estos momentos.

—Ojalá me atacaran a traición más veces de este modo —deja caer, rascándose la nuca en un gesto que quiere venderme como inocente y que yo sé que es intencionado. Este tipo es un seductor nato, pero no me importa. De verdad que no, no me importa mientras me haya ayudado a deshacerme del baboso.

Su caída de ojos y su gesto, de lo más vulnerable y tímido, me dicen que es especialista en hacer este tipo de entradas. Eso o le estoy prejuzgando y es verdad que ahora mismo siente algo de pudor por la escenita que acabamos de protagonizar. Lo malo conmigo estos días es que me cuesta creerme a los hombres. Llámame resentida, pero, joder, mi novio acaba de darme la patada, traicionando de paso a mi jefa, robándole sus ahorros y casi poniéndonos a ambas una en contra de la otra, además de dejar la compañía que nos da de comer en número rojos. Rojos fosforescentes, para ser más exactos.

—Bueno... Creo que es hora de que me vaya a dormir para evitarle excusas al pesado ese para que me vuelva a meter ficha. Gracias y buenas noches.

Soy consciente de que hay un ligero temblor en mi voz y que girarme para irme de allí me cuesta un esfuerzo más grande de lo que había previsto. Pero lo hago. Me despido y me dispongo a salir de la pista, buscar un sitio para dejar mi vaso casi vacío y subir a mi habitación. Ventajas de celebrar la boda en el hotel familiar: tu propia habitación está a solo dos pasos de la fiesta.

—Espera —dice tomándome de la mano con una suavidad que me sorprende tanto como el gesto de detenerme en sí—. Me debes un baile. Te invité y aceptaste ¿recuerdas? —No había aceptado de palabra, pero sí tácitamente y eso no se lo puedo negar—. Lo mínimo que puedes hacer por mí, tras rescatarte del moscón ese, es bailar conmigo.

Lo miro durante un segundo, evaluándole y no sé qué pensar. No sé si quiere lo que acaba de perder el baboso o es algo menos evidente y sucio, algo como no sacar partido de la presa que el otro machito acaba de perder en manos de otro más espabilado.

Sonríe y ese gesto desarma. Sus pómulos altos y los hoyuelos de sus mejillas le hacen irresistible cuando hace eso. Y él lo sabe. Vaya si lo sabe.

—Elvis ha pasado, pero James Arthur está aquí para que la fiesta no decaiga —dice señalando al aire, para evidenciar que, efectivamente, el Rey ya no suena, pero sí lo hace *Empty Space*, de uno de mis músicos favoritos. Parece que ha llegado el momento de los bailes lentos y las baladas se encadenan—. ¿Qué me dices? ¿Me puedo cobrar mi premio por librarte de ese tipo?

Analizo su acento, que no logro ubicar. Es como si hablara un castellano demasiado correcto, aunque no pronuncie las erres con acierto o deje que las eses sean más acariciadoras de lo normal. Mientras pienso sobre de dónde será el desconocido —de dónde demonios habrá salido—, asiento sin ser casi consciente de ello. Sin soltarme, toma el vaso de mis manos y lo deja en una de las mesas altas que escoltan las columnas de los extremos de la pista de baile. Luego, con suavidad, me acerca más a él y su agarre sobre mi brazo se convierte, poco a poco, en nuestras manos unidas mientras nos vamos entrelazando como a cámara lenta, al son de la canción que nos envuelve.

Sus ojos celestes me miran con solemnidad, como si estuviéramos ante un momento realmente trascendental, y yo noto cómo me flaquean un poco las rodillas. Doy gracias al cielo por saberme sujeta por sus brazos, porque estoy convencida de que, de otro modo, acabaría por los suelos, haciendo el ridículo total. No quiero plantearme qué puede significar algo así, así que lo achaco a que apenas he probado bocado y a que el *gin-tonic* ha sustituido a la comida sólida que debía amortiguar la llegada del alcohol a mi cuerpo agotado.

Suena la música a nuestro alrededor y giramos como envueltos por una ingravidez que, definitivamente, debe de ser fruto de mi estado etílico. Parpadeo fuerte un par de veces, pero la sensación no se va. Es como si en mi interior supiera que esto está bien, que es lo correcto, lo que tenía que ser. Como si dos piezas de un puzle se hubieran acoplado con sencillez, con la naturalidad de lo que es así porque así está establecido.

*Joder, qué filosófica me estoy volviendo*, pienso mientras sus brazos me rodean con suavidad y mi cuerpo absorbe todo el calor que emana del suyo. Por esto odio las bodas sobre todas las razones ya enumeradas anteriormente: porque, cuando alcanzas cierta edad, se te crea en el pecho una ansiedad blancuzca y espesa que te repite sin cesar que eres una maldita fracasada porque estás ahí sola, sin nadie que sostenga tu mano, ría tus gracias y te dé la seguridad de que nadie te vaya a preguntar, con pena, que cuándo será ese momento en el que tú sientes la cabeza, encuentres a alguien y te pases al bando de las casadas, de las seguras, asentadas, estables y completas mujeres casadas.

Y yo detesto esa sensación. Yo no necesito que me digan que me falta algo por no haber conseguido cazar un marido. No necesito que me hagan sentir como una fracasada por no tener un hombre al lado. No puedo soportar que piensen que valgo menos por no ser capaz de alcanzar y retener a un chico cerca. Porque yo valgo más que eso, valgo mucho más de lo que ellos me quieran atribuir por el hombre que me acompañe... Salvo que, en mi interior, sé que el pensamiento, irracional donde los haya, ha calado demasiado, como le ocurre a la mayoría de las mujeres que me rodean. Nos han inculcado tanto esa idea de las medias naranjas, del valor que le atribuye un hombre a una mujer, que es imposible que podamos desprendernos de él del todo. Siempre queda esa pequeña voz que nos susurra, al oído, bajito pero insistentemente, que no estaremos enteras hasta encontrar al chico que nos haga sentir, por fin, que todo tiene sentido. Es una mierda de pensamiento, pero pocas mujeres han conseguido desprenderse del todo de él, y eso que estamos en pleno siglo XXI.

Hago a un lado toda esa colección de reflexiones patriarcales, o al menos lo intento, mientras me insto a disfrutar más de la noche, que ya me lo voy mereciendo. Después de desaprovechar mi desorbitada inversión en esa boda —vestido, zapatos, peluquería, regalo— por estar colgada del teléfono todo el día, tampoco me voy a morir por dejarme llevar por este momento, pegada a un tío guapo y que besa como los ángeles, por más que mi cabeza crea que esto no es sano ni va a llevar a ninguna parte.

«Tienes que curarte de Carlos antes de colgarte del siguiente» oigo en mi mente a mi conciencia, ese Pepito Grillo puñetero que no me deja disfrutar de casi nada, el muy capullo.

«Pero yo no quiero colgarme de nadie, Pepito. Yo solo quiero bailar, abrazarme a este pecho pétreo y apetecible, dejarme besar por esos labios celestiales y… joder, no sé, lo que surja».

Me doy cuenta de que el problema, precisamente, está en ese lo que surja, que yo soy una enamoradiza de manual. Que una cosa es que deteste la idea de las medias naranjas, y otra que no disfrute de las ventajas de vivir en una relación: atención asegurada y sexo garantizado. No hablamos de amor, a mí el amor ya se me ha acabado, Carlos ha conseguido llevarse hasta mi última reserva.

Lo conocí cuando entré a trabajar en la agencia de comunicación de Olivia Calonge, un puesto por el que había luchado con uñas y dientes y que, cuando conseguí, debí haber salido corriendo en la dirección opuesta. Olivia es uno de esos seres que están más allá de lo humano y lo divino, narcisista, victimista, egoísta y caprichosa. Pero también un genio de las relaciones públicas, una mujer hecha a sí misma y todo un referente en lo que a comunicación corporativa se refiere. Levantó Comunica2 ella sola, de la nada, y ha sido capaz de llevarla a lo más alto y mantenerla ahí. Bueno, casi, pero ese es el final de esta historia.

Carlos trabajaba para una gestoría a la que ella, recientemente, le había confiado todas sus cuentas. Nos puso en contacto para que yo fuera el enlace entre la agencia y la gestoría, aunque a mí lo de las finanzas me sonara a chino mandarín.

Y entonces, sucedió.

Caí en un hechizo difícil de justificar. Carlos era atento, guapo, seguro de sí mismo, un encantador de serpientes en toda regla. Me echó el ojo y yo me dejé atrapar. Me invitaba a eventos divertidos y llenos de famoseo, porque él se movía mucho en esos ambientes debido a que, por su trabajo, llevaba las cuentas de varias celebridades. Me sacaba a tomar cañas a los bares más de moda y me llevaba a cenar a los restaurantes más exclusivos de Madrid. Me enredó en sus mentiras sin que fuera apenas consciente y me creí en el centro de su universo cuando me decía que me quería y que siempre estaríamos juntos.

Aun así, nunca me presentaba como su novia, nunca me propuso dar un paso más en nuestra relación, irnos a vivir juntos, hacer un viaje con encanto o formalizar la cosa presentándonos a nuestras respectivas familias. No, Carlos se movía en esa difusa línea del estar, pero no del todo; de ser, pero no hasta el fondo. Y a mí nunca se me ocurrió protestar ni lamentarlo, porque me sentía afortunada por tenerlo en mi vida y por haber sido la elegida, con la cantidad de gente que había en su mundo de oropel y brillantina.

El sueño se había desplomado solo un año después de haberse levantado de la nada. Se convirtió en polvo con un comentario despreocupado de Olivia una mañana plomiza de finales de enero, en el que aseguraba que no podía quitarse de la cabeza la noche tan maravillosa que acababa de vivir con su amante de turno. Una noche de ópera elegante y sexo salvaje, en la que, al parecer, el contable había estado a la altura, como en todas las ocasiones anteriores.

La palabra contable hizo que saltara la primera alarma. Olivia no solía escatimar en detalles cuando un tema le interesaba, pero había estado más reservada de lo habitual con respecto a su vida amorosa en las últimas semanas. No quería saber más detalles, la rehuí durante todo el día, porque algo en mi interior había hecho un ruido extraño al oírla y no quería confirmar ese temor oscuro que se había instalado justo en el centro del pecho, haciendo que mi corazón comenzara a pesarme como una piedra.

Había cientos de contables en la ciudad. Podía ser una simple casualidad, pero... Pero algo en mi cabeza me hacía sentir una certeza espeluznante sobre lo que acababa de escuchar, y pasar aquellas horas junto a Olivia fueron las peores de toda mi vida.

Al menos lo fueron hasta que quedé con Carlos para tomar una copa al salir del trabajo. Ese día no teníamos planeado vernos, pero le insistí tanto que tuvo que acabar cediendo y aceptando.

Temblaba de pies a cabeza cuando se sentó frente a mí en el bar donde habíamos quedado y, sin darme mucho margen para replantearme lo que estaba a punto de hacer, le lancé a bocajarro la pregunta que llevaba consumiéndome desde esa misma mañana.

—¿Te estás acostando con mi jefa?

Ni siquiera se sorprendió cuando le inquirí con la mayor seriedad y un ligero temblor en mi voz asustada. No se inmutó, solo me regaló una de las sonrisas más condescendientes que había visto en mi vida y se inclinó sobre mí, para poner su mano sobre la mía por encima de la mesa que nos separaba.

—Cielo, me acuesto con mucha gente. Creí que estaba claro.

Desde luego que para mí nunca había quedado claro ese punto. Uno no le va diciendo *te quiero* a una mujer mientras se acuesta con mucha gente más. Al menos, así no era como se suponía que debía ser. No lo concebía porque, pese a su falta de interés por concretar un compromiso más profundo conmigo, jamás quise creer que aquello no fuera serio o mutuo o siquiera sincero. Nunca, ni en mis peores pensamientos derrotistas, podía imaginarme que las noches que no pasaba conmigo, otra acabara acompañándole en la cama.

No monté ninguna escena. Estaba demasiado bloqueada por la información que acababa de recibir, solo dejé que Carlos me mirara con esa sonrisa beatífica e indulgente que indicaba la enorme pena que sentía por la pobre ingenua a la que acababa de romper las esperanzas en mil pedazos. Odié eso de él y, aun así, no le recriminé nada, no le pedí explicaciones, no le encaré por su comportamiento egoísta y desleal. El *shock* era de los potentes y no me permitió ningún despliegue de ira ni tampoco poner en evidencia mi enfado y la magnitud de la traición que sentía clavada en mi pecho.

Supongo que Carlos tuvo suerte esa noche, porque la conmoción le libró de la exposición de una novia despechada y tremendamente cabreada. Yo, por mi parte, todavía me arrepiento de no haberle mandado a la mierda de forma más contundente. Es de esas cosas con las que siempre tendré que vivir arrepentida: dejarle ir sin que pagara ninguna clase de precio por lo que acababa de hacerle a mi autoestima y a mi amor propio.

Cuando lo dejé en el bar, solo me quemaba una duda, solo había una cosa en mi cabeza que era más poderosa que el sabor de la decepción: saber si Olivia sabía que yo también estaba con Carlos. No le había hablado a casi nadie de mi relación con él. Menos aún a mi jefa, con la que no me unía esa clase de relación de confianza y colegueo que algunas personas se traían con quien pagaba su nómina y daba las órdenes de cada día.

Así que llegué a casa esa noche en silencio, con el corazón roto, la confianza hecha trizas y el peso de una traición que no estaba segura de a cuánta gente alcanzaba.

Al día siguiente entré en el despacho de Olivia Calonge con la clara intención de abandonar mi trabajo. Si ella sabía lo mío con Carlos y, aun así, había estado acostándose con él, no teníamos nada más que hacer la una con la otra. En el trabajo, como en las relaciones amorosas, si no hay confianza, la cosa acaba por naufragar.

Me juró que no sabía nada de nada porque yo nunca le había dicho ni una palabra al respecto, y porque no acostumbraba a hablar con sus amantes del resto de conquistas en ninguno de los dos bandos. Me lo creí y suspiré aliviada. No quería perder ese trabajo por culpa de un desengaño amoroso, pese a que Olivia me sacaba de quicio muchas veces por su forma neurótica de llevar la empresa. Perder la nómina y al que creía que era el amor de mi vida en apenas veinticuatro horas hubiera sido demasiado para mí.

Así que tragué con la bilis del desamor, de la traición amorosa que a ratos no me dejaba ni respirar, y seguí trabajando, amparándome en mis tareas para no pensar en la mierda en la que todo se había convertido.

Fue así durante tres días eternos en los que creía morirme cada vez que sonaba el teléfono y pensaba que iba a tener que hablar con él. Pero no llamó, no dio señales, ni para pedir perdón, ni para preguntar qué tal estaba. Tampoco para hablar de temas laborales... De hecho, fueron esos tres días los que tardamos en darnos cuenta de lo que Carlos había hecho realmente con nosotras.

Se largó de Madrid. Dejó la empresa y, a Olivia, un agujero económico de dimensiones siderales. Tenía acceso a todas sus cuentas y a la agencia no le había ido mal en los últimos tiempos. Además, los consejos de Carlos en cuanto a inversiones habían duplicado el valor de los activos de los que mi jefa disponía. Vació todo y se lo llevó. De Olivia Calonge y de otros cuantos damnificados más, que se quedaron con lo puesto en apenas unas horas.

En la agencia cundió el caos primero, luego la ofuscación y un cabreo tan monumental, que Olivia no supo canalizar y a punto estuvo de destrozar el mobiliario a patadas.

Afortunadamente, mi jefa no es de esas personas a las que se les hunda con facilidad. Es más, si la hieres pero no acabas con ella, es como uno de esos animales salvajes que se revuelven con furia, que sacan las uñas y luchan con más tenacidad que nunca por sobrevivir.

Y ahí es donde entra mi caos actual, mi cuelgue permanente del teléfono y mi reciente viaje a México, a donde Olivia me envió hace una semana en un intento desesperado por retener una pieza fundamental de su negocio, que se tambalea sin remedio, haciendo equilibrios asombrosos en la cuerda floja.

Por eso casi no llego a la boda de mi hermana, algo de lo que incluso podría no quejarme, dado que odio las bodas. Pero es la boda de Marta. Y no podía faltar a la maldita boda de Marta a riesgo de que mi madre me declarara escindida de esta familia nuestra.

La canción acaba mientras yo no puedo evitar pensar que estoy desaprovechando el momento por dejar entrar en mi cabeza al imbécil de Carlos o volver a colgarme de los problemas de la empresa. Debería estar apoyada contra el pecho pétreo del desconocido, con los ojos cerrados y cara de estar en el cielo, en lugar de dedicarme a recordar todo lo que va mal en mi vida.

Cuando muere la voz de James Arthur a nuestro alrededor y la sustituye *Back For Good* de Take That (esa la ha pedido Celia, seguro, que tuvo un enganche severo con ellos a los dieciséis), no nos separamos ni un milímetro, como si a los dos nos costara tanto como dejar de respirar.

Me gusta la sensación. La echaba de menos. No es que esté curada de mi decepción amorosa, pero a nadie le amarga un dulce y a mí el cuerpo me pide jarana esta noche. Así que me aferro a esto, sea lo que sea, y sonrió para mí, por el reencuentro que supone con la chica que era antes del desamor que Carlos ha instalado en mí.

Pasa una eternidad. O eso me parece a mí. Y no me importa. No me importa y me encanta.

Cuando siento, por fin, que el mundo vuelve a girar es porque la música es movida de nuevo y abro los ojos con mucho esfuerzo. Más esfuerzo aún necesito para separarme de él. De nuevo soy consciente del mundo, y me doy cuenta de que a nuestro alrededor la gente ha menguado todavía más. Quedan aún menos personas que cuando empezamos a bailar. Tres borrachos, un par de camareros y nadie absolutamente en la pista de baile, salvo nosotros. Los últimos coletazos de una boda que ha debido de ser perfecta, aunque yo casi me la haya perdido por estar pendiente del maldito teléfono.

El desconocido me mira con una sonrisa enigmática en sus labios y yo no puedo evitar ponerme a la defensiva. Odio que me observen como si supieran algo que yo desconozco, esa sensación de inseguridad me crispa los nervios y hace aflorar una fragilidad que detesto con todas mis fuerzas. Porque así solía mirarme Carlos cuando pensaba que yo era única y yo creía que era su forma de mostrarse interesante.

Así que me separo de él y doy un par de pasos hacia atrás, dejándole claro que el momento ha pasado. Me cruzaría de brazos, pero creo que la pose sería demasiado borde y, pese a todo, no puedo olvidarme de que me ha ayudado esta noche. Él sigue sonriendo y se le marcan esos hoyuelos tan sexis en las mejillas, lo que me hace preguntarme qué hace este tipo tan solo en mitad de una boda (por acabada que parezca).

—¿He hecho algo?

Es intuitivo y espabilado. Ha sabido leer mi lenguaje corporal a la primera. Le podría contestar que sí ha hecho algo, que me ha mirado como solía hacerlo mi ex, algo que yo creía que era especial, que le hacía irresistible, tan misterioso, tan enigmático, y que solo resultaba ser un gesto altivo de un mal tipo cargado de secretos y que se follaba a medio Madrid mientras me decía que me quería. También podría decirle simplemente que no me gusta el gesto y que debería irme ya a la cama, que es tarde, que estoy cansada y que mejor no alargar las cosas que no llevan a ninguna parte.

Sin embargo, me quedo callada, parada, indecisa y ni siquiera sé por qué razón. Él da un paso en mi dirección y yo me estremezco, tampoco sé la razón. Esta noche me desconozco y hay algo excitante en ello.

—¿Quieres dar un paseo? —pregunta en un susurro apenas audible, con la voz ronca y llena de promesas. Sus ojos brillan de un modo hipnótico y ha olvidado la sonrisa que me ha recordado al lobo que me arrancó la piel del alma.

¿Quiero? No sé lo que quiero. No sé nada de nada, pero me niego a dejar que esa sensación me gane la partida. La incertidumbre ya me tiene bastante harta.

Levanto el mentón y lo desafío con una mirada, fría pero incitadora. Veamos qué es lo que quiere él.

—No me voy con desconocidos. Y tú eres un desconocido —le digo con un rastro de burla que espero que él sepa interpretar—. Ni siquiera sé tu nombre. Podrías ser un psicópata de esos que se cuelan en bodas para embaucar a chicas solitarias acosadas por pesados, y salvarlas de sus garras para luego llevártelas a lo oscuro y descuartizarlas.

—Me has pillado —confiesa riéndose y a mí el corazón se me calienta un poquito más. Me pregunto por qué me pasa eso, pero yo misma me insto a olvidarlo. Me estoy volviendo gilipollas y no tengo remedio.

—Tengo buen ojo, no te creas —«*Mentira asquerosa, bonita, tienes el criterio totalmente estropeado*»—. Ha sido un buen final para esta noche rara.

Me giro tras sonreírle como una condenada que va hacia el patíbulo y me convenzo de que es lo correcto. Es mejor no complicarse más la noche. O la vida, ya puestos.

—Me llamo Tristan —dice a mi espalda, con la voz firme y un poco elevada para que no sea posible que no logre escucharle. No marca la acentuación en la letra a, como sería lo lógico en castellano, sino que lo pronuncia a la inglesa, con todo el peso sobre la primera sílaba de su nombre—. Tristan Cornell y, aunque no te lo creas, yo sí te conozco, Isabel.

# 3

# Teca conocerse

Espera. ¿Este tío me conoce? Este espécimen masculino privilegiado, con nombre de actor de la BBC y que huele de maravilla y besa como los ángeles, ¿me conoce? ¿De qué?

«*¿DE QUÉ?*».

Mi cara debe de ser un poema porque él se ríe mientras me tiende su mano para completar la presentación. Yo no puedo salir de mi perplejidad, pero se la estrecho y agradezco que no siga la costumbre española de acercarse a mí para darme dos besos, ahora mismo estoy demasiado descolocada como para disfrutar de su cercanía como se merecería.

—Podría decir que estoy encantada de conocerte, Tristan Cornell, pero te mentiría si no te dijera que me has dejado...

—¿Perpleja?

—Más bien, flipada. Que sepas mi nombre es...

—¿Sorprendente?

—Mejor digámosle siniestro —atajo—. Por cierto, ¿siempre acabas las frases de los demás? ¿Y qué clase de persona se llama Tristan Cornell pero habla con acento de Burgos? Nada de esto tiene mucho sentido...

Se ríe abiertamente de mí y asumo que puede resultarle gracioso, dado que él tiene las respuestas y yo solo las incógnitas —de quién es él, de por qué sabe quién soy yo—. Tuerzo el gesto y soy consciente de que parezco una cría de ocho años, pero estoy confusa, y cansada, y un poquito frustrada también. No es buen cóctel. Debería largarme a la cama ahora mismo.

—¿Quieres dar un paseo? —vuelve a preguntar y yo no entiendo esas ganas de irse de allí conmigo si, total, a nuestro alrededor tampoco es que abunde la compañía.

—Prefiero que nos sentemos en la barra, nos tomemos la última, me cuentes lo que no sé y nos despidamos como dos personas perfectamente civilizadas, adultas y sobrias.

Eleva una ceja antes de volver a reírse. La verdad es que tiene una risa preciosa, tan blanca, tan cristalina, que no parece esconder ningún recoveco oculto, como sí le ocurría a Carlos. Me tiende la mano de nuevo, esta vez para consentir a mi plan de la última copa, y yo la extiendo hacia él, confiando en que la cosa no se acabe complicando.

*«Eres tonta. Mejor sería que lograras justo eso. Otro gallo nos cantaría si se nos complicara la cosa, bonita».*

Mi conciencia es muy puñetera, así que la acallo sin miramientos, mientras sigo a Tristan Cornell hacia dos sillas altas que circundan la barra. Solo queda un camarero detrás, con cara de cansancio y ganas de que los cuatro pesados que seguimos en pie nos vayamos a dormir o a hacer lo que sea lejos de su puesto de trabajo. Me da pena el pobre, pero mi acompañante me genera más curiosidad aún, así que gana lo segundo y me siento al lado de mi rescatador mientras aparto de mi mente el sufrimiento del pobre camarero.

Tristan le pide una coca cola y yo me pido una botella de agua fresca. No quiero hacer responsable a un segundo *gin-tonic* si la noche se me hace bola, ni tampoco ponerme en evidencia. Los dos langostinos y el bocado diminuto de tarta que he comido en la cena de la boda no frenarían ni un ápice la más mínima cantidad de alcohol en sangre.

El camarero suspira mientras nos sirve lo que le hemos pedido y estoy convencida de que está pensando en que somos dos tontos por desaprovechar el poder infinito de la barra libre.

Si él supiera...

—¿Y bien, Tristan Cornell?

Me mira sin disimular la gracia que le hace tenerme tan mosqueada y vuelve a elevar la ceja mientras amplía su sonrisa sardónica. Si no tuviera tantas ganas de obtener respuestas, creo que me largaba ahora mismo.

—Y bien ¿qué, Isabel Onieva? —pregunta en el mismo tono que yo he empleado para cuestionarlo a él.

—¿Me estás vacilando? Porque si lo estás haciendo, te dejo con el camarero y me largo a mi habitación a quitarme estos tacones, que me están matando.

—Por mí, puedes quitártelos. Aquí sentada no te sirven de nada.

Lo miro perpleja mientras se bebe media coca cola de un solo trago.

—Es de bastante mala educación quitarse los zapatos en público.

—Estamos prácticamente solos. Yo no soy *público*. Y a ese chico de ahí no creo que le importe mucho con tal de que nos larguemos pronto —añade señalando al camarero que, desde el lado contrario de la barra, nos echa miradas furtivas sin quitarle ojo a su teléfono móvil.

Sigo mirándole sin moverme ni un ápice. Tras unos segundos de silencio con sus ojos interrogativos clavados en los míos, se encoge de hombros y mira hacia nuestros pies, que están bastante juntos, colgando en el aire de las banquetas altas. Sigo su mirada y veo cómo se quita los zapatos, ayudándose solo con los pies. Luego vuelve a clavar sus preciosos iris celestes en los míos, risueño, esperando que lo imite.

Y ¡qué demonios! Tiene razón. Aquí no hay público, estamos casi solos, y son las cuatro de la madrugada. ¿A quién demonios podría importarle que me deshiciera de mis instrumentos de tortura? Así que decido que voy a imitarlo, aunque yo no tenga tan fácil quitarme la sandalias plateadas que visten mis castigados pies como lo ha tenido él.

Cuando me dispongo a bajarme de la silla alta para quitarme las hebillas de los laterales de mis preciosos zapatos, él me lo impide con un gesto y toma mi pierna derecha, con suma delicadeza, evitando que me coloque en una posición poco elegante. Recorre mi piel con sus dedos, dejando aparte la sedosidad de mi vestido de gasa turquesa y arrasándolo todo a su paso hasta alcanzar mi tobillo. No puedo evitar estremecerme, y sé que él se da cuenta. No esconde su sonrisa, aunque no me mira, concentrado en la delicada tarea de soltar la hebilla de mi sandalia.

Se toma su tiempo, el momento se vuelve eterno y yo creo que me voy a morir de ganas. Ese gesto caballeroso y sensual ha despertado en mí un fuego desorbitado que me quema las entrañas como hace mucho tiempo que no me pasaba. Me gustaría que me mirara y comprobar que en sus ojos también arde la llama de un deseo que es gemelo al mío, pero, a la vez me da miedo, porque hace toda una vida que no siento esto, que no participo en un juego de seducción en toda regla, que no tengo ni idea de si lo haré bien o saldré escaldada.

Me desata la primera sandalia y toma a continuación la pierna izquierda, repitiendo el proceso, alargándolo deliciosamente, acariciando mi piel y tensando mis ganas. Es el momento más tremendamente sensual de toda mi vida, y está consistiendo en quitarme un simple zapato.

Si me lo cuentan diez minutos atrás, creo que me hubiera reído con la mayor incredulidad.

—¿Mejor? —pregunta cuando logra quitarme la segunda sandalia, que cae al suelo al lado de su compañera.

Siento las plantas de mis pobres pies liberadas, pero mi piel ya echa de menos el tacto suave de sus dedos. Ha retirado sus manos de mis piernas y siento un frío inesperado. Trato de ocultar la decepción y ese vacío extraño y sorprendente, mirándole con una sonrisita comedida, que pretende mostrarse agradecida, pero que esconde lo necesitada que me ha dejado el roce de su piel sobre la mía.

—¿Vas descalzando invitadas de boda por ahí? —inquiero mientras él vuelve a recuperar del todo la verticalidad y coloca sus ojos claros a la altura de los míos, absolutamente rendidos a él.

—Es un servicio especial que doy solo a las hermanas de la novia.

—Así que sabes mi nombre y que Marta es mi hermana.

—Y que eres la tercera de las cuatro, que trabajas en comunicación, que te has pasado los últimos días en México por encargo de tu jefa, y que casi no llegas a la boda —enumera sin desviar la mirada y sin perder la sonrisa—. Por cierto, te has perdido toda una semana de diversión prenupcial, por si nadie te lo ha contado.

Me consta el jolgorio. Por más que mi madre haya tratado de controlar a los invitados de Kevin en el hotel, los seis días que llevan aquí y de juerga por la capital no se los quita nadie. Los ingleses pueden parecer muy flemáticos y comedidos en su país, pero en España, todo lo vuelven Magaluf.

—Así que eres uno de los *hooligans* a los que mi madre ha tratado de meter en vereda —le pico risueña—. Eso explica tu nombre, pero no el acento. Tampoco el porqué de tanta información sobre mí.

—Tu madre me adora —confiesa, procurando parecer serio y responsable sin conseguirlo—. Puedes ir a preguntarle.

Si ha estado embaucándola como está tratando de hacer conmigo, no me extraña que lo adore. Es un zalamero de manual, un encantador de serpientes nato, y mi madre no es inmune a los encantos de un treintañero atractivo, con buenos modales y sonrisa radiante.

—No lo dudo, Tristan Cornell. Ha sido todo un placer compartir este rato contigo, pero creo que de verdad me voy a retirar.

Hago un intento por levantarme de la silla, pero él vuelve a retenerme colocando una mano encima de la mía. Me mira con una seriedad nueva, y asiente con la cabeza, casi imperceptiblemente. No quiere que me vaya y sabe que el precio que tiene que pagar si desea que me quede son respuestas directas y no evasivas.

Le devuelvo el gesto, sin palabras, y vuelvo a sentarme a su lado. Se lleva la bebida a los labios y, tras apurarla, le pide otra al camarero. No sé si tiene mucha sed o trata solamente de darle al chico algo que hacer ya que le estamos evitando que pueda recoger y largarse a su casa.

—Te llamas Tristan Cornell y eres de la comitiva de Kevin. Mi madre te adora y hablas como si hubieras nacido aquí mismo. Esto es lo que sé de ti ahora mismo... si quieres que me quede, ya sabes...

—Eres dura de pelar, eso te lo tengo que conceder —añade esbozando otra sonrisa franca, sin quitarme la vista de encima, como si temiera que, al menor descuido, fuera a salir corriendo.

—¿Más evasivas?

Levanto la ceja, divertida, imitando su gesto y él ríe abiertamente. Mi interior se caldea de nuevo al escucharle y me confieso que podría acostumbrarme a ese sonido y la claridad de esa risa franca y cristalina.

—Soy inglés —admite por fin—. Efectivamente, soy uno de los amigos de Kevin, su mejor amigo, para ser exactos, y quizá el artífice primero para que todo esto —dice señalando nuestro alrededor— se haya hecho realidad.

—¿Te refieres a la boda?

Asiente y vuelve a dibujar interrogantes en mis ojos. Desenrosco el tapón de la botella de agua fresca que descansa a mi lado y le doy un trago antes de insistir.

—Explícate.

—En Bucarest, fue culpa mía que Marta y Kevin fueran arrestados.

—¡No te creo! —exclamo alucinada—. ¿Qué podrías haber hecho tú para conseguir que esos dos acabaran entre rejas?

—Yo inicié la pelea con los hinchas del Atlético de Madrid —confiesa—. Como ya has señalado, domino el idioma.

Me guiña un ojo y se acerca a mí como si fuera a compartir conmigo un secreto oscuro, consiguiendo que su calor corporal invada deliciosamente mi espacio vital.

—Me sé todos los insultos hirientes que todo hincha debe conocer para encender al equipo rival. Y por supuesto me los sé en castellano —susurra y yo, definitivamente, me enciendo.

Tenerlo tan cerca y saber que está jugando a seducirme de forma tan descarada, hace que me nazcan unas ganas horribles de engancharme a su cuello de nuevo y volver a besarlo como en la pista de baile. Su sabor aún me ronda en los labios pese a los minutos transcurridos, y mis ganas me instan a probarlo de nuevo, a retenerlo, a ir mucho más allá.

Pero yo no me muevo, no hago nada, solo temblar ligeramente y contar mentalmente los latidos desbocados de mi corazón desnortado. Él se queda cerca de mí unos segundos más de lo establecido por las normas de cortesía, hasta que finalmente se separa despacio, como si le costara un esfuerzo titánico hacerlo. He dejado pasar la oportunidad y creo que en los ojos de ambos se refleja la sensación de haber perdido una ocasión preciosa.

—Así que... —carraspeo antes de poder hablar claramente e intento mantener el rubor que el gesto que acabamos de compartir ha despertado en mí—. Así que Marta y Kevin se conocieron gracias a tu retahíla de insultos en castellano.

—Es que es realmente extensa —me asegura, volviendo a revestir sus labios de una sonrisa socarrona que le aleja de momento de la intensidad que acabamos de vivir.

—Lo que me lleva a insistir de nuevo... ¿Por qué no tienes acento de Londres?

—¿Quizá porque no soy de Londres sino de Manchester? —

contesta jocoso, y yo no puedo evitar poner los ojos en blanco.

—Tienes acento de por aquí —señalo lo evidente—. Quizá las eses las marcas raro, pero el resto es como si te hubieras criado aquí. ¿Eres de Gibraltar, quizá?

El niega, divertido y yo me doy cuenta de que no tiene acento andaluz y que ha mencionado el hecho de que es de Manchester, como Kevin. No, la idea de ser del Peñón no se sostiene. Así que lo vuelvo a contemplar con cara de necesitar respuestas, y necesitarlas ya además, a ver si eso hace mella en él y consigo que me saque de la oscuridad.

—Mi madre es de Bakio y mi padre de Leeds —desvela por fin, encogiéndose de hombros—. Hablo los dos idiomas perfectamente, en mi casa se hablan ambos indistintamente.

—¿Bakio? —pregunto anonadada, como si me hubiera dicho que era de Madagascar. Nunca lo hubiera imaginado con ese nombre, pese a la ausencia de acento.

—Bakio, Bizkaia. Sí.

—Sé dónde está Bakio —acierto a confirmar—. Es solo que se me hace raro.

—Ya, suele pasar. Pero me considero tan de allí como de aquí, que quede claro. Mis raíces maternas tienen mucha importancia para mí. He pasado todos mis veranos de infancia en Bakio, con mis abuelos y mis primos, y nadie podrá arrebatarme jamás este sentimiento de pertenencia.

Guarda silencio unos segundos, mirando a la nada, como si estuviera tratando de procesar su propia afirmación, como si estuviera buscando ese origen y esas raíces, que parecen complicadas y tan sencillas a la vez. Luego, como si hubiera logrado hallar respuestas o se hubiera dado por vencido, vuelve a mirarme sin gravedad, solo con la liviana falta de tensión que nos ha acompañado durante toda la noche —si obviamos el momento trascendente de hace un par de minutos.

—Ahora que sé de dónde procede la incongruencia de tu

nombre y tu acento, ¿me desvelarás la razón por la que sabes tantas cosas de mí cuando yo nunca he oído hablar de ti? ¿Ha sido mi hermana Marta? ¿Mi madre de la que tan amigo dices ser?

—Yo no he dicho que sea amigo de tu madre —me corrige—. He dicho que tu madre me adora. Y es verdad.

Pongo los ojos en blanco y el gesto le divierte. Se pasa la mano por el mentón y la sonrisa le llega hasta sus ojos celestes. Está para comérselo, la verdad. No puedo dejar de admitirme eso ante mí misma. Yo debo estar para el arrastre, con ojeras, el cansancio acumulado de todas estas semanas de tensión, el vestido vaporoso que era precioso en la percha, pero que ya no luce en mi cuerpo como cuando me lo puse antes de la ceremonia, y los tirabuzones de mi pelo desechos, deslucidos y sin gracia.

—Digamos que eres la hermana desconocida y eso ha suscitado mucha curiosidad —deja caer mientras pinta en su rostro un gesto misterioso que lo hace aún más interesante.

—¿En quiénes?

—Bueno, supongo que... en mí —dice encogiéndose de hombros —. Marta habla mucho de vosotras y ya he tenido el placer de conocer a Celia y a Sara, pero tú... Tú nunca apareciste por Manchester.

Es verdad. Entre el trabajo y Carlos, había pasado un año bastante alejada de todo. De mi familia, de mis amigos, de hacer cosas que no le incluyeran a él. En casa no conocían al que había sido mi novio hasta hacía unas semanas, ni siquiera habían oído hablar de él. Si hubiera dado siquiera una pista a mi madre de su existencia, me hubiera atosigado hasta ponerle delante de su presencia, y eso a Carlos no le hubiera agradado. Nunca había estado segura de porqué, pero a Carlos no parecía gustarle hacer nada que incluyera formalizar lo que teníamos. Con la salida a la luz de su vida amorosa abierta, las piezas del puzle habían comenzado a encajar y ahora agradecía profundamente la cautela con la que había llevado mi relación. Tener que haberle dado explicaciones a mi madre me hubiera robado cinco o seis años de vida.

Pero la contrapartida también me había pasado factura. Reproches innumerables de mis hermanas por mis ausencias, por no verlas más, por no conocer mejor a Kevin, por no preocuparme más por el negocio de mi madre, por no involucrarme más en los últimos meses de los estudios de Sara o por no ir a visitar más a Celia a la Toscana, para averiguar si todo seguía como siempre con mi hermana más complicada.

Me lo había saltado todo y ahora me sentía terriblemente culpable. A ellas les contaba que el trabajo me estaba robando todo mi tiempo libre, pero en realidad era mi incapacidad para dejar de lado a Carlos en ningún momento. Siempre estaba disponible por si él me llamaba, por si él armaba un plan inesperado que se sacaba de la manga o por si me requería sin mucha antelación para un evento, una escapada o una cena improvisada.

Con Carlos casi todo funcionaba así. Y yo, que había demostrado ser una completa imbécil, había pasado innumerables noches sola esperando llamadas que no se producían e incontables fines de semana pendiente de un mensaje que nunca había llegado para reclamarme.

Mientras, a mi alrededor, Sara había vuelto de su Erasmus en Hamburgo. Celia había empezado a replantearse toda su vida futura, amparándose en que la vida de modelo es efímera, y Marta había decidido aceptar casarse con un chico que parecía estupendo y al que yo apenas había visto un par de veces antes de ese día.

—No... Manchester no ha estado en mis planes en los últimos meses —confirmo, intentando deshacerme de la culpa y de la sensación de haberle fallado a todo el mundo, a mí misma la primera—. Quizá cambie ahora que Marta está casada con un lugareño y que yo además... parece que conozco a uno.

Acabo de coquetear directamente con él y me gusta la sensación que me queda tras hacerlo. Al fin y al cabo, él se ha deleitado con el hecho de soltarme las sandalias, eso ha tenido que significar algo, ¿no? Tristan sonríe enigmático y da vueltas al vaso con coca cola que no parece estar muy dispuesto a tomarse.

—Bueno, me gustan tus planes —dice, elevando una ceja para marcar el significado con segundas que ambos entendemos perfectamente—, pero me temo que Marta tiene intención de que ellos se instalen aquí y... bueno, yo tampoco me quedaré en Inglaterra mucho más tiempo. Me ha surgido algo bastante interesante y creo que voy a apostar por ello, aunque eso signifique mudarme e irme bastante lejos.

—Oh...

No me sale decir nada más. Me da algo de rabia no haber aprovechado uno de esos fines de semana en blanco para ir con mi hermana Marta a Manchester y haber conocido antes al chico de la boda, el cual está resultando ser bastante interesante. Pero también me aferro a la idea de que las cosas pasan por una razón y que, de hecho, pasan cuando tienen que pasar. Si yo debía conocer a Tristan cuando ya Carlos era un mal recuerdo, casi lo prefería a habernos pasado algo así mientras yo estaba en una relación con otra persona.

«¡Eh, tía, pero para el carro! Si ya hablas como si pensaras que este chico y tú estáis predestinados y de momento solo te ha salvado de un baboso, te ha dado el beso del siglo y te ha retenido para tomarse algo contigo y tocarte las piernas. No es como si te estuviera diciendo con lenguaje oculto que te considera alguien con quien vivir el resto de su vida».

Mi subconsciente tiene razón, me estoy montando la película completa, con su tráiler y sus títulos de crédito incluidos, pero es que parece que estamos en la misma onda. Y es mono, y servicial, y besa como los ángeles y, además, me ha pedido que me quede más rato... no sé, eso tiene que significar que le intereso. ¡Si hasta ha dicho que le he suscitado mucha curiosidad!

Soy consciente de que he puesto cierto gesto de pesar, pero

intento recomponer mi rostro con una sonrisa más amplia, dejándole claro que no me da tanta pena no llegar a conocerle. Al fin y al cabo, yo sigo de luto amoroso y él se va mañana, saliendo quizá para siempre de mi vida.

Eso sí, que el día siguiente marque nuestra despedida, no implica que yo no pueda pasar una buena velada. A nadie le amarga un dulce, menos aún uno con esa forma tan terriblemente apetitosa.

—Siempre nos quedará esta noche —dice él como si me estuviera leyendo el pensamiento—. Podemos, no sé, recuperar todas las oportunidades perdidas en las que no pudimos conocernos.

Mi corazón late a un ritmo desbocado dentro de mi pecho. A estas alturas, no sé si se refiere a pasarnos las horas de charleta para saber cosas de primera mano el uno del otro, o si está insinuando algo más íntimo, más oscuro, más... *divertido*.

Asiento cohibida. Aunque soy enamoradiza, me da miedo el fracaso, quedar como una tonta, parecer perdida o despertar lástima. No son muchas las ocasiones en las que he sido yo quien haya dado el primer paso, mucho menos en temas de chicos, así que me repliego y dejo que me dé más pistas para no acabar haciendo un ridículo estrepitoso. Y, ojo, que tampoco me apetece nada dejar pasar una buena oportunidad, si es eso lo que me está ofreciendo.

—¿Y cómo propones que recuperemos más de un año de oportunidades perdidas en solo un puñado de horas? —inquiero sin ser capaz de mirarle a los ojos.

Siento demasiado miedo al coqueteo no correspondido, pese a las pistas, me fío poco. Supongo que tiene que ver con el legado que Carlos ha dejado en mí con sus mentiras y su traición.

—Déjame pensar —dice rascándose el mentón y volviendo a colocar en sus preciosos labios sonrosados esa sonrisa traviesa de un rato atrás.

Lo miro convencida de que va a pasar algo. No sé exactamente qué, pero el aire parece volverse eléctrico a nuestro alrededor y la piel de mi brazo se eriza como si una corriente extraña me hubiese atravesado. Tristan clava sus ojos brillantes en los míos y yo tiemblo mientras le sujeto la mirada y trago saliva con dificultad.

Entonces comienza a acercarse, despacio, como si alguien hubiera pulsado el botón de cámara lenta de un reproductor invisible. El momento se dilata y es deliciosamente doloroso. Yo le imito, inicio mi propio acercamiento hacia su boca porque me muero de ganas de volver a saborearla y se me hace eterno su viaje hacia la mía. Tengo que ayudar, disminuir los milímetros, atraparle y volver a sentir lo que su beso me hizo sentir en la pista de baile.

Solo queda un segundo para la colisión, el encuentro, el intercambio de alientos y deseo, cuando escucho un carraspeo a nuestra espalda.

—Espero no interrumpir —la voz de Celia nos detiene, nos saca del embrujo y yo la maldigo en voz baja, deseando que se convierta en humo y se desvanezca, igual que acaba de ocurrir con el instante de magia que habíamos logrado crear en este rincón lejos del maldito mundo.

Parpadeo y me detengo un segundo de más en los ojos de Tristan, que parecen igual de frustrados que los míos. Quiero pensar que quería besarme, que quería hacerlo por encima de todo, que no ha sido un espejismo, que no ha sido ese ambiente del final de las bodas en el que se mueven los desesperados que no han conseguido una captura antes de la retirada total de los invitados. Que esto era algo especial, algo... Algo que ya no será.

Me giro de cara a Celia, sin dejar de observar que Tristan se coloca una sonrisa sincera en el rostro al mirar a mi hermana mayor, toda despeinada, con lágrimas en los ojos y todo el aspecto desastrado de quien acaba de tener una pelea o una desilusión.

Me reprendo a mí misma por anteponer mis ganas de Tristan a lo que le ha podido pasar a mi hermana. Su mirada está inundada de llanto y yo me bajo de la silla alta sin volver a pensar en el beso que se nos había quedado a un centímetro de ser verdad.

—Celia, Dios mío, ¿estás bien?

Me mira con el ceño fruncido y asumo que la pregunta es del todo estúpida y que sobraba. Me acerco a ella con intención de consolarla, de llevarla a su habitación, o a la mía si la suya está ocupada por el novio de turno con el que seguro que ha discutido, y hacer que el trago pase lo mejor que se pueda. De pequeñas, Celia y yo éramos las que más unidas estábamos, yo siempre me refugiaba en ella y ella siempre me usaba a mí para descargar la frustración que mi madre muchas veces lograba generar en su joven alma libre.

Pero ya no somos las niñas que fuimos, las que se lo contaban todo, las que lo anteponían todo la una por la otra. Lo sé cuando sus ojos acuosos resbalan de los míos y se escurren hacia mi espalda. Pero allí solo... Allí solo está Tristan.

Me recorre un escalofrío mientras ato cabos y se me estruja un poquito el corazón. Cuando mi hermana habla, me quiero morir un poquito. He besado a ese chico y ese chico parece que le importa a ella...

—Tristan, ¿podemos hablar?

El mundo se oscurece mientras él asiente con un afecto enorme resbalando por su mirada comprensiva y ni siquiera repara en que a mí los esquemas se me han vuelto a desarmar.

«*Malditos tíos, nena. Pasa de ellos*».

Sí, buen consejo. Por una vez, mi subconsciente y yo estamos de acuerdo en algo.

# 4

# ¿Podría ser más desastroso?

He dormido fatal. Mentiría si dijera lo contrario.

Hoy tenía que ser un día para olvidarme de México, de Olivia Calonge, de los rollos de los últimos meses, y hasta de la muerte de mi padre. Hoy tenía que ser simplemente el día después de la boda de Marta, un día de resaca, análisis de la celebración, cuatro hermanas Onieva reunidas quizá por última vez en muchos meses y, a lo mejor, con suerte, con un único drama: que mi madre se quejara de sus cosas y nos acusara de despegadas por volver a dejarla sola por seguir con nuestras vidas mientras ella se quedaba en la finca.

Sin embargo, por culpa de un beso inocente que se volvió intenso y mágico, ahora es el día en el que toca sentirme culpable por haberle intentado quitar el novio —o lo que sea— a mi hermana mayor.

Y no tener ni idea, no mitiga la culpa.

Ni un ápice.

Intento tapar las ojeras, que a estas alturas ya me llegan al esternón, para bajar al desayuno. Es bastante temprano aún, así que sé que me voy a encontrar con mi madre, que estará pululando por el bufé en busca de víctimas a las que atormentar. Me tendré bien merecido caer en sus garras y ser sometida a tortura.

Así que me esmero con un buen maquillaje a prueba de semanas de infierno y noches en vela, me cuelgo una sonrisa falsa de lo más convincente y me ato los cordones de las zapatillas que hacen juego con mi poco glamuroso chándal de algodón azul marino. Le horrorizará la indumentaria, pero alabará lo lustrosos que lucen mis pómulos altos.

Me acerco al comedor con paso vacilante. Por más que piense que estoy preparada, es bastante incierta esa sensación de seguridad con la que he procurado envolverme sin mucho resultado. Mi madre es especialista en leernos a todas como si fuéramos libros abiertos. De hecho, la única razón por la que conseguí mantener la existencia de Carlos a buen recaudo fue porque no quedaba casi nada con ella y me inventaba cien mil excusas cada mes para posponer mis visitas a la finca.

Ah, la finca... deja que te hable de ella antes de continuar. Los Jarales había sido un regalo de mi abuelo a mi madre en su testamento, había pertenecido a su familia durante generaciones, pero las instalaciones, que habían sido casa de campo y recreo desde mediados del siglo XIX para los Maroto-Montejo —apellido compuesto de sobrado abolengo ante el que mi progenitora sacaba pecho y lucía con orgullo ese guion, que lo hacía aún más distinguido si cabe—, habían ido decayendo con el paso de las décadas.

Cuando mi madre era pequeña, aún retenía parte de su encanto decimonónico, pero la familia pronto lo dejó de lado. Preferían los veranos en la playa, en el norte, porque estaba menos masificado que el levante, y las regatas en Mallorca, porque eso elevaba el caché y era lo que hacían las familias de postín.

Mi madre se casó a los veinticinco años con Isidro Onieva, un don nadie. Y mi abuelo, enfadado por la elección de la niña, la dejó de lado durante tres décadas. A punto de morir, la hizo llamar y le prometió su parte de la herencia debida. Ella solo había recibido, al casarse, un inmueble en la calle Duque de Sesto, junto a la parroquia de San Antonio del Retiro, donde mi padre y ella habían comenzado su vida en común sin muchas estrecheces.

Pero mi abuelo tenía mucho dinero, muchísimo, y al final, lo que mi madre había recibido había supuesto una miseria, una especie de pago por sacar de su vida a esa hija que no había pasado por el aro, pero no dejarla en la calle pese a no haber hecho una buena boda.

Mi padre se esforzó. Montó su negocio, lo sacó adelante y prosperó con muchísimo trabajo. Al final, en un golpe de suerte, fue capaz de doblar ese regalo que recibieron del abuelo, y se acabaron comprando el piso de enfrente, tirando un par de paredes y logrando una vivienda donde un matrimonio y cuatro ruidosas y temperamentales niñas se criaron felices.

La herencia prometida fue la finca. La finca que estaba que se caía, que llevaba sin pisarse al menos dos décadas, que ya no era ni la sombra de lo que había sido en la infancia de mi madre. No digamos ya en esos días de gloria de antes de despuntar el siglo XX.

Mi madre apretó los dientes al saberlo por boca de su propio padre. No había dinero para ella. No había propiedades actuales, cuidadas y lejos de la ruina. Eso les tocaba a sus dos hermanos, que habían hecho siempre lo que mi abuelo les había dicho y siempre con una sonrisa de oreja a oreja en sus rostros estirados.

Pero mi madre se felicitó por dentro, porque siempre se había sentido unida a Los Jarales, de alguna manera y, con mucha ayuda y, de nuevo, esfuerzo, consiguió que aquella propiedad ruinosa y prácticamente inservible, se convirtiera en la maravilla que es hoy.

El inmueble principal es un edificio de dos plantas amplias y de estilo colonial, con balconadas que dan a los jardines que rodean el hotel. Dentro, además de las habitaciones para los huéspedes, dos enormes comedores pueden acoger eventos de lo más diverso, además de las carpas que se colocan en el exterior, para celebrar cualquier fiesta al aire libre, como ocurrió la tarde anterior con la preciosa boda de mi hermana.

El estanque, la piscina, los establos... todo contribuye a que la finca sea un trocito de paraíso no muy lejos de la capital, enmarcada en un entorno libre de humos y de ruido, casi desprovista de signos de civilización, tan apartada está. Su ubicación, en medio de un paraje natural maravilloso, es una de sus mejores virtudes, y la razón de que los libros de reservas de mi madre estén completos la mayor parte del año.

Esta semana ha estado cerrado al público. Marta quería hospedar a su futura familia política procedente del Reino Unido y a sus amigos británicos allí, sin discusión, y mi madre no puso ningún reparo —y es extremadamente raro que no los ponga—, porque era la mejor solución para que la celebración saliera lo mejor posible. Así que, pese a que tener una semana cerrado un negocio nunca es fácil, también es cierto que pocas cosas le hacen más ilusión a esta mujer que casar hijas.

Ya lleva una, y considera que esto es solo el principio. Estoy convencida...

—Ya era hora —me dice con el gesto torcido, cuando me ve entrar en el comedor donde se sirve el desayuno—. Solo faltas tú.

Me la quedo mirando como si fuera un extraterrestre. Está en pie, junto a la puerta, como si fuera la portera oficial, aunque es más una cuestión de supervisión, me imagino. No se relaja ni siquiera cuando la boda que le ha robado tantas horas de sueño, ya ha concluido. Supongo que hasta que el último invitado se haya ido, no va a dejar de agobiarse por todo.

—¿Cómo que solo falto yo?

—Para el desayuno familiar.

—Son las nueve y media de la mañana —replico—. No puedo faltar solo yo.

—Faltan también Marta y Kevin, pero a ellos se les permite llegar tarde.

—¿Quieres decir que todo el mundo ya está despierto? —pregunto sin poder contener mi asombro.

—No seas tonta, hija —me contesta poniendo los ojos en blanco como si de verdad creyera que me falta un hervor por hacer semejante pregunta—. Los *hoolingans* siguen durmiendo. No se levantan nunca antes de las doce, así que no creo que lo hagan hoy, que anoche trasnocharon de lo lindo.

—Todos trasnochamos. Y sin embargo hay un desayuno familiar programado para las nueve y media —añado sin evitar teñir mi voz de sarcasmo y malestar.

—Al que llegas tarde, por cierto.

—Si alguien se hubiera molestado en avisarme de que existía tal cosa como un desayuno familiar, te aseguro que me hubiera dado más prisa solo por no oír tus quejas.

—La que se está quejando eres tú...

Y ahí está mi santa madre dando la vuelta a las cosas para quedar ella por encima. En fin, solo queda rendirse porque la lucha es inútil, básicamente a la altura de un duelo a muerte con una pared inerte.

Miro hacia donde ella me señala y, efectivamente, veo a los padres de Kevin —que él y Marta me presentaron fugazmente la tarde pasada—; la madre charlando con Celia a quien, si te fijas bien, aún se le nota la tristeza del final de la velada. También está mi hermana Sara, lozana y fresca, como si no se hubiera pasado con el ron con coca cola la noche anterior. El tío Félix, a su lado, entablando conversación con el padre de Kevin en un macarrónico inglés de Alcobendas desde la otra punta de la mesa. Y Julio, frente a Celia, mirándola con su perenne carita de cachorro abandonado. Imagino que el dolor que refleja la cara de mi hermana, del que él tampoco es ajeno, le está amargando el desayuno. Julio es así, y más con Celia, su debilidad.

Completan la mesa mi prima Lorena y su díscola madre, la tía Isina; mi abuela Carmen, el amor de mi vida, casi con toda probabilidad, y un hombre que me da la espalda pero que, a todas luces se parece a...

Me quedo paralizada según me acerco para tomar uno de los cuatro sitios libres que quedan en la mesa. No entiendo qué relación familiar tiene con nosotros Tristan Cornell, de Manchester, Reino Unido, pero ahí está, sentado junto a Julio, desayunando tranquilamente en la mesa que mi madre ha preparado para todos nosotros.

Se gira justo cuando llego y me sonríe con complicidad, como si yo no me hubiera largado a la cama súper frustrada y enfadada como una mona por haberme dejado besarlo teniendo algo con mi hermana. Me dan ganas de volver a la cama y escapar de ese desayuno familiar. O, mejor, de coger esa maleta que está casi sin deshacer, y largarme a Madrid, a rumiar las penas de los últimos meses, que ya se acumulan unas cuantas y luego pesan más cuando te pones en plan repaso de amarguras.

Pero vacilo un par de segundos, perdida angustiosamente en el azul de sus pupilas resplandecientes —otro que parece que anoche no estuvo de juerga hasta las tantas—, y pierdo mi oportunidad de huida. Mi madre ya se ha colocado detrás de mí, evitando que salga corriendo por la puerta, y Tristan se ha levantado, solícito y caballeroso, como dicen que son los ingleses bien educados, para desplazar la silla que hay vacía justo al lado de la que él estaba ocupando.

*«Estupendo, Isabel, ahora solo le falta volver a descalzarte con sensualidad para completar el cuadro y perder del todo la poca cordura que te queda».*

Hago callar a Pepito Grillo de un gesto mental contundente y arrollador, y cierro los ojos un solo instante, para recomponerme e instar a mi rostro a mostrar una actitud de lo más indiferente. No quiero que nadie piense que a mí todo esto me rechina muchísimo, y que ahora mismo preferiría estar en cualquier otro lugar del mundo.

Así que me acerco a la silla que me ofrece, pero me cuido mucho de volver a entablar contacto visual con él. También con Celia, al otro lado de la mesa, aunque ella apenas sí ha reparado en mi presencia y sigue a lo suyo con la madre de Kevin.

—Gracias —digo en un murmullo apenas audible, y sé que Tristan asiente con la cabeza, aunque no sea capaz de mirarlo directamente.

Me tiemblan ligeramente las manos y hago un esfuerzo manifiesto por mantenerme serena. Miro a mi alrededor en busca de algo que hacer, pero me resulta ridículo levantarme a buscar algo de desayuno en el bufé, justo ahora que acabo de tomar asiento. De hecho, tengo el estómago tan agarrotado, que no creo que me entrara ni una miga de pan, por apetitoso que sea el aspecto de todos los elementos que mi madre, con mimo, siempre cuida en el amplio abanico de opciones que ofrece a modo de desayuno: leches de diferentes orígenes, animal y vegetal, yogures caseros, zumos recién exprimidos, cereales de múltiples clases, granolas, galletas, bollería hecha en el obrador que hay junto a la enorme cocina de la finca, igual que las variedades alucinantes de pan para tostar que reposan en cestos de mimbre pulcramente preparados. No falta la fruta fresca, cortada en cómodas porciones, huevos revueltos y beicon para los amantes del desayuno inglés —y hay unos cuantos, teniendo en cuenta que la mitad de los invitados procede del Reino Unido—, ni tampoco una variedad exquisita de mermeladas y mantequillas. Por último, también hay té, café y cacao, que hacen que el ambiente huela de maravilla, una conjunción perfecta de aromas que, sin embargo, a mí solo hacen que se me revuelve el estómago.

Hago acopio de fuerzas y me levanto a por un café. Aunque sea, un simple y oscuro café que me permita hacer algo, tener algo entre las manos, y que implique no estar sentada a una mesa con otras personas que desayunan alegremente, sin que delante de mí haya nada.

Escojo una taza mediana y la lleno por la mitad de una aromática variedad que mi madre hace traer de Sudamérica y que es una verdadera delicia. En esos pequeños detalles es donde Los Jarales sobresale de forma prodigiosa.

Busco algo con lo que acompañar el café. Algo pequeño que me permita asentar el estómago pese a las náuseas que se están formando con mayor virulencia cada segundo que pasa.

—Los bollitos de semillas están espectaculares —susurra una voz cerca de mi oído y me estremezco de una forma tan evidente, que debo controlarme como nunca antes para que la turbación no me haga perder el equilibrio o dejar caer mi taza de café.

Maldito Tristan Cornell, maldita su voz y la sensualidad que cada gesto suyo contiene. Maldita la sensación de estar al borde del abismo que me invade cuando él anda cerca. Lo conozco desde hace menos de doce horas y ya ha conseguido desestabilizarme como pocas cosas en el mundo.

—Conozco los *bollitos de semillas*, gracias —le digo sin volverme, remarcando las palabras con cierto retintín que refiere toda mi frustración—. Sabes demasiado de mi vida como para no llegar a la conclusión de que ya he desayunado aquí antes. Muchas veces, de hecho.

—Lo asumo —se ríe, pasando olímpicamente del mal humor que se desprende de mis palabras—. Pero quería dejar claro que a mí me han encantado. Bueno, todo, de hecho. Este lugar es algo así como el paraíso. Tu madre ha hecho magia con este sitio.

No quiero darle la razón. Quiero mandarlo a freír espárragos, decirle que me deje en paz y que se dedique a mi hermana, que eso de jugar a dos bandas está feo, y más cuando se trata de dos miembros de la misma familia. ¿Qué necesidad hay de crear caos y disputas internas en un lugar donde hay —casi siempre— buen rollo?

Sin embargo, no abro la boca. Paso por su lado, dejo el café que llevo en la mano encima de una de las mesas y me acerco al lugar donde todos mis allegados están congregados, cada uno a lo suyo. He tomado una decisión. Y es enteramente por mi salud mental.

—Tengo que irme —anuncio—. Mi jefa acaba de llamarme. Ha surgido una urgencia.

—Es domingo —se queja mi abuela, componiendo un mohín en su arrugado rostro adorable—. No deberías trabajar en domingo.

Me encojo de hombros y pongo cara de resignación. El trabajo es el trabajo, que diría mi padre.

—Tu teléfono está encima de la mesa y ni siquiera ha sonado —me reprocha mi madre, mirándome recelosa.

Mierda, no había caído en que he dejado el móvil junto a la llave de mi habitación en mi sitio en la mesa, antes de levantarme a por el café. Sin embargo, me niego a que eso me estropee mi cobarde plan de huida.

—Me ha mandado un mensaje —respondo, a la defensiva, poniendo cara de que no me apetece nada que me busquen las cosquillas.

—¿Y cuándo lo has leído?

—Mientras venía a desayunar, pero se me ha olvidado por tu culpa —digo avasallándola y señalándola con el dedo.

—¿Por mi culpa?

—Sí, por echarme la bronca al llegar. Se me ha ido de la cabeza que yo no venía a desayunar, sino a despedirme.

A mi lado oigo la risa contenida de Tristan y me tenso de inmediato. Me dan ganas de girarme de cara a él y espetarle que no debería reírse de mí, que todo esto es culpa suya y su afán de mariposear de flor en flor. Que ni mi hermana ni yo nos merecemos que nos ande metiendo ficha a las dos, y que debería tener más respeto hacia nosotras. Sin embargo, me conformo con una mirada gélida que dura un segundo —sobre todo porque no quiero que me la derrita si sigue sonriendo así, con los hoyuelos marcados y el gesto pícaro bailándole en las pupilas brillantes—, y vuelvo a enfrentar la mirada impasible de mi madre que, a estas alturas, se ha cruzado de brazos.

—Ahora mismo me vas a dar el número de teléfono de esa

horrible mujer y le voy a dejar claro que estamos en una celebración familiar de la que, desde luego, no va a irse nadie para trabajar —asegura, completamente convencida de que eso evitará que mi jefa me mangonee.

En ese preciso momento, debería recular, decir que Olivia y su llamada de urgencia pueden esperar, y volver a tomar asiento en la mesa. Conozco a mi madre y sé que es capaz de ir a Madrid y sacar a Olivia de la cama —porque seguro que sigue en la cama, ajena a todo esto—, para pedirle cuentas. Y aunque es tentadora la posibilidad de perder de vista a mi tensa progenitora ahora mismo, la verdad es que mi jefa no tiene la culpa de mi agobio actual.

—Mamá, relájate, el trabajo es importante. Tengo que hacerlo —intento razonar con ella.

—La familia es más importante aún —discute—. Hasta que no entiendas eso, así nos irá. Sin tu padre aquí, está todo manga por hombro. ¡Es todo un desastre!

Lo dice a la desesperada, con un puntito de rabia que me hace parar en seco y hasta reconsiderar mis intenciones cobardes. Mi madre es de un melodramático que asusta, pero pocas veces llegas a creerte el dolor o la tragedia con la que intenta liarte. Salvo en contadas ocasiones, como es esta. Hay verdadera angustia en su voz y creo que lo hemos notado todos.

—Mamá, no es todo un desastre... Es... —trato de encontrar palabras, pero antes de lograr dar con el calificativo perfecto, la voz de Marta llega desde la entrada del comedor, alta y clara.

—¡Quince horas! —grita—. ¡Mi matrimonio ha durado quince putas horas!

Nos giramos todos al unísono, mientras mi hermana entra como una furia y se acerca a nosotros con el rostro desencajado y bañado en lágrimas. No obstante, más que triste está hecha una furia, y da la sensación de que es capaz de destrozar el salón si diera rienda suelta a toda esa rabia que se intuye en el fondo de sus ojos oscuros.

—¡Marta! ¿Qué forma de entrar en un lugar público es esa? ¡Y tu lenguaje! No he criado a una salvaje, ¿qué van a pensar tus suegros? —la reprende mi madre, aún más disgustada con mi hermana que conmigo.

Ha omitido a propósito la parte en la que mi hermana ha declarado que su matrimonio ha acabado casi antes de empezar. Eso sería convertirlo en real, y mi madre es una experta retorcedora de la verdad, para acomodarla a su realidad. En su mundo, no existe la posibilidad que Marta ha exhortado, sin importar nada más. A su favor diré, y sin que sirva de precedente, que Marta ha heredado cierto componente dramático suyo, que quizá sea el que esté dominando en esta situación en concreto.

—¡Me importan tan poco mis suegros como me importa mi marido recién estrenado y del que me voy a divorciar en cuanto amanezca el lunes!

Mi madre la mira atónita. Bueno, todos lo hacemos. Hay poca gente en el comedor. Pocos invitados se habrán despertado ya, pero es que no hace falta, yo creo que la estarán escuchando hasta en Cádiz por los gritos que está pegando.

—¿Quién me mandaría a mí irme a enamorar de un hijo de la Gran Bretaña con lo fácil que hubiera sido echarme un novio de Torrelodones? ¡Es que soy imbécil!

Marta hace gestos con todo el cuerpo, incapaz de esconder ni con las palabras ni con su expresividad máxima todo lo que está sintiendo en estos momentos. Me preocupa verla así, y que a mi madre le acabe por dar un infarto o algo similar. Está pálida y no sabe dónde meterse. No sabe si seguir fingiendo y hacer como si no pasara nada o agarrar a mi hermana con brusquedad y encerrarla en una habitación —la más alejada del comedor a ser posible—, hasta que entre en razón y deje de gritar.

Ante la situación y el pasmo general de todos los que la rodeamos —incluidos sus atónitos suegros—, doy un par de pasos en su dirección. Si llega a explotar del todo, rezo para que la onda expansiva no me pille cerca, pero es que tampoco puedo dejarla así y no hacer nada para procurar aplacar su terrorífica furia.

—Marta, ¿quieres contarme qué ha pasado? —le pregunto con suavidad, con todo el tacto del que soy capaz.

A mi lado, mi hermana se revuelve nerviosa y me mira. Sus pupilas están tan dilatadas que parece que se ha metido un par de rayas de cocaína, le tiembla el cuerpo entero y toda ella es un volcán a punto de entrar en erupción. Pero también hay pena en sus ojos, una pena y una impotencia difíciles de disimular, por más que la rabia parezca que es lo único con lo que ha venido al salón.

Sin poderlo evitar, hace un mohín con el labio, como si fuera a echarse a llorar, y temo que se derrumbe aquí, delante de todos. Es duro verla tan guerrera y, a la vez, tan extremadamente vulnerable. Así es un poco Marta, combativa y frágil, una dualidad imposible que la convierten en una de las personas más especiales que conozco.

—¿Quieres que nos vayamos y charlemos tranquilamente? —me ofrezco, colocando con mucha cautela mi mano sobre la suya, que tiembla aún más ante mi contacto. Sus ojos se suavizan, su pulso se ralentiza.

Me mira fijamente y, acto seguido, mira a todos los demás, que la contemplan con el aliento contenido, esperando una explicación o la explosión final, lo primero que Marta les ofrezca.

—Yo te cuento lo que ha pasado, si quieres —dice el acento británico de Kevin a nuestra espalda.

Marta da un respingo y se suelta de inmediato de mi mano. A su rostro regresa la ira y se repliega la niña vulnerable que ha estado a punto de tomar el control hace un par de segundos.

—No hace falta que les cuentes nada. Son mi familia, yo me encargo de decirles que me he casado con el ser más deshonesto y egoísta de toda la creación —le espeta mi hermana, dando un par de pasos en su dirección.

—¿Por qué no volvéis a la suite y lo solucionáis allí los dos solos? —propone mi madre, tensa como una cuerda de guitarra.

—Porque no hay nada que solucionar. Kevin se larga por donde ha venido a su querida Inglaterra y yo me quedo aquí, en mi país, con mi familia y con mi trabajo.

Su voz es firme y no admite discusión. Todos estamos pendientes de ella, incluso los camareros encargados de que el bufé funcione correctamente o Mario, el responsable de sala.

—Marta, sé razonable —le pide Kevin, pero ella se cruza de brazos y ni siquiera lo mira.

Me fascina la capacidad de mi cuñado para haber aprendido el idioma en menos de dos años y hablarlo con soltura. Más de uno seguro que agradece que todo esto esté pasando en castellano y que la escena no precise traducción simultánea, como seguro que les está pasando a los padres de Kevin.

—¿Ser razonable significa renunciar a todo lo que tengo y a todo lo que habíamos acordado solo porque a ti te da la gana?

—No es que me dé la gana, me han ofrecido un puesto importante y...

—Claro, al señorito le han ofrecido un puestazo y se ha acordado de comentarlo solo después del *sí, quiero*, por si acaso haber tomado una decisión de ese calibre él solito hacía peligrar la boda —le contesta mi hermana, volviéndose por fin y encarándole con toda su mala leche.

—Marta...

—Acordamos vivir aquí después de la boda —ahora el tono es lastimero, y el rostro de Kevin se ensombrece ante el cambio de registro de mi hermana—. Teníamos un trato. Un par de años en España y luego, ya veríamos...

—Subamos a la habitación y hablemos de ello calmadamente —pide Kevin con cautela, acercándose un paso a ella, tratando de razonar con Marta.

Pero ella se aleja, pone distancia entre los dos y lo mira dolida, mientras una lágrima solitaria se abre paso por su mejilla acalorada por el disgusto y la alteración.

—No tenemos nada de qué hablar, Kevin —le frena, evitando cualquier acercamiento, cualquier posibilidad de llegar a un entendimiento—. Lárgate a tu maldito país con tu puesto importante y olvídate de mí.

—No lo dice en serio, hijo —interviene mi madre con celeridad, tomando a Marta de la mano para evitar que haga una salida de escena teatral, que es lo que seguro ella estaba a punto de hacer—. Marta, él tiene razón, tenéis que hablar con un poco de calma.

—¡No quiero hablar! —se revuelve mi hermana, soltándose de ella, empeñada en largarse de aquí.

Mi madre, que coge aire con mucha parsimonia, la mira adusta. Luego, poco a poco, se gira y nos mira a todos. Se avecina algo terrible, pero quizá solo las chicas Onieva somos capaces de detectar la fuerza de esa mirada fría, esa determinación implacable y ese cuerpo plantado, como el portero de un equipo que se juega el pase a la final en la tanda de penaltis.

—Ya está bien, Marta. Si no quieres ir a solucionar esto a un lugar privado, te quedas aquí y desayunas con tu familia. Con toda, la de aquí y la inglesa. Ya estoy más que harta. Primero, Isabel se quiere marchar con una burda excusa barata que no se cree nadie, huyendo Dios sabe de qué. Y luego tú te niegas a darle una oportunidad a tu matrimonio, al que mandas a la basura al primer contratiempo. ¡Y no son ni las diez de la mañana! ¿Qué más nos queda por ver?

Se hace un silencio a nuestro alrededor. El tono de mi madre no ofrece ni una sola oportunidad de réplica, eso lo saben hasta sus azorados consuegros.

Sin embargo, algo pasa. Un cruce fugaz de miradas, un asentimiento por parte de Tristan, casi imperceptible. Una sonrisa confiada que le borra el miedo a mi hermana Celia que, auspiciada por el gesto de confianza de mi salvador de la noche pasada, se pone en pie y mira directamente a mi madre.

La bomba está a punto de caer y sé que esto será la maldita

guinda del pastel al desastre que estamos viviendo.

—Estoy embarazada, mamá.

La explosión nos alcanza de lleno.

Y la onda expansiva es tan potente que me deja sin capacidad de reacción.

# 5

# La vida del revés

Desde que tengo uso de razón, Celia ha sido el referente contestatario de mi casa. La feminista, la luchadora, la de los ideales. Creció siguiendo una causa, una causa justa, niña reivindicativa y adolescente libre, Celia no abandonó su forma de pensar ni siquiera cuando se convirtió en modelo, lo que es una paradoja enorme que, sin embargo, en mi hermana ni siquiera parecía importar.

Decía que, incluso desde una carrera como esa, se podían lograr cosas. Y de verdad que aprovechó la plataforma y la visibilidad para luchar por causas que en la profesión no estaban muy acostumbradas, como la tiranía de las tallas o los sueldos justos.

También decía, siempre, a quien quisiera escucharla, que ella nunca sería como los demás. Que no se casaría, que no entraría a formar parte de la sociedad borrega a la que despreciaba.

Que nunca tendría hijos.

—Estoy embarazada —repite mirando a mi madre con desesperación.

Nuestra progenitora se ha quedado muda. Bueno, todos, la verdad. Creo que antes nos hubiéramos esperado la noticia de que se iba a La India con los *Hare Krishna* a que alguien hubiera fecundado alguno de sus reticentes óvulos.

Y por alguien me refería al tipo que ha tratado de seducirme sin parar desde anoche. No puedo creérmelo, de verdad, menudo caradura. No me extraña que mi hermana no quisiera hablar conmigo de lo que le pasaba si el padre de la criatura que lleva dentro me estaba haciendo más caso que a ella después de embarazarla.

Tengo que dejarle claro a Celia que yo no sabía que estaban juntos y que, de haberlo sabido, nunca lo hubiera besado —ni de mentira ni de verdad—, ni hubiera permitido que el tonteo de la noche anterior se me subiera a la cabeza.

Pero mi hermana no me mira a mí. No tiene reproches preparados para lanzarme directamente por intentar ligar con su novio. No, Celia solo tiene ojos para mi madre, que se mantiene en silencio, condenándonos a los demás a permanecer igual de quietos y callados hasta haber escuchado su veredicto.

Ambas son dos fuerzas de la naturaleza, pero mi hermana nunca ha sido capaz de lidiar con la decepción que podría causarle a nuestra madre, ese es su punto débil. Va de libre, de soñadora, de guerrera, pero si mi madre muestra esa mirada en su rostro que indica que no está orgullosa de ella, Celia se desinfla como un globo al que alguien deja escapar el aire sin remedio.

—¿No vas a decir nada? —le pregunta, con los puños apretados y la mandíbula tensa.

Su pecho sube y baja con intensidad, pero en sus ojos hay desafío y sé que, si pudiera, se acercaría a mi madre y la sacudiría por los hombros para obtener las respuestas que necesita. Su beneplácito, su bendición.

Pero mi madre contrae el rostro y se echa a llorar. Allí, delante de todos, escena incómoda como pocas, mientras los demás nos miramos pasmados. El melodrama de nuevo, suponemos, aunque esta vez nadie logra entender de dónde puede venirle a mi madre las ganas de hacerse con el protagonismo de la escena.

—¿Estás bien, mamá? —le pregunta Marta, que es la que está

más cerca de ella—. Es una buena noticia. Mejor que la de mi divorcio exprés.

Los hombros de mi madre tiemblan y deja escapar hipidos pequeñitos que nos tienen a todos en vilo. Maldigo la sucesión de acontecimientos que nos ha traído aquí. Debí haber salido corriendo sin pasar por el comedor, largarme a Madrid y mandar un mensaje desde mi casa para despedirme en remoto. Ahora parece que todo se confabula para retenerme. Y me cabrea.

Mucho.

—Todo está cambiando —se queja mi madre entre lágrimas—. Todo cambia y él no está aquí. Isidro se lo está perdiendo todo.

Se viene abajo en los brazos de Marta y a mí se me parte el corazón. Creo que a todas nos pesa la ausencia de nuestro padre, sobre todo ahora que, como dice ella, todo está cambiando y nos estamos metiendo de lleno en la vida adulta. Que mi madre lo verbalice nos paraliza a todos.

Tiene razón. Tanta, que a mí se me olvida odiar al padre de mi futuro sobrino y solo me acuerdo de que mi padre no está, de que se lo está perdiendo todo.

Mi madre se deshace del abrazo de Marta y, sin que nos dé tiempo a reaccionar, se va. La salida teatral que mi hermana no ha tenido, se la lleva ella, dejándonos a todos con el corazón en la boca.

Kevin se acerca a sus padres para traducirles lo que acaba de pasar, su discusión con Marta y el anuncio de Celia, arrojando así algo de luz sobre sus patidifusas miradas perdidas. Ante el primer anuncio, sus caras muestran horror primero y, a medida que Kevin les tranquiliza, una calma tensa que mi cuñado tendrá que afanarse en convertir en alivio, si es que sus planes de retener a mi hermana surten efecto.

—Niña —llama mi abuela, en dirección a Celia—. Tu padre estaría muy feliz por ti. Y tu madre lo está, aunque ya la conoces, primero le gusta victimizarse un rato.

Mi abuela y su nuera, o sea, mi madre, siempre han tenido una relación cordial, pese a que la primera no se calla ni una y la segunda es la reina de la tragedia. Sea como sea, su convivencia es pacífica, tanto como para compartir techo y hacerse compañía una a la otra, sobre todo desde que les falta mi padre.

Celia se acerca a mi abuela y las dos se abrazan. Parece reconfortarle el gesto, porque mi hermana se abandona a ese abrazo que parece ser lo que más necesita en el mundo.

Me fijo entonces en Julio, que no les quita ojo. Me regaño mentalmente por no haberle prestado atención antes. Prevalece en su rostro el gesto de desconcierto que la noticia de Celia ha debido de dibujarle. Él la quiere desde la cuna, prácticamente y, aunque nunca ha tenido opciones reales con ella, asumo que una noticia como la que acaba de soltar en medio de este desastroso desayuno familiar, acaba con todas sus esperanzas de un plumazo.

Me da pena el pobre, con su carita de bueno, sus gafas de pasta oscuras, sus ojos tristes y la certeza de que acaba de perder la idea de Celia como el amor de toda su vida.

Con el follón que se acaba de montar en el comedor, tengo una ansiedad terrible por largarme de aquí. Ahora es imperioso. Sobre todo cuando, por un descuido estúpido por mi parte, hago lo que me había prohibido hacer: entablar contacto visual con Tristan Cornell y su maldita sonrisa, esta vez débil y casi triste, pero que hace que su gesto sea sexy y tremendamente apetecible.

Me reprendo enérgicamente y giro la cabeza para huir de él. No quiero saber nada del chico con el que mi hermana empezará una nueva vida y una nueva familia. No me conviene perder el tiempo con algo tan perturbador. Así que tomo la decisión que más me conviene ahora mismo, que es poner tierra de por medio entre este desastre que soy yo y el resto de la gente que, con sus propios dramas, no necesita de mi presencia para nada.

Subo corriendo a mi habitación sin despedirme de nadie. Meto en la maleta las cuatro cosas que ayer saqué después de mi vuelo transoceánico desde México D.F. y me dispongo a barrer la estancia con la mirada en busca de todo cuanto tenga que llevarme. No quisiera volver en breve solo porque me haya olvidado las planchas del pelo o mi sujetador favorito en un descuido provocado por el mal humor.

Cuando creo que ya está todo dentro de mi maleta tamaño XXL —no me juzgues, que una viene de pasar diez días en la otra punta del planeta y de una boda que requería etiqueta—, recojo mi pelo oscuro en una cómoda coleta alta y me echo una última ojeada en el espejo de cuerpo entero que preside la habitación.

No me gusta lo que veo, tengo que decirlo y no es por mi aspecto, que tampoco es que sea horrible —soy bajita, y tengo el pelo a la altura de los hombros y sin mucha gracia, esa es la verdad, pero mis ojos son de un azul intenso, mi nariz es pequeña y está salpicada de unas pecas muy graciosas que a mi padre le encantaban y mi boca es amplia y, como él siempre decía, fue diseñada para dibujar sonrisas en mi rostro risueño—, es más bien por la sombra de pena que me cruza la mirada velada. Hoy tenía que ser un día bonito y, sin embargo, yo quiero irme, mi hermana Marta ha gritado su deseo de divorciarse, mi madre ha acabado llorando y Celia... Celia no sé si nos acaba de dar una buena noticia para ella o una condena de por vida de esos ideales que la han sustentado durante tres décadas.

De todas nosotras, solo Sara parecía ajena a dramas y malos rollos. Al menos una se salva de esta mañana de mierda.

Cuando desisto de mirarme más y sacar más faltas a mi aspecto de mujer derrotada por la vida, me giro para coger el asa de la maleta, pero unos golpes en la puerta paran en seco mi ademán. Creía que podría irme en silencio, pero parece que ni siquiera ese deseo se me va a cumplir hoy.

Con desgana —y preparada con argumentos para saltarme la barrera que levante para que no me pueda ir quien quiera que sea que está al otro lado de la puerta—, abro y me coloco bien plantada en la entrada, dispuesta a luchar. Hoy parece que todo va de luchar.

—Pareces *Terminator* ahí parada —me dice Sara, pasando de mi pose intimidatoria y entrando sin permiso dentro de la estancia que pretendía abandonar de extranjis.

Mi hermana pequeña es seis años más joven que yo, pero me saca una cabeza, así que no le cuesta pasarme por encima.

Se acomoda en la cama sin hacer y me mira como esperando que la siga y abandone ese lugar junto a la puerta donde me ha dejado al pasar.

—¿Necesitas que te invite a tu propia habitación?

—Necesito que te vayas para que yo me pueda ir a casa —digo, reculando y llegando a su lado. No me siento con ella, sino en un cómodo sillón que hay frente a donde está. Cruzo las piernas y pongo cara de circunstancias, espero dar la imagen de persona que es capaz de controlar esta situación, cualquier situación, de hecho —. Tienes cinco minutos antes de que me largue.

—Es interesante que digas justo eso —comienza, sonriendo de esa forma que es tan característica suya, los labios apenas curvados y los párpados caídos en un estudiado gesto que a muchos les parece adorable—. Me gustaría irme contigo.

—Estupendo, cargo la maleta en el coche y te acerco a Madrid —digo, levantándome.

Esto ha sido mucho más fácil y corto de lo que pensaba.

—No, Isa, espera —me pide, haciendo un gesto con la mano que me obliga a volver a poner el trasero en el sillón cuando estaba ya casi en la puerta—. Me gustaría irme *contigo*.

La miro con lo que debe de ser la mayor cara de confusión de la historia y espero a que se explique. Tengo la sensación de que el día solo acaba de empezar a complicarse.

—No quería decir nada después de lo de... —dice señalando a la nada y yo interpreto que se refiere a los momentos surrealistas que hemos vivido en el comedor unos minutos atrás—. Bueno, ya sabes. Si le digo a mamá que he dejado la carrera, me mata. Pero si se lo digo después de lo de Marta y de Celia, me hace picadillo y esparce mis pedazos por toda la finca.

—¿Has dejado la carrera? —pregunto con los ojos como platos—. Dios, mamá te mata.

Ella asiente en silencio. A su favor hay que decir que se la ve como mortificada, que sabe que en casa eso va a hacer que hasta corra la sangre o, al menos, las lágrimas, y que hace bien en poner tierra de por medio.

—¿Qué ha pasado? Nadie deja la carrera en el último año, y menos aún si lo está pasando en Hamburgo de Erasmus. Creía que te gustaba...

Sara estudia Turismo. Lo decidió casi en el último momento, porque tenía bastantes dudas y pocas cosas claras, pero a medida que pasaban los cursos, se la veía a gusto. Con un negocio como el de mi madre, sin que las tres mayores nos interesáramos por la gestión de la finca, que Sara eligiera ese camino, tenía bastante que ver con ayudar a nuestra madre y acabar dirigiendo el negocio con el tiempo. Marta la ayudaría desde la asesoría con las cuentas y yo, desde mi puesto en comunicación, hacía ya un par de años que llevaba las redes sociales y todo lo referente a la publicidad y las relaciones con la prensa, cuando el evento que se celebraba así lo requería. Por último, Celia había cedido su imagen y su experiencia frente a la cámara de los fotógrafos para ser la cara de los folletos y de todos los momentos que, desde el punto de vista del marketing, así se había requerido.

En conjunto, entre las cinco somos capaces de aportar cosas a Los Jarales, lo que hace que el proyecto sea aún más especial y bonito al ser algo tan familiar. Y sí, nuestra madre saca de quicio, y Celia es extremadamente peculiar, y yo suelo ausentarme más de la cuenta si mi novio secreto me lo pide, y Marta lo deja todo para irse un fin de semana de cada dos a Manchester, y Sara... Sara tiene veintidós años recién cumplidos, y a veces se olvida de que la vida no es solo diversión y placeres de juventud. Pero entre las cinco hacemos que funcione el equipo, pese a que hay que reconocer que es mi madre quien se lleva la mayor parte del trabajo diario.

—Me gustaba —confiesa—. Me gusta, me gusta mucho. Pero ahora mismo siento que no es el momento. Ahora quiero hacer lo que me hace feliz y lo que... bueno, lo que tiene un rendimiento inmediato.

—¿De qué demonios estás hablando?

—Que he dejado Turismo para ser *youtuber* —dice mirándome a los ojos con el desafío manifiesto de quien no admite réplica.

—La madre que te parió.

—Se me da bien —se queja, y yo no sé si tengo ganas de reírme por lo surrealista del asunto o de llorar por lo lamentable que es todo esto.

—Si mamá no te mata por dejar la carrera, te matará por lo de ser *youtuber*. ¿A quién se le ocurre?

Niego con un gesto de cabeza e intento que mi rostro no muestre ningún signo de guasa —que la tiene—, porque lo último que quiero es que Sara piense que me río de ella. La verdad es que algo así era justo lo que a la familia le faltaba en un día como el de hoy para rematarla. Al final va a resultar que yo voy a ser la única que no le dé una noticia trascendental a mi señora madre.

Tampoco ningún disgusto.

Porque lo de Marta parece una pataleta que seguro que se resuelve. Y lo de Celia es, sin duda, una buena noticia.

Pero lo que Sara no se atreve a contar —y entiendo el porqué—, eso es un disgusto. En toda regla.

—Se me da bien y me gusta —dice con una vocecilla que es capaz de ablandar al ser más duro de la creación. Debería guardársela para mi madre. A mí no tiene que convencerme para que le perdone la vida.

—¿Y no hay ninguna forma de compaginarlo? Te queda poco para acabar la carrera.

—Todo se ha vuelto muy absorbente. Al final, esto me quita

mucho tiempo y no quiero arrastrar asignaturas, aunque me queden pocas para acabar.

Sinceramente, a mí me parece una locura. Que dejes tu vida en suspenso para contar en vídeo cosas a desconocidos al otro lado de la pantalla... pues como que no lo veo. Debe ser que soy una antigua o que yo me guío por lo palpable, por la nómina segura a final de mes, por lo tradicional y estable.

—Pero, ¿esto de ser *youtuber* es tan importante como para que lo mandes todo al garete? ¿Da para tanto o es solo una crisis de fin de carrera? —pregunto intentando desentrañar sus motivos—. Quiero decir que hay mucha gente a la que el salto al mundo laboral, a esa etapa en la que te empiezas a ganar la vida por ti misma, le genera mucha ansiedad...

—No es eso, te lo juro —asegura sacando el teléfono móvil del bolsillo de su pantalón—. Mira.

Me hace un gesto para que me siente a su lado y busca en YouTube un vídeo en el que aparece ella, preciosa y sencilla, como es la propia Sara, explicando cómo hacerse un moño con unos calcetines.

Tiene un desparpajo especial, hace que la mires y te quedes como hipnotizada. Se le da bien, de eso no hay duda.

—¿Entonces es en serio que quieres dedicarte a enseñarle a la gente a hacerse un moño con un par de calcetines viejos? —pregunto, aún incrédula ante la posibilidad de que tire por la borda cuatro años de su vida.

No me responde con palabras. Señala una cifra debajo de la imagen en la que ella sigue haciéndose un estiloso moño en su larguísimo cabello rubio. La miro arrugando el ceño, no sé mucho de vídeos y de plataformas para subirlos, pero sí sé que esa cifra corresponde a las visualizaciones.

—Cuatro millones ciento cuarenta y dos mil quinientas quince —digo despacio, flipando lo máximo—. Dime que es una broma, que no hay cuatro millones ciento cuarenta y dos mil quinientas quince personas que han visto cómo te hacías un moño con unos calcetines.

Sara asiente ante mi cara de asombro total y yo me llevo las manos a la cabeza.

—Joder, Sara, eso es como el diez por ciento del país —exclamo sin poder contenerme—. ¡El jodido diez por ciento del país!

—No te pases, la mitad de las reproducciones son de fuera. De Iberoamérica, sobre todo —trata de quitarle importancia al asunto.

Pero es que la tiene. Mi hermana es una celebridad. Una celebridad de YouTube, pero una celebridad, al fin y al cabo. Con esas cifras podría, si quisiera, salir en las revistas, publicar un libro o dos y hasta tener una sección fija en alguno de los programas de la tele con más éxito de audiencia.

—Puedes decirle a mamá que has triunfado. Le encantará —le aseguro, aún a su lado, sintiendo cómo se tensa ante la mención de nuestra madre.

—No lo entenderá. Ella solo escuchará lo de haber dejado la carrera y lo demás no le importará. Podría decirle que me voy a casar con un príncipe europeo y que por eso dejo los estudios, que ella solo se quedaría con la parte en la que tiro por la borda los cuatro años de universidad que ya he cursado.

—Espera, ¿vas a casarte con un príncipe europeo? —pregunto, sobresaltada—. Es muy de *influencer*, la verdad.

Me da un golpe en el brazo y se ríe, pero aún se la ve tensa. Que yo me ría con ella de lo que ha hecho con su vida, no significa que convierta en algo fácil el trago de contárselo a nuestra madre.

Eso no se lo deseo ni aunque la odiara a muerte.

—Tienes que ayudarme. Necesito un sitio para quedarme porque no voy a volver a Hamburgo. Tengo las maletas en una consigna del aeropuerto desde hace una semana y necesito ir a sacarlas ya. Necesito ir a casa contigo y...

—¿Y?

—Y que me guardes el secreto hasta que encuentre la forma de contárselo a mamá de forma que logre que ella no quiera estrangularme.

Me quedo paralizada y no soy capaz de reaccionar. No sé si me apetece vivir con mi hermana de nuevo, esa es la pura verdad.

Hace solo dos meses que vivo sola, desde que Carlos se largó y mi vida se volvió del revés. Volver a la casa de mi infancia, que estaba completamente vacía desde que mi madre puso en marcha Los Jarales, supuso toda una terapia sanadora de la que aún me estoy beneficiando. Cuando rompí con Carlos, dejé mi habitación en el piso que compartía con otras dos chicas y le pedí a mi madre que me dejara volver a nuestra casa. Una casa que estaba vacía y que era un puerto seguro en medio de la horrible tempestad que suponía asumir que lo mío con Carlos era mentira.

Volví a mi habitación, a la seguridad de que en aquellas paredes no me iba a pasar nada malo. A rumiar en soledad mi mala suerte en el amor y la precaria situación de la agencia, del trabajo que me daba de comer.

Ahora es como un santuario. Lo que al principio me había resultado chocante —nunca había estado sola en la casa donde me había criado—, ahora es profundamente reconfortante. Por eso no sé si me apetece romper mi monástica vida de clausura para volver a compartirla con Sara. Porque mi hermana es dulce, es muy mona, es divertida y profundamente generosa, pero también es una fuerza de la naturaleza, arrolladora y demasiado vital para mi actual situación.

Tiene veintidós años y es *youtuber*, por el amor de Dios. Es justamente lo que menos me apetece ahora mismo como compañera de piso.

—Sara...

Apenas soy capaz de verbalizar nada que pudiera ser al menos una ridícula excusa. Y todo porque sé que también es su casa, que yo no tengo la potestad de cerrarle la puerta y que no me voy a chivar a nuestra madre, solo para quitármela de encima.

*«Mierda, se ha acabado la rehabilitación y la paz y la burbuja. Se nos ha acabado el escondernos de todo, bonita».*

*«Bueno, podría ser peor. Al menos Sara no es muy casera, estará poco cerca».*

Me doy cuenta de que hablo conmigo misma justo cuando vuelven a tocar en la puerta de mi habitación. Salgo de mi abstracción y miro a mi hermana, que dibuja un gesto asustado en sus pupilas. Seguro que piensa que es nuestra madre.

Me levanto despacio, respiro un par de veces y me encamino hacia la puerta por segunda vez en cinco minutos.

La abro con cautela, pero un huracán me arrasa, pasando casi por encima de mí. Cuando logro reaccionar, tengo a Marta dentro de la estancia, sentándose junto a Sara, con quien intercambio una mirada interrogativa.

—Me voy a casa contigo, Isa —declara y a mí se me para ya del todo el corazón—. Dejé mi piso de alquiler la semana pasada y no pienso estrenar el nuevo. La mitad es de Kevin y no quiero usarlo por nada del mundo.

Si me hubieras preguntado hace una hora cuál era mi mayor pesadilla, seguramente hubiera contestado que perder a otro ser querido, volver a experimentar el dolor de la pérdida, como me ocurrió con la de mi padre. Pero si me preguntas ahora, justo en este momento, te diría que tener que vivir con dos de mis hermanas, como si retrocediera a mis dieciocho años, podría bien ser una de esas pesadillas aterradoras que ni siquiera hubiera contemplado.

—¿Todavía te dura la pataleta? —pregunto, intentando echar balones fuera, desviar el tema y hacer que ni siquiera se plantee de verdad lo que acaba de decir en voz alta.

—No es ninguna pataleta, rica —me espeta con el gesto torcido —. Nunca me tomáis en serio, pero nunca he estado más segura de algo en toda mi vida. Mañana mismo interpongo una demanda de divorcio contra ese mentiroso sin corazón con el que me casé ayer.

Me duele escucharla hablar así. Es el tono, sobre todo. La derrota, la aceptación de algo tan descabellado como que deje a Kevin ahora que se acaban de casar. Se adoran, eso lo sabemos todos. Si existen dos almas hechas la una para la otra, esas son ellos dos, solo hay que verlos juntos, su complicidad, la sensación de que no existe nada más en el mundo si están el uno con el otro... No tiene ningún sentido la actitud de Marta y no puedo dejar de sentir que el daño se puede convertir en irreparable si no frenamos esta tontería de inmediato.

—Por malo que sea, creo que deberíais hablar con calma, Marta —le dice Sara, poniendo palabras a mi pensamiento y asombrándome de paso con esa madurez que no le pega mucho.

—No puedo —asegura, levantándose del sitio que acaba de ocupar, como si le resultara imposible permanecer quieta en un lugar más de veinte segundos.

Se la ve tan inquieta que asusta. Esto es nuevo y no tengo ni idea de cómo actuar. No sé si hacerla entrar en razón, empujarla hacia Kevin, pasar de ella hasta que tenga ganas de hablar con él y acabar con esta locura...

—Me vuelvo a casa contigo, Isa.

—Y conmigo —interviene Sara.

Se miran durante un instante en el que veo cómo su antigua intimidad de siempre se despierta y las golpea. Marta y Sara están unidas de un modo especial, así como lo estamos Celia y yo. Nos adoramos las cuatro, con nuestras rarezas y nuestras idas de olla, pero siempre la afinidad ha sido mayor de ese modo, como si hubiéramos necesitado emparejarnos de una manera simbólica para afrontar las cosas en equipos de dos.

—¿Tú no tienes que volver mañana a Hamburgo?

—He dejado la carrera.

—¡¿Que has dejado qué?! —el grito con el que Marta pregunta debe de haberse escuchado hasta en Santander.

Las miro lastimosamente y me doy por vencida. Sé que podría

convencer a una de las dos del paso descabellado que van a dar. Con tiempo, esfuerzo y mucha mano izquierda, podría con una de ellas. Con las dos, es imposible. Tengo que claudicar y llevármelas a casa, aunque me partan en dos, aunque me pongan la vida del revés —como si no me hubiera ocurrido ya dos meses atrás—. Son mis hermanas y necesitan un escenario seguro, igual que lo necesité yo cuando me alcanzó mi propia tempestad.

Así que me encojo de hombros y dejo que Sara le cuente a Marta todo lo relacionado con sus vídeos de moños con calcetines con más de cuatro millones de visualizaciones. No me queda otro remedio.

Justo cuando acepto la nueva realidad que me acompañará hasta que logre que vuelvan a la coherencia de sus vidas pasadas, mi teléfono vibra en el bolsillo de mi pantalón. Lo saco, temblando ante la posibilidad de que Celia me esté buscando para proponerme venirse a casa a tener su bebé en el hogar de nuestra infancia.

Y, aunque no es Celia, el tema del mensaje no está muy lejos de ese propósito. Se amplía el camarote de los hermanos Marx —de las hermanas Onieva en este caso—, y no tengo ni idea de cómo evitar este nuevo atropello, esta vez perpetrado por Olivia Calonge, mi jefa.

*Isabel, tenías un piso enorme y casi vacío en el centro, ¿verdad?*
*Necesito que acojas a un inquilino el próximo mes.*
*Te prometo que es temporal.*
*Te lo explico todo mañana, pero de ello depende la continuidad de la agencia. Nos vemos, querida.*

Me entra la risa sin poderlo remediar. Casi vacío, dice... Dios mío. Creo que necesito dormir el sueño que he perdido esta noche. Mi vida se acaba de convertir en la maldita hora punta y no tengo ni idea de cómo hacer para que todo el mundo me deje en paz y rumiar mis penas a solas.

Suspiro, cojo el asa de mi maleta y la empujo fuera de la habitación.

Que sea lo que tenga que ser. A estas alturas ya empieza a darme todo un poco igual.

# Acto 2

# En el cumpleaños de Isidro

# 6

# EL JEFAZO INGLÉS

—Llegas tarde. Y ese conjunto es horrible. Te hace más bajita.

Olivia Calonge es la peor jefa del mundo. Literalmente.

No tiene filtros porque no los necesita. Ella es excelsa, inefable en todo lo que hace. Nunca falla. Incluso si su negocio está al borde de la ruina, la culpa no es suya. Es de otros, que no han hecho las cosas bien.

Es disciplinada, metódica y una tirana de campeonato. Ha bajado la guardia pocas veces en su vida y quizá la más garrafal fue la de confiar sus activos a Carlos Luarca, mi exnovio.

Su examante.

Ahora parece que, como medida de precaución, se ha vuelto aún más fría y distante. Más hija de puta. Y es desesperante.

Al menos, tenemos buenas noticias en el horizonte.

Tres semanas después de mi viaje a México, las cosas parece que se empiezan a enderezar. No solo hemos conseguido mantener las cuentas allí, sino que las hemos afianzado con un par de alianzas ventajosas al asociarnos con dos firmas locales a las que Comunica2 dará cobertura en España, a cambio de llevar para nosotros eventos y cuentas que solo podríamos gestionar en remoto. Y, seamos sinceros, acudir a una entrega de premios a través de Skype no es nada profesional.

Por otro lado, Olivia ha conseguido una asociación aún mayor. Un pelotazo de los que llegan en el momento adecuado, justo antes de que todo se desmorone. Ha conseguido firmar un contrato con Tinkerer Music para llevar su comunicación en España, ahora que el grupo británico acaba de completar su desembarco en nuestro país. La confianza en nosotros del sello discográfico más importante de Europa en las dos últimas décadas sí que es un buen activo a nuestro favor.

Aunque el contrato en exclusiva solo tenga una validez de un año y, cumplido el plazo, se valorará la idoneidad de prorrogarlo por un periodo de, al menos, otros cinco.

Olivia necesita esos cinco años. Todos los necesitamos si queremos sobrevivir a la traición de Carlos. Y como los necesita, no tolera ni el más mínimo desvío del ambicioso plan de camelo al que quiere someter a Andrew Koepler, uno de los socios fundadores de la discográfica, que hoy viene a la agencia para conocernos y poner en marcha nuestro primer trabajo juntos: llevar las relaciones públicas y la comunicación de Blue Joy, la nueva sensación de la canción para jovencitas en busca de un ídolo con una limitada capacidad para cantar, pero que está cañón.

Es un crío, pero ya vende miles de copias de su primer sencillo, *No Wonder*, un tema pegadizo y muy comercial que suena en todas partes y a todas horas. Esta cuenta es un caramelito, la verdad, aunque a mí me pille ya algo mayor para una estrella barbilampiña que pone cachondo a medio país entre los quince y los veinticinco años. Que cante en inglés suma puntos, y su proyección internacional es imparable. Ha conseguido que Tinkerer Music entre en el mercado musical español y ya se habla de él como el próximo Shawn Mendes. Casi nada.

—Nunca antes me había hecho bajita —contesto, mordaz.

Desde que lo que hizo Carlos con nosotras y la empresa salió a la luz, no soy capaz de medir mis palabras con Olivia.

Antes me comía con patatas todas las contestaciones que mi

cerebro era capaz de idear como réplica a sus intervenciones. Ahora, ni por asomo. Me sale la amargura sola y no me callo ni una.

A estas alturas mi amor propio está por encima de todo lo demás. Eso, sin contar con que sé que me necesita aquí porque no puede permitirse empezar de cero con nadie más justo cuando tenemos que impresionar a Tinkerer Music.

Supongo que yo también me he vuelto un poquito cabrona. Pero es que la que nos ha caído obliga a endurecerse. No se puede ir por la vida de buena y confiada porque luego pasa lo que pasa. Que tu exnovio se larga con el dinero de la empresa o que el hombre que deja embarazada a tu hermana te mete fichas sin ningún pudor.

En estas tres semanas no he vuelto a saber nada de Tristan Cornell. Gracias al cielo. He hablado un par de veces con Celia por Skype, pero de él no había rastro por ningún lado ni ella lo ha mencionado. Supongo que esos planes que él decía tener sobre abandonar Inglaterra se referían a dejar Gran Bretaña por la Toscana italiana, y así estar con mi hermana mientras esperan que nazca el bebé.

Ni siquiera quiero pensar en ello. Aunque lo cierto es que, sin pretenderlo, lo hago bastante.

Y lo odio con todas mis fuerzas.

—Nunca antes me ha importado cómo te hiciera parecer la ropa —responde Olivia a mi comentario arisco—. Hoy me viene mal que parezcas aún más bajita. ¿De verdad tienes una hermana supermodelo?

Escupe malicia con su comentario. Yo tampoco me explico cómo Celia puede ser mi hermana mayor. Supongo que ella se lo quedó todo y yo, la tercera en nacer, tuve que conformarme con las sobras. Claro que Sara también es más alta que yo y es la pequeña.

—Es adoptada —explico.

Y, aunque es una mentira, me relamo de gusto.

—Como sea —alega Olivia, a quien claramente no le apetece hablar de mi hermana. A mí tampoco, la verdad—. El jefazo de la discográfica llega en diez minutos y quiero repasarlo todo antes de la reunión.

Hace un gesto para que la siga a su despacho. Me ha interceptado en la recepción y no me ha dejado tiempo para dejar el bolso en mi sitio. Así que le indico que voy inmediatamente, después de pasar por mi mesa un par de segundos. Asiente y se encierra en su cubículo de cristal, donde toma asiento, nerviosa, y se pone a revolver entre los papeles que cubren su escritorio de corte moderno y súper sofisticado.

—Hoy está más irascible de lo normal —me dice Alejandra, la *Community Manager* de la empresa y, a estas alturas de crisis total, única trabajadora de Comunica2 en nómina junto conmigo, cuando me acerco a mi sitio a dejar mis cosas y a recoger la carpeta donde tengo toda la información sobre Tinkerer Music—. Deberías tener cuidado con todo lo que digas, porque le va a molestar hasta que respires.

—No hace falta que me avises, ya se ve. Tú, por si acaso, ni te acerques, no sea que te vaya a provocar un parto prematuro con su mal humor.

Ale está embarazada de siete meses. En un par de semanas se cogerá la baja por maternidad y eso hace que Olivia aún esté más cabreada. No le apetece nada reforzar el área de Ale, pero yo me he negado rotundamente a llevar las redes sociales, además de todo el trabajo acumulado, así que no le ha quedado más remedio que contratar a un sustituto que empezará el lunes mismo para ir formándose con Alejandra antes de que ella tenga que irse.

—Ya puede estar bueno el de la discográfica, es lo único que le va a quitar ansiedad a la jefa —se ríe Ale y yo tengo que darle la razón.

A Olivia Calonge le gustan los hombres. Y si son más jóvenes, van en traje y exudan poder, la ponen como una moto. Así que, si Andrew Koepler anda por los cuarenta, viene trajeado y deja muy claro quién es el que va a mandar en esta relación —laboral, por supuesto—, a Olivia la tendrá comiendo de su mano y nosotras ganaremos paz y mucha tranquilidad.

—Con la suerte de los últimos tiempos, seguro que el que viene hoy a la reunión es el socio feo. Apuesto a que el guapo se ha quedado en Londres.

—Por nuestro bien, ojalá te equivoques —me contradice risueña.

—Reza para que, sea el que sea que hoy venga, no nos ponga difíciles las cosas de cara a la renovación del contrato —le digo en un susurro, ya con las carpetas en la mano y el cuerpo erguido, camino del despacho de nuestra jefa—. Porque si no, rodarán cabezas.

«*La tuya la primera, bonita*».

Pepito Grillo no ha tenido más razón en la vida, por triste que suene admitir una verdad así de lamentable.

Entro en el despacho de Olivia toda erguida, como si así fuera a conseguir esos centímetros de más que hoy me señala que no tengo. Sé que no sirve de nada, pero me aferro a esa verdad que dice que el que quiere, puede.

Yo quiero. Yo tengo que poder.

—¿Tienes toda la estrategia de comunicación preparada para cuando el señor Koepler llegue? —inquiere mi jefa sin levantar siquiera la vista de la pantalla del ordenador. No sé si está realmente enfrascada en algo súper importante o se está haciendo la interesante. Con Olivia nunca se sabe—. Hay que impresionar a ese tipo y metérnoslo en el bolsillo sin dejarle siquiera que se plantee reemplazarnos cuando acabe ese contrato.

Me siento frente a ella y guardo silencio. Es la única forma que se me ocurre para que deje de mirar la pantalla y me mire a mí. Si quiere mis respuestas, yo necesito su atención.

Cuando se da cuenta finalmente de mi decisión de no abrir la boca, gira el cuello en mi dirección y me clava sus ojos insidiosos, esperando mis respuestas con aparente mal humor.

—¿Y bien?

—Tengo todo atado para la presentación —convengo—. Como lo tenía ayer antes de irme a casa a las nueve de la noche, Olivia.

—¿Sabes que me gustabas más antes, cuando eras una mosquita muerta que no osaba replicarme? Ahora me da la sensación de que me has perdido el respeto. Y no sé si me gusta.

La interrogo elevando una de mis cejas. ¿No sabe si le gusta? Es obvio que no le gusta, pero es que a mí tampoco me agrada nada que me utilice como saco de *sparring* a todas horas y me esté haciendo pagar la traición de Carlos de este modo. Creo que ella no es siquiera consciente de que a mí también me mintió. Puede que no me haya robado todos mis ahorros y el buen nombre de mi negocio, pero desde luego, se llevó buena parte de mi confianza y de mi fe en las personas.

—Olivia, solo quiero hacer mi trabajo e irme a casa, cada día. En serio —contesto con los hombros abatidos, no quiero entrar en una discusión que no nos llevaría a ninguna parte. Conozco a mi jefa y sé que no pararía hasta volverme loca.

—Hablando de tu casa. Esta semana llega tu inquilino.

Me sonríe con candor y yo quiero asesinarla. Odio cuando hace eso, porque sé que todo lo que venga a continuación no será bueno para mí.

—Olivia, no hemos hablado de eso en profundidad, quizá podamos buscarle un hotel al chico...

Pensé que se le había olvidado y que el inquilino en cuestión se había evaporado. Desde el día después de la boda, en el que recibí su enigmático mensaje, mi jefa había pasado de puntillas sobre la posibilidad de que metiera de buenas a primeras a un desconocido en mi casa.

—No es un desconocido —me había dicho la única vez que conseguí que hablara con claridad del tema, una semana después de la boda de Marta—. Es quien va a poner en marcha la sucursal española de Tinkerer Music. Al parecer tiene alojamiento, pero solo a partir del 1 de julio, así que no quiere estar mes y medio en un hotel, y es comprensible. ¿Quién querría algo así de impersonal?

—Esa gente tiene mucho dinero, Olivia —me quejé amargamente—. Que entren en idealista.com y se alquilen un apartamento.

—¿Estás loca? Ahora la gente te pide una fianza de tres meses y cuesta más hacer todos los trámites que lo poco que el pobre hombre necesita el alojamiento. Además, tu casa es muy grande y te pasas aquí la mayor parte del tiempo, ni notarás que estás viviendo con alguien.

Ojalá esas palabras se acercaran algo a la verdad. Mi casa y, por extensión, mi vida, se han convertido en un lugar lleno de gente, y ya no es más ese refugio silencioso que había sido hasta el día que Sara y Marta se instalaron conmigo.

No negaré que tenerlas en casa pudo ser divertido los dos o tres primeros días. Marta hizo pizza casera la primera noche que pasamos las tres juntas y Sara hizo una videollamada con Andreu Buenafuente, en nuestra presencia, que quería llevársela de invitada a su nuevo programa de radio.

Pero Marta no ha vuelto a cocinar y se pasa el día hablando a gritos por teléfono, bien con mi madre, que la atosiga para que no siga adelante con el divorcio; bien con Kevin, que insiste en verla y ella no deja de darle largas y mandarlo a la mierda (palabras textuales) cada maldita vez que hablan.

Y Sara... Sara es la peor. Trabaja desde casa la mayor parte del tiempo, y como necesita un lugar adecuado para grabar sus vídeos, ha puesto todas las habitaciones del revés, montando diversos ambientes para diferentes temas sobre los que hablar y grabarse. Ha montado hasta un set en el cuarto de baño que hace inviable hacer pis sin sentirte en el plató de grabación de *Twin Peaks*.

Lo peor es toda la gente que desfila por el piso, no importa la hora que sea: su representante —una señora de mediana edad con sobrepeso y un pelo teñido de amarillo eléctrico que me da tanto miedo como causa fascinación—, su publicista, sus guionistas, sus amigas *influencers* y hasta celebridades menores, de esas que han sido *tronistas* en la tele o concursantes de *talent shows* venidos a menos.

A veces, nuestro salón parece un circo, y es lo que más odio cuando llego cansada a casa y me encuentro con alguna de sus reuniones —de trabajo o sociales, da igual, porque todas se parecen demasiado—, sin que pueda hacer nada para echar a todo el mundo con viento fresco a la calle.

No sabía yo que lo de ser *youtuber* representara un trajín semejante. La verdad es que todas las noches me voy a la cama con ganas de mandar a toda esa gente a Polonia, lo más cerca.

Así que no me parece para nada acertado meter a alguien en mi casa en estas circunstancias, por más que sea una persona que llega superrecomendada. Menos aún si pertenece a Tinkerer Music, de quienes dependemos de muchas maneras para sobrevivir laboralmente a este año aciago que tenemos por delante.

—Dime otra vez porque ese tipo necesita que lo acoja —pido, intentando encontrar alguna fisura que me exonere del compromiso que adquirí con ella en el momento en el que acepté esta locura.

—Porque necesitamos caerle bien, sobre todo —señala, moviendo las manos con ímpetu—. Esto son puntos, de esos decisivos. Nos deberá un favor terrible. Está arreglando un apartamento y le han prometido que se lo darán en julio. Hasta entonces, podemos aprovecharnos de tenerlo en nuestro poder.

Me guiña un ojo de manera ostensible mientras pronuncia despacio y con toda la intención del mundo las palabras 'en nuestro poder'. Le hace parecer un padrino de la mafia calabresa y me estremezco mientras intento buscar el siguiente argumento en contra de tan disparatada idea.

No se me ocurre nada salvo la verdad. Sopeso la idea de contarle que tengo goteras, que mi madre ha subarrendado a una familia numerosa o que han estallado de viejas todas las tuberías. Pero estoy convencida de que Olivia se presentaría esta misma tarde en mi casa para comprobar todas mis mentiras. La conozco, sabe cuándo le estoy intentando colar un gol por toda la escuadra.

—Mira, te voy a ser sincera —empiezo tomando asiento en la silla que hay frente a ella—, aunque me apeteciera meter en mi casa a un desconocido, que no me apetece, no puedo hacerlo ahora. Quizá deberías considerar que tu casa es también un buen lugar.

—¡No seas ridícula! —exclama de inmediato—. Yo podría acoger al señor Koepler como mi igual, pero sería muy raro que un simple trabajador se alojara con la directora general de la compañía.

Bueno, resulta que ahora Olivia Calonge se cree Jeff Bezos. Dios, lo que hay que oír.

—Estamos en el siglo XXI, por si no lo sabías. Ahora las clases sociales se mezclan.

Frunce el ceño y levanta una mano, intentando correr un tupido velo sobre la cuestión que he dejado caer. Sé que no puedo rascar más ahí, pero tenía que intentarlo.

—¿Por qué razón no puedes meterlo en tu casa ahora? Cuando te lo propuse estabas reticente, pero dijiste que lo harías.

—No me lo propusiste —replico—. Me lo impusiste directamente.

—Como sea. —Vuelve a hacer ese gesto odioso con la mano, como pasando del tema—. ¿Por qué no puedes meterlo en tu casa?

—Porque mis hermanas están allí instaladas desde hace casi un mes. Una es *influencer* y tiene invadido el piso con sus cosas. No veas el caos, no queda espacio para casi nada una vez que ella toma posesión del lugar. Y la otra se está divorciando, o eso dice ella, porque no mueve los papeles, pero discute. Joder, discute mucho, a todas horas, con el hombre con el que se casó hace tres semanas y al que quiere con toda su alma, pero es tan terca que jamás lo va a reconocer.

»Es un caos, de verdad que lo es. Porque yo tampoco soy de ayuda. Ando como vaca sin cencerro, no me centro, no consigo imponer orden ni tampoco que me hagan caso, y todo se desmorona. Temo el día en el que mi madre se entere de que estamos viviendo en ese completo desastre y venga a poner orden. O, peor, que mi hermana Celia, que es la que falta y está embarazada, llame al timbre un día con la maleta en la mano y se una al circo. Vive en Italia, en una finca preciosa en medio de la Toscana, pero es algo que podría hacer perfectamente y yo no sé si voy a ser capaz de lidiar con todo, porque el hijo que espera es de un tipo guapísimo y encantador al que besé en la boda de mi otra hermana, la que se está divorciando, y yo ahora me muero de remordimientos cada vez que lo pienso. De verdad que es una pesadilla... ¿Qué pinta un inglés en medio de todo ese vendaval? ¿Eh? ¿Qué haría allí el pobre hombre? Saldría corriendo de todo y me echaría a mí la culpa. ¡No puedo hacerlo!

He hablado tan rápido que no estoy segura de que Olivia haya entendido ni una palabra. Su cara lo dice todo: confusión, perplejidad, una sensación de haberse perdido ya desde el principio que le pinta un gesto bastante divertido en su tenso rostro que mantiene firme y lozano gracias al *bótox*.

—Has elaborado tanto la excusa que casi me la creo —dice, encogiéndose de hombros—. Aunque no tengo ni idea de lo que me has dicho, siendo sincera. Te llevas al chico, y no hay más que hablar.

Bufo de frustración. Me dan ganas de patear el suelo, como si fuera una niña de cinco años, pero me contengo a tiempo. No quiero parecer irracional, no cuando faltan tres minutos para que entre por la puerta el jefazo de Tinkerer Music.

—Por supuesto, te compensaré por ello. Ellos van a pagarte el alquiler de la habitación y yo prometo ser muy benevolente la próxima vez que me pidas vacaciones —añade Olivia, como si con ello me concediera una gran recompensa por no escucharme siquiera.

Pero entonces una bombilla se ilumina en mi interior. Ya sé

cómo voy a cobrarme el favor y sé que debo usar mi carta antes de que Olivia me embauque y la termine perdiendo.

—Estupendo, probemos esa benevolencia. Quiero el día antes y el día después de la fiesta de San Isidro. La semana que viene. Libre y sin que me llames al móvil.

—No te andas con chiquitas —se queja, poniendo los ojos en blanco.

—Solo quiero aprovecharme ahora que acabas de decirlo, no sea que luego se te olvide.

—No se me olvida.

—Por si acaso —alego—. Considérate notificada, el 14 y el 16 no me verás por aquí. Tengo cosas que hacer y esos dos días me vendrán estupendamente.

La verdad es que es un alivio saber que tengo tres jornadas enteras para celebrar, llorar, echar de menos y despedir como se merece la memoria de mi padre. El día 15 de mayo, y como muy buen madrileño de nombre Isidro, es su cumpleaños. O lo sería, si hubiera seguido vivo. Será el primero en el que no está, el más duro, el que más nos va a costar. Por eso necesito tiempo y espacio y, quizá, algo de alcohol, aunque eso aún no lo he decidido con precisión.

Celia lleva llamando toda la semana para organizar la celebración. Yo quiero pensar que a mi padre le gustaría algo sencillo. Que pasáramos el día como cualquier otro año, haciendo de su ausencia un nexo de unión para las cinco, recordándole con todo nuestro cariño, siendo fieles a su memoria y a todo lo que nos quiso enseñar.

Espero que lleguemos a un acuerdo. Necesito no hacer de esto un espectáculo y que podamos cerrar esa página de una manera saludable y curativa.

—Puedes cogerte los días libres —concede por fin—. Pero el teléfono lo tienes a mano. No te prometo que no te vaya a llamar.

En una negociación tienes que plegarte y dar tanto como estás dispuesta a recibir. Los días son lo importante porque, además, aunque me lo jurara sobre las sagradas escrituras, estoy convencida de que Olivia Calonge no sería capaz de permanecer tres días enteros sin mandarme mensajes o llamarme al teléfono.

Así que me pliego a la posibilidad de que me atosigue a través del teléfono y me quedo con mis tres días libres. Y pretendo que lo sean de verdad, los primeros desde el día de Año Nuevo, en realidad.

—Los ingleses están aquí —anuncia Alejandra, metiendo la nariz en el despacho de Olivia.

No tenemos secretaria. Fue lo primero a lo que mi jefa tuvo que renunciar cuando el mazazo de la verdad de lo que Carlos había hecho cayó sobre Comunica2. Así que la primera que oye sonar el teléfono, lo coge y quien está más cerca de la puerta, recibe a las visitas.

Miro hacia mi jefa y noto que una sombra de pánico cruza fugaz por sus pupilas oscuras. Se rehace al instante, no ha nacido aún quien logre doblegar a Olivia Calonge.

—Joder con los ingleses. Me parece de muy mal gusto que sean tan puntuales. Esto es España, no el maldito Reino Unido.

Se pone en pie y se ata el botón de su americana rayada en colores blanco y negro en un gesto que pretende subir su cota de profesionalidad. Se mira un segundo en la vitrina de cristal que hay a su derecha y decide que está perfecta.

Lo está. El traje sastre le cae como un guante, el pelo rubio tirante, recogido en un moño impecable que parece lo más sofisticado en peluquería ejecutiva. Y su cutis, maquillado para parecer recatado, pero sin esconder la fuerza que sus ojos transmiten.

Yo, en cambio, parezco su sombra. Una sombra triste con mi traje gris, con mi pelo castaño recogido en una coleta anodina y mis labios perfilados en un casto rosa apagado, que evita la atención sobre mi amplia boca. Es un *look* estudiado, que conste. Al lado de

Olivia, en las presentaciones, me gusta dejar que ella destaque por todo lo que supone su enorme presencia en cualquier habitación. Si yo no brillo, no se me ve, y en ese tipo de situaciones es muchísimo mejor pasar desapercibida.

La sigo hasta la entrada, donde le daremos la bienvenida al hombre del que dependen nuestras esperanzas. Estoy nerviosa. Es absurdo porque poco de lo que yo haga hará que el trato se formalice por fin, eso es cosa de Olivia en un noventa por ciento, pero algo me dice que nuestra vida está a punto de cambiar.

El inglés está de espaldas, observando con interés un precioso cuadro multicolor, que mi jefa le compró a un artista local de cuya obra se enamoró al verla expuesta en el bar de la esquina. Parece que el hombre tiene un gusto parecido al de Olivia, lo que no deja de ser un punto a nuestro favor: los puntos en común siempre unen causas, y nosotros lo necesitamos a bordo de la nuestra, remando con todas sus fuerzas para salvar este buque del naufragio.

—Bienvenido a Comunica2, señor Koepler —le saluda mi jefa con una buena dosis de su encanto innato y la sonrisa más amplia que quepa imaginar.

Cuando se gira, se confirma lo que su planta, de espaldas, ya sugería. El señor Andrew Koepler es un ejemplar masculino soberbio. Es alto, ancho de espaldas, lleva su pelo negro perfectamente cortado, con un estilo que recuerda a James Bond, a lo que contribuye también su impecable traje de chaqueta, hecho a medida, sin duda, y esa sonrisa que desarma, y que le dedica a Olivia con calidez.

No soy capaz de ponerle una edad, no podría decir que es más joven que mi jefa, pero podría serlo, con lo que el trinomio que le pone estaría completo: joven, trajeado, con poder. Porque Andrew Koepler exuda poder.

Joder, exuda tanto poder que casi podría patentarlo como un desodorante.

Se fija entonces en mí. En la gris y anodina Isabel, y también me dedica una sonrisa cordial en su británico y atractivísimo rostro. Me tiende la mano y, al igual que ha hecho con Olivia, al estrechármela, la retiene un par de segundos más de lo cortésmente establecido.

—*Nice to meet you*[1] —saluda con un cálido acento londinense.

Estoy segura de que trata de seducirnos.

A las dos.

Pero yo estoy curada ante cualquier clase de encanto que este tipo de hombres pueda desplegar. Ya he tenido bastante con Carlos. También con el novio de mi hermana Celia.

Paso de esto.

—*Sorry I'm late. It hasn't been easy to park*[2] —dice entonces una voz detrás del señor Koepler. Una voz conocida y que no ubicaría en mi oficina ni en un millón de años—. ¿Isabel?

¿Por qué mi cabeza ha tenido que pensar en él? ¿He sido yo quien ha conjurado esta aparición? ¿He convocado al maldito Tristan Cornell al pensarlo?

«*Mierda*».

---

1   En castellano: *encantado de conocerla.*

2   En castellano: *Perdón por el retraso. No ha sido fácil aparcar.*

# 7

# Un proyecto ambicioso

—*Have you met before?*[3] —pregunta Koepler, mirándonos a Tristan y a mí de manera alternativa.

En su rostro hay tanta curiosidad y asombro como en el de Olivia. En el de Tristan y en el mío hay una perplejidad difícil de disimular.

¿Qué demonios hace en Comunica2 el tipo que me descolocó tanto en la boda de Marta? ¿Me está siguiendo? ¿Es una cámara oculta?

No, nada de eso tiene sentido. Porque el maldito Tristan Cornell conoce a Andrew Koepler y es obvio que han venido juntos, aunque el de Manchester haya tardado más en aparecer, asumo que por encargarse de aparcar el coche.

—*We have friends in common*[4] —le explica el traidor, cambiando su asombro por una amplia sonrisa que incluso mantiene al volver a mirarme a mí.

¿Amigos en común? Pronto tendremos hasta un miembro de la familia en común. Eso sí que es estar conectados.

Le respondo con un gesto de desdén bastante pronunciado que,

---

3    En castellano: *¿Ya os conocíais?*

4    En castellano: *Tenemos conocidos en común.*

decido, me queda estupendamente, y vuelvo mis ojos al jefazo, quien nos mira expectante. Pero como aquí no hay nada que ver ni más explicaciones que dar ni momento incómodo que sostener, carraspeo después de que Tristan se presente a Olivia, para indicar que sería una buena idea pasar a nuestra diminuta sala de reuniones.

—Podemos mantener la reunión en castellano —le dice el traidor a mi jefa, que está encantada con tanto hombre apuesto dentro de su oficina—. Yo haré de traductor para Andrew.

Me doy cuenta de que tutea a su jefe y de que hay una evidente cordialidad entre ellos. Ojalá Olivia y yo pudiéramos mostrar la misma cualidad.

—Tienes un perfecto acento, ¿cómo aprendiste el idioma?

La pregunta de mi jefa me causa un escalofrío que me deja descolocada. Es evidente que el tema iba a salir tarde o temprano dado que Tristan habla demasiado bien nuestro idioma, pero escuchar que le cuestionen sobre ello, me hace volver a la noche de la boda de Marta y a lo que compartimos. A aquel escaso rato que transcurrió entre que yo pensaba que podía pasar algo y que Celia apareció para encargarse de dejarme muy claras algunas cosas.

Tristan le cuenta sus orígenes y su conexión con el País Vasco mientras entramos en la sala y tomamos asiento: Olivia, presidiendo la habitación, con el señor Koepler a su derecha y yo a su izquierda.

Tristan se sienta al lado de su jefe y queda casi frente a mí. Cuando levanto mis ojos hacia los suyos, vuelve a sonreírme con esa calidez que ya utilizó después de rescatarme del baboso que me acosaba en la boda. Se me hace un pequeño nudo en la garganta que solo el sonido de la voz de Olivia, hablando con Andrew Koepler en un perfecto inglés, logra desenredar. Aunque sea a las bravas.

—Igual ni me necesitan aquí —me dice Tristan en un susurro que me eriza la piel y me hace maldecir en silencio.

No quiero esa clase de gestos íntimos. No aquí, en el trabajo, con tantísimo en juego. Así que desvío la mirada de él y la centro, haciéndome la interesada, en lo que hablan nuestros jefes. No es más que el parte del tiempo, típica conversación de las que sirven para romper el hielo, pero la encuentro mucho más segura que darle pábulo a Tristan y sus susurros cómplices.

Cuando Olivia se da cuenta de que los observamos, se pone rígida, cambia su relajada postura corporal por una mucho más profesional, y da comienzo a la reunión, dejando que Tristan haga las funciones de traductor, por las que parece que ha sido convocado al encuentro.

Andrew Koepler comienza celebrando la asociación entre Tinkerer Music y Comunica2. Mi jefa, que no deja de asentir, sonríe mientras el presidente de la discográfica habla con cordialidad y se lo come con los ojos, como si fuera una copa triple de helado de chocolate y virutas de colores.

—Aunque trataremos de abarcar mucho más en los siguientes meses —traduce Tristan, súper profesional y serio—, en estos primeros pasos que queremos dar en España, la carrera de Blue Joy será la prioridad absoluta. Apostamos por su enorme potencial y nos proponemos llevarle hasta los Grammy Latinos este mismo año.

*«Joder, no quieren nada los ingleses. Los Grammy... y lo dicen como si fuera iyual de fácil que hacer que los Cuarenta pinchen al chaval en horario de máxima audiencia».*

Acallo a mi conciencia, aunque sé que tiene toda la razón al fliparse ante el hecho de una ambición tan grande para un artista que está empezando —por mucho que esté pegando con su primer sencillo—, en un mundillo tan complicado, además.

—Por eso necesitamos centrar todos los esfuerzos posibles en la estrategia de comunicación más adecuada —prosigue—. En el Reino Unido no tendríamos ningún problema porque conocemos a los medios, sabemos qué puertas tocar y a quién tantear. Nuestra comunicación la lleva la misma empresa desde que creamos

Tinkerer Music y nunca nos ha fallado. Eso es lo que necesitamos de Comunica2: el mismo grado de complicidad, de compromiso y de trabajo duro. Colocar A Blue Joy donde necesitamos que esté es fundamental para que nuestro sello se consolide en España.

*Y para que nuestra pequeña empresa permanezca*, pienso con ánimo luctuoso. Fallar en esto significa perder nuestro puesto de trabajo y, pese a que a veces me cuesta aguantar a Olivia o que los días no son todos memorables en este lugar, sí que es cierto que me encanta mi trabajo y todo lo que hacemos aquí.

—Comunica2 tiene amplia solvencia en este tipo de retos —asegura Olivia en castellano, aunque mirando fijamente a Andrew Koepler, como si él pudiera entenderla sin necesidad de la intermediación de Tristan—. Estamos perfectamente capacitados para llevar la comunicación de Blue Joy y ayudar a colocarlo donde se merece estar.

A ver, amplia experiencia en este tipo de retos, tampoco, que hasta el momento nuestros mayores clientes han sido bancos, cajas de ahorro, aerolíneas y dos aseguradoras. No nos vengamos arriba ahora, que de colocar cantantes de moda en la carrera para los Grammy tenemos bastante poca idea.

—No me malinterpretéis —pide Tristan traduciendo a su jefe—. Sabemos que estamos pidiendo algo difícil, el plazo es corto y la meta es alta, pero confiamos en que ambas partes sepamos cuánto nos jugamos con esto y actuemos en consecuencia.

—Por supuesto —se apresura a contestar Olivia, súper solícita, como si fuera una fan loca hablándole directamente a su ídolo—. Tenemos un montón de ideas, llevamos semanas planificando toda la comunicación en torno a Blue Joy y estamos deseando sentarnos a tratar de ese tema en concreto.

Me quedo paralizada al escucharla y trato de que mi corazón vuelva a bombear sangre a todo mi cuerpo, mientras Tristan le traslada las palabras de Olivia a Koepler. ¿De qué demonios está hablando? Con la empresa en cuadro por la falta de manos, ella intentando mantener a flote el barco, Ale con las redes sociales y yo con todo el tema de México y el trabajo pendiente del resto de clientes, a los que no podemos descuidar por nada del mundo bajo riesgo de perderlos y acercarnos aún más al precipicio, nadie se ha preocupado de empezar en realidad con algo tan concreto como una campaña de comunicación para Blue Joy.

Hemos trazado algunos puntos que queremos desarrollar en la cuenta de Tinkerer Music y he realizado un pequeño estudio de mercado, pero tampoco tenemos mucho más. Es un mundo nuevo para mí y me temo que necesito más días, más horas y algo de información adicional sobre lo que la discográfica requiere específicamente de nosotras.

Porque yo no tengo ni idea de si hay que desarrollar una campaña completa desde cero o seguir directrices puntuales que nos lleguen desde Tinkerer. No sé si hay que programarle la agenda o acompañarlo a los actos programados por la gente de Koepler. No sé si se nos pide que seamos proactivos o solo seamos el elemento que acompaña a su estrategia global.

No nos han dicho nada. Y como no sabemos nada, no podemos haber estado semanas planificando algo de lo que no tenemos ni una lejana idea.

Tristan me mira fijamente mientras traduce e imagino que puede leerme la angustia en el rostro. Así que me apresuro a poner mi mejor cara de póker y le sonrío como si de verdad estuviera al tanto de lo que Olivia acaba de soltar por esa boquita suya. La madre que la parió, no tiene ni idea del aprieto en el que nos está colocando. Como alguien pregunté qué ideas manejamos, la llevamos clara.

—¿Y qué ideas manejáis exactamente?

«¿*La matas tú o la mato yo?*».

Esta vez no puedo llevarle la contraria a Pepito Grillo. Porque Olivia se merece la muerte. Una muerte lenta y dolorosa, sobre todo cuando gira su esbelto y terso cuello en mi dirección y me sonríe con el gesto contenido y los ojos —unos ojos expresivos y preciosos en otras circunstancias— llenos de un pánico que ruega porque yo borre, respondiendo algo sabio y resolutivo y de verdad determinante que nos haga anotarnos el tanto delante de los británicos.

Mi mente se va de paseo entonces, imposible mantener el tipo y estar a la altura. No tengo nada en la cabeza ni tampoco entre mis papeles. No me lo he preparado y, de hecho, casi ni conozco a ese mocoso que pretenden poner en lo más alto gracias a nosotras y nuestro trabajo.

Me obligo a volver de la órbita lunar a la que he pretendido huir por un segundo o dos, e insto a mi cabeza a ponerse en marcha y resolver esto de manera satisfactoria. Necesito una respuesta que agrade a los ingleses y que le borre esa mirada de psicópata a mi jefa de su tensísimo rostro contraído.

Alterno mi mirada entre Olivia y los dos representantes de la discográfica, a los que de verdad espero estar proyectando una imagen de calma y serenidad, porque si no, estamos jodidas las dos. Así que amplío mi sonrisa, lleno de confianza —falsa, que conste—, mi semblante y cruzo las manos por encima de la mesa. Los vuelvo a mirar alternativamente y suelto la única idea —más bien destello — que se ha iluminado remotamente dentro de la neurona superviviente al ataque de pánico.

—¿Qué os parecería...? —me lanzo con la voz temblorosa y me obligo a recomponerla, buscando confianza que ofrecerles junto con mi estúpida propuesta—. ¿Qué os parecería hacer una especie de Vlog de Blue Joy, contando en un canal cómo es su día a día?

Los dos ingleses me miran fijamente. Tristan traduce y Koepler parece meditar unos segundos.

—Like *Keeping Up* with the *Kardashians*?[5] —pregunta el jefazo de Tinkerer Music y yo no dejo que Tristan traduzca porque lo

---

5    En castellano: ¿*Como* Keeping Up with the Kardahians? (se refiere al *reality* que sigue a la familia Kardashian, de enorme popularidad a nivel mundial).

hemos entendido todos sin necesidad de ayuda.

—*No, not exactly. I don't mean a TV channel but...* [6] —comienzo en inglés a contestarle, pero no puedo continuar porque la idea ni siquiera está del todo clara en mi mente, como para contarla en otro idioma.

Me giro entonces de cara a Tristan, y se lo cuento a él, directamente, aunque no tenga nada definido ni sepa en qué consiste realmente lo que creo que he ideado. Le miro y le hablo, y creo que Koepler y Olivia llegan incluso a desdibujarse a nuestro alrededor.

—En realidad, no me refiero a un *reality* al uso en un canal de televisión sino, más bien, a un canal de YouTube. Uno que ya esté consolidado, que sea solvente, con varios miles de seguidores y capaz de llegar al público específico que buscamos...

—*Keep talking*[7] —me pide Andrew Koepler, al parecer interesado, cuando Tristan le traduce mis palabras. Y yo le hago caso, porque la claridad se va haciendo un hueco en mi cabeza y veo la idea con muchas posibilidades de convertirse en un buen activo para nuestra campaña de comunicación.

—En estos tiempos no se puede pensar en estrategias de comunicación que no le otorguen un peso significativo a los canales de *influencers* mediáticos —continúo—. Mucho menos si el público objetivo de nuestro producto pertenece a una franja de edad que ha vivido casi toda su vida interactuando en redes sociales, consumiendo contenido digital de impacto inmediato y nuevas aplicaciones que hacen que esté pegado a su dispositivo móvil a todas horas. Estoy convencida de que la mejor estrategia es unir el nombre de Blue Joy al de un *youtuber* o *instagramer* o *tiktoker* de moda, y hacer que ambos se retroalimenten y sumen, consiguiendo una audiencia millonaria en cuestión de minutos.

---

6    En castellano: *No, no exactamente. No me refiero a ningún canal de televisión, sino...*

7    En castellano: *Sigue hablando*.

—*And do we have any* youtuber *in mind?*[8]

—*What about this one?*[9] —le pregunto a Koepler directamente, tendiéndole mi teléfono móvil con la portada del canal de mi hermana Sara ocupando toda la pantalla.

—*Is this Sarah Blue good enough for the kid?*[10] —pregunta Koepler directamente a Tristan, enseñándole mi móvil y el perfil de Sara.

Tristan lo coge y lo mira con una cara de asombro la mar de graciosa, lo que me arranca una pequeña carcajada que me apresuro a reprimir. Entonces me mira, levantando una ceja a modo de pregunta y siento que ese gesto lo conozco y que revela una intimidad entre ambos que no logro esconder del todo.

No me cuestiona abiertamente ni repite el gesto para no levantar sospechas, pero yo afirmo levemente y ambos sonreímos sin que nuestros jefes nos vean, como si compartiéramos un secreto enorme. Supongo que se ha quedado tan flipado como yo cuando Sara me contó lo de su canal, y que se esperaba poco que fuera mi hermana a quien yo estuviera proponiendo.

—*They have this blue thing in common* —bromea Tristan, dirigiéndose a su jefe después de esconder la sonrisa—. *I'd say it's a sign. Besides, she has almost a million and a half followers. That should be enough for Blue Joy. And for anyone else, actually.*[11]

Contengo la respiración mientras Andrew Koepler delibera ante mi rocambolesca propuesta sacada de la nada, y Olivia me interroga

---

8    En castellano: *¿Y tenemos a algún* youtuber *en mente?*

9    En castellano: *¿Qué tal esta?*

10   En castellano: *¿Esta tal Sarah Blue está a la altura del chaval?*

11   En castellano: *Tienen la cuestión del blue en común. Yo diría que es una señal. Además, ella tiene casi un millón y medio de seguidores. Eso debería ser suficiente para Blue Joy. Y para cualquiera, en realidad.*

con una mirada llena de dudas y preguntas que no se atreve a realizar delante del jefazo de la discográfica. No le va a quedar otra que confiar en mí, aunque me acabe de sacar de la manga todo el discursito que le he soltado a Koepler y tenga tantas dudas y preguntas surcando mi propia mente ahora mismo.

El sonido que indica una llamada entrante en mi teléfono hace que Tristan tenga que hacer malabares para que no se le caiga el aparato. El tono de llamada, que no es otro que *Supermassive Black Hole* de Muse sonando a todo volumen, le ha asustado tanto como para que mi teléfono acabe en el suelo.

Cuando lo recojo, me doy cuenta de que se le ha roto la pantalla y que Koepler me mira con cara de disgusto, no sé si por lo que le ha pasado al móvil, por el susto que ha recibido —todos nos hemos sobresaltado al escuchar el tono de llamada—, o porque igual para él no es correcto recibir llamadas mientras se está llevando a cabo una importante reunión de negocios.

Me encanta este móvil. Me lo regaló Carlos en un alarde de pasta de esos que hacía cada pocos meses, para seguir recordándome que él era de los que disfrutaban de las cosas buenas de la vida. Pese a venir de él, no quise repudiar de mi bendito aparato cuando descubrí su engaño, pero parece que ha llegado la hora de hacerlo, aunque sea a las bravas. Aún funciona, porque la pantalla está iluminada y me da información de la llamada perdida —que es de Celia—, pero está completamente destrozada, rota en mil cachitos, como si hubiera caído desde un acantilado de ochocientos metros.

Arreglarla me va a costar más que un móvil nuevo de gama media, así que parece que no me queda mucha más alternativa.

El teléfono vuelve a emitir su estruendoso tono de llamada y los miro a todos con cara de pena. Olivia asiente de manera casi imperceptible, pero sé que me permite coger la llamada de mi hermana. Estamos en horario laboral, no repetiría ni insistiría si no fuera algo importante.

Cruzo una mirada con Tristan, que parece profundamente

apesadumbrado por la suerte de mi teléfono, y le enseño de quién es la llamada. De su amada. Le dedico una mueca burlona y salgo de la sala para contestar y salir de dudas. A estas alturas, ya me he puesto hasta nerviosa.

—¿Todo bien, Celia?

—Todo fatal —exclama la voz histérica de mi hermana.

—¿Qué ha pasado?

—Mamá no viene.

—¿Cómo que mamá no viene?

—Pues que no viene. Que dice que la dejemos en paz, que no quiere ir a la pradera a hacer el paripé. Palabras textuales.

Me quedo sin habla. Llevamos semanas preparando la fiesta de cumpleaños de mi padre. Todos vendrán a almorzar a la pradera de San Isidro, como llevamos haciendo toda la vida. Siempre hemos celebrado allí su cumpleaños, incluso cuando Marta estaba prácticamente escayolada de arriba abajo por un accidente de moto que tuvo a los diecinueve años, o cuando yo estaba con la mayor gastroenteritis de toda mi vida, nadie ha faltado nunca. Mi padre lo hará este año por primera vez, y será definitivo. Pero todas nos hemos prometido mantener viva la tradición, su recuerdo, sus cumpleaños campestres, vestidos de chulapos, bebiendo el agua del santo, comiendo rosquillas y bocadillos de calamares, y bailando chotis hasta que nos duelan las rodillas.

—¿Paripé?

—Palabras textuales —repite con un enfado manifiesto en la voz que me pone alerta. Más aún.

Guardo silencio durante unos segundos, intentando buscar la forma de tantear a mi hermana sin que todo salte por los aires. Las hormonas del embarazo han multiplicado por cien mil su irascibilidad, y hay que ir bien equipada en cualquier conversación con ella, a riesgo de sufrir toda la ira de su onda expansiva.

—¿Ha pasado algo, Celia?

Silencio de nuevo. Esta vez por su parte. Me la imagino

apretando los dientes y poniendo los ojos en blanco. Me conoce y sabe que yo la conozco a ella y que sé leerla, incluso estando en dos países diferentes, como si se tratara de un libro abierto.

—Celia...

—Quiere que vuelva a Madrid y esté con ella o que me case y deje de estar aquí sola. Quiere organizarme la vida, buscarme un padre para el bebé y que sea súper feliz con la vida que ella cree que necesito. ¡Y no lo soporto! No lo soporto, ¿vale? El bebé ya tiene un padre, yo ya he hecho una maldita elección y nadie la quiere a ella para gobernarlo todo.

Me puedo imaginar los fuegos artificiales que habrá desatado la conversación entre ambas, dos trenes descarrilados yendo uno en pos del otro. Un choque asegurado. Un incendio sin control.

Y también me imagino que Celia no está en su mejor momento, embarazada y sola —asumo que ambas cosas por decisión propia, que conozco a mi hermana y a obstinada no le gana nadie en este planeta—, con las hormonas borboteando en su interior, dictándole formas de proceder seguramente contradictorias, y con su forma de ser, tan contraria a la de nuestra madre, saltando a la mínima sugerencia que ella hiciera.

—Celia, ya sabes cómo es...

—Sí, claro que lo sé, y tengo súper claro que no me va a dejar en paz hasta que haga lo que ella quiera. Y ella también lo entiende así. Por eso no le da la gana de venir con nosotras. Un puto chantaje emocional. Yo no vuelvo a casa, ella no viene a la pradera. Sin más.

—Hablaré con ella —digo convencida de que probablemente tampoco consiga mucho.

Si mi madre está enrocada... ahí se va a quedar.

—Podrías decirle al tío Félix que hable con ella e intente convencerla —sugiere—. O quizá la abuela, aunque ni siquiera creo que la abuela podría con ella tal y como está de tozuda últimamente.

«*De tozudos fue a hablar esta...*».

—O podrías hablar tú con ella, Isa...

—¿Yo? Celia, estoy a tope. Pídeselo a Sara, que tiene más tiempo libre.

—¿Bromeas? Si no me coge el teléfono siquiera sin que su representante se lo permita.

—Sí, bueno. Sara ahora es una mujer totalmente agendada. Si no lo tiene apuntado en su horario, no existe.

—Y de Marta ni hablamos. Las dos o tres veces que hemos hablado todo ha girado en torno a ese divorcio que aún no ha ido a solicitar. No puedo con ella, solo me genera ansiedad por su cabezonería extrema con el pobre Kevin.

—No habrás dicho las palabras *pobre Kevin* juntas en la misma frase al hablar con ella, ¿verdad? —pregunto divertida.

—¿Puede...?

—Buf, sí, mejor que no recurras a Marta hasta dentro de un par de años, entonces. Te tendrá en su lista negra a estas alturas.

—¿Ves? Tienes que ser tú... Tú no estás embarazada, ni te has cargado un matrimonio en el que se ha dejado un ojo de la cara a las quince horas de empezarlo. Y, desde luego, no le estás ocultando que has dejado la carrera y que ahora eres *influencer* de moda. Eres la más normalita, Isa. Y eso juega a tu favor. Al menos para esto.

—No sé si agradecerte tus palabras o mandarte a la mierda por desconsiderada —espeto, bastante arisca.

—Venga, Isa, *porfa* —suplica Celia con su vocecita de angelito y me saca una sonrisa, pese a lo poco que me apetece resolver su entuerto.

Solo necesito un par de segundos para saber que voy a complacerla. Sobre todo porque sé que mi madre se acabará arrepintiendo de no ir a la pradera y que Celia solo lo empeorará más si intenta resolverlo por su cuenta.

—Haré lo que pueda para que mamá esté allí. Pero no te prometo nada. Ya sabes cómo es...

—¡Genial! No sabes el peso que me quitas de encima...

—Pero tú me tienes que prometer que, si viene, y de cara al futuro, seas menos intensa. Con todos, pero sobre todo con ella. No lo compliquemos más de lo que ya está, por favor.

Accede a comportarse a regañadientes, aunque yo tengo un buen puñado de dudas al respecto. Las conozco a las dos. El choque va a estar siempre asegurado entre ambas, sobre todo si hay hormonas y orgullo de por medio.

Nos despedimos y yo me quedo un par de minutos en la recepción, sola, intentando pensar un plan de acción para sacar a mi madre de la finca y traerla hasta el santo el día de San Isidro. Ella misma no se lo perdonaría si faltara. Quizá no en unos días, pero sí pasado un tiempo. Todos sabemos que necesitamos este cierre.

Ella la primera.

—Perdona, no quería interrumpir —escucho la voz de Tristan a mi espalda, lo que me arranca un estremecimiento involuntario por el cual me tengo que reprender airadamente.

Me giro y le dedico una sonrisa tensa. No me apetece lidiar con esto ahora mismo, así que intento pasar por delante de él para volver a la oficina.

—No interrumpes. Ya he acabado.

—¿Estás bien? —pregunta.

Su gesto preocupado me desconcierta. Ojalá no fuera tan condenadamente atento y cortés. Supongo que va con lo de ser mitad británico.

—Perfectamente —contesto, lacónica—. Tu chica, que está nerviosa.

Le sonrío más abiertamente, jocosa. Aunque la gracia la tenga en el culo, todo hay que decirlo.

Va a contestar, pero no llega a decir nada. Me mira, atento a cada uno de mis movimientos. Me pone nerviosa su escrutinio, así que decido ponerle punto y final al momento. Aunque se me haya cruzado un deseo fugaz de quedarme anclada a esos ojos celestes o en mi mente se haya colado como un dardo envenenado el lujurioso anhelo de otro beso como el de la noche de la boda.

—Isabel, me voy —dice Olivia, saliendo de la oficina hasta la recepción. Se está colocando la chaqueta y de su mano cuelga su maxi bolso. Nos mira con un gesto interrogativo que, conociéndola, pronto pondrá en palabras si no la paro a tiempo.

—¿Te vas?

—Eso he dicho. Pon más atención —me regaña, pero hay una sonrisa socarrona curvando sus labios—. He quedado para comer con Martín Ibáñez, del grupo Prisa. Si le llevo a la Tasquería, que la adora, seguro que consigo colocar al niño azul[12] en alguno de los programas de sus cadenas y me saco alguna entrevista para sus revistas de cotilleos. Todo suma, querida, y hay que ponerse manos a la obra si queremos ese Grammy.

Mira a Tristan en busca de una complicidad que encuentra sin problemas. A Olivia se le da bien eso, es una experta vendedora, así que convencer es algo que nunca se le resiste.

—Tómate el resto del día libre, querida —me anuncia, dejándome de piedra—. Andrew Koepler está acabando de atender una llamada y luego se vuelve a Londres en el vuelo de la tarde. Conviene que acomodemos a este caballero cuanto antes —dice, señalando a Tristan, quien asiente complacido—. No es cuestión de tenerlo con la maleta en el coche todo el día.

Mi mundo se para y es bastante literal. Todo me da vueltas porque parece que yo sí sigo girando mientras todo a mi alrededor se para.

No puede ser. Tristan no puede ser la persona que se va a quedar en mi casa. No con el lío que hay ahí.

---

12  Juego de palabras con el nombre del cantante ficticio Blue Joy (Alegría Azul, aunque en realidad, Azul en este caso tendría la acepción de melancólico o triste, por lo que Blue Joy sería más Triste Alegría que Alegría Azul).

Ni con el maldito lío que tengo yo misma, en mi interior.

No. Me niego.

En redondo.

—Olivia...

—Ni lo sueñes. Dijiste que sí, querida —me ataja antes de que sea capaz de añadir cualquier otra cosa que corte de raíz la posibilidad de llevarme conmigo a Tristan Cornell, el responsable de que la vida se me esté poniendo cada día más del revés—. Y parece un buen chico. Estoy convencida de que saldrán grandes cosas de esta convivencia. Chao, nos vemos mañana.

No creo que llegue viva a mañana.

Ni siquiera creo que llegue viva a dentro de cinco minutos.

Maldita Olivia Calonge.

# 8

# Cambios por todas partes

—Siento la encerrona. Yo tampoco quería ir a casa de un desconocido.

Lo miro de soslayo mientras caminamos hasta su coche, que tiene estacionado en el aparcamiento de la plaza de Pedro Cerolo.

—Salvo que yo no soy una desconocida —le replico mordaz, incapaz de reprimir mi mal humor.

—Ciertamente, no lo eres. Ahora —puntualiza, sonriendo radiante, feliz por lo mucho que me afecta todo esto, cuando él parece encantado de la vida—. Pero sí lo eras cuando acepté el trabajo y Andrew me convenció, prometiéndome un buen alojamiento hasta que acabaran las obras del piso de mi familia.

Bufo y él se ríe sin ningún pudor, lo que acrecienta mi enfado.

—Pensé que se trataba de un hotel, pese a haberle dicho que me traen malos recuerdos y que se me haría duro pasar en uno de ellos un par de meses. De verdad que no pensé que él o tu jefa creyeran que esto fuera a ser una buena idea.

Lo dice con tono conciliador y se lo agradezco. Además, lo de que los hoteles le traen malos recuerdos ha disparado mi curiosidad. No me resisto cuando alguien deja abierta la posibilidad a una buena historia. Soy periodista, y me hice periodista por mi curiosidad desatada. Eso quiero dejarlo claro. Por si en el futuro tengo que justificar alguna de mis acciones.

—Es una idea horrible.

—La peor.

—Totalmente de acuerdo.

—Sobre todo porque, al margen de que ya nos conocemos... la casa no está vacía —digo con un remilgo que no sé de dónde me viene.

La verdad es que me parecía algo espantoso meter a un desconocido en casa con el caos que ahora mismo es ese piso, pero meterle a él con la jauría de locas que son Sara y Marta en estos momentos... buf, casi que me da más lástima que otra cosa.

—¿Y eso significa...?

—Sara y Marta están allí también.

Me mira alzando la ceja en ese gesto suyo que ya sé definitivamente que irá unido a él de por vida en mi cabeza, y soslaya una sonrisa que solo es para sí mismo, como si se estuviera auto felicitando por haber ganado una apuesta.

—Así que ahí es donde se esconde Martita...

—No me digas que Kevin no sabe dónde está.

—*Nop...* Y se está volviendo loco —dice, y hay una preocupación en su voz que comparto, porque el chico no se merece nada de lo que está pasando por culpa de la cabezota de mi hermana.

Asiento con la pena reflejada en el rostro, el chico no se merece todo lo que le está pasando, pero entiendo que es algo que tienen que lidiar entre ellos dos.

—¿Qué tal está Kevin?

—Intenta sobrellevarlo, pero la echa de menos —afirma—. Y nos está volviendo locos a todos, la verdad. No se queda en casa ningún día, como si se le fuera a caer encima, y nos tiene a todos de pub en pub, siempre diciendo que invita a la última pinta.

Se calla y su voz, que sonaba triste, deja un eco que me estremece. Le miro de soslayo y veo que también esa tristeza se refleja en sus facciones armoniosas.

—Quizá la distancia con él sea hasta beneficiosa para nuestra amistad —se ríe débilmente—. Estaba a punto de mandarle al cuerno.

—Marta también lo está pasando mal y también nos está volviendo locas, si te sirve de consuelo. Lo que pasa es que ella es más de gritarlo. Así que no te sorprendas si te lanza una colección de improperios cuando menos te lo esperas. Ella es así.

—¿Sabes? Pensaba que cuando empezara aquí mi trabajo, ellos vivirían cerca de mí, juntos y felices, como siempre decían que harían. Y que yo quedaría con ellos como hacíamos en Manchester y tendríamos algo de aquello aquí, en Madrid, con muchos más añadidos, como las tapas, la paella y la familia de Marta, que sois todas fabulosas —dice, y me mira con un anhelo que me sobresalta y me pilla por sorpresa, encendiendo mis mejillas de manera inevitable—. Pero, en cambio, ellos están en dos países diferentes y a mí me han *colocado* en una casa ajena en la que siento que no soy bienvenido.

El reproche me llega alto y claro, pero no puedo negárselo, no creo que haya dejado ver en ningún momento que estaba a gusto con la idea de vivir con él. No lo estoy y por eso me cuesta hacerle entender que, al menos, debemos intentarlo. Es mi compromiso con Olivia, y aunque se trate de él, estoy dispuesta a mantenerlo.

—Me ha pillado por sorpresa, la verdad —intento justificarme, aunque sé que debo de sonar como una niña pillada en falta dando excusas atropelladas—. Que fueras tú ha sido... Ha sido un *shock*, si te soy sincera.

—Ya, me lo puedo imaginar —asegura, sonriendo—. Yo tampoco sabía que me iba a encontrar con la más escurridiza de las chicas Onieva. Si lo llego a saber, quizá hubiera metido en la maleta el escudo y la espada.

Se ríe de su propia broma y yo le hago una mueca de disgusto impostado. Tampoco soy tan mala... ¿verdad?

—No sé por qué lo dices —dejo caer con inocencia fingida.

—Lo digo porque lo que empezó como algo fantástico entre tú y yo, ahora se ha vuelto un camino lleno de baches. Y aún me estoy preguntando qué he hecho mal para que ahora solo me lances piedras y esas miradas que me advierten constantemente que me aleje de ti.

Sus palabras me dejan sin aliento justo cuando llegamos a su coche de alquiler. Es un Audi A3 nuevecito, de color rojo chillón y de un brillo que hace pensar que acaba de salir de la fábrica esta misma mañana.

No sé qué contestar, porque ha conseguido describir mi actitud hacia él a la perfección, pero si le cuento que me siento dolida porque flirteó conmigo, pero se acabó quedando con mi hermana, voy a parecer una niña despechada y eso es lo último que quiero que crea que soy.

Así que hago un gesto con la mano como queriéndole quitar hierro a sus palabras y desvío la mirada para no hacerle frente, como la cobarde que soy ahora mismo.

—¿Subes? —me pregunta cuando él ya está sentado en el asiento del conductor y espera a que yo haga lo propio en el del copiloto.

Hemos quedado en que me acercará a casa y así él podrá dejar la maleta e instalarse. Yo suelo venir en metro hasta la oficina, que está en la calle Fuencarral, casi al pie de la Gran Vía. Me gusta moverme en transporte público y el coche apenas lo toco, sobre todo porque el tráfico en Madrid puede ser de auténtica locura.

—Sí, sí. Claro.

Me acomodo a su lado y lo miro un segundo. Un segundo que se prolonga quizá un poco más de tiempo, sobre todo cuando él también me mira a mí y nos quedamos los dos como abducidos, completamente idiotizados.

Me fascina el poder que su mirada azul ejerce sobre mí. Pasó ya la noche en la que nos conocimos, ha vuelto a pasar en la oficina. Y ahora, en este ambiente tan íntimo, tan diminuto y cercano, parece multiplicado por cien mil. Me gustaría que se acercara a mi boca y me besara. Me gustaría que me acariciara con suavidad, que se inclinara sobre mí y me susurrara algo al oído, haciéndome estremecer con sus palabras. Me gustaría...

El sonido de un claxon lejano nos saca de nuestro ensimismamiento y se carga de un plumazo el trance casi sexual en el que habría caído sin remedio de no haber sido interrumpidos tan inapropiados pensamientos lujuriosos.

Me sonrojo hasta la médula analizando lo lejos que podría haber llegado mi mente y me recoloco la ropa en el cuerpo, como si algún tipo de terremoto me la hubiera puesto del revés.

Tristan guarda silencio a mi lado y yo me pongo más nerviosa a cada segundo que pasa. Cuando carraspea, divertido, lo contemplo con estupor y me doy cuenta de que está al borde de la carcajada.

—Tú eres la que se sabe el camino —me dice, y a mí el rubor se me multiplica por infinito.

Creo que esto va a salir mal.

Muy, muy mal.

Y eso que solamente acaba de empezar.

*****

—Si llego a saber que es Tristan Cornell quien iba a ocupar una habitación en mi casa, te hubiera salido mucho más caro que solo un par de días libres —le digo a Olivia, entrando en su despacho al día siguiente.

—¿Por qué? ¿Es tu examante? —inquiere sin levantar los ojos de unos papeles que descansan en su escritorio. Suele hacer eso. Y lo odio. Mucho.

—Pero ¿qué dices?

—Que si te sientes incómoda porque os habéis acostado. Me parecería bien, que conste. Lo del cabrón de Carlos te dejó bastante tocada.

La mención a Carlos me pilla desprevenida. Apenas hemos

hablado de él en estos meses. Quizá ella lo haya mentado para maldecirlo por robar sus ahorros y dejarla en bragas delante de los clientes, pero nunca hemos hablado de mi exnovio en términos sentimentales —ni sexuales—, como si fuera ese gran tema tabú que está prohibido explícitamente. O, al menos, lo estaba hasta este mismo momento.

—¡No! ¡No me acuesto con Tristan Cornell! ¿Estás loca?

Intento sonar ofendida, mientras elimino a Carlos de mi cabeza y procuro no ruborizarme al mencionar a mi nuevo inquilino en esos términos que Olivia está insinuando. Bastante difícil ha resultado instalarle en la habitación de al lado y no pensar en lo dificilísima que se prevé la convivencia estos meses que nos restan juntos.

Tampoco quiero pensar en lo que a él se le viene encima. Ayer mismo, justo al entrar en la casa que se supone va a habitar durante las próximas semanas, el espectáculo era dantesco. Culpa mía por no avisar a nadie de la encerrona de Olivia, pero créeme si te digo que nadie se arrepiente más que yo.

Sara haciendo yoga en el salón con unos auriculares gigantes que, según ella, la aislaban del mundo. Y por mundo se refería a Elvis, sonando a todo volumen desde la habitación de Marta, donde ella se había atrincherado con helado de menta y chocolate, y un bol de palomitas para llorar su última llamada a gritos con Kevin.

—No sabes dónde te han metido nuestros jefes —le dije con una sonrisa avergonzada, antes de enseñarle su habitación.

Al menos, pensaba mientras lo hacía, conoce a estas chicas. No es un extraño y creo que, habiendo tratado a Marta ya un par de años, conoce el nivel de excentricidad y caos que suele acompañar a las chicas Onieva allá por donde vamos.

A la que no le hizo tanta gracia fue a ella, que ahora cree que esto es todo una artimaña de Kevin para tenerla vigilada, y que Tristan y yo somos sus cómplices en el arduo trabajo de espiarla y pasarle informes pormenorizados de todo lo que haga, diga o piense su esposa fugada. Es absurdo, pero hablamos de Marta, la conspiranoica.

No se cree que esto tenga que ver con el trabajo. Y no la culpo, yo tampoco acabo de creerme que el destino sea tan retorcido y haya metido en mi casa y en mi ocupación laboral al tipo que más ganas tengo de evitar de todo el universo —el segundo, más bien, el primer puesto es todo de Carlos, por supuesto—. Pero las cosas han venido así y ya no tengo ni fuerzas para pararme a analizarlas ni ganas de oponerme a ellas.

—Pero hay algo —dice Olivia, sacándome de mis pensamientos —. Entre el inglés y tú. Hay algo.

—No hay nada, te lo puedo asegurar.

—Lo hay —insiste y, por primera vez desde que he entrado en su despacho, levanta la vista de sus papeles y me mira directamente a los ojos.

Ahí es cuando creo que es mejor no andarse con rodeos, contarle la verdad y sacarla de todas estas conjeturas sin sentido sobre Tristan y yo. Es mejor prevenir que lamentarse después.

—Se acuesta con mi hermana. Con mi hermana embarazada, de cuyo hijo puede ser el padre. O sea, es casi seguro que lo sea.

—Ah, eso lo explica todo.

—¿Qué demonios explica?

—Las miraditas, la tensión sexual entre ambos y esa sensación de que hay algo bastante gordo que impide que os lancéis uno a la boca del otro. No sé, esas cosas palpables que estoy segura de que tú también has notado.

—En serio, estás como una cabra.

—Lo que tú digas. Pero sabes que tengo toda la razón del mundo.

Tristan y yo apenas nos conocemos, esa es la verdad. Pero también lo es que hay algo, que es innegable que han saltado chispas entre los dos, y eso me confunde un montón. Tenerlo en casa no ayuda nada a mi cordura, pero tampoco lo hace que mi jefa se ponga a analizar mi conducta y la de nuestro socio laboral.

—Hablando del señor Cornell, tienes que trasladarte de forma provisional a las oficinas que Tinkerer Music ha alquilado en Hortaleza. La calle, no el barrio —se apresura a aclarar—. Tú te quedas con esa cuenta al completo y, mientras no te diga lo contrario, al resto de clientes los dejas aparcados.

—¿Aparcados? Eso es una locura, Olivia. Si lo de la discográfica no sale bien, será el final para Comunica2.

—Lo sé y créeme que lo tengo ya casi solucionado del todo. Solo necesito un par de ajustes más y todo cuadrará... —dice con la mirada perdida y una tristeza en la voz que estremece—. O al menos eso espero.

—Olivia...

La miro con algo parecido a la pena bailando en mis ojos y soy consciente de que ella me odia un poquito por ello. Odia dar lástima, en eso nos parecemos bastante. Pero no lo puedo evitar. Es el trabajo de toda su vida. Ya lo pasó bastante mal cuando tuvo que deshacerse de toda la plantilla, a excepción de Ale y de mí, o cuando tuvo que admitir delante de muchos de nuestros clientes que no podía asumir los gastos de mantener la cuenta. Muchos de ellos realizaban sus pagos a noventa días, pero Olivia necesitaba adelantar dinero en imprentas, diseños, materiales y alquiler de espacios, que la falta de liquidez perpetrada por Carlos hacía imposible de sostener. Dejar marchar a empresas a las que le había costado tanto convencer para estar con nosotros, creo que le partió el corazón.

Porque, pese a que ella va de tía dura, no lo es tanto como se piensa. Aunque esa sea una apreciación que jamás haré en voz alta.

—Voy a traer a los chicos de nuevo —me confiesa. Y hay una esperanza preciosa en su voz que hacía siglos que no estaba ahí.

Sin embargo, hacer realidad ese deseo, quizá no sea tan sencillo.

—Olivia, recuperar al equipo te costará una pequeña fortuna —alego, haciendo acopio de todas mis fuerzas para sonar conciliadora y que ella no crea que estoy tirando por tierra todo su proyecto—. Piénsalo bien, si nos organizamos, podremos aguantar algunos meses más así.

—No, no podemos. Si queremos mantener a los clientes existentes y darle un servicio de calidad a Tinkerer Music, debemos contratar a más gente. Me he estado reuniendo con un par de bancos y algún inversor que podría estar interesado en Comunica2 —dice, con menos confianza de la que seguramente ella querría transmitir—. Nuestra apuesta es mantenernos con la discográfica, prorrogar cinco años el contrato y sanear las cuentas. Si eso ocurre, con una pequeña inyección de capital ahora mismo, creo que podremos lograrlo.

Eso significa que toda la diminuta compañía que somos ahora depende de mi trabajo con Tinkerer Music o, lo que es lo mismo, de lo que yo logre en colaboración con Tristan Cornell, el hombre que me descoloca emocionalmente y que, en futuras fechas, tendrá un hijo con mi hermana.

Para nada lo veo complicado, claro que no.

*«No es complicado. Es demencial».*

Otra vez que Pepito Grillo lleva toda la razón.

—Haré todo lo que pueda porque ganemos ese contrato por cinco años, Olivia, de verdad que sí. Pero si algo sale mal y lo pierdes todo...

—Perdemos, Isabel, perdemos. Este barco ahora es tan tuyo como mío —asegura, sonriendo con tristeza—. Aunque si se hunde, te prometo que no te arrastraré conmigo y te dejaré que te largues con el puto bote salvavidas.

Me río para ocultar que sus palabras me han emocionado. Esto de haber sido las dos engañadas por el maldito Carlos Luarca une más de lo que una podría llegar a imaginarse.

—¿Estás bien, Olivia? —pregunto con una preocupación que no soy capaz de esconder.

Mi jefa se humedece los labios y me mira con sus ojos incisivos.

En ellos también hay algo de la emoción que yo acabo de experimentar, estoy segura, pero es capaz de mantenerla a raya mucho mejor que yo. En eso es toda una experta.

—Lo estaré —asegura, y creo que, aunque le baila la duda en las palabras, cualquiera que la oyera, acabaría por creerla—. Todos lo estaremos. De verdad.

Asiento en silencio y me imagino que ella quiere que me largue cuanto antes. Los momentos intensos y emotivos nunca los ha sabido llevar muy bien. Olivia Calonge es como un témpano de hielo de cara a la galería y que se esté soltando conmigo, es algo que debería darme tanto respeto como miedo. Sin embargo, así es, y una parte de mí hasta se siente bien, muy bien, con el hecho de que me haya mantenido en su reducido equipo y hasta que me considere su igual.

—¿Quién volverá? ¿Los traes a todos?

—Susana y Salva para diseño, y Mila y Marga para redacción —contesta, lacónica—. Y para sustituir a Ale, algo un poco más arriesgado. Mi sobrino Gus en calidad de becario, que Dios nos pille confesados.

Me alegro por la vuelta de parte del equipo. Las chicas de telemarketing quedan descartadas porque Olivia ha decidido externalizar esa parte del negocio, pero el diseño es fundamental que podamos manejarlo desde dentro y no subcontratarlo. Y ya ni hablemos de tener ayuda con la redacción. Nos quedan pocos clientes, pero el volumen de trabajo es una locura para una sola redactora, una jefa hecha polvo que apenas logra sacar acuerdos ventajosos con lo poco que tenemos para ofrecer y una *community manager* embarazada de ocho meses.

—Me alegra mucho su vuelta. Los echaba de menos.

—Yo también —asegura, y estoy convencida de que vuelve a derramarse un poco de emoción a través de sus ojos oscuros.

—Lo que no tengo nada claro es que tenga que irme a la sede de Tinkerer, Olivia —intento zafarme de su horrible mandato—.

Nunca hemos procedido así. Trabajamos desde aquí.

—Te vas a la calle de al lado, a menos de cien metros, Isabel, no me seas niña —me regaña, volviendo a mirar sus papeles, una clara indirecta de que quiere que me largue de una vez de su despacho—. La oficina es bonita, grande, con luz y un tío bueno en ella. Recoge tus cosas y lárgate ahora mismo. Haz sitio, que llegan los refuerzos y, sobre todo, trata a ese señor tan guapo estupendamente. En casa y en el trabajo. Es una orden.

Me guiña un ojo antes de despedirme con un gesto de la mano y, definitivamente, zambullirse en su papeleo que, imagino, tiene que ver con sus intensos intentos de conseguir financiación para sobrevivir al caos que dejó tras de sí mi exnovio.

No me gustan los cambios. Me gustan aún menos que las bodas, pero parece que todo está cambiando a mi alrededor, y no sé cómo voy a ser capaz de gestionar todo lo que me está pasando. No contaba con un cambio de oficina. Tampoco con que mi nuevo compañero de casa también lo fuera de trabajo. Mucho menos que mi hasta ahora lejana vida familiar me estuviera engullendo de una manera absolutamente aterradora.

Lo que me recuerda que aún tengo que convencer a mi tozuda madre de que venga a celebrar el cumpleaños de su difunto marido en menos de una semana.

Necesito vacaciones.

Vacaciones de mi propia vida.

Y las necesito ya.

# 9

# Que no explote la bomba

El día ha salido tan bonito que parece que mi propio padre ha intercedido ahí arriba para que el sol brille en todo lo alto. Y tiene su mérito, porque los nubarrones de ayer por la tarde no presagiaban nada bueno.

Es 15 de mayo, día de San Isidro.

Su día, el primero que vamos a pasar sin él. Y estamos todos. Todos al completo, porque mi madre ha dado su brazo a torcer, aunque me toque apechugar con las consecuencias de haber conseguido que esté hoy aquí con nosotros.

Ha puesto sus condiciones y yo las he aceptado sin contar con nadie más. Seis llamadas, cinco horas de mi vida al teléfono con ella durante la última semana para conseguir que ahora mismo se acabe de bajar del coche del tío Félix, que la ha traído desde la finca. Apenas para a nuestro lado, coge a su chófer particular del brazo y se disculpa para irse corriendo a misa, que está a punto de empezar y no se la quiere perder.

Como todos nosotros, va vestida de chulapa, que es como a mi padre le gustaba que acudiéramos a ver al santo: ataviados con el traje regional, bien guapos todos, como si la fiesta no fuera igual sin ponerse estas ropas que tanto amaba.

Contengo la respiración cuando otro vehículo se para detrás del de Félix. Reconozco el coche de su hijo, y se confirma que así es cuando Julio se apea, tan serio como siempre, a la vez que nos saluda y fija su vista en el copiloto que le acompaña: Kevin. El pago que mi madre ha solicitado para estar hoy aquí.

Se prevén fuegos artificiales, y no precisamente en el cielo.

Sara, que está a mi lado, intercambia una mirada interrogativa conmigo y yo solo sé encogerme de hombros. No le he contado a nadie que el marido de Marta es la pieza fundamental en la ardua negociación que he llevado a cabo con nuestra progenitora. No sé si alguna de las tres lo entendería y no podía permitirme poner a prueba mi propia teoría. El riesgo de que mi madre volviera a bajarse del tren era demasiado alto.

Así que esto es lo que hay. Veremos cuánto tarda en encenderse la mecha de la bomba.

Por lo pronto, Marta, que no está aquí porque ha ido con Celia a comprar rosquillas tontas y listas[13] para el postre del almuerzo, no se ha enterado de que Kevin está por la zona. Así que tenemos algo de tiempo antes de que todo salte por los aires. Y lo hará, si no conseguimos contenerlo antes.

Por eso, porque lo mejor para que no se nos vaya de las manos este asunto es planear una buena estrategia de ataque, cojo a Sara por el brazo y me la llevo a buscarlas, mientras los demás se quedan custodiando el hueco que hemos conseguido robarle a la pradera,

---

13 Rosquillas típicas de la festividad de San Isidro en Madrid. En la pradera donde se llevan a cabo muchas de las actividades de la celebración son muchos los puestos que las venden. Las rosquillas tontas no llevan ningún acabado, no van bañadas, de ahí su nombre indicando la simpleza de su masa. Las listas van bañadas con un azúcar fondant (elaborado con un sirope de azúcar, zumo de limón y huevo batido) del color que se les quiera dar, es habitual el amarillo. Existen otras dos variedades, las rosquillas de Santa Clara, que están recubiertas con un merengue seco, originalmente blanco. Y las francesas, que se acaban con un rebozado de granillo de almendra.

ya a tope de gente a esas horas.

Marta y yo madrugamos un montón para subir a coger sitio. Llevamos aquí desde casi la salida del sol, y eso nos ha garantizado un muy buen lugar, aunque lo que al principio era un extenso hueco a la sombra de dos frondosos castaños de indias, ahora se ha quedado en un reducido hueco que tendrá que valer para ocho personas. La gente apura el espacio y robar recovecos es todo un arte en un día y un lugar como estos.

—Sabes que Marta te va a matar en cuanto lo vea, ¿verdad? —me dice Sara, sorteando madrileños como si estuviéramos en un concierto multitudinario.

—Para eso tiene que saber que yo tengo algo que ver —afirmo—. Y en cuanto lo vea, no buscará culpables. Solo tendrá gritos para él. Reconoce que es un plan maestro.

—Eres muy retorcida cuando quieres, Isabel Onieva. Y mira que todos dicen que tú eres la niña buena de esta familia.

—No, rica, esa eres tú. O al menos lo eras antes de la cosa esta de las redes sociales.

Me da una palmada en broma y se enrosca en mi brazo. Es la mejor manera de avanzar para no perdernos con este gentío.

Intentamos llegar a los puestos de rosquillas y encontrar a nuestras hermanas antes de que ellas se vuelvan por otro camino y Marta vea a Kevin sin una advertencia previa. Buscamos con toda la atención del mundo, pero no hay ni rastro de ellas por ninguna parte, lo cual es bastante desesperante, la verdad.

—Igual se han ido a tomar el agua del Santo —sugiere Sara encogiéndose de hombros.

—Lo dudo, eso lo hacemos después de comer, cuando hay menos gente en la cola y se puede entrar mejor en la ermita.

El ritual es casi todos los años de una calibración milimétrica. Nadie osa saltarse los horarios ni las costumbres. Pese a que la participación de nuestra madre en los festejos de este año ha estado en suspenso hasta el mismo momento en que se ha bajado del vehículo del tío Félix, mis hermanas no se saltarían el protocolo del día de San Isidro de la familia Onieva. Eso es como cometer pecado mortal.

—¿Entonces? ¿Volvemos?

Justo cuando estoy a punto de claudicar y asumir que la misión de búsqueda ha fracasado, veo el rostro de Marta a lo lejos y suspiro aliviada. Por fin, algo que sale bien.

—Está allí, vamos.

Intento coger la mano de mi hermana, pero una voz me interrumpe antes.

—¿Quién está ahí?

Me giro como en cámara lenta para encontrarme, contra todo pronóstico, con la sonrisa enorme y encantadora de Tristan Cornell, quien está totalmente fuera de lugar en un sitio como este. Me mira de arriba abajo con mi vestimenta de chulapa y me guiña un ojo, divertido. Mira que esta mañana me di prisa en salir de casa, casi de madrugada, para que él no tuviera que verme con semejante atuendo y, total, para nada, porque aquí está, contemplándome como si mi apariencia requiriera de algún tipo de explicación.

Pero lo peor no es que Tristan esté aquí, junto a nosotras, sonriente y algo burlón. No... lo peor es que a su lado está Kevin, con su sonrisa a juego, mirándonos interrogativamente mientras espera que alguien le explique algo.

Empiezo a hiperventilar como si alguien me hubiera desconectado los pulmones de la tráquea y, en un intento desesperado por evitar el desastre, cojo a Tristan de la mano y lo alejo unos metros de Kevin y de Sara.

—No voy a preguntar qué demonios haces aquí, pero necesito que te lleves a Kevin a la otra punta de la pradera y que te quedes allí con él veinte minutos, por lo menos.

—Y eso ¿por qué? —inquiere, levantando la ceja como suele hacer siempre que algo no le cuadra.

—Y también necesito que no hagas preguntas —añado—. Ya te

lo explicaré más tarde. Necesito que Marta no lo vea hasta que la avise de que está aquí.

—¿Y qué me das a cambio?

Lo miro con un asombro y una incredulidad muy difíciles de disimular y me coloco los brazos en las caderas, en actitud claramente chulesca.

—A cambio no te voy a preguntar qué narices haces aquí.

Se ríe y, aunque me saca de mis casillas, me doy cuenta de que realmente no tengo ni siquiera tiempo de enfadarme con él, cosa que llevo haciendo desde hace una semana. Y de continuo, además.

No es fácil tenerlo bajo el mismo techo ni tampoco trabajar con él codo con codo en la oficina de la discográfica en la que, de momento solo estamos nosotros y una secretaria de veintidós años, recién diplomada en Relaciones Públicas, que bastante tiene con aprenderse cómo funciona todo sin meter la pata.

En casa puedo evitarlo bastante bien. Cuando llego, me escondo en mi habitación sin dar apenas señales de vida. Él tiene a Sara y a Marta, con las que le oigo charlar y bromear. Un par de noches mi hermana pequeña me ha tocado la puerta de la habitación para invitarme a ver una película con ellos, pero las excusas me salen solas. Eso y las conversaciones interminables con mi madre, que me ha tenido al teléfono casi todo mi tiempo libre de la última semana.

No me preguntes porqué, pero me da un pavor terrible que Tristan me vea en modo hogareño. No me cuadra, no es algo que me apetezca en absoluto. Trabajar con un tipo que puede verte en pijama no es mi idea de compañero laboral, la verdad.

Lo bueno de que Tristan haya entrado en la extraña rutina de nuestro hogar, es que Marta ha dejado de escuchar a Elvis a todo volumen, y que Sara acaba antes sus sesiones de grabación. Es como si cuando él llegara a casa, las dos procuraran hacerle las cosas fáciles.

Se lleva bien con ellas. Hay más armonía ahora que en las tres semanas anteriores a su llegada, en la que mi refugio de penas se había convertido en un auténtico manicomio entre la determinada a divorciarse sin estrenar su matrimonio y la *influencer* de moda.

—Me llevo a Kevin —claudica por fin, tras mirarme un par de segundos con una fijeza que me ha hecho estremecer. De hecho, lo he sentido como una verdadera eternidad, tal es el poder de sus ojos celestes en mí—. Pero me debes una. Y te aseguro que me la voy a cobrar —dice tocándome la nariz en un gesto cómplice que me descoloca aún más.

Y se va sin darme la oportunidad de replicarle su insolencia. Me deja allí plantada, coge a su amigo por los hombros y se alejan de nosotras, no sin antes girarse de cara a mí y guiñarme un ojo. Al menos, eso consigue despertarme y sacarme de ese ensimismamiento estúpido en el que su mirada y su gesto cariñoso me han sumido.

—¡Venga, Isa! —me llama Sara desde el sitio donde la dejé con Kevin hace un minuto—. Ya vienen.

Me apresuro a llegar hasta ella para interceptar a nuestras hermanas mayores, que vienen contentas con su cargamento de rosquillas.

—¿Dónde os habéis metido? —las cuestiono nada más encontrarnos—. Os hemos buscado como locas por todas partes.

—A la sombra un rato, rica —me contesta Celia con cara de pocos amigos—. Con el calor que hace y con lo que aprietan estas ropas tan ridículas, no sé cómo aún no me he desmayado. Os juro que es la última vez que me las pongo.

La miro y entiendo que le queden estrechas. En la zona abdominal se empieza a notar que está embarazada y ella se ha empeñado en ponerse en mismo traje de todos los años.

—A papá le daría un *pampurrio* si te oyera hablar así —la regaña Marta, que ha debido de aguantar lo suyo en su compañía media mañana.

—Papá ya no está. Y estas ropas ya solo se las ponen los viejos y los niños. A ver a cuánta gente de nuestra edad ves de esta guisa, porque yo nos cuento a nosotras y para ya.

En eso Celia lleva algo de razón. Nosotras nunca habíamos venido a la pradera vestidas como todos los días, siempre como chulapas, que era lo que mandaba la tradición según nuestro padre que, no solo se llamaba como el día, sino que era su cumpleaños, así que le complacíamos porque él era feliz así y porque, en el fondo, la tradición nos venía de cuna y no veíamos razón para no seguirla.

Lo malo es que ahora él ya no está. Sigue siendo San Isidro, pero ya no es su cumpleaños, porque él ya no va a sumar años a los cincuenta y ocho con los que nos dejó.

Se me nota en el rostro que me ha afectado pensar en esa frase tan descarnada de Celia, por más cierta que sea. *Papá ya no está.* Qué gran y aplastante verdad. Es revelador que tengan que llegar fechas como estas o la pasada boda de Marta para darte cuenta de que su ausencia es así de definitiva.

Sara me abraza cuando comprende que me he venido abajo. Me achucha con cariño y me besa la coronilla. Es muy intuitiva, por eso es la más cariñosa de todas nosotras, porque siempre entiende cuándo alguien necesita unas palabras de ánimo o un abrazo caluroso que se lleve las penas.

Pero todas se dan cuenta de lo que me ha afectado esto, porque todas colaboran al abrazo que convertimos en colectivo, sin importarnos que nos miren, allí rodeadas como pocas veces de gente y vestidas de chulapas.

—No tengo tacto —se disculpa Celia—. Le voy a echar la culpa a las hormonas.

Se ríe débilmente, como subrayando su broma, y me mira con cargo de conciencia. De las cuatro, yo era la que más unida estaba a nuestro padre y, de seguro, la que más está tardando en procesar el hecho de que ya no está. Ellas lo saben y, aunque no siempre lo entienden, se esfuerzan por mí, por no hacérmelo pasar aún peor.

—¿Al final ha venido mamá? —pregunta Marta, intentando cambiar de tema, a ver si así se me borra la cara de mustia que se me ha quedado.

Me viene fenomenal que toque el asunto, eso debería darme pie a introducir la noticia de la presencia de Kevin en la celebración.

—Sí, está en misa con el tío Félix.

—Pues aprovechemos los veinte minutos de paz que aún nos quedan —dice Celia, tirando de mí en dirección al lugar donde descansa nuestro almuerzo—. Luego nos hacemos las encontradizas con ellos en la exhibición de calva[14] o en los bailables de las doce.

Aunque mi hermana pretende que nos movamos ya, lo más lejos de la ermita que podamos —es realmente preocupante su necesidad de poner tierra de por medio con una madre a la que me lleva días insistiendo para que traiga hasta aquí—, me mantengo firme, sin dejar que me mueva ni un par de centímetros.

—¿Qué pasa, Isa? —pregunta, el ceño fruncido, las manos en las caderas en ese gesto tan de las niñas Onieva.

La miro un segundo como rogándole que me conceda un minuto y, a continuación, poso mis ojos en los de Marta, que abre mucho los suyos, asustada.

—¿Qué pasa, Isa? —repite la pregunta de Celia y yo tomo aire antes de lanzar la bomba.

—Kevin está aquí.

Silencio.

Celia me mira sin entender muy bien el drama —se nota que no ha vivido con Marta estas últimas semanas—. Sara cierra los ojos involuntariamente, como si de verdad se estuviera protegiendo de la onda expansiva. Y Marta... bueno, Marta me mira con los ojos fuera de las órbitas y los puños agarrotados, de fuerte como los está cerrando.

---

14 La calva es un juego popular y un deporte tradicional español que con diferentes variantes geográficas consiste en lanzar piedras u objetos similares (herraduras, cilindros o piezas metálicas, etc.) intentando que golpee en la parte superior de una pieza de madera en forma de ángulo obtuso de grosor vario, colocada de pie y sin tocar antes en el suelo o la tierra (fuente: Wikipedia).

—Repite eso.

—Kevin está...

—¡Ya te he oído, joder!

*«Aquí viene el estallido de la Tercera Guerra Mundial. Que los daños colaterales no sean de los que duelan realmente».*

Mi Pepito Grillo ya se está escondiendo todo lo lejos que puede cuando yo decido que debo actuar con rapidez y sensatez. Sí, con la sensatez que no tuve cuando le dije a mi madre que me parecía buen plan que viniera a la celebración y que el precio que pedía no era descabellado. Porque, Dios mío, lo es. Solo hay que ver el rostro cada vez más enrojecido de Marta para saber que lo es. Se parece dramáticamente a esos dibujos animados a los que un enfado les hace hasta echar humo por las orejas. Si no estuviera en peligro mi integridad física, hasta me resultaría gracioso.

Hilarante, incluso.

—¿Qué demonios hace ese traidor en la celebración del cumpleaños de mi padre?

El tono de voz es elevado. Tanto, que todas las personas que nos rodean han vuelto la vista irremediablemente hacia nosotras. Si alguien me preguntara por mis peores pesadillas, esta podría estar en el podio de honor, sin problemas.

—Mira, Marta —trato de calmarla—. No tengo ni idea de qué hace Kevin aquí —mentira cochina—, pero saberlo te da ventaja, ¿verdad?

Me mira rebajando un ápice su ira y la rabia que destilan sus ojos y pone cara de estar escuchando algo que le interesa profundamente.

—¿Qué quieres decir?

—Que saberlo te pone por delante. No hay factor sorpresa. No será capaz de verte dolida, ofendida o descolocada por su presencia. Sabiéndolo puedes aparecer delante de él toda digna, como una reina de la calma y el control. Si ve que no te afecta, pensará que has ganado. Y, sé sincera, ¿qué es mejor que parecer estar por encima de todo esto? Recuerda que lo contrario al amor no es el odio, sino la indiferencia.

Lo digo todo tan deprisa que, al acabar mi alegato, cojo una gran bocanada de aire, a riesgo de perecer de asfixia. Marta me contempla en silencio unos treinta segundos. Se nos hacen eternos a todas, que nos miramos, entre confundidas, esperanzadas y nerviosas. Yo me lo tengo merecido, por hacer esto a sus espaldas, pero Celia y Sara me dan un poco de pena. Bueno, Celia no, que la culpa es toda suya. Que Celia sufra un poquito tampoco me viene mal, la verdad.

—Tienes razón —claudica Marta y yo respiro con tanto alivio que creo que puedo levitar del peso que me acabo de quitar—. Yo estoy por encima de esto. Yo no he hecho nada malo. Yo no he mentido ni he tratado a mi pareja como alguien sin voluntad ni voto en nuestro futuro en común.

Eleva el mentón en un gesto de empoderamiento supremo y yo me echo a temblar. No sé si me da más miedo la Marta huracán o la Marta que asegura que está *por encima de esto*.

Comenzamos a movernos entonces de vuelta al sitio donde hemos dejado nuestras cosas, asumo que al cuidado de Julio, que es el único que puede hacerlo si nuestros padres están en la ermita y los ingleses, perdidos de la mano de Dios durante la próxima media hora.

—¿Y de quién ha sido la idea de invitarlo? —se le ocurre preguntar a Celia, cuando ya estamos cerca de los castaños donde descansa nuestro almuerzo.

Creo que jamás la expresión *matar con la mirada* se ajustó más a un momento concreto como este. Podría matarla también con mis manos, que se crispan en un gesto de desesperación. Todo esto es culpa suya, pero somos Marta y yo quienes lo estamos sufriendo. Marta, por lo que supone ver a Kevin de nuevo tras su boda fugaz. Y yo, joder, yo creo que tengo más nervios en el cuerpo que cuando tuve la oportunidad de entrevistar a Beyoncé y me lo cargué todo porque dos minutos antes me dieron tales arcadas que tuve que encerrarme en el baño y claudicar.

De hecho, como en aquella ocasión que hubiera supuesto un antes y un después en mi incipiente carrera como periodista de espectáculos, me empieza a doler la tripa de un modo incontrolable.

Maldita sea mi suerte...

—¿De quién va a ser? Pareces nueva, Celia —le responde la propia Marta, librándome de contestar—. Mamá está detrás de todo. Me apuesto la mano derecha. Y la izquierda, también.

Cuando llegamos al sitio donde Julio nos espera, respiro con alivio al comprobar que Tristan está cumpliendo su parte del plan de mantener a Kevin alejado de Marta un rato más. Cuanto más tiempo tenga mi hermana para asimilarlo, menos onda expansiva dejará tras ella cuando se vean.

Julio está recostado contra el tronco de uno de los castaños de indias entre los que nos hemos acomodado. La mesa plegable ya está dispuesta para colocar los alimentos y sentarnos a comer, aunque aún falten un par de horas para que eso ocurra, y sé sin lugar a dudas que ha sido el propio Julio quien la ha dispuesto así. Siempre tuvo alma creativa, desde su inclinación por el dibujo a todas las manifestaciones artísticas que le iban surgiendo mientras crecía.

Ahora, apoyado sobre el árbol, me doy cuenta de que se cierne sobre un cuaderno abierto, en el que traza líneas oscuras que van componiendo un rostro. Uno conocido y amado. Uno que siempre ha sido el que a él más le ha atormentado.

El de Celia.

Cuando nos oye llegar, cierra de golpe su trabajo y se gira inquieto hacia nosotras. Se le escurre una gota de sudor al mirarnos, nerviosísimo, y yo niego con la cabeza, esperando que entienda que Celia no lo ha visto. Que venía rezagada con Sara y que Marta y tampoco se ha percatado de lo que Julio hacía.

Él se retira las gafas de pasta negra y se pasa el brazo por el rostro, intentando borrar los signos de bochorno que le delatan. Creo que ha comprendido lo que quería decirle, porque coloca en sus labios una sonrisilla tímida y nos saluda a las cuatro, como si llevara siglos esperando por nosotras.

Mira de refilón a Celia, que pasa de él como si fuera invisible. Mi hermana se pasa con el pobre Julio. Entiendo que no vea en él a alguien con el que pasar su vida, pero joder, es como nuestro primo mayor, podría tener un poquito más de tacto. Y es verdad que él vive enamorado de ella de un modo que no ha variado ni un ápice desde los cinco años, pero si Celia ha decidido tener el niño, tendrá que aceptar que ahora el amor de su vida es ya alguien aún más lejano, como si la distancia que ella ha puesto en kilómetros y su enorme indiferencia no fueran ya suficiente razón como para olvidarla.

—¿Y bien? ¿Dónde está?

Marta mira alrededor, buscando a Kevin, que no parece estar por ninguna parte. No sé qué pretende, pero parece que ansía el choque de trenes, que ocurra cuanto antes y no sé si estamos preparados para algo así.

Siento que el aire cambia a nuestro alrededor cuando lo ve, acercándose de frente a nosotras. Pero antes de que Marta pueda comportarse como la Marta que todos conocemos, una exhalación pasa por delante de mí, corriendo al encuentro de los dos ingleses.

—¡Tris! —grita Celia, entusiasmada por ver a... bueno, al padre de su bebé—. ¿Qué demonios haces tú aquí?

Se encarama a él como puede —el vestido de chulapa no ayuda—, y Tristan la coge al vuelo y se ríe, feliz. Esa felicidad se me clava en el estómago y me hace daño. Mucho daño. Más del que estoy dispuesta a admitir.

—¡Ce! ¡Mírate, estás preciosa vestida de madrileña!

Observo por el rabillo del ojo a Julio, que pinta la misma desilusión en su rostro que yo he debido de pintar en el mío. Vaya par de idiotas estamos hechos. Deberíamos inaugurar un club. Uno de corazones solitarios. Seguro que al menos esa jugada nos salía bien.

—¿Y tú? ¿Tú qué haces aquí? —se aproxima Marta a su todavía marido, que intenta mantener la sonrisa en el rostro, aunque la cautela también hace su aparición, cruzándole fugazmente por delante de sus ojos grises.

Con todo lo alto que es Kevin, parece empequeñecido ante el empuje todoterreno de Marta, que lo señala con el dedo, acusatoriamente, mientras sigue avanzando hacia él.

—¿Deberíamos largarnos y dejarlos solos? —susurra Sara en mi oído, indecisa y preocupada—. ¿O deberíamos llamar a la policía?

Me hago exactamente la misma pregunta, pero parece que Marta no va a sacar su colección de gritos e improperios en medio de la pradera, y que Kevin no viene dispuesto a avivar el fuego de la ira de su esposa. Algo es algo.

—¿A alguien le apetece ir a ver la exhibición de calva? —propone entonces Celia, que sigue encaramada a Tristan, abrazada a él, como si fuera un oso de peluche gigante.

Lo miro un instante. Juro que no quiero, sobre todo porque sé que no debo, pero lo hago. Lo miro y él me devuelve la mirada, los ojos celestes brillando de alegría, la sonrisa genuina y la sensación de estar justo donde desea. Quizá también con quien desea.

*«Mierda, Isabelita. Esto va a ser mucho más difícil de lo que creías. Mejor si le das a la ginebra ya de buena mañana. Solo así te veo pasando por todo esto».*

Me fastidia mucho cuando debo darle la razón a mi conciencia tocapelotas. Pero no la veo mala idea tampoco.

Iré buscando una barra de bar.

El día acaba de empezar, pero joder, ya promete.

# 10

# Una celebración sin papá

Cuando oyó hablar de él la primera vez, a mi madre no le hizo mucha gracia saber que iba a tener un yerno extranjero. Lo de que fuera inglés le gustaba aún menos. La mitad de los que ella conocía eran unos estirados; la otra mitad, unos juerguistas de los que solo se interesan por la cerveza y el *balconing*.

Sin embargo, nada más conocer a Kevin, cayó rendida a sus pies. El encanto de mi cuñado la subyugó ya desde su primer encuentro. Ni siquiera saber que había acabado en el calabozo con Marta por culpa de una pelea de fútbol, le restó puntos al apuesto chico de Manchester, con su sonrisa enorme y su casi metro noventa de altura.

Kevin pasó a ser una de sus personas favoritas del mundo, con quien charlaba animadamente cada vez que coincidían y hasta se llamaban en largas conferencias internacionales, de las que solo las leyes de *roaming* les salvaban del descalabro económico de facturas telefónicas kilométricas. El inglés de mi madre, bastante bueno desde siempre gracias a lo aprendido en su colegio privado de los setenta y a largas estancias en Irlanda y Escocia, se ha visto mejorado hasta lo indecible gracias a su yerno. Dice que el negocio lo nota y lo agradece, como si ese fuera el motivo principal de sus continuos *speaking*.

Si lo piensas bien, que su condición para estar hoy aquí fuera escoger que Kevin también estuviera, no es algo descabellado. Mi madre quiere salvar el matrimonio de Marta como sea. Y no solo porque adore a Kevin, como ya he señalado, sino porque el bochorno de una separación sin haber estrenado siquiera el hecho de haber estado casados es una mancha en nuestra reputación que ella ve inadmisible.

Cuando Marta y Kevin se quedan solos, todos esperamos que los gritos se oigan hasta en el Escorial. Sin embargo, se sientan en las sillas que componen nuestro coqueto juego de camping, y se ponen a charlar con un aire de lo más civilizado. Nos cuesta creerlo mientras nos alejamos para ir a buscar a mi madre y al tío Félix, que ya han debido de salir de misa —mi madre no se ha perdido jamás en su vida la misa de once en la ermita de San Isidro un 15 de mayo —, para disfrutar de las actividades de la pradera antes del almuerzo y del regreso al templo para beber y cargar con la dosis anual de agua del santo. Eso nos tocará hacerlo a todo correr, como cada año, porque a las tres de la tarde se cierra el dispensario y mi madre se niega a hacer la cola de la tarde, que siempre es kilométrica.

Los vemos cerca de la exhibición de calva, ese deporte extraño, tan madrileño y que sobrevive como puede en medio de las tecnologías modernas. A mi padre le fascinaba. Era jugador de toda la vida, y era uno de los encargados de organizar el evento en la pradera. Sus compañeros del club Los Castellanos, donde jugó toda la vida, nos saludan y nos indican un rincón donde podemos colocarnos. Nos han guardado el sitio por deferencia con mi padre, que fue su presidente hace unos años y al que todos echan de menos.

Me emociona cada vez más todo lo que está aconteciendo durante el día. Los recuerdos me asaltan al fijarme en cualquier detalle. La ermita, los chulapos y las chulapas. El ambiente de fiesta, su club de calva... mi atuendo. Mis ganas de que esté aquí, de que este sea su cumpleaños de verdad y no la celebración en su ausencia de una tradición que él nos inculcó y a la que le fue fiel toda su vida.

Cuando la exhibición acaba —el pobre Tristan no se ha enterado de nada y Celia y el tío Félix le han puesto al día con mucha paciencia, señalándole cada jugada—, nos acercamos al punto donde está ya en marcha el tradicional baile del chotis.

Mi padre adoraba bailar y mi madre mira la pista con los ojos anegados por unas lágrimas que pugnan por tomar el control del momento. Los míos no están muy distintos, bastante más cerca del llanto que del apaciguamiento que reclamo a la situación. No quiero llorar delante de nadie, no aquí. No hoy.

El tío Félix, fiel adalid de su mejor amigo, toma a mi madre de la mano y la arrastra hacia la pista. Ella, que al principio parece resistirse un poco —solo un poco, que conste—, se deja llevar y se colocan para ese baile castizo que tanto significaba para Isidro Onieva, mi padre.

Bailan y el tiempo se les para, estoy segura, entre recuerdos y congojas. Es bonito comprobar que la vida sigue y que se puede honrar su recuerdo con pequeños gestos. También duele su ausencia, tan horriblemente definitiva.

Celia arrastra a Tristan hasta la pista y Julio, que los mira dolido, hace amago de irse de allí. Me da una pena horrible el pobre, así que me alegro muchísimo cuando Sara le impide marcharse, sacándole ella a bailar un chotis, uniéndose así a los demás. Quedo desparejada como un verso suelto y eso me provoca una congoja que acrecienta la pena por mi padre, así que los dejo ahí y me apresuro a regresar a la mesa. Quizá Marta y Kevin quieren ir a dar una vuelta y les puedo dar el relevo cuidando las cosas.

Llego hasta donde ellos y les sorprendo de buen rollo, tomando limonada que compramos esta mañana al llegar y hasta riendo. Ver para creer. Debe de tratarse de un milagro del santo o algo así. Cuando mi madre los vea, se le caerán esas lágrimas que ha reprimido antes del chotis.

—Podéis ir a dar una vuelta, chicos —les ofrezco—. Yo cuido el fuerte hasta que todos vuelvan.

—¿Estás segura, Isa?

Marta me mira de soslayo, entrecerrando los ojos, escudriñando la pena que se me destila por esta mirada de perrito abandonado que sin duda luzco. No la puedo engañar, así que sonrío negando con la cabeza. Lo mejor es contar la verdad, al menos una verdad tolerable.

—Lo estaré, ¿vale? —aseguro—. Está siendo un día difícil y creo que necesito estar sola un rato.

—Podría quedarme....

—No, en serio, chicos. Id a bailar o a dar una vuelta. Se me pasará.

Marta debe de verme la determinación en la cara, porque asiente en silencio, se levanta de la silla que ocupaba y me besa en la mejilla.

Los veo irse y me recuesto en el sitio que acaba de dejar libre mi hermana. Me quito el pañuelo que cubre mi cabeza y lo dejo, junto al preceptivo clavel del traje de chulapa, en la mesa, cerca de mí. A pesar de estar en la sombra, cierro los ojos y vuelvo la cabeza al cielo, buscando algún rayo de sol peregrino que pueda iluminarme.

Hace siglos que no me paro a respirar con lentitud, a pensar en lo que me hace triste o feliz. En lo que necesito. Llevo desde mucho antes de que Carlos saliera de mi vida postergándome, y creo que ha llegado el momento de ponerme lo primero de todo. Por delante de mis hermanas o mi madre, del trabajo o... mis deseos inapropiados que incluyen al novio de mi hermana.

—No tenía ni idea de que hoy era el cumpleaños de tu padre.

La voz de Tristan, apenas un susurro, suena muy cerca de mi oído, y me sobresalto, abriendo los ojos de golpe y casi cayéndome de espaldas. Solo me faltaba hacer el ridículo hoy delante de él, como si vestir de esta guisa no fuera suficiente.

—Ya, pues ya lo sabes.

No quiero sonar cortante o borde, pero así es precisamente como sueno. No lo puedo evitar. No sé si me molesta más que me hayan interrumpido cuando estaba tranquila y sola o que sea él quien lo haya hecho. Precisamente él, que es una parte esencial de eso que debo recolocar en mi vida llena de insatisfacciones.

—No pretendía molestarte...

—Ya, tú nunca pretendes nada, pero lo haces de todos modos.

Por más que sea una idea espantosa hablarle así al tipo de quien dependemos laboralmente toda la pequeña compañía a la que pertenezco, no puedo evitarlo. En mi mente se conjugan una y otra vez la escena del beso, de su cortejo en la barra del bar en la boda, de su mirada cargada de deseo y ganas... con la noticia del bebé que espera Celia, con los dos corriendo uno a los brazos del otro esta misma mañana, con ambos bailando y riendo hace unos minutos... Me supera la angustia de haberme pillado por un tío que quiere a mi hermana. Esto nunca nos había pasado a ninguna de las cuatro —si exceptuamos cuando Celia, Marta y yo, a la vez, nos pillamos por el estudiante de intercambio con el que convivimos tres semanas en el verano de 2005—, así que no sé muy bien cómo gestionarlo.

Quiero a mi hermana y solo pensar en el beso que Tristan y yo nos dimos en la boda me mata por dentro. Esa traición es dolorosa y permanente, lo mismo que las cosas que siento cada vez que él está cerca.

Y, joder, trabajo y vivo con él.

Siempre está cerca.

Como ahora, que ha llegado sin que lo notara para seguir trastocándolo todo.

—Me desconciertas siempre, Isabel —confiesa, sentándose en la silla junto a la mía. Tan cerca, que puedo hasta notar su olor. Se me eriza la piel y tengo que rezar para que él no note lo mucho que me afecta—. Tanto, que a veces creo que no te gusto.

*«Si tú supieras, chaval...»*

Me resigno a escuchar esa voz en mi cabeza que siempre tiene razón, aunque no me guste, y lo miro escudriñando cada mínimo gesto que su rostro compone. Ha hablado con pena, como si mi actitud le entristeciera sobre todas las cosas, y me doy cuenta de que quizá no le esté tratando muy bien. En el trabajo me limito a estar, sin relacionarme mucho con él y, en casa, lo dejo descaradamente en manos de Sara y Marta. Lo evito y, cuando no me queda más remedio que consultarle algo o hacerle alguna consideración, siempre utilizo frases cortas y directas que no admiten ni la más mínima réplica.

Soy una cobarde. Pero a estas alturas de la vida tampoco voy a sorprenderme por ello. Llevo siéndolo toda mi vida, lo fui cuando dejé a Carlos sin ni siquiera pedirle explicaciones por su comportamiento. Lo sigo siendo ahora, que no soy capaz de afrontar que el tío más interesante que conozco ha dejado embarazada a mi hermana.

Y de verdad que el día no es el más adecuado para llegar a estas conclusiones, pero supongo que no escogemos cuándo ocurren la mayoría de las cosas, así que decido dejar la guerra encubierta y deponer armas. Al menos durante unas horas, hasta que este maldito 15 de mayo pase y lo dejemos atrás hasta el año que viene.

—Le gustaba este lugar más que nada en el mundo, sobre todo en un día como hoy. Nadie lo entendía, este parque es mucho mejor sin gente, sin colas, sin aglomeraciones para todo... Le gustaba que nos vistiéramos de chulapos y que viniéramos todos juntos a la pradera, no importaba dónde nos pillara la festividad ni lo mayores que fuéramos siendo.

Hago una pausa y lo miro. En sus ojos hay una mirada atenta, como si se estuviera bebiendo mis palabras una a una y sonrío entre las primeras lágrimas, que se me escapan sin poderlo remediar. Estaba convencida de que no iba a conseguir volver a casa sin desmoronarme. Y está pasando.

Coloca una de sus manos sobre las mías, que permanecen sobre mi regazo, y siento una corriente cálida, como una fuerza regeneradora que me infunde un valor desconocido para seguir.

—Le gustaba descalzarse después de volver de beber el agua del santo y dejar que la suavidad del césped le acariciara las plantas de los pies. Decía que la mañana ajetreada se merecía recompensas como esa. Y yo le imitaba. Me quitaba los zapatos y las medias y dejaba que la frescura de la hierba se llevara el agobio por el estúpido traje o la espera en las colas.

Me sorbo las lágrimas que resbalan sin control por mi rostro y tomo el pañuelo que Tristan me tiende. Es de tejido suave y delicado, de un blanco casi cegador, y tiene sus iniciales, TC, bordadas con una filigrana digna de una bordadora experta. Se lo agradezco con un gesto y voy limpiando los restos que el llanto va dejando sobre mis mejillas.

—Le gustaba bailar el chotis y presumir de familia. Nos sacaba a todas a bailar. De una en una, por riguroso orden cronológico ascendente. Se reía tanto de nuestra vergüenza, que apenas podíamos mantener el ritmo de la música. Pero cuando le llegaba el turno a mi madre, se ponía serio, se erguía y sacaba pecho. Bailaba como si se tratara de un vals en alguna corte europea, en pleno siglo XIX. Ojalá lo hubieras visto...

Me sonríe levemente y yo me siento reconfortada, porque creo que lo entiende. Todo. Aunque él no haya perdido a su padre o no tenga ni idea de lo que es la celebración de San Isidro o bailar un chotis. Tristan parece entenderlo y a mí eso me da la vida.

—Esperaba todo el año por este día —le digo, clavando en él mis ojos agradecidos por saberme escuchada—. Aunque yo creo que, en los últimos tiempos era más por vernos reunidas a todas que por otra cosa. Nos habíamos desperdigado mucho, pero siempre acabábamos por volver el día de su cumpleaños y eso a él le parecía el mejor regalo del mundo entero.

—Suena a momentos muy felices —dice por fin, asintiendo

como si él supiera de lo que habla.

Me gusta que intervenga, no quiero que mis penas se conviertan en un monólogo lastimero. Mi padre no lo hubiera querido.

—Hubo de todo, como en todas las familias. Aunque me da la sensación de que desde que él falta, muchas cosas se están desmoronando. Y lo odio.

—Odiar los cambios no es descabellado —asegura, confiado—. Pero creo que es bueno darles una oportunidad. Quizá, donde ves que todo se está desmoronando, es solo que las cosas se están reajustando. Y los reajustes llevan su tiempo.

—Ha pasado casi un año... —me quejo con amargura.

—¿Y qué es un año? Puede parecerte una eternidad o simplemente un suspiro, es todo tan relativo... Cada cosa lleva su tiempo, y creo que, en algo como un duelo, más aún. No te machaques si te duele, es lo más normal del mundo.

Sonrío mientras le escucho, es como liberador que alguien ajeno te ofrezca la posibilidad de sentir pena sin sentir culpa. Noto cómo me aprieta con afecto la mano que ha vuelto a colocar sobre la mía tras dejarme su pañuelo, y lo miro con la sensación de que Tristan Cornell, además de ese hecho perturbador que ha venido a trastocarme la existencia, es una persona con una sensibilidad bonita, que me entiende y que se está tomando la molestia de escucharme y ayudarme con sus palabras.

Pero mirarle es peligroso. Porque una puede dejarse llevar y caer precipicio abajo, perdida en las brumas etéreas de las ganas de más besos y otras cosas que no están bien.

Ahora mismo lo besaría. Me da rabia desear algo así cuando no puedo tenerlo, pero tampoco puedo evitar sentirlo. Mi cabeza se nubla, y hasta creo que en su mirada también parpadea ese anhelo por acercarse a mí y tomar mis labios por asalto, repetir el beso de la boda y dejarse llevar, solo para comprobar a dónde podría llevarnos todo esto.

Tal es mi obnubilación, que hasta creo que se acerca lentamente hasta mi boca, con parsimonia, con reticencia, pero sin remedio, como si la atracción en él también tuviera la fuerza de un par de tanques acorazados.

—¡Me muero de hambre! —se oye a Celia a nuestra espalda, llevándose el momento con ella.

Otra vez.

Suspiro con resignación, aunque no soy capaz de mirar a nada que no sea él, que también sigue anclado a mis ojos, como si mi familia hubiera regresado en bloque y nos hubiera robado el beso, pero no la intimidad. Sonríe con un rastro burlón que me enciende aún de más deseo y maldigo la oportunidad perdida.

Al menos lo hago hasta que mi madre nos saca del todo del estado de estupor en el que ambos parecemos haber caído de lleno.

—Ten, querido. Un regalito.

Le entrega una bolsa de papel a Tristan y lo mira expectante, esperando que descubra qué es lo que acaba de ponerle entre las manos.

Él me mira un segundo antes de proceder, elevando su ceja, y yo sonrío más ampliamente, porque el gesto está convirtiéndose en una de mis cosas favoritas del mundo.

Saca un chaleco negro y una gorra del interior y las mira comprendiendo de inmediato qué son.

—Desentonas aquí sentado sin un buen chaleco y una parpusa —explica mi madre, que se muestra encantada al comprobar que a Tristan le gusta el regalo.

—¿Un chaleco y una qué? —pregunta, incorporándose y probándose el chaleco por encima de su camisa blanca, que lleva arremangada para estar más fresco.

—Una parpusa. Esto —señala mi madre la gorra que toca la cabeza del tío Félix—. Un chulapo no es nada sin su parpusa.

—Me encanta la parpusa y el hecho de que se llame parpusa —certifica Tristan, poniéndosela.

Puede parecer paradójico, pero ataviado con la gorra y el

chaleco, como un chulapo más, está tan guapo que dan ganas de pedirle que se deje el atuendo para siempre. Le favorece la parpusa, le da un aire canalla y chulesco que dan ganas de hacer prevalecer. Para siempre.

—Y, por supuesto, no puede faltar el clavel —apostilla mi madre, acercándose aún más a él. Le coloca uno en la solapa, muy rojo, destacando por encima de todo lo demás—. Ahora sí. Ahora tanto Kevin como tú formáis parte de la familia.

Y, al decirlo, algo extraño se expande en mi pecho. Algo que duele, porque como padre de su nieto, mi madre ya lo tiene asimilado. Algo que me agrada, porque es bonito comprobar que mi madre le ofrece un sitio oficial entre nosotros. Y eso no es fácil con ella. Bien lo sabemos todos aquí.

—*We need a photo dressed like that, man*[15] —se escucha a Kevin, que luce los mismos complementos que Tristan, y se ríe sin remedio.

Se le ve feliz y a Marta, un par de pasos delante de él, le pasa algo parecido. ¿Y si lo han arreglado? ¿Y si en lugar de sentirme culpable por haberlo hecho venir sin contárselo a mi hermana, tengo que alegrarme por el hecho de que algo tan sencillo como juntarlos en la pradera haya conseguido volverlos a unir?

—¡A comer! —llama mi madre, que parece haber dejado completamente atrás su momento sensible antes de que el tío Félix la sacara a bailar.

Me alegro por ella. No creo que mi padre pretendiera que nos entristeciéramos por él en un día como hoy. Porque el día de San Isidro siempre fue un día feliz en nuestra familia, y él querría que eso no cambiara por más que nos faltara la pieza fundamental.

Nos sentamos a la mesa como podemos. Tristan se queda con nosotros, aunque no sé exactamente quién lo ha invitado formalmente. Asumo que ha sido Celia, junto a quien se sienta, pese a cruzar miradas furtivas conmigo de vez en cuando. Me

---

15  En castellano: *Necesitamos una foto vestidos así, tío.*

ponen tan nerviosa, que prefiero huir como una cobarde.

Así que abandono la mesa principal y me siento junto al castaño, donde Julio, el otro damnificado por la parejita del momento, intenta comer el cocido madrileño que mi madre se ha esmerado en preparar con su sopa y todos sus sacramentos.

Porque sí, la tradición de los Onieva también manda que hoy se coma cocido madrileño. Sin importar nunca si a la sombra se alcanzan los treinta y cinco grados de temperatura.

Me uno a Julio, quien se encoge de hombros y me cede parte de la zona del castaño donde tiene apoyada la espalda. Supongo que entiende un poquito que me siento tan incómoda como él cuando los oímos reír. Me vuelvo a sentir culpable por dejar que me moleste, sobre todo.porque Celia parece estar a gusto, feliz, y eso es algo tremendamente raro de ver.

Comemos en silencio, los dos, rumiando pensamientos dispersos sobre lo que significa ser la parte que se queda fuera, supongo que cada uno a su manera. El ambiente es bueno para el resto, la temperatura, estupenda, y los recuerdos sobre mi momento compartido con Tristan, quizá sea lo mejor que me lleve de la jornada.

Así, cuando terminamos el postre —riquísimas rosquillas típicas del día— y apuramos los vasos de limonada, recogemos todo y nos dirigimos a la ermita, donde beberemos el agua de San Isidro, del manantial.

Mi madre va equipada con su botella, que se llevará llena para la finca. Es otra de sus tradiciones. La cola no es tan larga como durante la mañana, porque ahora casi todo el mundo está comiendo y quedan solo quince minutos para que cierren el dispensario hasta la tarde. Cuando llegamos a las barras que se han colocado delante de la fuente —una fuente antigua, azul y muy ornamentada, que está recubierta de palabras y que es uno de los sitios más visitados de la jornada—, Tristan y Kevin se quedan absolutamente alucinados.

—Pensabas que cogeríamos nosotros mismos el agua, ¿verdad? —pregunta Celia y Tristan asiente, ceñudo.

—Desde luego, no me imaginaba esto...

Señala las barras de metal, que rodean la fuente, como si se tratara de un bar improvisado en el patio de la ermita. Seis sexagenarios adustos y ataviados con uniforme, compuesto por chaqueta roja y pantalón de escrupuloso negro, sirven vasos de agua en jarras de metal. Cuando las jarras se acaban, las rellenan en la fuente, que queda a sus espaldas. También llenan las botellas de quienes se las tienden, traídas de casa o compradas en los puestos de las inmediaciones, con la imagen de San Isidro.

Los aguadores nos sirven un vaso de agua a cada uno y lo bebemos de inmediato. Está fresquita y sabe a gloria con el calor de afuera. Mi madre recibe su botella llena, deja una generosa donación en una de las hendiduras de metal realizadas en la barra para tal fin, y dejamos nuestro sitio a los siguientes devotos del agua del santo.

—¿Y qué hace exactamente esta agua? —pregunta Tristan, de un buen humor bastante acusado.

—Pues dicen que es milagrosa para el cuerpo y el espíritu —le cuenta Marta—. San Isidro era famoso porque era capaz de encontrar agua en sitios remotos, como un zahorí. Aquí mismo, donde está hoy la fuente, se dice que hizo manar el agua de forma inesperada y de la nada, solo porque el hombre que poseía estas tierras y era su patrón, estaba sediento.

—Esta agua es terapéutica, hijo —recalca mi madre—. Conozco a mucha gente a la que le ha aliviado dolores y curado enfermedades de la piel o de los huesos.

—Esta agua es agua del grifo, mamá —la contradice Celia y mi madre arruga el ceño, ya sabemos todos lo que odia que pongan en duda sus creencias—. La fuente está conectada directamente con el Canal de Isabel II. No creo que sea más milagrosa que la que cada madrileño bebe a diario en su casa.

—Es cuestión de fe, hija mía —responde, ofendida—. Quizá a ti te parezca agua sin más. Yo sé que está bendecida por San Isidro y que es especial.

—Claro, mamá. Al menos, el agua es gratis.

Que Celia le dé la razón enfurece más a nuestra madre que una discusión de horas, así que en previsión de que la cosa se convierta en una pelea de gatas, me agarro del brazo de mi progenitora y la saco de allí sin dejar que le replique a su hija mayor. Se aferra a su botella de agua como si fuera oro líquido y pilla la indirecta. Mejor no estropear lo que está siendo un día estupendo.

—Juro que no la entiendo —gime mientras encabezamos el grupo y volvemos a la pradera—. No sé por qué siempre tiene que ser así de hiriente con todo. Tan sarcástica y tan arisca. No sé qué he hecho mal.

—Mamá, por Dios, Celia es como es, ya la conoces —trato de rebajar la tensión—. Nadie ha hecho nada mal y espero que no lo pienses de verdad.

—¿Qué le cuesta sentar la cabeza de una vez y tener una vida normal? ¿Por qué se empeña en tener un hijo en una granja en medio de la nada en Italia? ¿Y por qué está tan a gusto con el muchacho ese si luego asegura que no quiere casarse ni formar una familia como Dios manda?

Me tengo que contener para que no note el escalofrío que me acaba de recorrer la columna vertebral al escucharle decir esas palabras.

Si mi madre ha dado su bendición a esa unión, ni una catástrofe natural será capaz de disolverla.

«*Mierda de vida.*

*Joder*».

# 11

# A darle todo

Mi madre se declara del todo agotada a eso de las siete de la tarde, cuando por fin se monta en el coche del tío Félix y deja que este la lleve de regreso a la finca.

Los demás, que tenemos una media de edad bastante alejada de los dos patriarcas, decidimos que la fiesta dure un poco más. Es lunes y yo mañana tengo el día libre gracias al trueque que llevé a cabo con Olivia, así que no me cuesta nada acceder, aunque sé que me dolerá ver juntos a Celia y Tristan. Lo sopeso todo antes de quedarme, pero que Marta y Kevin parezcan de nuevo una pareja de novios bien avenida, no se merece menos que unos saltos desenfrenados en los conciertos que empiezan en un par de horas en las Vistillas.

Marta tiene nuestras cosas en su coche, aparcado en un subterráneo cercano, préstamo de una amiga que se lo ha dejado porque el fin de semana lo pasa fuera de la capital. Así que las cuatro Onieva nos vamos a cambiar, deseando deshacernos del traje de chulapa que ya ha cumplido su cometido festivo por este año.

Doy la bienvenida a mis vaqueros con tantas ganas, que ni siquiera me importa estar enseñando las bragas en medio del aparcamiento de un bloque de viviendas. Si alguien viene ahora y nos ve así, seguro que un susto al menos se iba a llevar, pero que me aspen si eso es siquiera significativo en estos momentos. Ver a Marta con esa cara de felicidad, comportándose como una novia enamorada y no como la niña del exorcista, después de pasar varias horas en compañía de Kevin, es algo que no tiene precio.

Los chicos nos esperan en la puerta del inmueble, riéndose de algún chascarrillo suyo, algo que han compartido en su lengua materna segundos antes de que las cuatro aparezcamos. Julio, que se mantiene separado unos cuantos metros de los ingleses, como si la cosa no fuera con él, se acerca a nosotras en cuanto aparecemos. Le miro con profunda lástima y me pregunto por qué Marta ha insistido tanto para que se quede con nosotros, cuando él claramente no quería otra cosa que perder de vista a Celia y Tristan.

Le entiendo tanto... pero si yo puedo soportarlo, él también debe ser fuerte. Claro que yo acabo de conocer a Tristan Cornell y él lleva toda su vida suspirando por Celia Onieva.

Me engancho a su brazo y le lanzo una sonrisa radiante, intentando contagiarle unos ánimos de los que a mí misma me tengo que convencer con ganas. Pero estamos de celebración y quiero que Julio forme parte de ella, como siempre pasaba en años anteriores, como siempre ha sido desde que tenemos uso de razón.

Vamos caminando hasta las Vistillas, que no queda lejos. El paseo es agradable porque la temperatura es estupenda para una tarde de mayo, así que tardamos poco más de una hora en llegar, en parte porque nos paramos dos veces a tomarnos unas cañas. La limonada está bien para el almuerzo, pero a estas horas el cuerpo ya nos pide un par de cervecitas y alguna cosa para picotear.

Se respira el día festivo por todas partes. Mucha gente trabaja al día siguiente, por eso los conciertos no suelen empezar tarde. En las Vistillas ya han comenzado cuando alcanzamos el parque.

Miro el escenario con algo parecido al orgullo. En Madrid, durante este fin de semana, se han celebrado numerosos actos festivos, muchos de ellos musicales. Y este, el de las Vistillas, es quizá el más importante de todos.

Y ahí, en el punto central, el nombre de Tinkerer Music brilla como un puñado de luciérnagas, en mitad del enorme escenario donde ahora mismo uno de los teloneros de Blue Joy hace saltar y cantar a una multitud.

Lo hemos hecho en tiempo récord, pero debo felicitarme por las gestiones que me han llevado a colocar ahí el nombre de nuestro cliente. Una caída de última hora, el ayuntamiento buscando desesperadamente un patrocinador y una estrella para llenar el cartel de uno de sus conciertos con más reconocimiento de las fiestas de San Isidro. Tristan estuvo de acuerdo en que inaugurar la presencia de la discográfica en España podía adelantarse si la ocasión era propicia, y lo ha sido.

Nos miramos fugazmente después de ver el cartel de Tinkerer Music presidiendo la noche, y yo asiento. Su reconocimiento es importante. Más allá de lo que pueda sentir por él, es mi cliente y su satisfacción es fundamental a la hora de llevar a cabo mi trabajo.

Por cosas como esta doy por válidas las horas que pasamos juntos en su oficina, mientras yo solo deseo estar lo más lejos posible.

—Has hecho muy buen trabajo —repite en mi oído lo que el viernes me dijo antes de irnos a casa al finalizar la jornada laboral.

Le sonrío con menos dolor y muchas —muchísimas— menos ganas de perderlo de vista. Porque me gusta este Tristan cercano. Reconozco que trabajo bien con él, es de trato fácil, escucha mis sugerencias y aconseja sin imponer. Lo suyo son las gestiones musicales, la representación de Blue Joy, pero ha aportado varias buenas ideas a mi trabajo de relaciones públicas, demostrando que sí, que, aunque me cueste confesarlo, formamos un buen equipo.

—Ambos lo hemos hecho —concedo, haciendo que él también amplíe su sonrisa.

Temo que entremos en otro de esos momentos en los que nos quedamos atascados, enganchados uno en la mirada del otro, y me apresuro para volverme de cara a Julio, del que sigo sin separarme, para preguntarle si le apetece beber algo.

—¡Cerveza para todos! —grita Sara, tirando de Julio y de Celia para que le ayuden con los minis[16]—. ¡Y tónica para la preñada, por supuesto!

—Se la presentamos luego a Blue Joy —me dice Tristan con una risa tonta rondándole las palabras—. Espero que no esté muy borracha.

No creo que sea la mejor idea del mundo hacer algo como la presentación oficial de dos futuros socios de negocios en medio de una fiesta patronal, pero si Tristan ya lo ha decidido, probablemente no haya nada que hacer. Así que me encojo de hombros y me contagio de su risa floja, porque de aquí puede salir cualquier cosa.

Me imagino a Olivia teniendo noticias de algo así de poco profesional y me río más todavía, sin poderlo evitar. Se le caería el pelo de saber que estamos llevando a cabo nuestra gran estrategia de comunicación en medio de las Vistillas, con unas cuantas cañas en el cuerpo y otras más en previsión. Así que supongo que los pormenores del asunto se quedarán en el secreto de sumario y no trascenderán, al menos si valoro mi integridad física.

—¿Crees que es el mejor modo de hacerlo? —cuestiono pese a la risa.

Él es el jefe aquí, es su chico y su estrella. Pero siento que me juego algo también en ello, pese a que no sea mi decisión, sí lo es la propuesta. Si algo sale mal, si Sara le vomita a Blue Joy o si, medio borracha, le dice alguna burrada de las suyas, puede irse al garete toda la estrategia de comunicación en la que llevo días trabajando como una demente.

---

16   Bebida (cerveza, kalimotxo, cubalibres u otros) servida generalmente en vaso de plástico de 750 ml., muy consumido en festejos populares. En Madrid toma el nombre de *mini*, mientras que en Andalucía se le llama *maceta*, en el norte *katxi* y en otras partes de la geografía española *litro* o *cubalitro*.

—Tienen poco más de veinte añitos los chavales —afirma, jovial—. ¿Crees que prefieren hacerlo así o entre las cuatro paredes de una oficina?

Asiento porque tiene razón, aunque me hago la firme promesa de vigilar a Sara para que no beba más de la cuenta. No queremos tampoco que toda la operación se nos caiga solo por pasarnos con la cerveza, ¿verdad?

—¿Estás mejor? —pregunta de improviso.

Marta y Kevin están bailando al son de la música que suena, algo caribeño y para lo que mi cuñado, claramente, no está genéticamente diseñado. Da la risa solo de verle intentar mover la cadera con un mínimo de gracia. Me centro en él, porque no quiero volver a ponerme intensa con Tristan. La hora, la compañía y el alcohol no están de mi parte.

—Estoy mejor —me limito a contestar, sin ni siquiera levantar mis ojos en busca de los suyos que, sé con total seguridad, desearían comprobar si le estoy diciendo la verdad o no.

Ni yo misma sé si le acabo de mentir. Me siento más entera que por la tarde, pero sigue siendo 15 de mayo y mi padre sigue muerto. Él, además, está cerca pero lejos, y todo afecta.

—Me alegro.

—Yo también —convengo, esperando que deje el tema y pase a otra cosa. No me siento cómoda sabiendo que me ha visto esta tarde en mi peor momento.

—Sabes que, si necesitas hablar, estoy en el despacho de al lado.

—Y en la habitación de al lado también. Soy consciente, gracias. Espero que no lo necesite, lo de hoy ha sido solo... circunstancial.

—Claro.

Me mira en silencio y yo vuelvo mis pupilas hacia él, que me está abrasando con su pertinaz forma de clavarme los ojos. Despiden un brillo tan intenso que, en estos primeros momentos de penumbra tras el soleado día, parecen volver a traer la luz del sol. Me queman mientras me contemplan y noto hasta que me tiemblan ligeramente las piernas.

Lo odio. De verdad que sí. Que sea capaz de desestabilizarme solo con mirarme, me pone muy nerviosa. Así que suspiro con alivio cuando Julio, Sara y Celia se acercan a nosotros con más cerveza y encuentro en ellos la distracción que necesito y la excusa perfecta para alejarme de Tristan y sus malditos ojos centelleantes.

Las dos siguientes horas se convierten en las mejores aliadas de una chica para distraerse de todo: bailes divertidos, bocatas grasientos de calamares riquísimos, más cerveza y un par de metros o tres entre ella y el chico de sus quebrantos.

Estoy realmente agotada. A los ritmos caribeños del principio, le han seguido un par de bandas de rock *indie* de lo más interesante y, ahora, esperando por el plato fuerte, todo el mundo corea el nombre de Blue Joy. Me niego a que eso sea algo que vuelva a enlazarme con Tristan, por más que el nombre que todo el mundo canta es el de nuestro chico, y me acerco a Celia, que está inusualmente lejos de *su novio*.

—¿Puedo hacerte una pregunta? —tanteo, haciéndome la desinteresada.

—Claro...

—El padre del niño no es el baboso ese que trajiste a la boda de Marta.

Me mira fijamente, supongo que sopesando cuánto alcohol tengo en sangre y a qué demonios viene ahora esta pregunta, tan fuera de lugar y contexto.

—No.

Contesta sin estar muy segura de por dónde quiero ir. Yo, que tenía que salir de dudas antes de seguir manteniéndome fuera de la pareja que forma con Tristan, sigo tanteando el terreno.

—Entonces... A ese tío le trajiste para darle celos al padre del niño...

—Es complicado, Isa.

Rehúye mi mirada y la clava en un punto indeterminado del

escenario. Por su semblante se cruza la sombra de un dolor incierto y me siento culpable por tocar la herida que sea que la haya hecho reaccionar así. Aunque lleva todo el día con Tristan, los dos súper a gusto. Seguro que tuvieron sus más y sus menos al enterarse de la noticia, pero parece que lo están llevando muy bien.

—Ya...

Se gira de cara a mí, de nuevo, y esboza una sonrisa débil que me taladra el alma. Me odio por ponerla en el compromiso de dar explicaciones, cuando claramente preferiría no dármelas.

—Quiero decir que dar celos no es exactamente lo que fue lo que me hizo traerlo. Pero estaba hecha un lío, enfadada, cabreada y me sentía muy sola. Así que Gianni estaba libre, se lo pedí y se vino. Sé que es un gilipollas de manual, pero no podía venir sola.

—Te luciste con la elección, si me lo permites —bromeo, intentando quitarle peso a toda esta conversación.

Celia lo agradece y pone su expresión más jocosa, cuestionando su propia elección.

—Ya, me di cuenta cuando le entró hasta a Marta —se ríe con ganas y yo, por alguna estúpida razón, me siento mejor después de haber mantenido esta conversación que deja aún más claras las cosas con respecto a su relación con Tristan.

No sé exactamente cómo es la dinámica entre ellos. Por qué ella sigue en Italia y él en nuestra casa. Por qué, si parecen tan cómodos juntos, Celia sigue estando como ausente y un poco triste cuando está sola y cree que nadie la ve. Por qué el maldito novio de mi hermana sigue mirándome como si yo fuera un helado de chocolate el día más caluroso del verano. Y, por qué, sobre todo, yo sigo obsesionándome con él cuando claramente debería vetarlo ya de una vez por todas de todos mis pensamientos llenos de pecado y lujuria.

Porque sí, porque si Celia supiera lo fácil que me resulta imaginarme los labios de Tristan encima de los míos o sus manos tocándome, me dejaría de hablar por el resto de nuestras vidas. Y creo que eso es lo peor que le podría pasar a esta familia ahora mismo: un cisma fraternal por culpa de un tío. Aunque ese tío tenga el aspecto magnífico de Tristan Cornell y sus modales de caballero inglés de la época del Imperio.

—Me alegro de que ese tipo no sea el padre de tu bebé —digo, sonriendo levemente, cogiéndole la mano para apretársela con afecto. Si algo tengo claro, es que Celia ha salido ganando, y eso es lo importante.

—Sí, yo también —afirma, con tristeza y esperanza a la vez. Deja vagar la mirada de nuevo y luego cierra los ojos un par de segundos como si necesitara recuperarse de algo.

—Es buen tío. Será un gran padre —digo, sin saber muy bien porqué y Celia asiente sin lograr esconder la sorpresa que recorre su semblante.

No sé si le asombra que yo sepa que Tristan es el padre que ella no ha mencionado abiertamente o que le dé mi beneplácito a su elección.

En cualquier caso y para no dejar pasar la ocasión, viéndola con la guardia bastante baja, la abrazo con fuerza, intentando transmitir con mi gesto cariñoso todo el amor que le tengo. Ella se deja hacer, fundiéndose conmigo, apretando tanto que me reprendo mentalmente por no haber visto antes la enorme necesidad que mi hermana mayor tenía de un gesto tan banal como ese.

Un abrazo sanador. Un abrazo hogar. Algo tan sencillo y, a la vez, tan condenadamente efectivo. Siempre.

Siento unas ganas terribles de llorar, como me pasó por la tarde. Por la pérdida que supone asumir que Celia va a tener un bebé con el chico que me gusta y por la alegría que me invade al pensar que mi hermana más peregrina ha encontrado por fin un ancla con el que asirse firmemente al mundo: un hijo. El compromiso más grande que existe en la vida.

Cuando sale al escenario Blue Joy y la multitud que nos rodea estalla en vítores y aplausos, Celia y yo nos soltamos, lentamente, y ella me sonríe a modo de agradecimiento. No añade nada más, solo eleva su botella de agua tibia —hace una hora que decidió que ya había bebido suficiente té frío y tónica con hielo— y se une a los gritos de los demás asistentes a ese concierto en mitad de las Vistillas.

Blue Joy sale al escenario y saluda con efusión al público, que está encantado con la cercanía que demuestra.

Aún no lo conozco en persona.

Tristan se ha reunido con él dos veces durante la semana que llevamos trabajando juntos, pero ambas fuera de la oficina. Como yo he estado liada con el plan de comunicación, ultimando el archivo donde se englobará toda nuestra estrategia, apenas he participado de nada más que jornadas enteras de llamadas de teléfono, hojas múltiples de *excell* abiertas en la pantalla del ordenador y búsqueda insistente de temas a tratar cuando Blue Joy y Sara unan sus marcas. Eso, sin contar con el titánico esfuerzo que ha supuesto colocar el nombre de Tinkerer Music y a su estrella emergente en este lugar. Aquí y ahora.

A juzgar por lo mucho que se está entregando el público, ha sido una gran idea. Me anoto el tanto y me veo respirando bastante aliviada. En esta carrera para retener a Tinkerer Music junto a nosotros, cada punto sumado es una pequeña victoria y hay que darles la importancia —enorme— que merecen.

El concierto no decae. Blue Joy sabe manejar al público y aquí disfruta hasta el más muermo, no cabe duda. En los temas rápidos nos hace botar, y en los más melódicos nos hace empatizar con los sentimientos a los que canta. Cuando le toca el turno a su *single* estrella, *No Wonder*, parece que las Vistillas se convierte en una ensordecedora horda de *fans* desatados. Hay poca gente que no la cante a la vez que él y se consigue esa magia inexplicable que hace de un concierto algo único.

Al final, con la presentación del que será su siguiente sencillo y los bises reglamentarios nos dan casi las doce y media de la madrugada. Ha sido un gran concierto y un broche genial para un día que he sentido como una auténtica montaña rusa.

Estoy tan agotada emocionalmente que, cuando Marta propone seguir la maratón festiva por Malasaña, yo me planteo seriamente irme a casa y dar por terminada la jornada. No me veo capaz de mantener la compostura mucho más tiempo.

—Venid, chicos —nos dice Tristan, tirando de mi mano, aunque nos inste a todos a seguirle.

Su tacto me desconcierta, sumando vibraciones a mi caótico día. Sumando sensaciones, bajones, lágrimas, risas y saltos de alegría.

Me mira y asiente. Es como si me pidiera que confiara en él, algo que llevo dudando desde casi el momento en que nos conocimos. Sin embargo, si me fío de mi instinto, creo que debo darle un voto de confianza y seguirlo.

Nos arrastra hasta un punto detrás del escenario donde un puñado de exacerbadas *fans* esperan para que Blue Joy les firme un autógrafo y, quizá, conseguir el *selfie* perfecto para subir a sus redes sociales.

Tristan habla con uno de los guardas de seguridad que protegen la entrada de la parte donde se ha instalado un pequeño complejo para que los artistas esperen y se preparen para sus respectivas actuaciones. Le enseña una acreditación que saca del bolsillo y nos señala a los seis, que le esperamos sonrientes, poniendo nuestra mejor cara para el señor guarda de seguridad.

Asiente, por fin y, ante la indignación de la muchachada, que ve cómo ellas deben quedarse donde estaban mientras los recién llegados pasamos por delante de sus narices, entramos dentro. Me recuerdo a esa edad, con dieciséis años, enamorada hasta las trancas de un jugador de fútbol al que Marta y yo perseguíamos de partido en partido, como si fuera el ser más divino de toda la creación. Me recuerdo y me avergüenzo un poco de mis exabruptos, de lo mucho que llegamos a desmelenarnos... ¡Bendita inocencia la de la adolescencia más pava!

—Chicos, este es Blue Joy. En persona —nos presenta Tristan.

Su chico ha salido del habitáculo donde estaba descansando tras el concierto para saludarle. Se han dado un abrazo fraternal que bien indica que la relación es cordial, y ambos se sonríen antes de girarse hacia nosotros. Tristan le dice nuestros nombres y nos da dos besos, salvo a Kevin y a Julio, a los que estrecha la mano, con decisión.

Es algo más bajito que Tristan, pero impone igual. Y supongo que es por sus ojos, oscurísimos, como si se tratara de dos brasas de carbón. Su mirada intimida y, a la vez, deja entrever una jovialidad que le hace parecer un crío de quince años. Podría pensar que esa es su edad si no me hubiera leído su biografía treinta millones de veces, pero no, Blue Joy tiene veintitrés, recién cumplidos y muy bien llevados.

—Podéis llamarme David —confiesa cuando acaba con los saludos que siguen a las presentaciones.

Su voz es cálida y su sonrisa también lo es. Parece un chico normal, sencillo, rodeado de amigos. Me da buen rollo ya desde ese primer momento y me alegro, siempre es agradable saber que te gustan aquellas personas con las que estás obligada a entenderte y, para mi trabajo, eso es fundamental con Blue Joy.

Me fijo un poco más detenidamente en él y me doy cuenta de que su mirada se desvía poco —o nada, siendo sinceros—, de mi hermana Sara. Parece un flechazo en toda regla, porque ella también lo mira como idiotizada. Otra buena señal, porque ellos sí que tienen que entenderse, por su bien común.

Sara no sabe nada de la propuesta que Tristan va a hacerle. No me ha dejado que la información saliera de la oficina hasta que le dieran el visto bueno a la operación desde Londres y, aunque en Madrid Andrew Koepler pareció recibirla con actitud positiva, no ha sido hasta hace dos días que nos han dado luz verde a la campaña de publicidad conjunta en el canal de YouTube de Sara.

—Sé que estás agotado, pero me gustaría contarte una cosa —le dice Tristan a su representado, que lo mira con cientos de preguntas bailándole en sus ojos negros—. ¿Es posible que pasáramos ahí dentro? —pregunta, señalando el pequeño camerino de donde le hemos arrancado un par de minutos atrás.

—¿Está todo bien?

Hay una especie de miedo en sus palabras y Tristan se apresura a sonreírle y asegurarle que todo está perfectamente.

—Chicos, ¿os importa si Isabel y yo discutimos una cosa de trabajo con David? En nada estamos fuera y vamos al sitio que digáis.

Todos asienten y se disponen a abandonar el *backstage*, contentos de perderse la conversación de negocios que se avecina.

—Sara ¿podrías unirte a nosotros, por favor? —se lo pregunta con el tono súper profesional y a mi hermana le entra la risa. Se encoge de hombros, asombrada por la invitación y me mira, como queriendo comprobar que no es ninguna broma.

—Ven, Sara. Esto te interesa a ti también.

Asiente y nos sigue.

Me da la sensación de que estamos a punto de cambiarles la vida.

Y espero que sea para bien.

# 12

# Entre la espada y la pared

Se sientan ambos en las dos únicas sillas que hay en el espacio que ocupamos. Tristan y yo permanecemos de pie, uno junto al otro, como si fuéramos un equipo que va a hacer un anuncio importante. Bueno, eso es exactamente lo que vamos a hacer, así que las posiciones están bien resueltas.

—Isabel es mi responsable de prensa y comunicación, David, creo que ya te he hablado de ella.

Blue Joy asiente, con interés, sin dejar de mirar a su interlocutor. Da la sensación de que está muy acostumbrado a las reuniones, a los grandes anuncios, a esta forma de tratar las cosas en los despachos. Cualquiera lo diría, teniendo en cuenta que es casi un recién llegado en esto de la música a gran escala.

—Nuestra idea es lanzar una campaña súper potente, sobre todo dirigida a los usuarios de redes sociales, que ahora son el medio que la mayoría de tu público objetivo utiliza para consumir música, televisión, cine o cultura en general —intervengo después de que me haya presentado con mi título y mi cargo—. Y para ello, nos parece sumamente interesante unir el concepto musical de Blue Joy con la enorme popularidad del canal de Sarah Blue, aquí presente.

Nos miran los dos unos segundos, antes de volverse el uno al otro. Se sonríen. El *feeling* del primer instante sigue ahí. Los dos son

175

jóvenes, guapos y populares, podría ser un desastre mayúsculo o una idea brutal iniciarlos en este proyecto conjunto, pero yo me la juego por lo segundo. Desprenden una química tan especial que una no puede dejar de mirarlos.

—¿Y qué es exactamente lo que tenemos que hacer? —pregunta mi hermana, que no es de las que se quedan sin hacer las preguntas oportunas si las dudas la asaltan, por más que unos profundos ojos negros la tengan medio alborotada.

—Lo hablaremos todo mañana con más detenimiento, si os parece...

—Pasado. Mañana es mi día libre —interrumpo a Tristan antes de que me organice la agenda de un modo irreparable. Si apunta reuniones, no habrá manera de cobrarse la prebenda que le saqué a Olivia por meter a Tristan en mi casa.

—¿Cómo dices?

—Sigo trabajando para Comunica2 y es con mi empresa con quien decido las vacaciones. El día de mañana está marcado en mi calendario vacacional desde hace mucho tiempo. Lo siento.

Me tiro el rollo, tampoco le voy a contar mi vida ni los pormenores del acuerdo que lo trajeron hasta mi piso, así que me hago la enrollada y miro a los chicos, que están mirándonos con recelo desde sus sillas.

—El miércoles, chicos —reitero—. El miércoles por la mañana sería ideal para una reunión. ¿Verdad, Sara?

Miro a mi hermana en busca de un apoyo que dinamite las intenciones de Tristan de hacerme ir a trabajar mañana, pero Sara no parece por la labor de darme esa satisfacción.

—Cuéntame más, Isa —demanda—. Y si este no es el lugar, cambia el día libre y convoca la reunión para mañana. No podéis dejar caer esto de trabajar juntos y luego mandarnos a casa como si nada, sin darnos la información completa hasta dentro de dos días.

—Tiene razón —conviene Blue Joy, que la contempla con una admiración que muchas de las chicas de fuera ya quisieran para sí

—. No se puede tirar la piedra y esconder la mano.

—Sara, llevas cerveza en el cuerpo como para abastecer a toda una horda de vikingos sedientos. No me vengas ahora con que quieres una reunión inmediata. Tristan quería que os conocierais, solo eso. Tampoco vamos a firmar un tratado de paz tras una guerra mundial. Puede esperar al miércoles.

Mi hermana, que a cabezota solo le gana Marta —por eso su relación es tan estrecha y se entienden tan sumamente bien—, se levanta de la silla y se me acerca. En sus ojos hay determinación y yo me espero lo peor.

—¿Por qué no puedes dar tu brazo a torcer? —me susurra sin que nuestros acompañantes la escuchen—. Qué más te da...

La miro con los ojos a punto de salirse de mis órbitas. Habrase visto semejante niñata. ¿Se cree ahora que todo gira en torno a ella? Ha conocido a un chico guapo y quiere más, eso está claro. Pero no lo está tanto que yo me sacrifique para que ligue con un tío, aunque ese tío sea un cantante que está empezando a ser famoso.

Y es una cuestión de principios, además. Si mi día libre de mañana es mi recompensa por ceder ante Olivia, renunciar a él es como perderlo todo: la batalla con mi jefa por el absurdo máximo de meter a Tristan en mi casa y mi satisfacción personal de haber sacado algo, aunque ni siquiera me hiciera falta realmente porque de aquí tengo muy claro que me voy directa a la cama.

—¿No puedes esperar al miércoles? Mañana te hago un resumen pormenorizado en casa y ya está —contesto en el mismo tono.

En este momento parecemos dos adolescentes hablando del chico que les gusta, en plan compartiendo secretitos y todo eso. Debemos de parecer ridículas y yo, por añadidura, poco profesional. Así que no espero su respuesta y me alejo un par de pasos, acercándome a Tristan. Que Blue Joy vea que somos un frente unido y no un barco en pleno naufragio.

—Seguro que hay un modo de llegar a un acuerdo, chicos —tercia Tristan, siempre tan apaciguador.

—Tampoco es para tanto —atajo de modo cortante—. Es solo un día. ¿Nunca os ha pasado que alguien no puede hacer algo y se aplaza para otro momento? Ni siquiera entiendo la discusión.

Tristan asiente, pero los mira a ellos, a los dos jovenzuelos impacientes que lo contemplan suplicantes y lo veo flaquear.

«*Mierda, Isa, estos te la montan...*».

No creo que se atrevan...

—Quizá... Quizá podríamos reunirnos mañana y luego ponerte al día —deja caer, volviendo a clavar en mí sus ojos celestes, amedrentados ante mi postura: brazos cruzados y gesto de no tolerar que me busquen las cosquillas.

—¿Sin mí? ¿Vas a llevar a cabo la reunión de comunicación sin tu responsable de comunicación?

Abre la boca, pero no dice nada. La vuelve a cerrar, mira a los chavales y, de nuevo, como impotente, se gira de cara a mí. Me siento como en el interior de una olla a presión, como si mi vista lo viera todo de un rojo intenso y de mis oídos se estuviera a punto de escapar una cantidad indecente de vapor a un alto grado de ebullición.

No me puedo creer que se quede callado. Que no salga en defensa de mi plan de comunicación, que llevo días preparando a tiempo completo. Yo, que le he conseguido este concierto y esta publicidad. Yo, que no sabía que hoy iba a llevar a cabo esta maniobra que me deja maniatada. O hago lo que él dice, o me quedo fuera.

Furiosa como pocas veces, me giro sobre mis talones y me largo de ahí, dejando bien claro que la decisión es solo suya, pero que no cuenta con mi beneplácito, porque no entiendo esta forma de hacer las cosas.

—Isabel, espera —me alcanza antes de que salga del recinto del concierto—. Hablemos de esto.

—Ya lo has dicho todo. No hay nada más que hablar. Ya sé que si quiero estar en la reunión debo renunciar al día libre que es mío legítimamente.

—Los chicos están muy bien dispuestos, podríamos empezar ya a trabajar con ellos, es una buena oportunidad —afirma con un tono de voz casi implorante, como buscando mi implicación.

Pues no me da la gana. Estoy harta de ceder. Llevo haciéndolo toda mi vida y acabo de decidir que no va a volver a pasarme. Así que me planto y le clavo mi dedo en el hombro, mientras le recito mi retahíla de reproches acumulada.

De perdidos, al río.

—Podrás tener el poder que te dé la gana sobre nosotros, porque sabes que dependemos de ti para sobrevivir, porque si no se prorroga el contrato con Tinkerer Music más allá de este año, Comunicad2 desaparecerá sin remedio. Pero eso no implica que tengas mi respeto. Te desprecio por todo lo que eres y todo lo que me demuestras que eres cada día que pasamos juntos —le digo, con la voz más fría que soy capaz de encontrar—. Mañana renunciaré al día libre que me gané por ceder ante el chantaje de mi jefa para meterte en mi casa en contra de mi voluntad. Ganas en todos los frentes, Tristan Cornell, pero te aseguro que, en lo que respecta a mí, tú no eres nada más que el medio para un fin, y cuando consiga salvar Comunica2, te sacaré de mi vida para siempre, incluso aunque ya formes parte de la de mi hermana de forma irremediable.

Me doy la vuelta, ya sin permitirle que me vuelva a retener. No le pienso conceder ni una sola victoria más en mi vida.

A partir de ahora, la persona con la que vivo y trabajo se acaba de convertir en un fantasma para mí: intangible, invisible.

Insignificante.

*****

Ni siquiera recuerdo con precisión cómo llegué a casa anoche. Creo que pedí un taxi, que desconecté dentro de él, que acabé por no conseguirlo del todo. Que lloré de frustración en cuanto entré en mi casa, inusualmente vacía y silenciosa.

Recuerdo vagamente haber rechazado las llamadas de mis hermanas, haber redactado un conciso mensaje de disculpa por la huida, aduciendo un inoportuno dolor de cabeza, y haber apagado el aparato justo cuando era Tristan quien intentaba ponerse en contacto conmigo.

Recuerdo una noche de sueños intermitentes, de pesadillas bastante reales y de rabia contenida por haber sido pisoteada, una vez más, por más que me hubiera puesto la integridad por bandera al decirle todo lo que le había dicho a Tristan.

Si le iba con el cuento a su jefe en Londres, nos podíamos dar por jodidos. Todos. Olivia, el equipo, que por fin parecía haber vuelto a la oficina, yo...

*«Mierda. Mierda. Mierda».*

Sí, mierda...

Lo que sí sé es que, a las siete y media de la mañana, cuando suena el despertador, noto una presencia en mi cama que me desconcierta. Abro los ojos con cautela. Lo último que recuerdo en mi dispersa duermevela fue escuchar la vuelta a casa de alguna de mis hermanas, probablemente Sara, que seguro que volvió acompañada por los siseos y susurros que se escuchaban velados al otro lado de la puerta.

A mi lado, Celia duerme como una bendita, acurrucada en una posición casi imposible, con sus rodillas a la altura del esternón. Se le nota el yoga, y que es modelo, y que la tía no ha perdido la elasticidad de bebé con la que nació. A veces la odio profundamente...

Me pregunto qué demonios hace en mi cama en lugar de estar en su antigua habitación, que es ahora la que ocupa Tristan —Sí, no deja de ser poético que él duerma en la antigua habitación de Celia —, acurrucada entre sus brazos, haciendo la cucharita o lo que sea que hagan después de dedicarse a los pormenores de la intimidad de alcoba.

Me niego a que esa imagen se haga fuerte en mi cabeza y me levanto para irme a la ducha cuanto antes. Si quiero llegar pronto a la oficina y acabar de preparar la reunión-encerrona que anoche prepararon entre los otros tres integrantes, debo ponerme en marcha cuanto antes. Que haya dormido fatal y que esté de mal humor, no va a hacer que falle en algo que llevo preparando con cuidado desde que me trasladé a las oficinas de Tinkerer Music.

Al abrir la puerta del armario para sacar la ropa que pretendo ponerme para mi inminente jornada laboral, Celia abre los ojos y me mira a través de una película de somnolencia que se los vela ostensiblemente.

—¿Qué haces? Pero si es casi de noche todavía... —dice con la voz pastosa, mirando hacia mí con clara sorpresa.

—Tengo que ir a trabajar.

—Creí que tenías el día libre.

—Ya, yo también —replico seca, como si ella tuviera la culpa.

—¿Estás bien? —pregunta con preocupación.

—Sí, ya se me pasarán las ganas de estrangular a alguien a medida que avance el día.

—Bueno, me alegra oírlo...

Se gira hacia el otro lado como dando por zanjada la conversación. Tomo el pomo de la puerta para salir hacia la ducha, cuando me puede la curiosidad.

—¿Qué haces aquí, Celia?

Se vuelve despacio para mirarme, otra vez confusa, y compone un gesto de desconcierto tan grande que casi me provoca una carcajada.

—He venido al cumpleaños de papá —dice con un tono de voz que cuestiona mi capacidad mental para llegar a esa lógica conclusión.

—Joder, no. Que qué haces en mi cama...

—Están todas las habitaciones ocupadas y no me apetecía ni hacer un trío ni dormir en el sofá —contesta con la voz adormilada.

Llego a la conclusión de que tanto Marta como Sara volvieron acompañadas anoche y corroboro lo que ya había sospechado.

—¿Y tu novio?

—Yo no tengo novio —dice con más rapidez de la que una podría esperarse, dado que no está despierta del todo.

—Ya sabes a lo que me refiero... —reitero, señalando casi de forma involuntaria su abdomen, que ya comienza a notarse a través de la camiseta con la que se ha acostado.

Me mantiene la mirada veinte segundos antes de decidirse a contestarme. Se nota que no le gusta hablar del tema, pero que no pienso irme sin una explicación. Aunque sea pequeña... pero algo. Me preocupo por ella, pese a que me interese mucho el hecho de que haya compartido lecho conmigo y no con Tristan.

—Hemos discutido. Para variar. Anoche estaba de un humor de perros. Cuando te largaste se torció todo —explica, compungida—. A tus otras dos hermanas les fue bien, pero a mí... qué pesadilla de noche.

Me siento momentáneamente culpable por haber estropeado la noche de mi hermana, pero en secreto me regocijo de dos cosas: la primera, que a Tristan se le torciera la noche después de nuestra discusión y eso le hiciera estar de un humor cuestionable —no iba a ser yo la única con la noche echada a perder—. Y la segunda, que eso provocara, de carambola, que Celia acabara la velada en mi cama y no en la suya... Ese es probablemente el tanto definitivo, aunque me guardo muy mucho de exteriorizarlo.

Como mucho, una sonrisa pequeña que trato de ocultar a mi hermana rápidamente. Pero nada más. Lo juro.

—¿No te ibas a currar o algo? —protesta volviendo a acurrucarse de espaldas a mí—. Mi puto avión sale en menos de cinco horas. Déjame dormir, anda...

La dulzura del rostro de Celia siempre suele diluirse cuando abre la boca y se muestra más basta que un bocadillo de pipas. Los que la conocemos, asumimos que tenemos que quererla tal y como es, pero no siempre resulta fácil. La dejo dormir mientras la sonrisa asoma a mis labios, esta vez sin cortapisas, de camino a la ducha.

El agua templada se lleva un poco más del mal humor con el que me he levantado. Al final va a resultar un buen día, después de todo. O al menos eso es lo que pienso hasta que, recién vestida y con el pelo aún húmedo, me acerco a la cocina a tomarme un desayuno rápido antes de salir pitando para la oficina, y me lo encuentro de pleno.

—Buenos días. ¿Café?

En su rostro no hay ni rastro de una mala noche. También está recién duchado —suerte de dos baños en la casa—, y desprende un aroma a limpio y a *aftershave* que me llega directamente a través del escaso espacio que nos separa. Sus ojos azules chispean de buen humor, y lo detesto un poquito más por eso. No hay rastro de la tensión de la noche pasada. Parece que Tristan Cornell ha hecho un reinicio de memoria y ha olvidado que anoche su actitud me amargó la velada festiva.

Le pongo mala cara y él acusa el golpe con un gesto contrariado. Paso de jugar a sus jueguecitos, esos que los deje para Celia, si es que logra que ella caiga rendida a esos encantos que no se cansa de desplegar.

Paso por delante de él sin ni siquiera dirigirle la palabra y me sirvo yo misma el café. Está recién hecho y ese aroma también se percibe claramente en la cocina, un lugar que ahora mismo me parece claustrofóbico teniéndolo tan condenadamente cerca.

Me giro para salir del hueco que hay entre la isla y la encimera, donde se encuentra la cafetera, y me lo encuentro justo ahí, más próximo a mí aún de lo que pensaba. A punto de echarle por encima el café hirviendo, lo miro con cara de pocos amigos y me retiro de su lado lo más rápido que puedo.

—¿Ni siquiera un buenos días? —se queja mientras le da un sorbo a su brebaje caliente sin que le importe que se le escalde la lengua al hacerlo. Debe de ser porque es medio vasco.

Clavo en él mis ojos inyectados en sangre y le someto a mi aterradora mirada de súper enfado máximo y él... Él se ríe en mis narices, como si el hecho de hacerme enfadar como una mona fuera lo más divertido de la mañana. Bufo sin poderlo evitar y le saco la lengua, como si tuviera seis años y medio.

Aún más cabreada, dejo mi café intacto en la encimera y me dirijo, furibunda, hasta la entrada, donde tengo el maxibolso en el que meto todas mis cosas antes de irme a la oficina cada mañana. Hoy tendré que renunciar a llevarme el almuerzo además del desayuno. Pero prefiero largarme ya —de mi propia casa, qué tristeza, por favor—, antes que acabar tan cabreada que pueda atentar contra la integridad física de alguien.

Lo peor de todo es que salir huyendo de ahí no va a servir de nada. En menos de media hora volveremos a coincidir en la oficina y estaré condenada a compartir la jornada laboral entera con él, aunque no quiera.

—¡Si me esperas, te llevo! —oigo que me dice cuando yo ya estoy en la puerta, lista para irme.

Estoy a punto de volverme para decirle por dónde se puede meter su ofrecimiento, cuando llaman al timbre del portero automático. Consulto la hora en mi reloj de pulsera. Las ocho de la mañana y tres minutos. ¿Quién llama a las puertas a estas horas?

El timbrazo, que ha sido de los insistentes, ha despertado a Marta, que sale soñolienta de su habitación, con el pelo revuelto y su escueto vestuario compuesto por camiseta de tirantes y braguitas.

—¿Sí? —contesto con cautela y tono contenido para no despertar aún a más gente.

—Mensajero. Traigo una carta para Marta Onieva Maroto-Montejo.

Nos miramos las dos sin saber muy bien de qué va todo esto. Tristan, que nos observa desde la cocina, se mantiene en un discreto segundo plano, lo que sin duda es lo mejor para él.

Mientras el mensajero sube al cuarto piso, Kevin sale de la habitación de Marta con solo unos bóxer negros que se ajustan al milímetro a sus estrechas caderas y dejan bastante poco a la imaginación. También da muestras de haberse despertado de forma impertinente por el timbrazo del mensajero y mira a Marta, en busca de respuestas.

Yo debería irme ya a trabajar, más que nada por tomar ventaja con Tristan y no verlo ya nada más llegar a la oficina, pero algo me dice que me quede, aunque la carta no sea para mí.

Cuando le abro la puerta al mensajero, Marta se ha colocado un kimono que usa a modo de bata y que tapa lo escaso de su ropa de dormir. Aun bostezando, le da el número de su DNI al chico, firma el albarán que le ofrece y recoge de sus manos la carta tamaño A4 que le tiende.

—Es de mi abogada... —dice con el rostro descompuesto, mirando a Kevin que empalidece hasta parecer un muerto viviente. Como británico que es, su piel es sumamente clara, pero ahora parece carente de todo color.

—*Oh, shit!*[17] —deja salir de sus labios pétreos, sin despegar sus ojos turbados de los de mi hermana.

Ella, con manos temblorosas, saca los papeles del sobre que resbala hasta sus pies una vez las hojas que contenía están en su poder. Mira el contenido y lee las primeras líneas mientras niega con la cabeza en un gesto de incredulidad que me deja paralizada.

Levanta los ojos hasta Kevin, que ahora mismo desearía morirse, estoy segura, y le suplica con la mirada que la escuche. Pero Marta es Marta. Cuando Marta se enfada o se entristece o se siente traicionada —o todo lo anterior a la vez— no atiende a razones. Las de nadie.

—*Did you sign the divorce papers?*[18] —pregunta con una mezcla

---

17   En castellano: *¡Oh, mierda!*

18   En castellano: *¿Has firmado los papeles del divorcio?*

de incredulidad, pesar y rabia que hiela la sangre.

Kevin, que la conoce, pero también la quiere pese a todo, se encoge de hombros y no contesta. Sabe que es mejor no echar más leña al fuego cuando Marta entra en ese estado de negación y frustración. Si fue capaz de separarse de él recién casada, ahora es capaz de volver a sacarlo de su vida, quizá para siempre.

La reconciliación de ayer, que parecía que les dejaba de nuevo en una casilla de salida propicia para ambos es, de repente, un espejismo, una metáfora de lo efímeras que pueden llegar a ser las relaciones. Los dos se miran con el dolor más profundo pintado en los ojos. Me gustaría intervenir, coger los papeles y rasgarlos en mil pedazos, encerrarlos a ellos dos de nuevo en la habitación de la que acaban de salir hasta que logren volver a sentir lo que sentían anoche cuando la ocuparon o esta mañana, cuando se han despertado ahí dentro, probablemente abrazados y saciados después de hacer las paces a lo grande.

Pero los conozco. Algo se ha roto, algo que no sé si esta vez tendrá modo de reparación.

Marta le tira los papeles a los pies y, contrariamente a lo que ella es, no le grita ni le lanza reproches a la cara. Probablemente sea porque está más dolida que enfadada. Porque fue ella la que le envió los papeles, la que interpuso la demanda de divorcio, y él los ha firmado sin más. Sin luchar un poquito más. Sin ni siquiera darles la oportunidad que ella les estaba negando.

Cierro los ojos ante la fuerza del portazo que Marta imprime al dejar a Kevin tan desolado como, seguro, ella está en su interior. Se me rompe el corazón al contemplarlo, más aún al pensar en mi hermana. Me acerco un par de pasos, clavando mis ojos en el que ya no será mi cuñado en unos pocos días, y llamo a la puerta con suavidad.

—Marta, cariño, ¿puedo pasar?

—¡No! —grita desde el otro lado—. Lárgate. Largaos todos, sobre

186

todo ese traidor. No quiero volver a verle en la vida.

Kevin se viene abajo y deja escapar una lágrima que me sobrecoge. Nunca imaginé que vería llorar a un tipo de casi un metro noventa, fornido y seguro de sí mismo. Me nace consolarle, pero entiendo la parte de la traición de la que habla mi hermana. Así que me separo un par de pasos. Le dejo espacio a Marta y le digo adiós a Kevin, quizá para siempre.

Tristan se acerca a su amigo y le pone la mano en el hombro, en una clara muestra de apoyo, algo que Kevin agradece cerrando los ojos. Está tan derrotado...

De repente, todo esto me parece surrealista, un sueño terrible del que me apetece escapar. Así que vuelvo a mi intención primera de largarme de casa y poner distancia con Tristan. Ahora esa distancia se extiende al disgusto de mi hermana, a la desolación de Kevin y a la sensación de que todo a nuestro alrededor se desmorona.

Puto amor.

Joder... puto, puto amor.

# Acto 3

# En la fiesta de divocio de Marta

# 13

# Demasiado cerca del enemigo

—Me parece de puta madre que celebre el divorcio. Es muy Marta, eso no me lo puedes negar. Lo que me cabrea es que la tía lo celebre sin mí.

Celia, al otro lado de la línea, se queja amargamente y lleva así ya tres días. Insoportable. El médico le ha dicho que guarde reposo hasta nuevo aviso. Ha sufrido un sangrado vaginal y piensan que puede estar producido por placenta previa. Y Celia, que no lo admitiría ni loca, está muerta de miedo. Ha empezado a querer a su bebé sin pretenderlo, y ahora le aterra la posibilidad de perderlo.

Por eso, porque está de los nervios, sola, ociosa y con un reposo impuesto que la saca de su zona de confort —Celia siempre ha sido algo así como hiperactiva—, me llama hasta tres veces al día, sin que parezca importarle que yo tenga que trabajar o, siquiera, hacer mi vida normal.

—Entiéndelo. Lo necesita. Hoy volverá a casa hecha polvo. Hoy se acabó y, aunque le cueste admitirlo, está devastada. Necesita salir o explotará —trato de explicar, aunque no sirva de mucho.

—Lo entiendo. Pero me jode... ¡Odio esto!

Aunque no la veo, me la imagino lanzando algo por los aires. Mi sospecha se confirma cuando un ruido impreciso llega a través del auricular. Las Onieva somos fuego, por si no lo habías notado, tenemos la mecha bastante corta. Y Marta y Celia son las más ardientes de las cuatro, casi es mejor que la frustración de la primera no se cruce en una celebración con el desamor de la segunda, porque podría combustionar Madrid entero.

—Saldremos a tomarnos un par de copas con ella, será una cosita de nada...

Me abstengo de contarle la verdad: Sara ha contratado un local entero, ha invitado a todas las amigas de Marta de la facultad y a todos los amigos de la peña del Atlético de Madrid. Habrá tanta gente como en la boda, con una excepción: nada de británicos. Ahora, Marta odia a los británicos. Por desgracia para mí, ahí también en eso ha impuesto una excepción: a Tristan parece no odiarlo en absoluto y también lo ha invitado a la fiesta.

Para mi paz mental, él ha rehusado acudir. Supongo que por solidaridad con Kevin, quien debe estar tan hecho polvo por las dos últimas semanas sin conseguir que Marta le escuche.

—Celia, tengo que colgar. Estoy trabajando y mi jefe me va a matar.

—Tu jefe es Tris, por el amor de Dios. ¿Qué te va a matar ese?

Odio que minimice mi trabajo hasta ese punto. Pese a que Tristan vive en mi casa —aún sigue ahí, aunque el tiempo que Olivia me pidió está a punto de vencer—, me gusta mantener las cosas lo más profesional posible con él. Sobre todo, desde que me hizo venir a trabajar el día después de San Isidro.

—¡Estaba en medio de una reunión importante cuando has llamado, Celia! —le reprocho indignada.

—¿Y por qué coño me has cogido el teléfono entonces?

Miro hacia la sala de reuniones, cuyas paredes de cristal parcialmente transparentes, me permiten comprobar que todo sigue ahí dentro, aunque yo no esté.

Contemplo a Tristan, que asiente a algo que el hombre de Atresmedia le está diciendo. Estamos negociando varias cosas con ellos, son duros de roer, pero mi plan de comunicación no tiene fisuras y Tristan lo ha aceptado. Por eso está ahí, peleándose con el directivo más combativo y exigente con el que me he encontrado en toda mi carrera.

Vuelvo a mi hermana, que espera una respuesta a su pregunta. Me froto el puente de la nariz y tomo aire antes de intentar despedirme sin caer en la tentación de tomar el primer vuelo a Florencia y estrangularla con mis propias manos.

—Pues porque estás en una casa perdida en medio de la nada, sola y con un embarazo de riesgo. Y me he acojonado.

—No te pases, que solo tengo que hacer reposo unos días... —dice, aunque no creo que ni ella se acabe por creer que será tan fácil. Hasta que le den un diagnóstico preciso, toda precaución es poca.

Pongo los ojos en blanco ante su desfachatez, aunque me regaño por dejar que me afecte. Como si no conociera a mi hermana a estas alturas de mi vida.

—Te dejo, Celia —apuro, ya nerviosa—. Ya hablaremos.

—¡Espera! —me reclama, a la desesperada.

Debería colgar. Debería hacer como que no he escuchado su grito, pero soy bastante tonta y disimulo y miento fatal, así que, harta de ella pero incapaz de pasar de lo que quiera decirme, claudico y la escucho.

—Prométeme que me llamarás cuando salgáis.

—Claro.

—Pero por videollamada.

—Lo que sea.

—Promételo.

—Te lo prometo, pesada.

—Y prométeme que me echaréis de menos. Y que no lo pasaréis bien.

Pongo los ojos en blanco.

—Tengo que entrar ya, Celia.

—Joder, promételo.

—Seremos sumamente desgraciadas, prometido.

—Vale. Eso me facilita las cosas.

Sonrío. Es inconsciente y enseguida me arrepiento, porque sé que ella lo ha notado al otro lado de la línea. Pero es que a veces Celia es capaz de arrancarte una sonrisa incluso cuando tú solo puedes pensar en silenciarla para siempre.

—Cuídate. Y descansa.

—Claro, mamá.

—Vete al cuerno.

—Yo también te quiero.

Cuando logro colgar, me quedo un segundo mirando el teléfono. Tengo que confesar que estoy preocupada por ella. Mucho. No me hace nada de gracia que esté sola en Italia, en medio de la nada, con un embarazo que puede ser de riesgo y nadie a quien recurrir si algo sale mal.

Me siento tentada a cogerme vacaciones y largarme allí con ella, pero sé que el momento no puede ser peor. Estamos metidos en muchas negociaciones y hay muchos sitios que ya tenemos cerrados que reclaman de mi presencia. Irme ahora sería un suicidio profesional y aniquilamiento de las esperanzas de Comunica2, por pocas que queden.

Con Tristan al frente del barco en el que me hundo, no sé cuánto tiempo me queda para revertir el naufragio al que me veo abocada. Yo y toda la maldita empresa que trato de salvar con todas mis fuerzas.

La única opción que se me ocurre es mandar a mi madre a Italia. Porque, aunque salten chispas cuando las dos están juntas, la opción de que Celia pase por eso sola es simplemente inadmisible. Claro que la contrapartida, enfrentarme a sus reproches si lo hago a sus espaldas, puede traerme consecuencias en las que no quiero ni pensar.

Miro de nuevo hacia la reunión, los ojos de Tristan se desvían de los del delegado de Atresmedia y se clavan en los míos durante unos segundos. Me estremezco antes de reaccionar, mientras mi mente me ofrece otra posibilidad: la de intentar que sea él quien vaya a ver a Celia. Quizá fuera lo mejor, después de todo.

Desvío la mirada y guardo el teléfono móvil antes de volver de nuevo a la sala donde se hace el silencio cuando entro, como acto de cortesía hacia mí —la que quizá yo no he tenido al contestar una llamada personal en medio de una reunión de esa importancia—. Los miro, con un gesto de agradecimiento, y me acomodo en el sitio que ocupaba antes de que Celia nos interrumpiera.

—Siento la llamada. Era una cuestión familiar bastante delicada.

—¿Todo bien? —pregunta Tristan, alzando su ceja, sin poder esconder un cierto grado de preocupación.

Asiento sin querer darle más importancia, aunque él parezca no quedarse satisfecho con mi respuesta vaga y sin detalles. Si algo he comprobado estas semanas con Tristan cerca es que se preocupa por mi familia y eso legitima que no se conforme con mi ambigüedad.

—¿Seguro?

—Seguro —contesto, tajante, mirándole directamente a los ojos con actitud desafiante—. Nada que deba preocuparte ni justifique que le quitemos más tiempo a nuestro invitado.

Ahora es él quien asiente y desvía la mirada, componiendo en su rostro un gesto de pesar que me hace sentir culpable de inmediato. Eso hace que me sienta fatal y me enfurezca por ello.

Trato de serenarme, tenemos un trato comercial que defender encima de la mesa y no es momento para parecer poco profesionales. Ya la cagamos con Blue Joy y mi hermana la noche de San Isidro, así que esta no pienso dejar que se me escape de las manos de una forma tan estúpida.

Porque sí, porque ahora Blue Joy y Sara están implicados en el proyecto, pero mi actitud y la de Tristan al día siguiente de presentarlos a punto estuvo de echarlo todo a perder.

Yo estaba enfadada y triste y tenía muchas ganas de hacer pagar mi frustración por perder delante de él y tener que ir a trabajar, porque él no había sido capaz de hacer las cosas bien. Cuando llegaron mi hermana y David —ahora pienso en él más a menudo como David que como Blue Joy, el roce va haciendo el cariño, supongo—, Tristan y yo manteníamos un silencio incómodo que se hacía eco en la oficina como si una sirena antiaérea tronara sobre nuestras cabezas a un volumen demencial.

Nos sentamos con ellos, yo les conté que creíamos que la colaboración entre los dos era beneficiosa para ambos, les presenté la campaña que había diseñado de forma más detallada, y los animé a que pensaran en que podrían llegar más lejos juntos que separados.

Pero mientras lo hacía, mientras les presentaba el plan de comunicación en el que había trabajado horas y horas como una demente, se colaban miradas de desdén hacia Tristan si osaba intervenir, palabras cortantes si me interrumpía y una actitud claramente beligerante y ofensiva cada vez que abría la boca.

Muy poco profesional, lo reconozco, pero nunca antes me había visto en una situación así, en la que me habían puteado laboralmente hasta el punto de sacarme de mis casillas.

Sara y David fliparon un poco. Se fueron de allí un poco descolocados y con muchas cosas en las que pensar, sobre todo Sara, que debía hablar con su representante, que se había perdido la reunión por un tema de agenda, porque Blue Joy haría lo que Tristan y Tinkerer Music le pidieran que hiciese. Le gustase Sara o no y la idea de unirse a ella publicitariamente, tenía que asumir que la discográfica que lo representaba iba a hacer lo mejor para él, y ese plan de comunicación había sido aprobado precisamente para eso.

El trago fue duro, al menos para mí, que asistí a la reunión más difícil de mi vida. Si no pendiera una enorme y peligrosa espada de Damocles sobre nuestra nuca, le hubiera ido a llorar a Olivia al salir de allí, para suplicarle que me devolviera a la oficina de siempre, a mi sitio y a la comodidad de mis clientes de solo un mes atrás. Pero no puedo hacer eso, y ser consciente de lo encadenada que estoy a ese lugar y a la maldita presencia de Tristan Cornell en mi vida, me agarrota el corazón sin apenas ser consciente.

Como consecuencia, en el trabajo, en el día a día, me he vuelto una autómata que procura apagar los sentimientos al entrar por la puerta de la oficina. No me presento hostil con él, pero desde luego que tampoco amigable o conciliadora. Asiento a sus peticiones, procedo a cumplirlas y me quedo sentada en mi sitio hasta que tengo que salir a alguna reunión o es la hora de irse a casa.

Como el buen tiempo impera en la capital, a veces quedo con Sara y Marta para tomar algo antes de volver a casa —y más por airear a una desolada Marta que por mí—, o me reúno con gente del trabajo para ponernos al día después de su regreso a Comunica2. Me quedan pocos amigos por culpa de mi propia decisión de alejar a la gente cuando salía con Carlos. Un precio alto a mi estupidez, que probablemente siempre será mi error más lamentable.

Con Olivia hago seguimiento semanal de nuestros avances, tanto en su frente como en el mío y, por más que le suplico que me saque de Tinkerer o que le consiga otro alojamiento a Tristan, mis peticiones nunca encuentran respuesta en sus carnosos labios, hijos del *bótox* y la micropigmentación.

Así las cosas, solo saber que la unión del canal de YouTube de Sara y la música de Blue Joy es un proyecto que le gusta a todo el mundo y que está lleno de ilusión por todas las partes implicadas, me saca de mi propio pozo de desesperación.

—Entonces —dice la voz de Tristan a mi derecha, rescatándome de mis propios pensamientos—, ¿podemos cerrar fechas ya? Sobre todo, nos interesa *El Hormiguero*, la segunda semana de junio sería genial. Y sobre *Pasapalabra* necesitamos concretar día y hora de grabación cuanto antes, para meterlo en la programación y ver cómo encaja con el calendario de conciertos que ya están firmados.

Soy consciente que el tipo que lleva la discográfica no debería estar llevando la reunión. Que es cosa mía, como responsable de comunicación contratada por Tinkerer para ello, pero le agradezco que haya tomado las riendas en mi ausencia y que me eche este cable delante del delegado de Atresmedia. Si Tristan no se hubiera empeñado en estar aquí, quizá yo hubiera perdido la oportunidad de conseguir espacios en *prime time* para Blue Joy, y eso hubiera sido imperdonable.

Así que me vuelvo de cara a él, algo así como dos nanosegundos, y le agradezco la intervención con un gesto fugaz que espero sepa entender. Él, que parece que las pilla todas al vuelo, sonríe conciliador y yo aparto la mirada, incapaz de sostenérsela mucho tiempo.

Me siento agradecida y expuesta. No puedo dejar que crea que fallo en mi trabajo, que no me lo tomo en serio o que antepongo mi vida personal a los logros profesionales que este puesto me exige. Porque ninguna de esas cosas es cierta, aunque ahora mismo tenga hermanas al borde del abismo o yo esté poniendo por delante los sentimientos de frustración que él suele generarme.

—El día 15 de junio lanzaremos el vídeo del nuevo sencillo. ¿Qué tal presentarlo en directo en alguno de vuestros programas? —pregunto, volviendo a sumergirme de nuevo en la negociación, a tiempo para parecer que lo tengo todo bajo control—. Si os reservamos la fecha, tendréis la exclusiva. Creo que de cara a impacto en redes sociales es una estrategia magnífica para ambas partes. Prepararíamos Twitter durante todo el día y estrenaríamos con vosotros. En 'El hormiguero' sería lo más deseable. Es vuestro mejor espacio para promocionar a Blue Joy por horario y datos de audiencia.

El delegado de Atresmedia estudia los papeles de los posibles acuerdos que le coloco delante y nos pide un par de días para confirmar el hueco que le pedimos. Estrenar en exclusiva les garantiza la atención y Blue Joy es cada vez más mediático. No creo que haya ningún problema, tenemos mucho que ofrecer y el trato les puede resultar muy ventajoso.

—Lo presentaré a producción del programa. No les suele gustar que impongamos invitados desde la dirección, pero estoy convencido de que a esto no podrán negarse.

Nos despedimos con un apretón de manos y buenas palabras. Colaborar con los grandes grupos de comunicación es nuestra mejor baza. Dar para recibir a cambio. Si eso nos falla, tendremos que pensar en un plan B, aunque estamos dando los pasos adecuados y no puedo estar más satisfecha de cómo avanza la campaña.

Me siento a escribirle un correo electrónico a Olivia para agradecerle que lograra organizarnos la cita con los de Atresmedia, y para pormenorizar los detalles del encuentro que acabamos de llevar a cabo con su delegado. Le suelo pasar informes con cada nuevo acuerdo que cerramos, sobre todo cuando no tenemos planeado reunirnos o quedar fuera de la oficina. Es una forma de sentir que seguimos formando parte del mismo equipo y, por su parte, la manera de saber que estamos consiguiendo el propósito de mantenernos a la cabeza de las opciones de Tinkerer Music de cara al año que viene.

—¿Podemos hablar un momento? —Tristan ha entrado en mi pequeño despacho sin que yo me diera cuenta y me sobresalta sin remedio.

Lo miro con cara de pocos amigos mientras cierro la tapa de mi portátil, no me apetece que curiosee en mis cosas y, mucho menos, en mis informes a mi jefa.

—Tú mandas, ya lo sabes. Si tengo que renunciar a mis días libres o hablar contigo porque es lo que te apetece, pues lo que tú digas —no cabe más sarcasmo en mi voz y él sonríe jocosamente al escucharme. También, y esto puede que solo me lo haya parecido, algo que podría llamarse culpa, le cruza fugazmente por los ojos antes de cerrarlos un par de segundos.

—Veo que sigues enfadada.

—No sé por qué lo dices. —Más sarcasmo, pero es lo que me sale. No puedo hacerle frente de otro modo.

Se ríe, pero la risa no le alcanza a los ojos. Se muerde el labio como pensativo y creo que nunca lo he visto más guapo que ahora mismo. Odio apreciar lo guapo que está, sobre todo cuando solo quiero que se aleje de mí y me ponga las cosas mucho más fáciles.

—Siento haberte hecho venir a trabajar en tu día libre —dice y suena tan sincero que tengo ganas de gritar. Quiero gritar porque necesito seguir enfadada con él, que continúe siendo el enemigo. Si no, no sé cómo afrontar el tsunami emocional que supone estar medio pillada por el novio de mi hermana.

Me mantengo en silencio y él, que no se da por vencido, se sienta en la silla enfrente de la mía. Me gustaría que mi escritorio midiera varios metros más de ancho, porque me quema su presencia a apenas un metro de mí.

—¿No vas a decir nada?

—¿Qué quieres que diga? Tus disculpas no me devuelven el día libre —contesto, totalmente a la defensiva.

—Puedes cogerte el día que necesites.

—No quiero un maldito día libre. Quería ESE día libre.

Pego mis ojos a un dossier que descansa en mi mesa, como si eso requiriera toda mi atención. Igual así se da por enterado de mis pocas ganas de tener esta conversación y se larga.

—No estás siendo racional, Isabel...

Levanto la mirada como si me hubiera pegado una bofetada y soy consciente de la furia que deben de mostrar ahora mis pupilas. No es para menos. Me está empezando a tocar las narices.

—Claro, porque que te quiten algo que necesitabas por un puto capricho personal es de lo más racional.

Se yergue en la silla, alarmado ante mi tono y la rabia de mis palabras, y entorna los párpados para enfocarme mejor.

—Mierda, Isabel —dice, con la voz dura y los ojos fijos en mí con una intensidad que me traspasa—, sigues poniéndome las cosas difíciles. No puedo ni disculparme. ¿Qué quieres que te diga? ¿Que metí la pata y que debería haber respetado el día que tenías pedido? ¿Que me siento como una carga para ti cada vez que pienso que vivo en tu casa y que tú has tenido que aceptarlo porque tu jefa te lo ha impuesto? ¿Que me mata pensar que ni siquiera puedes soportar que esté en la misma habitación que tú? No sé, Isabel, di qué quieres que diga y lo diré. Pero, por favor, deja esa frialdad y esa forma de evitarme, porque me estoy volviendo loco y no sabes la...

Se calla. Su pecho sube y baja con una rapidez inusitada, como si su corazón latiera a doscientas pulsaciones por minuto. Yo, que apenas puedo respirar, salgo de mi estado de *shock* a duras penas, y rebusco para encontrar mi voz, aunque no doy ni un duro por mí misma.

—¿Qué no sé?

Me mira. La intensidad mantenida, las pupilas dilatadas, una especie de niebla que habla de ganas y de otras fantasías que ni siquiera me quiero plantear porque probablemente solo estén en mi cabeza, y niega con la cabeza.

—No quería ser una imposición para ti, Isabel —casi susurra—. Tampoco quitarte cosas. Ni tu espacio, ni la comodidad de tu trabajo en tu propia oficina o tus días libres.

—¿Por qué me hiciste venir a trabajar el día después de San Isidro?

Me doy cuenta de que yo también susurro y de que el ambiente a nuestro alrededor se ha vuelto tan denso que me pesa sobre los hombros. Hace calor, o quizá solo es cosa mía, de mi cuerpo que está ardiendo; de mi mente, que se imagina un final para esta conversación mucho más cercano e íntimo.

—Porque Celia me contó que probablemente te quedarías en la cama todo el día, regodeándote en la tristeza de tu pérdida. Y, joder, te vi en la pradera, tan vulnerable, tan afectada por su ausencia, que la creí. No se me ocurrió nada para evitarte el trago salvo distraerte. Lo hice fatal y lo siento. Lo siento de verdad.

Cierro los ojos y me obligo a no interiorizar lo que acaba de decirme. Quiero seguir odiándole, porque es todo más fácil. Porque si no le odio... Si no le odio, no sé cómo estar en la misma habitación que él sin dejar que mis sentimientos me jueguen una mala pasada.

Así que me levanto de mi sitio, cierro el portátil y lo desenchufo. Mantengo un silencio sepulcral mientras recojo las cosas que necesito para acabar un informe y presentar un proyecto el lunes por la mañana. Siento en mí los ojos de Tristan y me obligo a no temblar mientras llevo a cabo la tarea de escabullirme. No sé si consigo mantener la calma en su presencia, pero sí sé que hago un esfuerzo sobrehumano, algo que me cuesta la misma vida, pero que no puedo desmontar por más que sea difícil.

—¿A dónde vas, Isa?

Lo pregunta con angustia y a mí se me parte el alma. Pero me giro de cara a él cuando paso por su lado, ya con todas mis cosas y la firme idea de desertar de este momento.

—Teletrabajaré el resto del día, si no te importa. No me siento bien.

La voz me sale estrangulada y sé que él lo ha notado. Vaya dos que estamos hechos, a cada cual más afectado.

Noto cómo asiente cuando paso de largo, camino de la puerta. La abro, pero antes de irme del todo, soy incapaz de dejarlo estar o de entender que él no necesita que lo machaque más.

—Y no me vuelvas a llamar Isa. Mi nombre es Isabel. No lo olvides.

Cuando salgo a la calle y el aire vuelve a entrar con regularidad en mis pulmones, sé que algo he hecho bien. Dos minutos más en esa oficina y hubiera muerto asfixiada.

Acabo de escoger a mi hermana por encima de mí. Entonces, ¿por qué no me siento como si hubiera hecho lo correcto?

# 14
# Madre de dragones

A las cuatro de la tarde me duelen tanto los ojos de fijarlos en la pantalla del ordenador, que ya casi ni los siento. Estoy encerrada en mi cuarto, trabajando a toda máquina para evitar pensar en nada. Más o menos lo he conseguido, y más o menos he fracasado. Cosas de darle demasiadas vueltas a la cabeza, supongo.

Los viernes son esos días raros en los que no sabes qué hacer con el tiempo extra que te regala el fin de semana. Al menos, yo no tengo ni idea de en qué emplear mis horas. Esta mañana, cuando salí huyendo del despacho, ni siquiera sabía que iba a aguantar tanto tiempo tecleando y construyendo varias estrategias para la semana siguiente. Y, ahora, a poco más de un puñado de horas para la fiesta de Marta, no tengo ni la más remota idea de en qué acabará la noche.

Aunque de algo sí estoy segura: no quiero ir. No me apetece una fiesta ahora mismo porque mi ánimo es más propicio para funerales que para celebrar el nuevo estado civil de mi hermana.

Claro que negarse a asistir a la fiesta de su divorcio es como firmar mi sentencia de muerte, y de eso sí que paso.

—¿Se puede?

Sara entra sin llamar y sin esperar mi respuesta, como lleva haciendo toda la vida. La niña consentida a la que nadie es capaz de negarle nada. La miro parada en medio de mi dormitorio, la sonrisa radiante, el aspecto luminoso, electrizante, como si fuera una maldita actriz de Hollywood.

—¿Qué demonios te has hecho en el pelo? Pareces Daenerys Targaryen.

Se ríe y destila jovialidad por todos los poros de su piel. Es feliz. Es hermosamente feliz, aunque su alegría choque contra mis enormes ganas de hacerme un ovillo y no salir de debajo de las mantas de mi cama en los próximos tres o cuatro meses.

—¿Te gusta? Me lo ha hecho Tania. Es como el suyo y es una pasada...

Pasea la mano por su larga melena, ahora de un blanco nórdico que aumenta la belleza de sus rasgos perfectos, sus pómulos altos, sus labios rojos, sus ojos claros y la palidez de su piel suave. Está aún más guapa que antes de este cambio tan radical, y ella lo sabe.

—¿Quién es Tania?

—¡Tania es mi salvación!

Se sienta en mi cama y pone ojitos cuando me mira. Me río. Con Sara es difícil que el buen humor no acuda al rescate.

—La encontró Eva, mi editora.

—Espera, ¿ahora tienes editora?

—Claro, tonta, no se puede petar el mercado editorial sin editora.

La miro y ella se encoge de hombros mientras esboza una amplia sonrisa radiante. Por supuesto que va a sacar libros. Y la cabrona va a arrasar con todos ellos. Es un hecho.

—En fin, Tania es peluquera y maquilladora. Y ahora trabaja para mí en exclusiva. Solo tendré que maquillarme yo misma cuando grabe algún tutorial de *look* chulo. El resto, es cosa suya. Empezando por mi pelo flipante. No me digas que no es lo máximo.

Se lo die revuelve para que lo contemple en todo su esplendor y me hace reír sin remedio. La mejor terapia para un día de mierda es pasar tres minutos con Sara. Entiendo que tenga tantos seguidores, es hipnótica de verdad.

—Estás muy guapa, Sara. Aunque no necesitas que yo te lo diga, porque ya lo sabes.

—Tú también puedes estar guapa. En cuanto venga a recogerme para ir a la fiesta, le digo que te deje espectacular. Ya verás qué manos tiene.

Me siento a su lado y ella me escruta como si algo de repente hubiera llamado su atención. Estoy cansada, debo de tener ojeras del tamaño de Móstoles, y mi ánimo es lo contrario a festivo. Sara, además de un encanto, es de lo más intuitiva y se le escapan pocas cosas.

Para mi desgracia.

—¿Estás bien, Isa? —inquiere, levantando mi mentón para que no logre rehuir la mirada y, así, plantarle una mentira como si nada.

Por más que lo intento, no se me ocurre nada coherente que decirle y que no me incrimine. No quiero que sepa que emocionalmente estoy en los huesos, que desde que Carlos se destapó como el sinvergüenza que siempre fue, mi vida ha ido de mal en peor. Por eso niego con la cabeza, incapaz de pronunciar ni una sola palabra, y me entierro en el hueco que sus brazos abren para que me cobije dentro.

Me acuna mientras mis lágrimas se sueltan del lugar donde las tenía retenidas y salen, libres al fin, a borbotones, empapando mis mejillas y haciéndome sentir un poco tonta y muy débil, como si acabara de pasarme un camión cargado de barras gigantes de hierro por encima.

—Puedes contarme lo que sea, ya lo sabes —me dice y la creo. Es verdad, es fácil hablar con ella.

Sin embargo, lo que me pasa no se puede compartir con nadie. No le puedes decir a tu perfecta hermana pequeña que te enamoraste de un gilipollas que casi hunde tu amor propio y el negocio que te da de comer, para acabar pillada por un imbécil que no para de ponerte como una moto por más que haya dejado embarazada a tu hermana mayor. Ni en la novela más disparatada podrías encontrar a alguien con peores credenciales amorosas que las mías.

Me incorporo poco a poco y me seco el reguero que el llanto ha dejado en mis mejillas. Hipo un poco, aún congestionada por este desahogo por el que no puedo dejar de sentirme cohibida. No sé de dónde ha salido el manantial, pero está claro que estaba esperando el momento para hacer acto de presencia.

—Ya verás cómo en la fiesta de esta noche te acabas animando —dice Sara, mirándome con esos ojos enormes que ella tiene, cargados de conmiseración.

—No me apetece ir.

No me sale ocultarle que preferiría quedarme en casa y rumiar mis penas en pijama, antes que prepararme y salir a darlo todo. Solo de pensarlo creo que me dan ganas de hacerme el harakiri.

—Y, sin embargo, no puedes librarte como Celia, porque si no apareces, Marta te retira la palabra de por vida.

Y, sin embargo, no puedo librarme. Qué gran razón.

—Anda, ven, que te hago un chocolate rico en un pis pas.

Tira de mí y me saca de la habitación acompañada de sus risas cantarinas. Rezo para que Tristan no haya vuelto aún de la oficina y no nos pille en la cocina o en cualquier otra parte de la casa adonde Sara me arrastre. Ahora mismo, que me viera con la cara congestionada por el llanto reciente, creo que podría convertirse en mi peor pesadilla.

—¿Qué tal con David? —pregunto mientras ella trajina en los armarios, sacando ingredientes para hacer el chocolate. Pasar a un tema que a mí me resulte cómodo ahora mismo es prioridad para recuperarme del todo.

—Bien, es majo —dice, sin más y yo pongo los ojos en blanco sin poderlo remediar.

—¿Majo?

—Sí, majo.

—Y guapo.

—Y guapo —repite ella, risueña.

—Y súper atento, no lo niegues.

—Blue Joy es un dechado de virtudes, hermanita. ¿Qué es lo que quieres oír?

Dejo de lado las bromas y la miro especulativa. No suena como si estuviera entusiasmada del todo. Y el día que se conocieron y en la reunión del día después de eso, parecía que estaban más que a gusto uno en compañía del otro.

—¿Algo que deba saber, Sara? —inquiero, nerviosa.

Si no cuajan como compañeros, todo mi plan de comunicación se viene abajo.

—No, ¿por?

—No sé, el día que os presentó Tristan no os podíais quitar los ojos de encima y me han chivado que, después de eso, tampoco las manos. Y ahora es solo un chaval majo... estoy un poco perdida, la verdad.

—No te rayes, Isa, que te veo venir.

—¿Me vas a tranquilizar entonces?

Deja lo que está haciendo y se gira de cara a mí. Esboza una sonrisa, pero es pequeña, muy poco creíble, y a mí se me hiela la sangre en las venas.

—David es una monada de chaval —concede—. Nos caímos bien, nos acostamos y ahora vamos a trabajar juntos. Sin más, no vamos a convertirnos en la pareja de moda ni nada de eso, aunque sé que algo así os vendría genial, reconócelo.

La miro unos segundos en los que ella aguanta el peso de mis ojos sobre los suyos. No sé si echarme a temblar o salir corriendo. Sara es cabezota, como el resto de nosotras, pero adora quedar bien y no herir a nadie a su alrededor. Asumo que por ahí van los tiros.

—No quiero que pienses que voy a forzarte a tener o fingir una relación con él. Espero que eso lo sepas.

—Claro que lo sé. Solo he dicho que sé que algo así os vendría genial. Es todo.

Asiento en silencio, analizando sus palabras, su tono, el lenguaje corporal que me dice más cosas que las que salen por su boca.

—Si algo fuera mal, ¿me lo dirías? —pregunto, el miedo bailando entre cada sílaba que pronuncio.

—Isa, es solamente que ahora no me apetece tener novio ni pillarme por un ídolo de masas. Tengo muchas preocupaciones en la cabeza y no quiero tener que estar pendiente de que una estrella se convierta en una de ellas.

—Tú eres una estrella.

—Pues eso mismo. Bastante tengo con aguantarme a mí misma.

Se ríe de su propia broma y vuelve a centrarse en la preparación del chocolate, cuyo aroma pronto inunda la cocina entera.

—Me gustaría pedirte una cosa —dice cuando ambas estamos sentadas en la terraza, con una taza templada en las manos.

Lo dice como cohibida, como si le costara hacerme la petición. No sé si echarme a temblar o sacudirla para que hable de una vez y me saque de la duda que ella misma me ha generado.

—Dime.

—El rollo de *youtuber cuqui* con el que empecé el canal implica un espacio que suele ser una habitación decorada con gusto, todo en su sitio y demás. Ya has visto la que tengo montada ahí, todo muy bonito, pero me asfixia trabajar en el mismo espacio en el que luego tengo que dormir. Mi privacidad la violan constantemente personas que trabajan conmigo, entrando y saliendo como si eso fuera un plató de televisión.

—Bueno, un poco plató de televisión sí que es.

La que Sara tiene montada ahí dentro es digno de una directora de cine de gran producción de Hollywood, por lo menos.

Pero entiendo lo que dice. El espacio es reducido y, pese a sus esfuerzos por dividirlo y compartimentarlo, no deja de ser un poco agobiante hacer la mayor parte de su trabajo en su propia habitación. Es cierto que también tiene alguna zona de grabación en el salón, que monta al efecto cuando lo necesita e, incluso, en la cocina, que siempre utiliza cuando no hay nadie en casa.

—¿En qué estás pensando? ¿En alquilar algo para grabar?

Niega con la cabeza y evita el contacto visual. Lo que va a pedir es gordo, si no, ya me hubiera hecho partícipe de ello antes de sentarnos en la terraza a disfrutar del solecito de la tarde.

—Más bien en... usar el despacho de papá.

Lo dice casi en un susurro y no puedo evitar que la mención a ese lugar me coloque un nudo en la garganta.

La casa es grande, enorme. Cuando mis padres compraron el piso de al lado y unificaron las dos viviendas, consiguieron todo el espacio que una familia de seis personas necesitaba. Una de las estancias que mi padre más se esmeró en conseguir, fue su despacho. Un espacio diáfano y lleno de sus cosas, no solo de las laborales —porque era de los que se traía trabajo a casa casi todos los días—, sino también el mausoleo de sus recuerdos: de las fotos de sus viajes con nuestra madre, de sus trofeos conseguidos con su equipo de calva e, incluso, los dibujos que le traíamos del cole, especialmente realizados para él.

Era su rincón, su cobijo en los días malos, su refugio cuando una casa llena de mujeres le parecía un sitio demasiado alejado de sí mismo.

Que Sara pretenda convertirlo en otra cosa, me revuelve el estómago. No sabría ni cómo expresar lo que siento de verdad al considerar tal opción.

—Eso se lo tendrías que preguntar a mamá —digo con la voz estrangulada, desligándome de un permiso que, de todos modos, no me corresponde a mí otorgar.

—Sabes que no puedo —alega y se le ensombrece el semblante. Me imagino que mentirle a nuestra madre es bastante más duro de lo que podría haber pensado en un primer momento—. Todavía no.

Hay angustia en sus palabras. Supongo que la sola idea de enfrentarse a nuestra madre por algo como este cambio de vida, hace que se cuestione incluso seguir adelante con todo esto. Pero tendrá que hacerlo, no puede evadir la cuestión mucho más tiempo y ella lo sabe. Es cosa de semanas, quizá de un par de meses. Pero no hay mayor margen de maniobra.

—Creo que deberías enfrentarte al miedo visceral que tienes a decepcionarla —le aconsejo—. Cuanto más tiempo pase, será peor.

—Lo sé.

No añade nada más y las dos permanecemos en silencio. A veces, me da la impresión de que he hecho míos todos los sentimientos de pérdida de mi padre, como si fuera yo la que más acusa su ausencia. Pero sé que todas lo echan de menos, cada una a su manera. Mi madre y mis hermanas también se han quedado sin él, y creo que debería recordarme más a menudo que él no solo me pertenecía a mí por más que me sintiera unida a él de una manera indisoluble y absolutamente especial.

—Hazlo cuando consideres que estás preparada, *khalesee* — intento quitarle profundidad al asunto bromeando con ella—. Pero no dejes que se te vaya de las manos o perderás los Siete Reinos.

Me da un codazo amistoso y vuelve la sonrisa a sus labios. Es un placer verla de nuevo en su lado de la vida, el de las risas, el buen rollo y la esperanza de que todo va a salir a las mil maravillas.

Paso la tarde con mi hermana y Tania, que llega a eso de las siete y media, dispuesta a meter mano en nuestros estilismos. Cada vez que he escuchado el sonido del ascensor, mi cuerpo se ha puesto en modo tensión máxima, pensando que Tristan iba a llegar en ese momento, justo para hacerme salir corriendo en el sentido contrario.

Pero, afortunadamente, no hay rastro de él y a mí el nudo del estómago ya se me está empezando a aflojar un punto. Lo cual no deja de ser de agradecer.

Tania, que parece un duende con su pelo del mismo tono que la Madre de Dragones que ahora vive en la habitación de al lado, es una mujer encantadora. Tiene mi edad, pero aparenta bastante menos con esa carita de niña pilla que parece que no ha abandonado aún la pubertad. Es bajita y menuda, mucho más que yo, que ya es decir, y tiene unas pecas la mar de graciosas campando a sus anchas sobre su naricilla respingona.

Es de sonrisa fácil, igual que Sara, y es de suponer que estaban destinadas a entenderse y llevarse así de bien. Parecen cortadas por el mismo patrón.

En cuanto me ha visto, se le ha ocurrido un cambio de estilo totalmente para mí, pero yo me he limitado a decirle que le agradezco que me eche un cable con un poco de maquillaje, justo antes de salir para el local donde la fiesta tendrá lugar.

Marta, que llega al poco de la oficina, sí se deja totalmente en sus manos, encantada de la vida de que su nueva andadura como soltera comience con un nuevo corte de pelo, como si eso borrara la tristeza que vive alojada al fondo de sus ojos pesarosos.

La observo con esa chispa de ilusión reflejada en ellos, aunque no baste del todo, al menos algo la mantiene entretenida mientras ella trata de coser todas las costuras que se resquebrajan en su mortaja. Marta necesita incentivos, ganas de luchar. Se ha rendido, como lo ha hecho Kevin, y eso da tanta pena, que es fácil sentir una lástima insondable y áspera por ellos dos.

Mientras Tania somete a mi hermana a un tratamiento de belleza transgresor y perfecto para una fiesta de divorcio, yo me voy corriendo a la ducha, antes de que todo el mundo quiera usar el baño a la vez, que es lo que suele pasar en una casa con tres mujeres dispuestas a salir de noche. Por más que la casa tenga baños de sobra, no seré yo la que se quede esperando su turno, descontando los minutos.

Enciendo el agua caliente y, pese a que no hace frío en absoluto, dejo que el ardor de la ducha se lleve todos mis nervios y mis malos rollos del día. Dejo que me lave de la mente los ojos de Tristan, las palabras de Tristan, el tono lleno de pesar de Tristan. Me obligo a eliminarlo de mi sistema y me hago una promesa que dudo que cumpla, pero me la hago porque soy tonta y me gusta fustigarme: esta noche voy a besar a alguien. No me voy a acostar sin un beso en condiciones. Uno mejor que el del día de la boda.

Uno que se lleve el recuerdo de Tristan de una vez por todas.

Pero eso no es nada fácil, sobre todo cuando, envuelta en mi maxitoalla de *Star Wars*, salgo del baño con la clara intención de recorrer los diez pasos que me separan de mi cuarto a la velocidad de la luz, sin levantar la mirada para ver si así paso aún más desapercibida en una casa llena de gente. Sin embargo, mis intenciones se ven truncadas al primero de mis pasos, cuando mi cuerpo choca contra el de otro ser humano. Un ser humano que huele a él, a menta fresca, a loción para después del afeitado, a aire fresco y limpio, y que hace que todo el vello de mi cuerpo se erice cuando pone sus manos alrededor de mi cadera para evitar que me caiga al suelo tras el encontronazo.

Tengo que hacer un esfuerzo sobrenatural para que él no note el escalofrío que acaba de recorrerme entera solo por tenerlo tan cerca de mí, pero soy consciente de que nada evitará que él sepa que estoy temblando bajo su férreo tacto, ese que evita que me caiga al suelo redonda y que me está quemando, pese a la presencia de la toalla entre sus dedos y mi piel ardiente.

—¿Estás bien?

La voz le sale grave, mucho más ronca que de costumbre, lo que contribuye a mantenerme en esa burbuja que parece que pende suspendida en medio de una imagen que alguien ha pulsado en pausa en algún lugar. Mi respiración se agita, lo noto y me recrimino todas esas reacciones que mi cuerpo, traidor y absolutamente fuera de mi control, está mostrando entre sus brazos.

La suya, su respiración, también es irregular y sé que para él el momento tampoco va de tener controladas todas las sensaciones, porque es algo claramente imposible.

—Sí... Sí, estoy bien. Perdona, pero no miraba por dónde iba, siento el atropello...

—Nada que perdonar —su voz ronca se torna susurro y yo me quiero morir, porque deseo más que nunca que no me suelte, que me enrede en él y me bese y me haga olvidarme de todas las razones por las que debería alejarme corriendo de su lado, de su abrazo, de la abrasadora sensación de que sus ojos no se apartarían jamás de los míos si eso fuera humanamente posible—. Ojalá todos los atropellos fueran así.

Sonríe y los hoyuelos de sus mejillas se le marcan de una manera tan adorable que es imposible mantener los ojos lejos de su rostro. El tiempo debería detenerse para siempre. Firmaría encantada por algo así de descabellado.

Mi cuerpo rebelado continúa regalándome sensaciones de lo más desconcertantes y que sé que acabarán por dejarme expuesta delante de él. Noto que podría fundirme ahora mismo con su propio cuerpo, que moriría porque sus manos me recorrieran la piel desnuda, porque exploraran puntos de mi anatomía que están gritando que les conceda su atención, que palpitan esperando sus caricias, el tacto de sus dedos, el roce suave de sus manos...

Trago saliva, pero tengo la garganta seca. Tengo el cuerpo ardiendo y una sed que me aguijonea las entrañas. Una sed que solo él podría apagar si se inclinara un poco más y me besara; si apoyara mi cuerpo contra la pared a mi espalda y aplastara mi anatomía con la suya. Entreabro los labios y él avanza unos centímetros, acercando sus labios a los míos, dejando que me crea que eso puede pasar, que es correcto, que puedo tomar aquello que tanto deseo, porque ahora mismo solo existimos nosotros y este anhelo viscoso que nos tiene completamente presos, uno en los ojos del otro.

Creo que en la vida he tenido pensamientos más lujuriosos que en este preciso instante. Cuento las milésimas de segundo que le separan de mis labios, los milímetros que va matando como a cámara lenta mientras su rostro se acerca al mío. Creo que tiemblo, pero ni siquiera estoy segura del todo porque solo puedo concentrarme en lo mucho que deseo que me bese. Lo muchísimo que lo llevo deseando todas estas semanas, pese a lo mal que está, lo incorrecto que es dejarme llevar por él, por las ganas que le tengo.

Unas risas inclementes que llegan desde el salón me sacan de la ensoñación cuando ya no queda nada, cuando sus labios ya casi tocan los míos y su aliento ya se está empezando a mezclar con el mío, tan denso, tan de los dos a estas alturas.

La culpa me atraviesa como si la estuviera inventando justo en este momento. Con una fuerza de voluntad que desconocía que tenía, giro mi rostro para alejarlo de mis labios y pongo mis manos sobre las suyas, que aún se aferran a mi cadera, para separarlas de mí.

Me duele hacerlo. Me duele en lo más hondo, porque lo siento como si me estuviera traicionando a mí misma. Pero no cabe ninguna otra opción salvo salir corriendo, huir del lugar en el que casi se perpetra el delito, de la víctima y del verdugo. De Tristan Cornell.

Siempre el maldito Tristan Cornell en medio de todo.

¿Cuánto más va a durar esta tortura autoimpuesta? ¿Cuánto más voy a ser capaz de ser fiel a mis principios y a mi propia hermana? ¿Cuánto más aguantaré hasta que me sea más sencillo ser débil y dejar que venzan mis deseos?

Cierro la puerta tras de mí cuando entro en mi cuarto. La distancia con él ayuda, pero el corazón me sigue gritando que soy una imbécil.

Lo soy, con toda probabilidad.

# 15

# El otro Carlos

La noche es joven, o al menos lo era tres horas y cinco mojitos atrás.

Ha sonado *reggetton* para contentar a todos los *millenials* de la terraza, pero gracias a Dios ahora le ha llegado el turno a los gloriosos clásicos de nuestra adolescencia —de la de Marta y mía, al menos, que Sara creo que ni le ha dado tiempo aún a salir de ella—, que bailamos desmelenadas. Suena *Umbrella* de Rhianna y le estamos enseñando a los fanáticos del *perreo* que existe música además de la que ellos idolatran.

Marta lleva más tequila en el cuerpo que una destilería mexicana y, sin embargo, aguanta el tipo y la sonrisa perenne. Me da miedo que le dé la vuelta al asunto y acabe llorándole a moco tendido a cualquiera que tenga la torpeza de preguntarle qué tal lo lleva. Así que no me separo de ella, aunque yo lleve lo mío también, que no le estoy haciendo asco a los cócteles cargaditos que preparan en este sitio tan *cool* que ha encontrado Sara.

Está en plena Gran Vía, en lo alto de uno de los edificios con más solera. Si me asomo un poco, puedo ver hasta la oficina, que está aquí al lado. Sin embargo, cualquier cosa ahora me vale con tal de no acordarme del trabajo y de lo raro que es todo ahí últimamente, así que me deleito con la música, el ambiente *chill out*, las bebidas preparadas con esmero y lo bien que Marta lo está llevando.

Lo mejor de la fiesta, no obstante, es que no hay ni un solo inglés a la vista. No hay Kevin. No hay Tristan. Así que Marta no está expuesta a un ataque de nervios ni yo a perder el control de nuevo.

En mi mente, el momento en brazos de Tristan se repite en bucle, pese a que procuro levantar muros tan altos como castillos. De vez en cuando, me doy cuenta de que me quedo atontada, solo recreando ese encuentro tan puñeteramente sexy a la salida del baño.

—Lorena lleva el pedo del siglo —dice Marta señalando a nuestra prima con la voz pastosa y arrastrando las palabras. Fue a hablar...

Pero yo asiento. Hoy es el día de Marta y se trata de afirmar a todo lo que ella diga, darle la razón y no disgustarla. Y no mencionar a Kevin, ni al Manchester, ni a Inglaterra, ni al amor, ni tampoco a las parejas o los besos. Por eso, cada vez que alguien se acerca más de la cuenta, Sara y yo corremos a separarlos bajo pena de que la ira incontenible de Marta caiga sobre quien sea que ose hacer algo así delante de ella.

Me abraza sin venir a cuento y creo que no estoy lo suficientemente borracha para aguantar a Marta borracha, una paradoja que solo la ingesta de más mojitos logrará reparar. O eso espero.

Así que me separo de ella y me acerco a la barra, donde Sara charla con dos amigos de la peña del Atleti de nuestra hermana y le hace señas a Tania para que se una a ellos. Pero la esteticista está dándolo todo con Marta, bailando por Rihanna como si la vida le fuera en ello, se nota que es de nuestra quinta y no una *yogurina* como Sara.

Cuando llego hasta ellos, mi hermana se deshace de los amigos de Marta y se une a mí, pidiendo un vodka con naranja.

—Tania es súper maja —admito—. Y tiene mano para esto de los estilismos.

Me mira y asiente. La amiga de Sara me ha dejado espectacular, tengo que reconocerlo.

Aparte de bucear en mi armario en busca del atuendo fiestero apropiado para la magnitud del evento a celebrar, Tania me ha peinado como si fuera a recoger un Grammy y me ha maquillado como si fuera la mismísima Beyoncé. Creo que quiero adoptarla. Estoy por hacerme *youtuber* yo también solo para tener en nómina a una Tania todos los días de mi vida.

Mi vestido negro con brillos, rescate de una Nochevieja de hace unos cuantos años, y los taconazos que me ha hecho ponerme, completan un estilismo que me hace sentirme una diosa sexy y arrolladora. Pena que aún no me haya dado por creérmelo del todo e ir a por una víctima, alguien a quien besar en condiciones, tal y como me prometí a mí misma que haría esta noche.

He observado el terreno y no acabo de decidirme. Algunos de los colchoneros no están mal, pero la mayoría se ha pasado la noche hablando de fútbol y eso le resta puntos a cualquiera para mí.

—¿Se puede saber qué buscas? —inquiere mi hermana cuando se percata de mi ronda de reconocimiento intensa a lo largo de toda la inmensa terraza.

—Nada. Algo. Yo qué sé.

Hay apatía en mi voz, como si nada fuera lo suficientemente bueno como...

—¡Estás buscando tema! —grita, y creo que se ha enterado todo el mundo en este lugar.

La miro echando chispas de indignación por los ojos y ella sonríe, esa sonrisa amplia y dulce de niña buena que nunca ha roto un plato que tanto odio.

—No te molestes, Isa. Las dos sabemos que lo que te interesa no anda por aquí. Fiesta prohibida para británicos, ¿recuerdas?

La miro con las mejillas ardiendo de repente, reprochándome que yo misma me delate y eso imposibilite que pueda negar el disparate que acaba de soltar. Salvo que no es ningún disparate. Es la pura realidad. Aquí no hay nada para mí porque en mi cabeza solo existe un tío, uno solo. Uno que besa como los ángeles, que huele de maravilla, que me despierta como nunca nadie lo ha hecho...

*«¡Basta, Isabel! A este paso vas a combustionar simplemente a base de pensamientos lujuriosos».*

—Realmente, no tengo ni idea de lo que quieres decir —alego, mirando al frente y evitando todo contacto visual con ella.

—Claro, no lo sabes. Ni tampoco sabes que es mutuo. Que él te mira como si fueras un esponjoso bizcocho de chocolate, ¿verdad?

Me sobresalto y me giro de cara a ella, con los ojos fuera de las órbitas y un gesto de negación sistemático que no soy capaz de borrar de mi rostro.

—Estás loca, Sara. Tristan está con Celia.

—¿Estás segura?

—¿Tú no? —inquiero, aún más nerviosa.

—Bueno, con Celia nunca se sabe. Quien la entienda que la compre. Pero pasara lo que pasase entre ellos, a Tristan le gustas tú. Y mucho, créeme.

Vuelvo a negar y agarro mi mojito con fuerza para reafirmarme. No, no pienso meterme en medio. Celia es más importante que cualquier hombre. Celia, que está sola, embarazada y lejos. Celia, que jamás me haría a mí algo así... Celia, que es modelo, preciosa, divertida y cosmopolita, frente a mí, pequeña, nerviosa, caótica, enfadada con la vida... No. No pienso meterme en medio, sobre todo porque jamás podría competir con mi hermana mayor.

Menudo despropósito pensar algo así.

—Mira, un chico que me interesa —digo señalando al primero que se cruza por mi campo visual, en un intento desesperado por alejarme de Sara y de sus afirmaciones sin sentido y, sobre todo, por alejarme de mí misma y de lo que yo sea capaz de creerme de esta conversación tan absurda. Solo me faltaba hacerle caso a Sara y pillarme aún más por el novio de mi hermana Celia...

La dejo atrás, aunque sé a ciencia cierta que en sus labios se ha dibujado una odiosa sonrisa condescendiente, que amplía mientras sorbe de su pajita y se queda en la barra, observándome, preparada para verme hacer el ridículo.

—Hola —le digo al desconocido al que me he lanzado a la desesperada.

No está mal. Moreno, alto, barba de un par de días, ojos oscuros y labios apetecibles. Viste una cazadora de cuero, con camiseta blanca debajo y unos vaqueros ajustados, al más puro estilo James Dean y, lo más importante, no parece del grupo de la peña del Atleti.

—Hola —contesta con una sonrisa amplia y preciosa que me reafirma en mi elección. Tiene unos dientes blanquísimos y perfectos que casi me ciegan.

*«Pero no tiene hoyuelos, Isa».*

Maldito Pepito Grillo, ni cuando trato de escapar de la tentación puede dejarme en paz. Lo ignoro, no obstante, para centrarme en mi objetivo. Un beso, me repito. Un beso y habré cumplido mi promesa. Un beso que me aleje de Tristan Cornell y me acerque al resto de la población masculina de la ciudad.

Sencillo, es un plan sin fisuras.

—Soy Isabel —le digo extendiendo mi mano para hacer oficial la presentación.

Soy consciente de que me tiembla un poco la voz, así que apuro de un trago el mojito para buscar la pizca de valor que aún me falta. Él sonríe, pero no hace nada, no me estrecha la mano ni dice palabra alguna. Me pongo más nerviosa si cabe, sobre todo cuando su sonrisa se amplía y se asemeja a la de un lobo feroz. Me estremezco, pero no es una sensación placentera como cuando me pasa con otra persona a la que ahora mismo no me apetece mencionar.

Entonces, cuando ha evaluado lo que sea que estaba evaluando, se inclina despacio hacia mí y deja dos besos en mis mejillas, ignorando mi mano tendida. Me besa despacio, como si se estuviera recreando en el tacto de mi piel, y vuelve a recorrerme un escalofrío por toda la columna vertebral que me deja congelada.

No sé cómo interpretar todo esto. El desconocido es distinto a todo lo que he conocido hasta este momento. Ni bueno, ni malo. Solo diferente.

—Yo soy Carlos.

*«Mierda».*

Arrugo el gesto sin poderlo remediar y me centro en su voz, que es profunda y sexy, tremendamente masculina. Le sale del diafragma, le confiere otro toque de misterio y le pega demasiado con la enormidad de sus ojos negros.

—Asumo que no te gusta mi nombre —dice y sonríe, divertido.

—Digamos que no lo asocio a buenos recuerdos.

—¿Un ex capullo?

—Muy capullo.

—Vaya —se queja, jocoso—. Esto va a ser difícil de remontar. ¿Qué tal si compenso lo de mi nombre invitándote a otro de esos?

Señala con el mentón el vaso con los restos de hielo y hierbabuena que una vez fue mi mojito número seis y asiento. ¿Por qué no? A un beso de verdad no se llega solo charlando. Hay que ayudar a crear el ambiente, y un mojito más no va a hacerme daño.

Me dirige a la barra, colocando una mano en la parte baja de mi espalda. El escalofrío se ha esfumado, también el frío. Y aunque no siento calor exactamente, creo que los nervios se han disipado un punto y eso hace que la cosa resulte más fácil, más fluida.

—¿Y de qué conoces a Marta? —pregunto justo antes de llegar a nuestro destino.

Él me mira un instante antes de negar con la cabeza y dejarme desconcertada.

—No conozco a ninguna Marta —alega sin pestañear.

Lo miro confundida y sé que el desconcierto se refleja en mis pupilas, lo que le hace sonreír con mayor amplitud.

—Pensé que era una fiesta privada.

—Y lo es —afirma. Luego, con parsimonia, se vuelve hacia la barra y llama al camarero con familiaridad—. Sergio, un mojito para la señorita. Uno con fundamento, ya sabes. —Le guiña un ojo y el camarero asiente, diligente—. Para mí, un whisky con hielo.

—¿Qué es el fundamento? —pregunto, curiosa.

Por un momento, me imagino que es una de esas cosas que le echan a las chicas en los vasos para hacerlas perder la voluntad y hacer con ellas lo que les apetezca a los depravados que usan esas tácticas, pero lo descarto al instante. No tiene pinta de psicópata. Aunque, claro, pocos psicópatas lo parecen a primera vista.

—Es ron del bueno.

Ahora es a mí a la que me guiña el ojo y me relajo un poco. Solo un poco, que conste, que aún estoy decidiendo si seguir con esto hasta el final o salir corriendo.

—Entonces, ¿te has colado? —sigo inquiriendo a ver si acabo con el misterio y el hermetismo del chaval.

—*Nop.*

—Vale. Pues estoy perdida.

—Es mío.

Lo miro, confundida de nuevo, y él se limita a colocar en mis manos el nuevo cóctel que el camarero acaba de terminar de preparar con profesionalidad y diligencia.

—¿Qué es tuyo?

—Esto. La terraza.

—Venga ya. ¿En serio?

Caza mayor. Guapo, atento y con pasta.

«*Supera eso, Tristan Cornell*».

—Totalmente en serio —asegura, circunspecto, y yo me siento fatal por haberle hecho una pregunta que cuestionaba sus palabras.

—Siento si te he ofendido —trato de disculparme.

Me mira por espacio de diez o doce segundos, evaluándome, y yo trago saliva, esperando que me mande a paseo o se tome mis disculpas con la buena voluntad con la que las he emitido.

—No me has ofendido, tranquila. No eres la primera en poner esa cara de sorpresa.

Se ríe suave y yo me relajo hasta el punto de parecer que pese varios cientos de kilos menos.

Carlos, este Carlos, parece joven, quizá algo más que yo, y ya maneja un negocio de importancia en el centro de Madrid. Aquí las copas cuestan un riñón y la clientela es selecta. El alquiler será astronómico, así que es un niño bien que ha apostado a caballo ganador con el dinero de papá, o es uno de esos jóvenes emprendedores que se lanza a la piscina sin importar las consecuencias de la caída.

No quiero ser impertinente, así que no pregunto. Solo bebo. Me bebo el mojito que está más rico que sus predecesores y sonrío, menudo con el jefe, se guarda el ron bueno para impresionar a las chicas.

—Ponle otro, Sergio.

No sé hasta qué punto es buena idea ir a por el octavo cóctel de la noche, pero si Marta aguanta con todo el tequila que ha ingerido, supongo que yo también puedo con otro mojito más. Ni siquiera me importa no haber cenado nada por culpa de los nervios que el encontronazo con Tristan me produjo al salir de la ducha.

—Hola, guapo. Te ha costado dejarte ver —dice la voz de mi hermana, acercándose a Carlos, y estrechándole entre sus brazos como si fueran viejos amigos.

—Sarita, cada día estás más guapa. Te favorece ese color de pelo...

Veo que se tratan con cordialidad y que hay un punto de complicidad entre ellos. Si Sara lo quiere para ella, tendré que retirarme también con este. Al fin y al cabo, ella lo vio primero. Me está empezando a cabrear esto de tener gustos similares a los de mis hermanas.

—La importancia de ponerse en las manos adecuadas. Como mi hermana, aquí presente, que también está espectacular, ¿verdad?

—Tu hermana, ¿eh? —valora la nueva información, pasando su mirada de una a la otra, probablemente buscando parecidos que quizá no logre encontrar.

Sara se parece más a Celia que a mí, eso no puede negarse. Ellas son las agraciadas con los dones de la belleza y la suerte para servirse de ella a capricho.

—Tu hermana está igual de preciosa que tú —concede por fin, y yo me vuelvo a ruborizar de nuevo, como cuando Sara mencionó a Tristan y yo no fui capaz de contenerme.

Carlos es un zalamero de manual. Sabe que está bueno y lo explota. Sabe que va a tener éxito y juega con sus tiempos. Podría estar con cualquier chica, aunque claro, yo no le he dado mucha opción, le he avasallado en cuanto ha llegado.

—¿Verdad que sí? —añade mi hermana, coqueta.

—Espera, ¿tú eres la de la fiesta de divorcio?

Me mira con un interés nuevo, como si le fascinara la persona que monta semejante sarao para despedirse de su estado civil de casado. A ver, no es lo habitual, pero cada vez se ve más, es algo innegable, como una moda o algo así.

—No, esta no es la casada. Esta está soltera —informa—. Muy, muy soltera.

La miro con cara de malas pulgas. Tampoco hace falta que ponga énfasis en mi estado civil.

—Pues no me explico el porqué —dice él, sonriendo con un gesto de deleite en su agraciado rostro.

Un punto para Carlos.

—Me alegra que digas eso —tercia Sara—. A Isabel le hace falta alguien que le saque el trabajo de la cabeza. Se obsesiona por lo que tiene allí y no es bueno. Sobre todo, si no tiene intención de ir a por lo que quiere de una vez por todas por más que sepa que merecerá la pena.

Juro que podría matarla ahora mismo y lanzar su cadáver de forma disimulada por la terraza. Ella, sin embargo, me dedica una mirada llena de burla que me saca de mis casillas. Se lo está pasando en grande la muy bruja.

—Hay un tiempo para el trabajo, y otro para la diversión —asegura él, clavando en mí sus oscuros iris que parecen refulgir bajo el brillo de la guirnalda de bombillas que cuelgan por encima de nuestras cabezas.

Se muerde el labio y creo que mi promesa para besar a alguien tiene un candidato definitivo. Carlos, este Carlos que no se parece en nada a mi anterior Carlos, es *besable* hasta el extremo. Esos labios llenos y apetecibles así lo atestiguan. Lástima que no me atreva a ir a buscarlos con mi hermana Sara aquí presente, observándonos como si fuéramos un experimento sociológico. Aunque, a decir verdad, de no estar ella delante, dudo también de mi valentía para hacer algo así de arriesgado. Lo de la boda con Tristan, el beso falso que se convirtió en el mejor que me han dado en toda mi vida, probablemente no se vuelva a repetir jamás. Solo la desesperación total es capaz de empujar a alguien como yo a hacer algo como eso.

—Eso creo yo. Así que yo me voy a hacer mi trabajo lejos de aquí —informa mi hermana, que se aleja de nosotros después de guiñarle un ojo a mi acompañante de manera descarada.

Lo miro unos instantes, mientras él sigue a Sara con la mirada hasta que se acaba sentando en una de las *cheslong* que hay en un rincón de la terraza. Allí se atusa su nuevo pelo y se hace un *selfie*, dejando ver tras ella todo el ambiente que la rodea.

—¿Su trabajo es ese? —pregunto mirando a Carlos, que vuelve su atención de nuevo hacia mí.

—¿Perdona?

—Ella está trabajando —afirmo. De nada sirve preguntar porque es una evidencia.

—Es un buen trato. —Sonríe y eso relaja sus facciones—. La fiesta a cambio de contarle a todos sus seguidores dónde ha pasado la mejor noche de su vida.

—No está mal —concedo—. Pero yo le hubiera sacado más partido. No sé si ha fallado su publicista o si tú no has sabido aprovechar la ocasión.

Ahora soy yo quien lo desconcierta y esa sensación, la de tener yo el poder, me satisface como no imaginé que sucedería.

—¿Qué quieres decir?

—Yo lo hubiera hecho más obvio. Un *photocall*, para empezar. Algún amigo famoso en el trato. No sé, un reportajito previo para el canal. Un directo en Instagram...

Me contempla con un interés renovado y me siento la reina del universo. Sonrío con ganas y abro mi bolso de fiesta con parsimonia. Busco en su interior y saco una de mis tarjetas. Siempre he querido una oportunidad de oro para utilizar una de las mil tarjetas de visita que Olivia me hizo el año pasado y que ni siquiera había estrenado hasta este momento. Se la tiendo en lo que espero parezca un gesto súper elegante y profesional, y él la toma, curioso.

—Podemos hacerlo mejor la próxima vez —le aseguro, enigmática y sutil.

Carlos lee lo que pone en la tarjeta y se la guarda en el bolsillo trasero de sus vaqueros, devolviéndome la sonrisa y acercando su vaso casi vacío al mío.

—Pareces como caída del cielo, Isabel Onieva. Asesora de comunicación.

Me encojo de hombros, demostrando una seguridad que estoy empezando a creerme, y le sonrío tan coqueta como Sara. Me vuelvo valiente, apuro el mojito —¿cuántos decíamos que iban?, ¿siete?, ¿ocho?— y le tomo de la mano hasta arrastrarlo a la pista de baile, donde los invitados de Marta lo están dando todo al ritmo de *It's Raining Men* de Geri Halliwell.

Bailamos y charlamos a gritos, bebemos algo más, me dejo llevar y juro que, durante un tiempo indeterminado, pero tremendamente liberador, me olvido de Tristan Cornell. Me gustaría sentirme así más tiempo, todo el del mundo, pero la fiesta no es eterna, eso lo sabe una parte de mí. Una parte recóndita y puñetera que no se apaga pese al ron de calidad, el baile desenfrenado, la compañía inmejorable y la sensación de que todos estamos pasando página de alguna manera.

La noche refresca, un viento cargado de humedad se une a la fiesta, pero a nosotros parece que nos importa poco que, de un momento a otro, pueda caernos encima el diluvio universal.

La burbuja se resquebraja al filo de las tres de la madrugada. Carlos ha conseguido sacarme de la pista de baile y me ha arrinconado en un coqueto reservado con vistas a la Gran Vía, bombillas de ambiente cálido y varios vasos vacíos a nuestro alrededor.

Estoy borracha. Eso es innegable. Estoy felizmente borracha y más que dispuesta a cumplir la promesa de besar a alguien —a este alguien—, antes de que la noche concluya. Lo bueno es que parece que él también está por la labor y eso facilita las cosas. Sobre todo, cuando, apoyados ambos sobre la barandilla que pende sobre las calles madrileñas, noto cómo se acerca a mí, a mis labios. Siento la anticipación recorriéndome y, por extraño que parezca, también un poco de decepción. Porque mi cerebro medio alcoholizado ha despertado ligeramente del letargo al que la música y el ambiente festivo le habían sometido, y recuerda fugazmente otros labios, otros ojos, celestes y brillantes, que no le pertenecen, en absoluto, al hombre que pretende besarme en este preciso instante.

—¡Isabel! —oigo entonces mi nombre, sacándonos del momento, robándonos la posibilidad de culminar lo que parecía ser algo seguro.

Me giro con prontitud. El tono de Sara es acuciante y la miro con ansiedad, esperándome lo peor.

Marta está apoyada sobre el suelo, en cuclillas, con una cara que no promete nada bueno. Me acerco con celeridad y la ayudo a incorporarse, cosa que hace con tremenda dificultad.

—¿Qué ha pasado?

—¿Tú qué crees que ha pasado? —pregunta Sara, sarcástica—. Una botella y media de tequila, eso es lo que ha pasado.

—Quiero potar —susurra Marta, desmadejada, hecha un trapo. Está pálida como una pared recién encalada y huele como una destilería escocesa.

—Vamos a llevarla al baño. Al dueño no le molaría nada que le dejara aquí el regalito —digo, mirando hacia Carlos, que se ha acercado para ver si puede ayudar en algo.

Entre Sara y yo la acercamos al lavabo y allí dejamos que eche hasta la primera papilla. No es rápido, y no está exento de drama, lágrimas y recriminación hacia su ya exmarido, pero Marta consigue deshacerse de la cantidad infame de alcohol que se había hecho fuerte en su cuerpo, hasta quedarse casi sin fuerzas, como si el último hálito de vida hubiera escapado corriendo de su cuerpo ebrio.

Pesa como un muerto y nos cuesta la vida meterla en el coche de Julio, al que hemos despertado para que nos venga a buscar. Se había ido de la fiesta a eso de la medianoche, y el pobre, que es un bendito, no ha rechistado ni media al tener que volver a vestirse, coger el coche y presentarse a recogernos para no tener que llamar a un taxi que, con toda probabilidad, no nos hubiera permitido subir a bordo con las credenciales alcohólicas que presentamos.

Es un bendito, ¿lo había mencionado ya? El hermano mayor que nunca tuvimos.

—Quédate, Sara. Yo me llevo a Marta. La fiesta no está muerta —me ofrezco, convencida de que con Julio tengo de sobra para subir a Marta hasta casa.

Se oyen algunos truenos lejanos que, sin embargo, suenan cada vez más cerca.

Mi hermana me mira evaluando la propuesta. Se le nota que a ella el cuerpo aún le pide marcha. Tiene algunos amigos en esa terraza y puede que, si todo lo demás falla, acabe tirando de agenda para acabar la noche en brazos de alguien, quizá de Blue Joy, por más que ella se niegue a calificarle de nada más que de amigos y compañeros de trabajo.

Así que asiente, nos da un beso a los tres —Marta ni lo nota, se ha hecho un ovillo en el asiento trasero y ni el cinturón soy capaz de ponerle—, y me da las gracias sin vocalizar, solo dibujando la palabra. Sonrío, bendita juventud.

Me subo al coche, voy atrás con Marta por si acaso, y Julio arranca el vehículo cuando se asegura de que todo está bien. Coloco la cabeza de mi hermana en el regazo y noto cómo las primeras gotas de lluvia empapan los cristales del coche.

Los de la terraza tendrán que cambiar de local si no quieren acabar hechos una sopa.

Incluido Carlos.

Ese otro Carlos.

El beso que no ha sido y que no sé si me alegra haber evitado o me recomerá en los días venideros. Sea como sea, no he cumplido mi promesa. Me voy a dormir sin haber besado a nadie.

La maldita historia de mi vida.

# 16
# Quizá, un beso

La lluvia arrecia a medida que Julio nos acerca a casa. Marta, que se revuelve nerviosa en mi regazo, se incorpora un tanto para mirar qué está pasando a su alrededor.

Parece confusa, como si se hubiera dormido placenteramente en su cama y acabara de despertarse en el lugar más desconcertante del planeta.

—¿Dónde estamos? —pregunta y confirma mi idea de que está totalmente perdida.

—Camino de casa. Nos lleva Julio.

—Ah, hola, Julio.

Su voz es aún pastosa y, en la oscuridad del vehículo, veo cómo sus pupilas refulgen embotadas por el alcohol que aún corre por sus venas y ralentizan su cerebro. No es que yo esté mucho mejor, que conste, que puede que no haya echado la pota, pero me noto borracha como hacía siglos que no me pasaba. Los mojitos, sin duda alguna, han hecho un buen trabajo también conmigo.

—Julio, cielo, no seas nunca la clase de hombre que se rinde — dice la voz pastosa de Marta que, de repente, parece haber recordado que viene de su fiesta de divorcio.

Esta noche ha realizado varios brindis a favor de la soltería, en contra de los británicos, así, en general, y ha maldecido las competiciones futbolísticas internacionales que implican peleas con finales en boda, porque algo así, ha asegurado, nunca puede salir bien. Ahora, con menos público pero igual de convencida, vuelve a la carga.

—Nunca le digas a una chica que la quieres y que harías lo que fuera por ella, cuando no es cierto. Porque la chica se hace ilusiones, te dice que sí, que se casará contigo, se compra el vestido, lo prepara todo con ganas y un deseo enorme de dar ese paso; busca una casa en la que compartir su vida contigo y hace planes de futuro que incluyen niños preciosos y mucho amor. Pero si no estás dispuesto... Oh, madre mía, si no estás dispuesto, no le hagas eso a la pobre chica.

»Si no vas en serio y no pretendes cumplir las promesas que le haces, nunca las pronuncies, porque acabarás por romperle el corazón.

Hace una pausa en la que me da la impresión de que está haciendo un esfuerzo sobrehumano por no romper a llorar. Creo que no lo va a conseguir y la primera lágrima que rueda por su mejilla, me confirma ese pensamiento con pesar. Le paso el dedo por el rastro de su llanto, para borrárselo, pero es inútil, porque a la primera lágrima le siguen muchas más.

—Y eso duele. Duele mucho más de lo que imaginas —continúa, desgarrada—. Y el dolor no se va, aunque haya dos mil kilómetros de distancia entre los dos o te empeñes en encerrarte en tu trabajo o hagas una fiesta absurda en la que te bebes todo el tequila que ponen a tu alcance.

»No se va... No.

Se calla, como asumiendo sus palabras, y luego, con un atisbo de lucidez que no concuerda con sus palabras arrastradas ni sus modos ebrios, se dirige a Julio una vez más, sin piedad.

—Y por el amor de Dios, empieza a luchar por mi hermana de una puta vez si es eso lo que quieres, antes de que venga un inglés cualquiera y te la levante.

Se calla y se dedica solo a llorar inconsolable en mi regazo. Estrecho el abrazo, intento ofrecerle calor, cariño, apoyo, un consuelo que no sé si está en mi mano darle, pero que no me guardo para mí.

Pasamos el resto del camino en silencio. No sé qué pensará Julio de todo eso que ha dicho mi hermana, pero él parece rumiar cada una de sus palabras como si fueran la mismísima biblia. Veo su perfil desde el asiento de atrás y sé que en su rostro se ha reflejado parte de la angustia que Marta ha descrito como propia. Me pregunto qué hay detrás de esa sensación, pero me abstengo de cuestionarle, creo que el pobre no necesita nada de todo eso.

Llegamos junto a la puerta del portal de casa con un aguacero terrible cayendo inclemente contra la carrocería del coche de Julio. Sacar del coche a Marta y permanecer secos no creo que sea una tarea fácil, pero tampoco podemos quedarnos aquí dentro para siempre.

Además, el portal tampoco está tan lejos, si nos coordinamos bien, llegamos perfectamente.

Marta se incorpora y abandona mi regazo, aún con los restos del llanto reciente luciendo en sus mejillas, como un recordatorio de que por mucha fiesta que uno monte, lo mejor a veces es admitir que no estamos bien.

Por fin, Julio abre la puerta y hace amago de apearse.

—No hay ninguna posibilidad de que en alguno de esos bolsos vuestros haya un paraguas, ¿verdad? —pregunta, esperanzado.

Yo le sonrío y Marta coloca una mueca burlona en su rostro, muy a juego con su condición de borracha.

—No son el puto bolso de Mary Poppins, chaval.

Queda claro que mi hermana está perjudicada por el alcohol y que el pobre Julio es un santo. Sobre todo, porque vuelve a salir del coche y, cuando lo hace Marta, con bastante esfuerzo, él la está esperando con su cazadora, que ha mantenido seca en su asiento y que le coloca sobre la cabeza para cubrirla todo lo que pueda. Así, juntos, la acompaña corriendo hasta la puerta de nuestro portal, antes de volver a por mí, sin que él se haya dado cuenta de que, sin esperarle, he salido tras ellos sin ninguna cobertura.

Los dos estamos empapados pese a los pocos metros que nos separaban de la seguridad de la tejavana del portal. Pero Marta está más o menos seca, y eso es un punto a favor de meterla cuanto antes en la cama a que duerma la mona.

La introducimos en el ascensor y ella se deja hacer, apoyada en mí, como si yo fuera una columna dórica de la Grecia clásica.

—Eres un ángel, Julio —le digo mientras alcanzamos el cuarto piso—. No sé qué haríamos nosotras sin ti.

Arruga el gesto y me da en la nariz que está harto de ser el chico bueno que siempre está disponible. Pero está en su naturaleza, aunque le pese, y ambos sabemos que nunca dejará de ser lo que es.

—¿Estás bien? Ya sabes que puedes contarme lo que quieras...

En realidad, no sé si lo sabe y yo no sé si eso es verdad, porque Julio y yo nunca hemos tenido una conversación profunda ni de esas que cambian la vida. Ni siquiera somos dados a charlas frívolas. Él es de los callados, y yo, la Onieva a la que menos le gusta meterse en la vida de los demás. Mala combinación para lanzarse a las confidencias.

—Estoy bien —miente, y nos sonreímos con debilidad a través de los lados opuestos del ascensor.

Me da una pena terrible verle el pesar danzando en sus pupilas, pero no soy nadie para decirle lo que debe hacer. Por suerte, creo que Marta se lo ha dejado bien claro hace unos minutos dentro de su coche.

—Si eso cambia, llámame, por favor —me ofrezco. Espero que sepa que es una propuesta de corazón, cualquier cosa con tal de borrarle la tristeza del rostro.

Cuando llegamos a nuestro piso, sujeta a Marta mientras yo abro la puerta, y me ayuda a dejarla en su cama. Cuando el trabajo pesado está hecho, sale para darnos intimidad, lo de ver a mi hermana en paños menores seguro que le pone tan nervioso que podría causarle una apoplejía.

—Hay toallas en el baño pequeño, en el armario debajo del lavabo —le informo mientras le quito los tacones a Marta y, demasiado tarde, me doy cuenta de que he hablado demasiado alto y que en casa hay alguien más. Probablemente cabreado porque puede que le haya despertado con mi grito verdulero.

—No te preocupes, me voy a casa y me seco y me cambio allí — contesta Julio desde al lado de la puerta, pero sin mirar, todo su pudor tomando el mando.

—No seas necio, que vas a pillar una pulmonía.

Hablo con esfuerzo, entrecortando mis palabras, ya que me está costando lo mío sacar a Marta de sus pantalones pitillo hiperajustados y algo húmedos a la altura de los muslos y las pantorrillas.

Finalmente, me deshago de su top drapeado, que lleva sin nada más debajo, y le coloco la camiseta del pijama por la cabeza, que permanece laxa y que hace que mi hermana se haya convertido en un peso muerto.

La meto en la cama haciendo acopio de fuerzas y la tapo. Voy a la cocina y cojo un vaso de agua y un paracetamol, que dejo en su mesilla de noche. Por último, acerco la papelera de mi habitación hasta los pies de su cama. Si tiene ganas de vomitar en medio de la noche, seguro que no le da tiempo a llegar al baño.

Me sorprendo a mí misma por mantener la mente tan lúcida cuando, con toda probabilidad, me he quedado a un cóctel o dos de alcanzar el estado lamentable de Marta. La verdad es que la cabeza me da vueltas, soy consciente de que mi habla es también pastosa y arrastro las palabras, y que he dado más de un traspié en mi periplo para conseguir que mi hermana goce de las comodidades que los efectos del alcohol le puedan regalar a su cuerpo y a su mente.

—¿Qué tal está?

No es Julio quien lo pregunta y yo me pongo en alerta de

inmediato. Tampoco está enfadado por haberle despertado, como me temía.

Me giro despacio y vuelvo a encontrarme con el brillo lacerante de los mismos ojos celeste que por la tarde casi me devoran. Contengo un escalofrío a duras penas y termino de arropar a Marta antes de apagar la luz de su mesita de noche y de abandonar la habitación con parsimonia.

Quiero dilatar el momento en el que tenga que volver a enfrentarme a su cercanía. Si por mí fuera, me habría metido en la misma cama que mi hermana, y me hubiera quedado allí hasta que el peligro pasara, pero sé que las cosas hay que afrontarlas de cara, porque no se puede vivir con miedo a las consecuencias. Además, el alcohol de todos los mojitos que me he bebido esta noche corre libre por mis venas, permitiendo que me pueda sentir valiente. Aunque sea solo por un rato.

Aunque sea del todo mentira.

—Está borracha como una cuba. Aparte de eso, creo que echa de menos a Kevin con toda su alma —le confieso, aunque me da que eso es algo que él ya sabía de antes.

Asiente y se lleva la mano a la nuca, donde repasa su pelo, bastante nervioso.

—¿Y tú? ¿Qué tal estás?

Me sorprende la pregunta. La formula con la voz suave, con preocupación real, con algo parecido a ese tono que ponen los padres cuando saben que a sus retoños les han hecho daño. Y a mí me lo han hecho. Las circunstancias, los anhelos que rompen en dos y su mirada pesarosa que me implora que me abra a él como si fuera una flor que recibe agua tras un periodo de brutal sequía.

Y yo, que estoy noqueada por el ron del bueno que el camarero de Carlos me ha servido en generosa ración de invitada VIP, mojito sí y mojito también, me rebelo y decido que no quiero hacerle sentir bien, o mejor, que no quiero volver a pagar los platos rotos de esta relación compuesta de tensión sexual, miradas de pena y alta traición siempre a punto de perpetrarse.

Así que paso por delante de él, sin responder, sin poner palabras a mi dolor, a mi frustración, a mi fracaso. Gano la batalla, o eso me creo, pero no dura mucho la sensación, porque él me para y me retiene. Yo me deshago de su amarre que, pese a todo, no es duro ni viene impuesto con chulería, y camino hacia mi cuarto, al refugio que una puerta cerrada interpuesta entre ambos me puede ofrecer.

Él, vencido por el peso de mi decisión de poner distancia y silencio entre los dos, llega también hasta la puerta de su habitación para perderse allí. La suya está más cerca que la mía y, al coger el pomo de la puerta, de espaldas a mí, aún tiene el tiempo y las ganas de rematarme.

—El día que dejes de tratarme como si te hubiera roto el corazón, quizá podamos comportarnos como dos adultos sin pasado, Isabel. Porque eso es precisamente lo que somos, aunque tú te empeñes en hacerme pagar por algo que ni siquiera recuerdo haber hecho.

Hay mucha pena en su tono, en el modo en el que sus palabras resbalan como si fueran lágrimas derramadas sobre un amor maldito, al más puro estilo cuento de hadas. Pero no estamos dentro de una historia de amor, no somos los protagonistas de una tragedia. Así que me trago la angustia que me atenazaba el corazón solo unos segundos atrás, y dejo que la bilis viscosa y corrosiva tome el control de mi cerebro embotado, que lo decida todo, sobre todo lo que no debe pasar.

Nunca.

Porque es una traición inasumible, de esas que acaban con relaciones, amistades y hasta familias.

Debería haberme parado a pensar antes de irme tras él. Debería haber contado hasta diez o hasta diez mil. Debería haber respirado hondo, haber dejado la mente en blanco, encerrarme en mi cuarto con siete llaves... Debería haber pensado que todo podía torcerse aún más.

Pero no lo hago. El gen Onieva de la impulsividad se impone a todo lo demás, me nubla la mente y me obceca. Solo hay un objetivo, solo una misión suicida y ninguna manera humana de parar al tsunami en el que me convierto.

El primer paso que doy en su dirección tiene el peso de una manada de elefantes. El segundo, la decisión de una locomotora fuera de control. El tercero me retumba en los oídos, como si mi corazón estuviera bombeando sangre con una ametralladora a cada rincón de mi cuerpo, por recóndito que este sea.

Siento furia y miedo y unas ganas irrefrenables de volverme huracán y arrasar con todo.

Llego a su altura con el pecho subiendo y bajando a una velocidad tan demencial que temo que se me pare el pulso por el tremendo sobresfuerzo que estoy llevando a cabo.

Me encaro a él. Crezco varios centímetros hasta ponerme a su altura y sentir que aquí la que manda soy yo y, pese a que sé muy bien que esto no es real, que es el alcohol el que, de alguna forma, está moviendo los hilos de esta maldita marioneta en la que me he convertido, algo en mi interior también sabe que debo hacerlo. Que debo dejar las cosas claras.

Cristalinas.

—No soy yo la que juega, la que engaña, la que se comporta como un crío egoísta y codicioso que no tiene ni puta idea de lo que quiere de la vida. No soy yo la que tiene compromisos, la que le debe lealtad a una causa y a una persona que ni siquiera está presente… No, Tristan Cornell, no soy yo quien se merece un maldito reproche ni tampoco una advertencia. Eres tú. Eres tú y los dos lo sabemos muy bien.

Me callo un segundo para coger aire, pero noto que él está dispuesto a intervenir. Y eso no es algo negociable ahora mismo. Soy yo la que está hablando y, desde luego, disto mucho de haber terminado mi alegato.

—Tienes esos ojos que miran como si solo lo que enfocan tuviera importancia —continúo, subiendo el índice de mi mano derecha y haciendo algo que detesto con todas mis fuerzas: voy marcando cada punto de mi discurso grandilocuente y ebrio con golpes de mi dedo en su pecho, sistemáticos, machacones. Ni siquiera me importa si le molesta. Que le den—. Tienes esa sonrisa que se expande como si marcara el ritmo del mundo, como si todos debiéramos pararnos a contemplarla cuando la despliegas. Y esos labios... Dios, tienes esos labios que besan como si con ellos se hubieran inventado los besos, y yo no dejo de soñar con ellos, y hasta los siento si me dejo llevar, cosa que ocurre demasiado a menudo...

Noto cómo su respiración se entrecorta, pero evito darle importancia, porque no entiendo muy bien la razón. Ahora mismo no puedo parar, ni tampoco quiero. Así que vuelvo a coger aire, a llenar mis pulmones de una energía que sé que me va a hacer falta y a dotar a mi voz de una serenidad que estoy lejos de sentir, pero que no quiero que él note. Sé que arrastro las palabras, pero eso ni siquiera importa ahora mismo.

—Y por mucho que tengas virtudes, por mucho que estés así de bueno, que tengas un trabajo de responsabilidad que atrae como la miel a las moscas o esos modos de perfecto caballero inglés, por mucho tiempo que esta situación odiosa me obligue a verte en mi casa y a trabajar contigo en la oficina, te aseguro que soy más fuerte que todo eso y que antes me mudo yo de aquí y dejo mi trabajo, que me encanta, por cierto, que dejar que vuelvas a tener el control.

»Olvídate de mí, Tristan Cornell. Porque yo ya ni siquiera recuerdo que moriría por sentir otra vez cómo me besas y me robas la cordura.

Se me mueren las palabras porque ya le he dicho todo lo que tenía que decir. O eso creo, porque tengo la cabeza hecha un lío. Lo miro, desafiante, respirando con muchísima más dificultad que hace dos minutos, al borde del colapso. Al borde del desmayo y el fracaso en la batalla.

Me doy cuenta entonces de que, por cada punto de mi lista de reproches que le soltaba, nos hemos acercado más y más, hasta estar tan pegados que al aire le costaría encontrar un punto de escape entre los dos.

Su respiración se acompasa con la mía, irregular y tan caótica que temo sufrir una parada cardíaca o algo mucho peor. Sus ojos traban contacto con los míos, abrasadores, llenos de angustia, llenos de palabras que sé que nunca va a pronunciar. Y hay culpa y también deseo. Un deseo tan desbordante que amenaza con envolvernos hasta combustionar de una vez por todas.

Por eso, cuando sus manos se aferran a mi nuca y me besa por asalto, cuando sus labios vuelven a su sitio, que es sobre los míos, y me besa con la furia que mis palabras lanzadas a cuchillo le han provocado, yo le devuelvo el beso y subo la apuesta. Si vamos a consumirnos, que sea a lo grande.

Me fundo con él, que es lo que llevo deseando hacer desde la noche aciaga en la que lo conocí y todo mi mundo se puso patas arriba. Siento su cuerpo y su anhelo sobre mí, el peso de lo que estoy haciendo, la traición mayúscula que estoy cometiendo y me quiero morir.

Aun así, no lo suelto. Me aferro aún más a él, respirando su aliento mientras repite el beso que me condenó la primera vez, ahora más cargado de intensidad, de culpa, de deseo y de una furia que sé que no volveré a sentir nunca en mi vida al besar otros labios.

Esa es la verdadera condena. Saber que no volveré a encontrar nada como esto, saber que no me corresponde, que nunca podrá ser mío si no le robo el instante a la nocturnidad y al exceso de alcohol. No creo que vuelva a ser valiente o necia hasta este extremo nunca más, así que mi corazón me grita que lo aproveche, porque esto es algo que pertenece a este único instante.

Tristan empuja la puerta de su habitación —la habitación de Celia—, y nos introduce sin soltarme, enganchado a mí como si temiera que, si no lo hiciera, yo pudiera salir corriendo. No anda muy desencaminado, me temo, así que le agradezco el que el gesto nos conserve unidos, aún más voraces, más implicados en la intención extrema de entregarnos.

Su boca se hunde tanto en mí que siento que nos volvemos uno solo. Se introduce en mí, me acaricia, me deja saborearlo y retenerlo en mi memoria. Quizá mañana no recuerde con nitidez los detalles de este momento, los matices exactos de esta conexión sensorial tan eléctrica. Pero me quedará el sabor. Sé que, por mucho que el ron se empeñe en regalarme una resaca desmemoriada, su sabor permanecerá pese a todo.

Se separa un instante de mí, me mira como si necesitara aprenderse de memoria mi gesto, mi semblante sonrosado por la excitación, una afirmación tácita que ratifique que esto es de verdad, y vuelve a besarme con la misma hambre, con esas ganas que arrebatan hasta el sentido.

Correspondo en intensidad. Me muero por esto, aunque esté mal, aunque sea del todo inapropiado. Apago mis reticencias, mi conciencia, mi maldita responsabilidad de buena hermana, y lo mando todo al cuerno. Quiero a Tristan así y más aún. Lo llevo deseando demasiado tiempo y duele mucho negarlo, cada día, sistemáticamente, con disciplina casi castrense.

Apago mis pensamientos justo cuando él baja sus manos hasta mis nalgas y me alza, colocándome sobre su cadera, alineando nuestros centros, dejando su erección justo donde necesito tenerla ahora mismo.

Mi cabeza deja de procesarlo todo, me insto a sentir, a olvidarme de pensar. Cuando mi vestido se me sube a las caderas, yo solo puedo pensar en que ahora estoy más cerca aún de él. Sus manos recorriendo mi piel, mi piel sintiendo su tacto sin nada que se interponga.

El fuego que me arde en las entrañas me tiene completamente entregada a este baile de roces y caricias. Le quito la camiseta, que cae a nuestros pies, sin miramientos. Me pierdo en la suavidad de su espalda mientras sus labios bajan a mi cuello y deja un reguero de besos húmedos y ardientes que me queman como si fueran brasas incandescentes.

No hay vuelta atrás.

No quiero que la haya.

Esto está pasando...

A nuestra espalda, de pronto, la puerta del baño se abre y el ruido nos sobresalta. Bajo del abrazo de Tristan mientras un rubor distinto a la excitación me recubre las mejillas como una niña pillada en falta.

La puerta de la habitación está abierta y desde ella puedo ver la figura de Julio, inmóvil, como si se hubiera quedado paralizado al encontrarse con una escena que no se hubiera imaginado ni en mil años.

Seamos francos, esto es lo más incómodo que me ha pasado nunca.

—Lo... Lo siento —balbucea cuando es consciente de que tanto Tristan como yo le miramos, intentando recuperar nuestra respiración acelerada.

Siento el dolor de la pérdida en el centro de mi pecho, la frustración que se me desborda por dentro. Y, justo al lado, el alivio más profundo que una persona puede experimentar. No he traicionado a Celia del todo. No ha pasado de un par de besos y unas caricias que no nos han involucrado del todo.

Pero si es así, ¿por qué me duele tanto haber llegado a ese punto? ¿Por qué siento como si hubiera traspasado una línea imaginaria que no tenía derecho a pisar?

Cuando vuelvo la mirada hacia Tristan, en busca de señales parecidas a las mías, mis ojos se traban con algo que no cuadra en su habitación.

—¿Y eso? —pregunto, señalando la maleta abierta y casi llena que hay encima de su cama.

Él tiene la decencia de ruborizarse, pero ese gesto me duele tanto como una puñalada asestada directamente al corazón. Porque se ha convertido en culpa, se le derrama candente y purulenta por la mirada que me dedica, pesarosa, derrotada, rota.

—Mi vuelo sale en cuatro horas —confiesa y yo me derrumbo—. Me voy el fin de semana...

—A la Toscana —afirmo, porque no hace falta preguntar, ni siquiera especular, porque su mirada apurada responde sin necesidad de cuestionarlo.

A nuestra espalda, el portazo que Julio deja tras de sí, nos indica que él también es uno de los damnificados en este maldito juego de afectos cruzados, y se convierte en mi pie de salida de aquí.

Me doy la vuelta sin volver a mirar atrás. Cierro tras de mí y me voy corriendo a mi habitación, a donde sé que Tristan no me seguirá.

Antes de dejar caer mi espalda por la moldura de la puerta para quedar sentada en el suelo, las lágrimas ya lo inundan todo, cegando mi mirada vidriosa.

Odio tanto a Tristan Cornell como me odio a mí misma, y no tengo ni puta idea de cómo gestionar esa colección de desafectos y rabia que amenaza con desestabilizarme del todo otra vez.

Lloro por lo que no ha sido, por mi oportunidad perdida, por la culpa que me queda dentro, por Celia, a dos mil kilómetros, ajena a nosotros dos y, sobre todo, por la certeza inmisericorde de que las cosas nunca serán de otra manera.

Cuando el llanto ya me ha dejado tan deshecha que no soy capaz de moverme siquiera para alcanzar mi cama, noto que mi pequeño bolso de fiesta, que sigue cruzado y cae sobre mi cadera, vibra con insistencia.

Saco el teléfono y compruebo que me han entrado varios mensajes de Sara, preguntando si hemos llegado bien.

También hay otro de un remitente desconocido. Sin embargo, sé exactamente de quién se trata. Con dedos temblorosos abro la conversación que ha iniciado en la aplicación de mensajería instantánea, y mi cabeza, aún subyugada por la pena, las ganas frustradas y el alcohol, procesa el mensaje como si se tratara de una salida.

La única, aparentemente.

*Creo que se nos han quedado muchas cosas por decir y hacer esta noche.*
*¿Quedamos para cenar un día de estos para hablar de estrategias de comunicación o... de lo que surja?*
*Por cierto, soy Carlos, por si acaso has dejado muchas cosas por decir o hacer con alguien más esta noche.*
*:D*

# Acto 4

# En el X aniversario de Los Jarales

# 17

# cosas que encajan

Al llegar a casa, recojo el correo del buzón, aunque no le hago mucho caso.

Lo deposito todo en el taquillón de la entrada y dejo la maleta en mi habitación antes de irme directa a la ducha. Hace un calor de mil demonios y no pienso estar más tiempo con esta película de sudor que recubre mi cuerpo tan incómodamente.

Tras bajarme del avión que me ha traído desde Málaga a media mañana, me he ido a comer y luego a tomar unas cañas con la gente de Comunica2 para celebrar que seguimos en pie, que Olivia ha podido hacer frente a las nóminas de julio y las pagas extra de todos los miembros del equipo, y que la empresa se mantiene en un precario flote que, al menos de momento, parece que nos aguanta a todos dentro del bote salvavidas.

Ojalá dure.

Ojalá el pequeño bote salvavidas se convierta pronto en un velero, en algo más estable que nos permita soltar el aire retenido en los pulmones.

Olivia estaba desmejorada.

Mucho.

El maquillaje no logra esconder sus ojeras o su tez terriblemente pálida. A estas alturas del año, con agosto entrando por la puerta,

Olivia Calonge debería ser el alma de todas las terrazas nocturnas, estar tan morena como Gunilla Von Bismark en sus mejores años, y tener alrededor a los moscardones con la mejor planta de todo Madrid y Marbella, porque ella, como Gunilla, también es muy de Marbella en periodo estival, aunque este año no se haya acercado ni un milímetro a su adorada tierra de veraneo.

Y qué pena da verla así, nerviosa, a la expectativa de que vuelvan los buenos tiempos o, al contrario, se la lleve la corriente para siempre y Comunica2 se acabe por convertir en otro de esos proyectos fracasados que echan el cierre como se ve en todas partes en estos tiempos inciertos.

Últimamente hemos hablado poco y no sé si lo agradezco o me hace sentir culpable. Otra culpa más y ya van unas cuantas aguantando férreamente en el pecho, tensándolo y convirtiéndolo en un lugar inhóspito y desprovisto de esperanza.

Llevo varias semanas fuera de Madrid, de aquí para allá, evitando relacionarme con todo el mundo que no sea David. Blue Joy está de gira aprovechando las fiestas patronales de las principales ciudades del país, y yo estoy con él, acompañándolo en toda la parafernalia promocional y en medios de comunicación en donde he conseguido colar su nombre.

En cada ciudad o gran municipio que visitamos, he logrado que le realizaran entrevistas en prensa y radio, que tuviera presencia en algunos espacios televisivos locales, y cuya aparición en fiestas exclusivas con *photocall* de categoría, estuviera asegurada.

Estar lejos de Madrid y de Tristan ha sido una liberación enorme. Saber que la tensión entre ambos se podía disipar gracias a la distancia, a no tener que vernos a todas horas, ha supuesto todo un alivio. También, lo reconozco, me ha faltado algo, una chispa de vida que me ha tenido todas estas semanas como una auténtica autómata que pasaba por la vida sin gracia ni emoción. Pero reconozco que el precio me ha parecido ciertamente razonable solo por evitar esos cortocircuitos emocionales que le provocaba a mi pobre corazón su sola presencia.

Ahora me toca volver, porque en dos días tengo el inaplazable evento del año, según mi madre: la fiesta de celebración del décimo aniversario de la apertura al público de su finca. De su sueño. Si falto, me deshereda.

Respiro cuando compruebo que la casa está vacía. Sobre todo, vacía de él, cuya puerta permanece cerrada, pero en silencio. A estas horas, es probable que esté aún trabajando. O puede que esté ultimando los detalles de su mudanza. Por mis cálculos, en su piso ya tiene que estar acabándose la reforma que ha sufrido un par de retrasos importantes en las últimas semanas.

Se oye la puerta justo cuando salgo de la ducha, envuelta únicamente en una toalla. Me echo a temblar de la inquietud, con el corazón a mil por hora. La última vez, mi cabeza se perjudicó tanto al encontrármelo así, que unas pocas horas después casi me acuesto con él. Intento correr de camino a mi cuarto, pero no lo consigo.

—Ah, has vuelto.

Suelto todo el aire que el miedo me había obligado a retener en mis pulmones cuando compruebo que la voz de la persona que acaba de entrar en casa le pertenece a Marta. Me relaja tanto el hecho de que sea mi hermana y no nuestro inquilino quien haya entrado, que corro a abrazarla como si fuera la última coca cola en el desierto.

—¿Estás bien? —pregunta recelosa.

—Perfectamente —me apresuro a contestar—. Es solo que te echaba tanto de menos, que me ha nacido una necesidad imperiosa de achucharte. Tú eres de achuchones, así que no me reproches que te dé uno.

—Yo sí lo soy, pero tú, guapa, antes te haces la muerta que dar un abrazo.

No me apetece que hablemos de mí y de mi fobia al contacto social generalizada, así que me hago la sueca mientras me voy a

247

poner algo de ropa encima.

Mientras me visto, la oigo trastear en la cocina. A Marta le gusta cocinar y eso es lo mejor de tenerla en casa, porque nos hace la cena y nos libera de la tediosa tarea de pensar qué hacernos de comer. Se le da bien y a ella le complace agradarnos de esa manera, así que todos salimos ganando.

—¿Has hablado con mamá recientemente?

Durante las semanas fuera hemos conversado algunas veces, pero todo bastante superficial. La cercanía de la fiesta por el décimo aniversario de Los Jarales la tiene bastante más histérica de lo normal, así que no me conviene nada contradecirla o hacer que se enfade por la cosa más mínima, cosa que sucede siempre, aunque lo intentes evitar con todas tus fuerzas.

Afortunadamente, al estar fuera de Comunica2, que es quien se encarga de toda la imagen del negocio de mi madre, me he escaqueado de todo el tema invitaciones, preparativos y publicidad para el evento. Al menos desde un punto de vista profesional. En lo personal, sé que haberme librado, me traerá consecuencias.

—¿Hay problemas con la fiesta? —inquiero, tanteando el terreno con pasos vacilantes.

—Pues no sabría qué decirte —asegura—. Con mamá siempre hay algún problema. Y esta fiesta la tiene al mismo nivel que mi boda. Está de los nervios.

Me lo puedo imaginar. Con la boda de Marta fue un infierno para todos. Repetir aquello tan pronto debería ser considerado pecado mortal.

—¿Algo en particular?

—Pues, para empezar, no me deja echar un vistazo a su lista de invitados.

—¿Para buscar a Kevin? —aventuro, y sé que no ando muy desencaminada.

Me mira durante un par de segundos con cara de *¿pero por quién me has tomado?*, pero enseguida asiente, con un puntito de vergüenza asomando a sus ojos aplomados.

—No quiero que lo invite. Ya lo hemos formalizado, la firma dice que es definitivo y que deberíamos hacer vidas separadas de una vez por todas. Pero si ella le invita, sé que no se lo sabrá negar y vendrá. Y, joder, tiene que entender que para mí es muy duro verlo. Aún hay sentimientos y cosas aquí dentro.

Se toca el centro del pecho y noto que sus ojos amenazan con convertirse en llanto. No hemos hablado de sus palabras en el taxi cuando la trajimos a casa el día de su despedida de casada, pero todo indica que mi hermana sigue profundamente enamorada de su exmarido. Sin remedio y sin solución. Así que la idea de que mi madre siga intentándolo, aunque sea dura en ciertos aspectos para Marta, también puede ser un empujón para, si está la cosa por arreglarse de algún modo, que lo haga.

Me controlo para no darle otro abrazo, porque sé que me apartará con rudeza para no parecer débil y no echarse a llorar sobre mi hombro. Así que le evito el mal trago y procuro cambiar de tema, no vaya a ser que movernos en arenas movedizas, al final, nos acabe por engullir a ambas.

—Y aparte de las cosas e ideas locas de mamá, ¿alguna novedad interesante que deba conocer?

Dejo abierto todo a que ella me cuente lo que quiera. En esas semanas de ausencia, no he hablado mucho con mis hermanas, así que estoy falta de noticias. A Celia, reconozco que la he evitado directamente. Ha sido egoísta por mi parte, porque sé que ha pasado una etapa difícil hasta que le han permitido volver a hacer vida normal una vez estabilizado su problema prenatal, pero he preferido saber de ella por mi madre —con lo difícil que puede resultar a veces una conversación con mi progenitora—, que enfrentarme al hecho de que me odio por haberme casi acostado con su novio.

—Félix se jubila —dice Marta, encogiéndose de hombros, como si la única novedad que es capaz de contarme fuera la cosa más natural del mundo.

La miro un par de segundos, esperando por si quiere añadir algo más, pero veo que ella confía en que sea yo quien diga lo que sea, a continuación.

—Ah, muy bien. —No se me ocurre nada interesante y me encojo de hombros como ha hecho ella, una burda imitación de su gesto.

Félix y nuestro padre levantaron la asesoría treinta y cinco años atrás, lo que la convierte en ese lugar que todos damos por sentado, porque todos lo conocemos desde que nacimos. Recuerdo tardes enteras en la pequeña sala de reuniones, haciendo los deberes porque allí se estaba caliente y podíamos estar con Julio. Recuerdo cuando los sábados por la mañana íbamos a buscar a papá y al tío Félix para ir a comer todos juntos y luego, si hacía calor, acabar disfrutando de un helado a la orilla del Manzanares. Pero, sobre todo, recuerdo lo mucho que mi padre luchó por su negocio, las horas que le dedicó y lo feliz que le hacía haber prosperado gracias a su tesón y su trabajo duro.

La jubilación del tío Félix supone el fin de una era, pese a que la asesoría se quede en manos de Julio y Marta, la segunda generación. La gran apuesta de los dos fundadores una década atrás, cuando animaron a sus vástagos a estudiar para sucederlos y así, asegurarse un buen futuro y, de paso, mantener el negocio en la familia.

—Julio y tú por fin ascenderéis a jefes —bromeo cuando constato que Marta sigue sin aportar nada a la conversación.

—Sí, yeah, qué subidón —dice con tal sarcasmo y falta de entusiasmo que entiendo que ahí radica el quid de la cuestión.

Marta y Julio no quieren ascender a jefes.

Marta y Julio quieren ser libres.

—No quieres seguir...

Lo afirmo, lo dejo caer y Marta, con los ojos acuosos por la presión, asiente con una lentitud exasperante.

—Si le digo a mamá que quiero cerrar la asesoría o traspasarla o lo que sea que no tenga que ver conmigo, me mata.

Mi madre. Siempre mi madre y las malditas expectativas que se ha creado con todas nosotras.

—¿Es lo que de verdad deseas, Marta?

Traga saliva y me da la espalda para abrir la nevera y coger la jarra con el té helado que probablemente ha dejado preparada esta misma mañana antes de irse a trabajar. Se sirve una generosa ración en un vaso de sidra y me interroga con la mirada para ver si yo también quiero. Asiento, hace mucho calor y el té es una buena manera de combatirlo.

Cuando me tiende el vaso, el cristal helado me ofrece un frescor que agradezco. La temperatura en casa, en todo Madrid, es infernal. Al lado del té, coloca unos bocaditos salados, dispuestos de manera preciosa, como si fuera el emplatado del ganador de Masterchef.

—No sé lo que quiero, Isa —confiesa, sentándose a mi lado, en la isla de la cocina—. Pero si me preguntas dónde me veo dentro de diez años, desde luego que no es dirigiendo una asesoría junto a mi amigo de la infancia que, por cierto, opina bastante parecido a mí.

La entiendo perfectamente. Las expectativas son realmente aterradoras y el mejor ejemplo es Sara y su carrera de *influencer* absolutamente encauzada, con un éxito arrollador y temiendo a diario qué dirá mi madre el día que se entere de que su hija, su pequeña, prefiere hablarle a una cámara antes que ser su mano derecha y futura directora de su pequeño negocio hotelero.

—Julio llevaba el arte en las venas, pero dejó de dibujar porque pensó que no era algo de lo que pudiera vivir y le hizo caso a su padre, estudió Dirección y Administración de Empresas y se unió a la asesoría antes de acabar la carrera —explica Marta, compungida por la historia de nuestro amigo de la infancia—. Lleva siendo infeliz todo este tiempo, pero no es capaz de dejarlo porque teme fallarle a su padre.

Asiento. Julio y sus dibujos eran un binomio indisoluble cuando éramos solo unos críos. Cuesta pensar que abandonara su vocación y, sobre todo, su enorme talento. Porque lo tenía, mucho.

—El mes pasado me confesó que se había apuntado a una academia de arte después de trece años de mirar con pena sus lápices y no atreverse a tocarlos por si acaso era incapaz de volver a enterrarlos, como ya hizo a los dieciocho años.

Es triste escuchar algo así, cómo una persona renuncia a algo que lo hace feliz solo por complacer. Y me alegro por Julio, por ponerle remedio a su carencia, aunque sea más de una década después de renunciar a ello.

A mi mente acude su imagen el día de San Isidro, dibujando medio escondido y tremendamente avergonzado cuando yo le pillé haciéndolo. No se me ocurre nada más triste que tener que ocultar tu verdadera esencia. Sobre todo, a gente que te quiere.

Es entonces cuando me fijo en los canapés que Marta ha dejado cerca de mí para acompañar al té. Están hechos con pan, paté, semillas de sésamo y anchoas. Parece una combinación extraña, pero están bañados de una salsa de mostaza y miel súper aromática que enseguida hace que quieras probarlos.

Tomo uno con cautela y me lo llevo a la boca, más por curiosidad que otra cosa. Curiosidad e intuición, y eso no sabría explicarlo si alguien me preguntara. Entonces lo saboreo y me doy cuenta de que está impresionante. Hasta cierro los ojos y me dejo llevar por las sensaciones, dejando escapar un débil gemido de placer que me avergüenza al instante.

Cuando abro los ojos Marta me mira con el semblante arrebolado, como si le pudiera la vergüenza, y entonces me doy cuenta de que eso que tengo delante de mí no es ningún plato comprado en el *delicatessen* de la esquina.

Eso lo ha hecho ella.

—Marta... ¡Esto es la hostia!

Yo nunca digo palabrotas. Soy la niña recatada y buena de la casa, pero no me queda más remedio que recurrir a una para describir lo que me parece esto que acabo de probar. Ella parece azorada, mucho más después de mi exabrupto desmesurado. Me río, no me queda otra, porque pocas veces una consigue descolocar a su descarada hermana mayor.

—¿De verdad te gusta? —pregunta, a la expectativa.

—¡No!

—¿No?

—No repito, con la sonrisa más ancha del mundo curvando mis labios—. ¡Me encanta! Es original, fresco, equilibrado, sabroso...

—¡Para! —me pide—, que pareces Jordi Cruz.

Nos reímos juntas y a mí me encanta la sensación de compartir algo así de bonito con Marta y, sobre todo, volver a verla reír como si no hubiera fantasmas que la ensombrecieran dentro de su cabeza.

—¿Y eres tú la que dice que no sabe qué hacer? Si Julio ha empezado a luchar por su vocación, empieza a hacerlo tú por la tuya, porque esto es impresionante, nena, y solo alguien que ama la cocina es capaz de preparar y presentar algo así de bueno.

—¿De verdad lo crees?

Hay un anhelo conmovedor detrás de su pregunta y me sorprende verla tan insegura con algo que domina tanto y siendo quién es. Que Marta nació para comerse el mundo.

—Lo creo, y sé que tú también. Es como si algo encajara... ¿no te parece?

Asiente y se le va un poco de ese miedo y esa inseguridad impropias de la intrépida Marta Onieva, ejecutora de dragones y guerrera oficial de la familia.

—Llevo mucho tiempo sintiendo que a través de la cocina canalizo mucho mejor todo lo que me pasa, lo que me influye, lo que me hace pensar... Cuando tengo un problema, me voy a Los Jarales y le pido a Fina que me deje ponerme a cocinar cualquier cosa. Al principio, me miraba raro, como si yo no pintara nada en su cocina, como si me hubiera vuelto loca, pero pronto, todo empezó a tener sentido. He tomado algunas clases, como Julio con la pintura, me he visto cientos de miles de tutoriales de recetas en internet y he experimentado hasta que he encontrado un estilo y una forma de hacer las cosas en la que me siento cómoda. Pero Isa, ¿vale eso para lanzarme a la piscina? ¿Lo dejo todo por algo que, simplemente, me hace feliz?

—¿Y te parece poco que te haga feliz? Eso, como mínimo, garantiza el noventa por ciento de éxito de todo lo que te propongas.

Me mira, pensativa, y mueve la cabeza de un lado a otro. Hay tantas dudas detrás de sus preciosos ojos, amenazados con tormenta, que apenas puedo creérmelo.

—Es el legado de papá lo que tengo que mandar al garete para que yo sea feliz —declara, con la voz desgarrada.

Entiendo su preocupación. Él falta desde hace solo un año y la asesoría, el trabajo de su vida, parecía destinada a perpetuar su memoria. No tiene que ser fácil pasar por algo así, entiendo la angustia de mi hermana y la hago mía. Poso mi mano sobre la suya y se la aprieto, con cariño, intentando infundirle ánimos y transmitirle que puede contar conmigo para lo que sea.

Siempre.

—Podemos recordar a papá de otras maneras, Marta. Podemos honrarle manteniéndonos fieles a nosotras mismas, que es lo que él hubiera querido. Y que eligiéramos ser felices. Eso, sobre todo.

Me sonríe con tristeza. Sabe que tengo razón, pero pesa mucho el deber de una herencia que ha recaído sobre sus hombros y que ella se empeña en proteger, incluso por encima de sus propios intereses y felicidad. Y, por más encomiable que me pudiera parecer, también creo que uno no puede dedicar toda su vida a hacer lo que los demás esperan de él. Hay que tomar las riendas y hacer cosas que signifiquen que avanzamos.

Pensar en eso, irremediablemente, trae a Tristan a mi mente. El pensamiento me ataca a traición y me escuece en las heridas abiertas en todos nuestros anteriores encuentros.

Y si se trata de avanzar y es Tristan quien acude a mi cabeza, es quizá porque él es la piedra en mi camino que me lo impide. Por eso, de forma totalmente impulsiva e irracional, decido que debo volver al juego de tonteo con Carlos, el segundo Carlos, ese que llevamos practicando desde la misma noche en la que nos conocimos y al que yo me he prestado de manera vaga pero continuada, agarrándome a una hipotética tabla de salvación que, quizá, no es justa para ninguno de los dos, pese a que ambos hemos entrado en el juego de manera voluntaria.

—Lo pensaré, ¿vale? —accede—. No lo descarto, aunque lo veo complicado. Mamá me matará. Y no quiero hacerle más daño. Cuando se entere de lo de Sara, se le romperá el corazón. Yo ya se lo he roto con mi divorcio exprés después de un matrimonio sin estrenar. Si le cierro la asesoría, la mato.

La miro e intento transmitirle mi apoyo. Para lo que sea que ella elija, yo voy a estar a su lado. Se acerca a mí y es inevitable que nos fundamos en otro abrazo. Apenas me reconozco, pero sé que es lo correcto, justo lo que ella necesita ahora, como yo lo necesité cuando la avasallé al llegar a casa, un rato antes.

—Ahora centrémonos en no fastidiar la fiesta de mamá. Todas calladitas hasta que pase. Luego, ya veremos cómo atacamos todos los frentes abiertos que tenemos las Onieva —le digo, aún con ella aferrada a mí, como si yo me hubiera convertido en una tabla de salvación en medio de un navío hundido por la tormenta.

Asiente con un gesto que noto en mi espalda y sé que está de acuerdo con mantener todas las cosas que pueden alterar a nuestra progenitora en un momento en el que, de por sí, ya se le está yendo bastante la olla con los preparativos de su fiesta del siglo.

—Yo no tengo invitación, pero asumo que estaré en su lista VIP —bromeo.

—Irás, pero no como VIP, guapa —dice soltándose del abrazo y limpiándose una lágrima furtiva que le resbala por la mejilla con el dorso de la mano—. Te tocará trabajar, como a todas. ¿No se encarga tu empresa de la comunicación del evento? Pues, por lo menos, te tocará hacer de relaciones públicas.

Olivia se ha encargado personalmente de la organización de la fiesta. La cuenta de mi familia se la quedó ella directamente cuando yo me trasladé a las oficinas de Tinkerer Music y, aunque sea de manera provisional, es algo que agradezco mucho en estos momentos.

—Ahora es mi jefa quien se encarga y a quien se lleve de ayudante será a los que les toque comerse los marrones del aniversario de mamá —informo, con una sonrisa de suficiencia en la cara.

—Claro, como que no te salpicará cualquier cosa que, por cualquier razón, pase durante la fiesta —se ríe de mí y no me queda más remedio que darle la razón.

Joder, conozco a mi madre y, por desgracia, también conozco a Olivia. Finalmente, me conozco a mí y seré incapaz de mantenerme al margen de los fuegos que requieran ser apagados.

—Tú podrías hacer unos cuantos de estos para el *catering* —le señalo los bocaditos, tomando otro y engulléndolo con ganas. ¿He dicho ya que están espectaculares?

La sonrisa de complacencia de su cara lo dice todo. Me alegra comprobar que se está planteando cosas. Es bueno que lo haga.

—¿Sabes lo que sería genial de dedicarte a la cocina? —le digo mientras me levanto de su lado, dispuesta a poner la lavadora con toda la ropa usada de mi maleta—. Que puedes hacerlo en Londres y dejar a esos ingleses sin paladar babeando de gusto...

Se echa a reír a carcajadas y es como si oyera música en mis oídos, me gusta cómo suena, es celestial.

—Oye, ¿qué tienes planeado para este mes de agosto? Seguís cerrando todo el mes, ¿no?

Asiente y me mira recelosa. Sonrío, es algo descabellado el plan que tengo en mente, pero Marta sería la copiloto ideal para mi locura transitoria.

—¿Y si nos vamos juntas de vacaciones?

—¿A dónde?

—Pues no sé, adonde sea, pero ya. El lunes como muy tarde.

La veo dudar primero y, luego, sin mucha convicción aún, pero la duda rondándole por dentro, hace un gesto afirmativo que me amplía la sonrisa.

Le guiño un ojo, contenta, y levanto mi maleta para abrirla y empezar a poner la colada.

—Espero que nadie vaya a poner la lavadora en los próximos cien o doscientos días, tengo aquí ropa sucia como para atascar los turnos de aquí a Navidad. Una casa con cuatro inquilinos y una sola lavadora... no sé, no es buena idea —aviso.

Marta me mira, seria de pronto. Y se pone en pie, acercándose a mi lado.

—Sara no vuelve hasta mañana de Ibiza, justo para la fiesta de mamá. Creo que hoy había quedado allí con tu chico para grabar unos directos y hacer un especial para su concierto en la isla.

Es verdad. Blue Joy y Sara tienen una agenda apretada este verano, los dos juntos. Ha estado en algunos de los espectáculos de nuestro cliente y la colaboración les está yendo genial. La idea de juntarlos, al final, ha resultado mucho mejor de lo que había estimado al proponerla.

—Sobre Tristan...

Escuchar su nombre, me pone alerta. Mi relación con él es más bien inexistente, pese a trabajar directamente para él. Las llamadas las he dirigido a su secretaria y, lo demás, todo de índole laboral, por supuesto, lo he tratado por correo electrónico.

—¿Qué pasa con Tristan? —pregunto y una nota de miedo que detesto se cuela en mi pregunta.

—Pues que... Que Tristan se ha ido. Ya no vive aquí.

# 18
# Día de chicas

He dormido fatal y no tengo ni idea del porqué. Quizá es que me he acostumbrado a dormir en hoteles y ahora mi cama me resulta extraña.

Desde luego, no tiene nada que ver con haberle dado mil y una vueltas al hecho de que Tristan se ha ido del piso y yo me he enterado por Marta, bastantes días después de que haya ocurrido.

Nada que ver.

Algo así es irrelevante.

Ni siquiera le doy importancia.

Cero importancia.

De verdad...

Desayuno con parsimonia mientras me miento a mí misma una y otra vez, a ver si consigo convencerme de algo que es absurdo por su propia definición.

Al menos, me consuelo, tengo el día libre y no me lo tengo que cruzar en la oficina. No he descansado apenas ningún día al estar de gira con Blue Joy, por eso hoy lo tenía señalado en el calendario como no laborable. Además, mañana, justo antes de la fiesta, tenemos grabación en televisión, así que me merezco mucho el día de asueto.

Pienso ir a la peluquería para que me den reflejos dorados en mi castigada melena castaña. Me voy a dar caprichos por doquier, una mascarilla de las caras, pedicura y manicura y, sobre todo, un vestido espectacular para lucirlo en la celebración de mi madre. Y que conste que no es por impresionar o deslumbrar a nadie en particular.

Que quede bien clarito.

Es solo por el mero placer de disfrutar de mí misma y de todo lo que me merezco. Llevo años sin pensar en mí —si exceptuamos el casi polvo con el novio de mi hermana por el que aún siento las punzadas de la culpa y del egoísmo—, y ya es hora de cambiar eso y anteponerme a todo lo demás. Empezar por el salón de belleza es un primer paso más que adecuado.

Como Marta se ha ido temprano a Los Jarales para meterse en la cocina y Sara no llega de Ibiza hasta mediodía, he quedado con mi prima Lorena, que tiene un año más que yo y peor suerte que la mía en el amor. Y ya es decir.

Mi tía Isina —su madre— la tuvo bastante joven y sola, porque el padre voló al enterarse de la feliz noticia. Hemos tenido una relación estrecha mientras éramos unas crías, pero desde su adolescencia, cuando se cambió de instituto, la verdad es que perdimos un poco esa complicidad que siempre tuvimos con ella. En los últimos tiempos, sin embargo, hemos vuelto a quedar bastante y, dado que yo tengo un serio problema de amigos tras pasar de todo por seguir al cabrón de Carlos, reconectar con mi prima ha sido algo genial.

Sobre todo, si obviamos que es un poco bruta y que, la pobre, acumula más rechazos amorosos que pelos en la cabeza.

Y mira que es mona. No llega a la belleza soberbia y elegante de Celia ni a la indolente apostura de Sara, pero es resultona y sabe sacarse partido. Le gusta arreglarse y no es mala conversadora, pero tiene una especie de imán para los tíos que solo buscan un polvo y, al día siguiente, si te he visto, no me acuerdo. La pobre ya ha perdido la cuenta de las veces que se ha emocionado pensando que el nuevo chico que conocía podía ser el adecuado, para luego darse de bruces con una realidad que no incluía un novio, sino un caradura a la fuga.

—¡Pero mira que estás guapa! —grita cuando aparece en la peluquería en la que hemos quedado y yo me encojo todo lo que puedo para intentar pasar desapercibida cuando todas las usuarias del salón de belleza se giran a mirarnos—. Eso de estar de gira con el adolescente ese te ha sentado de maravilla.

Me miro de reojo en el espejo que hay frente a nosotras, en la pequeña recepción de la peluquería, de la que aún no hemos pasado. Es verdad que trabajar fuera de la oficina ha provocado que esté más morena que de costumbre, también que hayamos tenido muchos conciertos en localidades de costa en las que, todo hay que decirlo, aprovechaba las mañanas para hacer playa, mientras el equipo descansaba. El tono bronce es de lo más favorecedor y, dándole la razón a mi escandalosa prima, me convenzo de que está en lo cierto. La gira me ha sentado bien.

La gira y la distancia con los asuntos que me han perturbado todos estos meses, Carlos, la hecatombe de la empresa, los problemas de mis hermanas que han ido cayendo poco a poco sobre mis hombros, y Tristan. La horrible sensación de haberme enamorado del novio de mi hermana mayor. Que no es que me haya desenamorado así, por arte de magia, interponiendo solo kilómetros, pero algo así como largarme y dejar de verlo, es una buena forma de empezar a conseguirlo.

—Tú tampoco estás nada mal, guapa —le susurro, para compensar los decibelios de los que ella ha abusado un minuto atrás—. Estás radiante.

Y es verdad, sonríe como si ella estuviera inventando la sonrisa y eso es algo que no se ve todos los días. No es una persona taciturna, pero Lorena no es de las que van exhibiendo dentadura por la vida. Es bastante más dada al drama que a la felicidad. De hecho, a dramática le gana poca gente, incluida gente con un Oscar o dos en sus casas.

—Es que he conocido a alguien —confiesa, y esta vez, gracias a los cielos, usa un tono que no pone en alerta al resto de clientas.

Eso es raro. No solo que esté contenta después de conocer a un tío que aún no haya salido corriendo, sino que no lo esté pregonando a los cuatro vientos.

—¿En serio? —pregunto, realmente fascinada por el hecho de que no me vaya a hablar de su enésima decepción, sino que venga cargada de ilusiones.

Me alegro por ella.

Sinceramente.

Se lo iba mereciendo la pobre. Ojalá esta vez sea el adecuado y rompa su terrible cadena de mala suerte con el sexo opuesto.

Asiente con una complacencia que da gusto verla. Sonrío mientras el encargado del salón donde tenemos hora ya mismo, nos hace pasar a dos sillas contiguas y nos indica quiénes serán encargadas de hacer maravillas con nuestras cabelleras. A Lorena le toca en suerte una chica jovencita, algo más que nosotras dos, todo sonrisas y buen rollo, con su coleta alta de pelo planchado rubio platino. A mí, una experimentada mujer de mediana edad con bronceado de cabina, de esos que parece que te pasas el año entero dándote baños de sol. Es un poquitín brusca, como si tuviera un mal día y yo fuera la víctima perfecta para pagar su mal humor. Me digo que son imaginaciones mías y me preparo para una buena sesión de peluquería.

La señorita, sin embargo, no da muestras de mejorar su ánimo, y me pega unos tirones de campeonato mientras empieza a hacerme las mechas que le he pedido. Me duele el cuero cabelludo nada más empezar y ya me estoy arrepintiendo de haberle dado un voto de confianza.

—Háblame de él —le pido a mi prima, que luce un rostro de lo más sereno mientras su cabellera está en lo que parecen las manos de un ángel—. ¿Dónde lo conociste? ¿Cómo es? ¡Quiero detalles!

¡Auch!

La peluquera bruta me da un tirón de pelo de esos de quedarse con un buen mechón en la mano solo para que mire al frente y deje en paz a Lorena, como si fuera una abuela de mitad de siglo, súper estricta, de esas que peinaban nietas con lágrimas y latas de brillantina. Y yo juro por Dios que lo de las lágrimas está a punto de suceder.

—Lo conocí en Italia, por supuesto —asegura como si algo así no admitiera discusión, como si para encontrar a uno de los buenos, una tuviera que cambiarse al país que queda al otro lado del Mediterráneo.

—Os ha dado a todas fuerte por Italia —replico, pensando en mi hermana.

—Claro, es lo que tiene que tu prima viva allí. Nos presentó Celia.

—¿Has estado en Italia?

Algo pasaba en mi vida que no me enteraba de nada últimamente. Y no era la gira exclusivamente lo que me había mantenido lejos del mundo durante las últimas semanas, también mi forma cobarde de huir de todo lo que tuviera que ver con Celia.

—Fui unas semanas, de pequeña escapada vacacional, ya sabes —explica—. Madrid se me caía encima a comienzos de julio...

Mi prima es profesora de primaria y la muy cabrona llama a varias semanas *pequeña escapada*. Se le nota que le sobran los días...

Un par de tirones de pelo más empiezan a hacerme temer por la salud de mi cabello. Dudo que acabe la sesión con la misma cantidad de folículos que con la que la he empezado.

—Estuve bastante tiempo por mi cuenta, porque Celia hasta hace unos días estaba con eso del reposo —continúa—. Me crucé con Luka un par de veces, en una cafetería de Montepulciano muy cuca a la que tu hermana me recomendó ir a probar sus *capuccinos*. De locura, te lo aseguro, qué maravilla la espuma y el cacao y el punto justo de temperatura y...

—Lorena —la corto—, al grano, que te atascas.

Se ríe y también lo hace la peluquera que la está tiñendo a ella. Parece maja, mucho más agradable que la bruja que me está repelando a mí.

—Pues eso... nos cruzamos un par de veces, nos sonreímos de lejos y nada, tampoco es que tuviera yo muchas esperanzas de que se fijara en mí. Ligar en una discoteca, con un par de cubatas en el cuerpo, no me parece complicado, aunque el tío te acabe saliendo rana, pero en una cafetería, con toda esa luz, y solo un *capuccino* en el cuerpo, como que no lo veía el escenario ideal.

Lorena tiene incontinencia verbal y todo lo cuenta con muchos detalles y a una velocidad imposible de seguir si pierdes un segundo la atención. Y yo, con los tirones de pelo, no estoy segura de acabar perdiéndola y terminar sin enterarme de nada. Así que pongo todos mis sentidos —menos el del tacto, que me lo está destrozando la asesina de cabelleras— a disposición del relato de mi prima Lorena.

—Entonces, cuando ya lo daba todo por perdido, a Celia le levantaron el arresto domiciliario, como ella lo llamaba, y decidió celebrarlo con una pequeña reunión de amigos en su maravillosa villa toscana. Una cena informal con algunas de las personas de las que se suele rodear allí.

Me lo puedo imaginar, estirados y *esnobs* de cuando se dedicaba en cuerpo y alma al modelaje. No sé si me gustaría haber estado invitada a algo así.

—No conocía a nadie, salvo a tu hermana y al bendito Tristan, que no me dejó sola ni un instante mientras Celia saludaba a los invitados.

Escuchar el nombre del objeto de mis desvelos hace que mi corazón se ponga a latir desbocado en el centro de mi pecho y que le dedique a mi prima una mirada más que ansiosa. De parte de la peluquera sádica me llevo un buen tirón por moverme con esa brusquedad y, aunque supongo que esta vez me lo he buscado yo, la mención de Tristan saca lo peor de mí.

A través del espejo que tengo enfrente y donde veo perfectamente la cara de pocos amigos de mi torturadora particular, establezco contacto visual con ella y yo también le pongo un semblante de malas pulgas. Cuando tengo su atención, la miro un par de segundos más y, por si no le queda claro aún, carraspeo y me aclaro la garganta.

—Si vuelvo a notar un tirón más en el pelo, de la hoja de reclamaciones no te libra ni Dios, ¿está claro?

Si hasta ahora mi peluquera tenía cara de no estar dispuesta a que le tocaran las narices, tras mi advertencia, se le pone una cara de vinagre que me estoy temiendo que me acabe quemando el pelo con los productos químicos más nocivos que encuentre en el local o, peor, con las planchas más calientes de la historia. Mi pelo está en sus manos, parece decirme su furia contenida, si oso volver a amenazarla, quizá salga sin él por la puerta.

Trago saliva con dificultad y me intento centrar de nuevo —como si eso fuera siquiera posible— en la historia de mi prima. Porque, si ha mencionado a Tristan, aunque me pese admitírmelo a mí misma, me interesa bastante más que cuando la empezó.

—¿Decías que Tristan estaba también en la Toscana? —pregunto solo para ayudarla a reconducir su relato, cuyo hilo parece haber perdido tras mi exabrupto hacia la peluquera.

Me contempla durante un par de segundos, sonríe con cara de niña buena y se encoge de hombros. A Lorena lo que le interesa es hablar de ella y de su italiano. Y a mí que hable de cómo lo conoció si eso implica a cierto inglés que me obsesiona bastante.

—Sí, se ha escapado cuando ha podido para estar con Celia, es un verdadero encanto...

Arrugo el ceño, aunque tengo la buena cabeza de hacerlo girándome para que mi prima no me vea componer ese gesto tan desdeñoso. Definitivamente, es mala idea hablar de Tristan si en la misma frase aparece Celia. Mejor cambiamos de tercio...

—Hacen una pareja realmente adorable...

—Sí, vale, lo pillo. Son geniales —la corto de raíz—. Háblame del tuyo, no te vayas por las ramas. Solo me interesa tu italiano.

Se le dispara la sonrisa que se expande tanto que amenaza con salirse de sus labios. Definitivamente, a Lorena le gusta hablar de ella misma.

—Pues apareció en la cena de tu hermana porque son amigos —explica—. Casi me caigo de espaldas cuando lo vi, me puse roja y todo, como un tomate, ¡yo! ¿Te lo puedes creer? El hombre de la cafetería de Montepulciano ¡allí!

¿Qué me iba ella a contar de casualidades si el hombre que ha dejado embarazada a mi hermana es el mismo que, sin saberlo, me besó en la boda de Marta y que, además, es mi nuevo jefe, por llamarlo de alguna forma?

Y, a ver, que un tío interesante entre en una cafetería en el pueblo al lado de donde mi hermana vive y que ella lo conozca, pues ¿qué quieres que te diga? Se me queda corto al compararlo con lo de Tristan. Claro, que de todo lo de Tristan Lorena no tiene ni idea, así que paso de quitarle importancia a su *gran* casualidad.

—Él también me reconoció y fue como mágico, como una peli de esas de Sandra Bullock. Faltaron los violines para que fuera perfecto...

Joder con mi prima, violines dice... Me contengo para no parecer cínica —o peor, envidiosa—, y sonrío en plan Charlotte, de *Sexo en Nueva York*, condescendiente y adorable, y ella se cree que su historia me tiene cautivada.

—Se llama Luka y ¡es conde! ¿te lo puedes creer? —exclama, moviéndose tanto, que su propia peluquera tiene que parar un momento si quiere acabar de colocarle el tinte en el pelo y que este no acabe por la cara o la ropa de mi exaltada prima.

¡Un conde! Si una se pasa media vida aguantando gilipollas a cambio de un conde italiano, pues ni tan mal, ¿no? Me alegro por Lorena, aunque me abstengo mucho de lanzar las campanas al aire, no sea que se nos gafe el asunto.

—Te mereces un conde, Lore, y un duque, y lo que sea —la felicito, porque lo cortés no quita lo valiente. Y mi prima se lo merece, ¡qué demonios!

—Es un sueño hecho realidad, Isa. Después de besar a tantas ranas, por fin he encontrado al príncipe azul, capaz de follarme como Dios manda y luego quedarse a desayunar.

Lo dice soñadora y extasiada, como si estuviera contándolo en la intimidad de un grupo de amigas y no en medio de un salón de belleza de bastante renombre del barrio de Salamanca. Lo malo es que lo dice un poco demasiado alto y la mayoría de las clientas a nuestro alrededor lo han escuchado, estableciéndose un silencio incómodo a nuestro alrededor.

—Pues no lo dejes escapar, hija —se escucha entonces, a nuestra derecha—. Lo del desayuno está bien, pero mejor aún lo otro.

Nos giramos ambas y solo puedo decir que, si la peluquera psicópata no me estuviera sujetando bien de la cabellera, creo que me hubiera caído de la silla al comprobar que esas palabras han salido de una señora de más de setenta años, con pinta de estar peinándose para ir a misa.

No sé si debo mantenerme circunspecta ante la afirmación de la mujer o si me puedo morir de la risa. Como lo segundo puede herir la sensibilidad de la buena señora, me callo. Miro a mi prima, que hace esfuerzos por no reírse también, toda roja, conteniendo hasta la respiración.

La peluquera agresiva, que me vuelve a tirar del pelo por el aspaviento que hace, es la primera en romper a reír como si hubiera sido imposible el ejercicio de contención. Le sigue la señora que se sienta en el sillón de al lado a la que le ha hablado a Lorena y acaba la susodicha, sin ningún pudor —ya rezará sus padrenuestros y sus avemarías en misa, luego, cuando vaya—, haciendo que todas allí estallemos en carcajadas liberadoras de esas que también llevan unas poquitas de lágrimas.

Yo solo puedo alegrarme de ahí en adelante, porque la psicópata no solo acaba de aplicarle el tinte a mis mechas sino que, desde las risas colectivas, parece que ha sacado de su organismo el mal rollo que se traía y empieza a tratar mi pelo con una delicadeza nueva que tengo que agradecerle.

Mientras se cumple el tiempo que tenemos que esperar hasta que nos laven la cabeza, mi prima me cuenta los pormenores de su incipiente relación con el conde Luka Orssini, un florentino de cuarenta y tres años —siempre le han ido los maduritos—, con numerosas propiedades inmobiliarias y viñedos en el valle de Orcia. Todo un partido, tan perfecto, que no parece siquiera real.

Una duda recorre mi mente, pero me la guardo enseguida. No quiero pensar que Lorena, harta de los hombres de verdad —los que la han vapuleado, utilizado y hecho daño—, se haya inventado una fantasía perfecta que cumpla todas sus expectativas. Si no estuviera evitando a mi hermana Celia, la llamaría ahora mismo para comprobar si conoce al tal Luka Orssini y si es cierto que ha *conectado* con la buena de Lorena a esos niveles de película de Hollywood, tal y como nuestra prima asegura.

Soy una persona terrible, lo sé, me merezco que las mechas me amarilleen y que Lorena me dé con su conde en los morros. Pero es que cuesta creerse que mi desastrosa prima por fin tenga suerte en el amor.

Ella la tiene, y yo...

Yo encadeno un caradura con otro, y puede que me convierta en la nueva Lorena. La mujer con el peor currículum amoroso de la familia. A mi madre le daría algo si su archienemiga, la tía Isina, le restregara un conde por la cara, sobre todo cuando el matrimonio de Marta ha durado dos meses, de los cuales solo han rescatado el polvo de la noche de bodas y otro, el del día antes de la llegada de los papeles del divorcio. Mi madre, con cuatro hijas y la mala suerte de Lorena, se creía que le ganaría la partida a su cuñada, pero parece que la prima desahuciada en temas sentimentales le va a hacer ganar a su madre la corona.

Sonrío mientras lo pienso. Tampoco es tan mal plan que a mi madre le arrebaten una victoria que tenía más que asumida. Siempre he encontrado una curiosa justicia poética en ese tipo de giros inesperados del guion.

Al final de la sesión de peluquería, nuestras cabelleras están impresionantes, incluso la mía, aunque tenga menos densidad capilar que cuando entré. Mi asesora incluso se presta a dedicarme una sonrisa cuando abono el servicio y me voy de allí. Me pensaré mucho volver a someterme a esta tortura, cien euros y mis buenos tirones de pelo bien merecen la reticencia.

—He quedado para cenar con tu hermana —me cuenta Lorena cuando nos acomodamos en una terraza cubierta para almorzar. Nos queda la manicura y la pedicura de la tarde, pero es hora de recuperar fuerzas—. Vente y nos echamos unas risas.

—¿Qué hermana? Especifica.

—Celia —aclara y a mí se me vuelve a torcer el gesto al escuchar nombrarla—. Como está con el bombo, será algo de *tranquis*. Nada de resaca para la víspera de la gran noche en Los Jarales.

—No sabía que Celia estaba en Madrid. Pensaba que se alojaba con mi madre. No ha dicho nada y no he visto su maleta en casa.

Un camarero de lo más eficiente, nos coloca delante dos salmorejos bien aliñados y que huelen que alimentan. El día es horriblemente bochornoso y solo apetecen cosas frías para llevarse al estómago.

—Celia lleva toda la semana en Madrid —dice Lorena antes de probar el salmorejo y poner cara de puro éxtasis ante lo rico que ha debido de encontrar el plato—. Sí que es fluida la comunicación entre las Onieva, por lo que veo.

Parpadeo con estupefacción. No tenía ni idea de que mi hermana estuviera ya en la capital y que ni siquiera me lo hubiera dicho con un triste wasap.

Me echo a temblar sin poderme contener. Eso solo puede significar una cosa: sabe que intenté tirarme a su novio y me está haciendo el vacío a modo de castigo. Mejor evitarme que montar una escena y arriesgarse a romper la familia. Ella tiene más cabeza que yo, sin duda. Yo no tuve ningún pudor en casi romper la maldita familia por besar y casi acostarme con Tristan.

Me pongo tan nerviosa, que el corazón comienza a martillearme dentro del pecho como si fuera una bola de derribo, dispuesta a acabar con todo a su paso.

«*Mierda. Mierda. Mierda... ¿Y ahora qué hago yo?*».

No puedo dejar de preguntarme si Tristan habrá sido capaz de exponerme de esa manera, pero tampoco pienso llamar a ninguno de los dos para salir de dudas. Prefiero seguir escondiéndome, como hasta ahora. La cobardía, a veces, es la mejor de las estrategias.

—Seguro que me lo ha dicho en algún momento, pero con esto de la gira... Buf, menuda locura mi agenda, ni te lo imaginas.

—Sí que me lo imagino, sí, esa gente de la farándula vive una vida muy loca —se ríe de su propio chiste y vuelve a mirarme tras casi apurar su salmorejo. El mío permanece aún intacto delante de mí—. Entonces ¿te vienes? Es en casa de Tristan, en plan inauguración o algo así.

—¿Quedas con mi hermana en casa de Tristan? —pregunto casi en un susurro, mientras llego a la conclusión más lógica, dadas las circunstancias—. Se queda allí, ¿verdad? ¿Está en casa de Tristan?

Mi prima deja la cuchara en el cuenco donde ya no hay ni rastro del entrante y me mira preocupada. De repente, me imagino que estará viendo el rostro de una despechada, alguien con el corazón roto o con la herida de los celos aún sangrante, así que me insto a mí misma a recomponerme, dedicándole una sonrisa falsa que espero que dé el pego.

—Claro. Creí que lo sabías.

No, está claro que no lo sabía.

Soy el último mono, la que se queda sin saber las cosas. La tonta que asume que un chico, aunque deje embarazada a otra, aún puede ser algo más que el cabrón que juega a dos bandas.

*«Desde luego, Isa, eres bastante imbécil por dejarte engañar con todas las pistas que te ha dado...».*

—¿Dónde iba a estar, si no? —contesto, todo despreocupación y tono jocoso.

Lo último que quiero es que esto sea un drama familiar. Así que me guardo la pena y la vergüenza ante este segundo engaño —llevo racha, primero Carlos y ahora Tristan, y dicen que no hay dos sin tres—, y me obligo a no demostrar ni un ápice de mis verdaderos sentimientos.

Que le den a Tristan Cornell.

# 19

# Solo hay que superar la noche

Este sábado 5 de agosto, a las siete en punto de la tarde, los Jarales se viste de gala para recibir a los invitados seleccionados cuidadosamente a la celebración de su décimo aniversario.

Comunica2, con Olivia Calonge a la cabeza, se ha esforzado al máximo porque varios rostros conocidos se dejen ver entre el resto de convidados, además de la preciosa Celia que, embarazada de más de seis meses, pasea su lozano estado de buena esperanza sin haber perdido ni un ápice de la gracia que la catapultó a la fama algunos años atrás.

La decoración es sublime. En el escenario, un cuarteto de cuerda da la bienvenida a los invitados que, para hacer las cosas bien y dejarse ver, mi madre recibe uno a uno con un apretón de manos, dos besos y una sonrisa radiante que oculta a la perfección el puñado de nervios que deben de estar apretándole el estómago.

Cuando aparco y me bajo del coche, la fiesta ya está en su máximo esplendor. No he podido llegar a los preliminares y preparativos —como me hubiera gustado en pro de amainar los nervios de mi madre—, porque he tenido que acudir con Blue Joy a la grabación de un especial televisivo que homenajea la copla española. Hay pocas cosas menos copleras que un chaval de veintitrés años que canta *electropop* en inglés y tiene proyección internacional, pero el programa homenaje iba, precisamente, de colocar a figuras de la actualidad musical más rabiosa en un escenario donde la tradición de la copla les contagiara de toda su magia, para acabar marcándose un tema que le llegara al corazón al espectador.

A Blue Joy le tocó en suerte *La Falsa Moneda* y el tío lo ha bordado. Qué arte tiene el chaval.

Hace calor pese a que ya decae la tarde y las sombras de la noche parecen venir a reclamar el terreno que les pertenece. Hay un ambiente animado y es imposible no fijarte en los detalles que nos rodean. Cientos de bombillas penden de cables sobre nuestras cabezas, guirnaldas preciosas de luz. También caen de los árboles, como si fuera Navidad. La música clásica nos invade y el primer camarero se interpone en nuestro camino. Tomo una copa de vino y David, que me ha acompañado desde los estudios de televisión, porque también es un invitado aquí en esta velada de celebración, me imita y entrechocamos ambas en un brindis en el que nos sonreímos antes de darle un buen trago. Hace calor y tenemos sed. El vino está bueno y entra como la seda. No será la última copa que beba, eso seguro.

Sobre todo, porque preveo que la noche será movidita. Tiene todos los ingredientes. El primero, es que todo a mi alrededor me recuerda demasiado a la noche fatídica en la que conocí a Tristan Cornell.

Estoy agotada por su culpa. Anoche me costó dormir tanto que creo que ya había amanecido cuando por fin caí rendida. Por supuesto, decliné la invitación de Lorena para ir a cenar con Celia y Tristan, solo me faltaba meterme en la boca del lobo de forma voluntaria. Tan tonta no soy.

Ahora, si consigo evitarlos, será una noche exitosa. Solo debo esconderme todo lo que pueda, que no me afecte mucho verlos juntos y hacer una interactuación mínima. Con esos tres pequeños logros, el reto estará superado ampliamente.

—Pensé que no llegabas —me reprocha mi madre antes de besarme la mejilla y contemplar a David, que le devuelve el gesto fascinado mientras me riñe.

—Te dije que me iba a ser imposible llegar a tiempo, mamá. Tenía trabajo hasta tarde —me justifico, aunque no debería hacer falta y aunque a ella le vaya a dar igual. He llegado tarde y punto, es lo único que le importa—. Este es Blue Joy, uno de los cantantes más de moda ahora mismo —la informo, señalándole a mi acompañante.

—Llámeme David, por favor —le pide él, encantador, acercándose para besarla con dos sonoros besos que mi madre celebra alborozada.

Al menos sonríe, eso es buena señal. A lo mejor logro que me deje en paz el resto de la noche.

—No sabía que te gustaban tan jóvenes, hija —me pincha, y yo me muero de vergüenza, porque lo ha dicho en alto, muy alto, y no solo David lo ha escuchado.

Se ríe sin disimulo y tengo que darle un codazo para que se calle. Si de algo me han servido mis semanas de gira con él por media España ha sido para ganar en confianza y que no me enfrente a un despido por agredirle en medio de un chiste hiriente dirigido hacia mi persona por mi propia madre.

—No es mi novio —puntualizo—. Mi acompañante llegará un poco más tarde. David es solo mi... Mi amigo.

Lo miro y él asiente con un gesto agradecido porque le haya llamado amigo y no cliente o grano en el culo, que también podría haber sido. Le devuelvo la sonrisa y asumo que sí, que de verdad es mi amigo a estas alturas. Una gira musical une mucho, lo mires por donde lo mires.

—Como tú digas... —opina mi madre, que creo que no se ha creído lo del acompañante que llegará más tarde. Sinceramente, no la culpo.

Hace años que no hablo de chicos o traigo a uno a ningún

evento o comida familiar. Creo que ha tirado la toalla conmigo y, quizá, no esté equivocada. Quizá yo no sirva para tener relaciones, como sí les ocurre a mis hermanas que, con novios, maridos, exmaridos, padres de sus hijos no nacidos y admiradores, se llevan de calle al gremio masculino.

—Vamos, novio menor de edad —digo, cogiendo a David por el brazo y alejándome de mi madre antes de acabar por darle la razón y reconocerme como la tía solterona de la familia.

Necesito otra copa de vino después de mi madre.

Suele pasarme, así que alegremente pillo otra de la bandeja que un solícito camarero de bastante buen ver pasea delante de mí. Beber se me da muy bien, mucho mejor que los chicos, así que probablemente me dedique a ello toda la velada.

David se disculpa cuando ve a Sara y sale corriendo detrás de ella. Está coladito por mi hermana y casi me da un poco de pena, porque Sara sigue empeñada en vivir la vida sin ataduras. Probablemente, a su edad sea la decisión más sabia, aunque eso no implica que el pobre Blue Joy me dé un poquito de lástima, porque es divino, un amor de muchacho. Guapo, solícito, educado y enamorado hasta las trancas. Por no añadir que es rico y famoso y que, si yo hago bien mi trabajo, lo será aún más. Una perita en dulce que, cualquiera en el lugar de Sara, no dejaría escapar.

Me quedo parada en mi rincón, dándole al vino —qué rico está, en serio—, y pensando en que este sitio de aquí es fantástico para observar la fiesta sin que a mí me vea mucha gente. Y es una pena, porque las mechas me han quedado estupendas y el vestido que he comprado, con espalda al aire y escote en uve es de los que marcan tipazo. Además, el rojo es mi color, definitivamente, así que sí, es una pena esconderme, con la de partido que podría sacarle al *look*.

Desde mi escondite puedo ver a Celia, que está charlando con Olivia, las dos la mar de animadas. Mi jefa le pone la mano sobre la tripa y mi hermana asiente a algún comentario que le está haciendo, probablemente sobre su estado o sus planes para el nacimiento. Se las ve relajadas y me alegro por ellas, porque en los últimos tiempos, tampoco es que hayan tenido las cosas muy fáciles.

Celia es preciosa de por sí, y el embarazo ha potenciado parte de su belleza natural, pero es cierto que se ha esmerado con el maquillaje para tapar sus ojeras y que está demasiado delgada como para llevar dentro un bebé. Sus hombros están ligeramente abatidos y su pelo ha perdido parte de su lustre. La convalecencia por el riesgo de desprendimiento de placenta, sin duda, le ha pasado una factura alta. Aunque ha tenido quien la cuide y el enfermero no está mal, no se puede quejar.

No hay rastro de Tristan por ninguna parte y me empiezo a preguntar si, al final, ha declinado la invitación que sé que mi madre le ha hecho llegar personalmente. Después del reposo de Celia, me lo imaginaba más encima de ella, cuidando de que nada les pasara ni a ella ni al bebé entre tanto ajetreo.

Marta se acerca a mi madre y le dice algo al oído. Se la ve cansada, pero es que lleva en la cocina todo el día, ayudando y aportando todas sus ideas. Es genial que se haya hecho ese pequeño hueco, está contenta pese al agotamiento, eso se ve, incluso con toda la distancia.

A un gesto de mi madre, comienzan a salir las bandejas con los aperitivos, y desde mi escondite se puede apreciar la buena pinta que tienen.

Marta se ha esforzado al máximo, como con todo lo que hace, y aún le ha sobrado tiempo para ponerse tan guapa, que brilla. Su pelo rizado, recogido en lo alto de su cabeza, su esbelto cuerpo acariciado por un precioso vestido color aguamarina y su rostro, agotado pero resplandeciente al saber que ha cumplido con las expectativas que ella misma se ha impuesto.

Me siento tan orgullosa de ella, que podría salir de este rincón y abrazarla hasta el amanecer. No lo hago, que la cautela salva la situación la mayor parte de las veces.

El ambiente es fabuloso a mi alrededor. La gente parece disfrutar del hilo musical proporcionado por el cuarteto de cuerda, la comida y el vino, que son espectaculares. Acorralo a otro camarero y le retiro de la bandeja dos copas, por si acaso tarda en pasar cerca él u otro de sus compañeros.

Justo cuando veo cómo Kevin se acerca a Marta, con cautela, y me siento una *voyeur*, oculta y contemplando cómo los demás se encuentran e interactúan, me doy cuenta de que no soy la única que se está escondiendo esta noche.

Oculto tras la sombra de la columna y apoyado en esta, Julio bebe a morro de una botella de whisky que ha debido de birlarle a mi madre —es tan considerado, que seguro que le ha dejado un billete de veinte euros cerca, estoy convencida—. Me siento una floja dándole al vino, mientras él se dedica a bebidas más espirituosas, pero me uno a su sentimiento y a sus ganas de esconderse.

Sigue colado por mi hermana y sigue sin soportar que vaya a tener un hijo con otro. Para él es mucho peor, porque, al fin y al cabo, lleva enamorado desde los diez años. Yo a Tristan lo conozco desde hace un suspiro comparado con esa magnitud tan brutal.

Me acerco a él y me apoyo en el lado contrario de la columna. No me siento porque mi vestido no me lo permite y sé, sin ningún género de dudas que luego, levantarme, podría convertirse en un auténtico drama. Me mira de reojo, sonríe con tristeza y me tiende la botella, para que, al menos, en eso sí me una a él.

—Estoy servida, gracias —le digo, mostrándole mis dos manos ocupadas por sendas copas de vino, una de ellas ya prácticamente vacía.

—Si quieres que te las rellene, ya sabes...

En su voz, se nota un poso de tristeza y derrota, mezclado con el principio de una ebriedad que, seguro, en breve será mayor.

—Lo que de verdad querría es largarme de aquí —confieso.

Julio mira la etiqueta de la botella que sostiene, mientras intenta despegarla con una de sus uñas. Asiente y sonríe con debilidad. Es un sentimiento compartido.

—Yo no tendría ni que haber venido. Si tu madre me ve así, me mata.

Mi madre siempre ha sido la de Julio también. Desde pequeño sin ninguna figura ocupando ese lugar, ella se encargó de ser su referencia. Por eso Julio la adora y se cortaría las manos antes que hacer algo que la dejara en mal lugar en un día como ese. Por eso, el escondite. Silencioso, apartado, oscuro. Un lugar donde no puede destacar ni tampoco ser visto y juzgado.

—Ay, Julito, ¿qué mierda pasa con nosotros que preferimos escondernos mientras ellos se lo pasan de puta madre ahí fuera?

Niega con la cabeza, con los ojos clavados en el suelo. Hay descontento en su gesto, pero también un punto de rebeldía. Eso me gusta de él... Parece que se conforma, pero ve mucho más que lo que salta a simple vista.

—¿De verdad crees que se están divirtiendo?

La pregunta me pilla desprevenida. No me había parado a considerarlo así y la certeza de que puedo estar equivocada gana sitio con cada segundo que pasa, horrorizándome.

—¿Le has visto la cara a tu hermana? ¿Has visto lo delgada que está? ¿No notas que parece que sujeta el peso del mundo encima de los hombros? Celia no se lo está pasando de puta madre. Hace mucho que no es así. Del inglés no te puedo decir mucho, lo conozco bastante poco. Solo sé que no soporto cómo me mira, con esa pena, como si me estuviera quitando algo y me debiera cosas que ni siquiera entiende. Ni tampoco puedo con esos ojitos de cordero camino del matadero que pone cuando nos cruzamos.

Ha salido un punto de rabia de Julio, y eso no es algo que se vea todos los días. La lástima que me da constatar algo así me hiela y me hace pensar en que el amor, al final, es una losa. Una impostura, una piedra gigante que te aprisiona debajo y no te deja moverte. Ni siquiera te permite pensar con claridad.

—Yo pude haber tenido todo eso... —se lamenta, y parece que más para sí mismo, como si se hubiera olvidado de que yo sigo ahí, escuchando y muriéndome de pena por él—. Pero ella es terca como una mula, y yo me harté de que decidiera solamente ella por los dos. De que hiciera siempre lo que le viniera en gana. De dejarme aparte cuando le estorbaba...

Le da un trago contundente a la botella, casi apurándola, y a mí sus palabras me dejan helada. Dan a entender que entre ellos dos ha habido algo, cosa que, de ser cierta, han sabido mantener en secreto demasiado bien. Si Celia no me ha contado nada, a mí, que hasta esta temporada en la que yo la evito como a la malaria era su confidente primigenia, es que la cosa revestía más gravedad que la que yo me pueda imaginar.

No entiendo que algo así se tenga que ocultar. Julio es un amor de persona. Es generoso, entregado, inteligente, creativo y un alma cándida que lo da todo sin pedir nada a cambio. Celia, sin embargo, siempre ha mirado por ella misma, sin llegar a ser egoísta de un modo negativo, un día decidió que, si ella no se elegía y se anteponía a todo lo demás, nada ni nadie le garantizaba que otros lo hicieran. La ley del superviviente, como ella lo llama, sobre todo, cuando se lanzó al mundo profesional tan joven y siempre rodeada de tiburones, como siempre ha denominado a la gente que se mueve en el mundillo de la moda.

Es verdad que son como el agua y el aceite, como la noche y el día, pero en su adolescencia, cuando eran inseparables, les funcionaba. Además, ambos son mentes creativas, un poco bohemias y libres. Julio lleva encerrado dentro de la asesoría familiar muchos años, pero si logra desengancharse de ese lazo, quizá...

Me aferro a la esperanza de que lo consiga, como Marta ha insinuado, con la jubilación de su padre. Si es lo suficientemente valiente como para cerrarla cuando el tío Félix le entregue el testigo a sus dos jóvenes pupilos, entonces puede que ambos logren alcanzar la felicidad.

—Julio, deberías...

—Sí, lo sé —me corta—. Debería olvidarme de ella para siempre y aceptar que ha elegido un camino que no me incluye. Llevo muchos años detrás de ella. Es hora de empezar a asumir que nunca será para mí.

Me pongo en cuclillas delante de él y evito que le dé otro trago a la botella. No me gustaría que el alcohol terminara por nublarle el juicio y acabara lamentando palabras o actos posteriores.

—En realidad, iba a decir que deberías irte —le digo con una ternura que me nace desde lo más hondo, desde ese lugar que está llorando por el que considero un hermano que sufre de una manera tan evidente—. No tienes por qué estar aquí y verlo. No estás bien y no hay necesidad de pasarlo peor. Si quieres, te acompaño hasta tu habitación o te pido un taxi para volver a Madrid.

Me mira durante unos segundos que parecen infinitos. Sin poderlo evitar, lo abrazo. Creo que nunca antes había abrazado a Julio en toda mi vida. Y es agradable saber que le conforta mi gesto, que también él me está consolando a mí, porque sabe que yo también he invertido una parte de mi corazón en esta ridícula historia a cuatro bandas.

No sé cuánto tiempo permanecemos así, todo el tiempo que él precisa para controlar un poco mejor todo lo que le está bombardeando, y evitar que las lágrimas se le derramen en público. Julio es un buen tío, pero probablemente preferiría cortarse las venas que dejar salir esa vulnerabilidad a la vista de los demás, yo incluida.

Cuando nos separamos, me mira y asiente, la pena aún desbordada en esa mirada limpia que suele esconder tras sus gafas de pasta negras. Se levanta y yo le imito, ambos con dificultad.

—Tienes razón —concede tras un instante en el que parece seguir considerando mis palabras—. Pediré un taxi y me largaré. No quiero despertarme aquí mañana y seguir con esto. Le agradezco a tu madre la habitación, pero voy a pasar.

Le hago un gesto de asentimiento. Me parece la mejor idea por más que mi madre haya preparado cuartos para la familia en la finca, evitando así que cojamos el coche después de la finalización del evento.

—Te acompaño.

—No —me para—. Prefiero salir yo solo. Puedo, de verdad. Gracias, Isabel —dice, dejando un beso en mi mejilla antes de irse camino de la salida de Los Jarales.

Se me parte el corazón mientras lo veo irse. Me giro de nuevo de cara a la fiesta, que está en toda su plenitud, intentando borrar de mi retina la derrota absoluta que Julio reflejaba. Me da miedo alcanzar esos extremos, estar tan colgada de un sentimiento que te paralice. Pero, a la vez, me da mucha envidia llegar a sentir algo tan absolutamente arrollador por otra persona.

Cierro los ojos y trato de recoger en mi pecho todo lo que siento por Tristan Cornell, todo lo que ha despertado en mí desde que lo conozco. Y me estremezco porque puede que sí, que si me dejo llevar y profundizo, si se lo permito y me abandono a lo que experimento cuando estoy con él, puede que yo podría alcanzar con él ese nivel de entrega y dolor al no sentirme correspondida.

Es entonces, mientras llego a esa conclusión demoledora, cuando siento en mi nuca un estremecimiento que me descoloca.

Lo noto incluso antes de escuchar su voz.

—Así que es aquí donde te escondes.

No me quiero girar.

No quiero mirarlo.

Llevo sin escuchar el tono grave y dulce de su voz tanto tiempo, que la sensación de reconocimiento me abruma por completo. Mi piel, traicionera, se eriza al saberle a solo un metro de distancia, a mi espalda, y mi corazón, desleal, bombea con tanta fuerza dentro del pecho, que tengo que sujetarlo para evitar que salga despedido.

Como no me muevo, se acerca hasta ponerse a mi altura y,

mirando al frente, a la fiesta que se abre ante nosotros mientras la gente en ella es ajena a ese rincón oculto, permanece quieto y en silencio, esperando que sea yo quien le diga algo.

Pero yo no sé si quiero hablar con él. Lo último que compartimos fueron besos, ganas y decepción. No quiero que me vuelvan a romper el corazón, y él tiene esa capacidad. Le he dado ese poder de la manera más estúpida. Porque sé, desde el día que nos conocimos, que él está con Celia y, sin embargo, yo he sido tan descerebrada como para sentir cosas por él. ¿Quién demonios hace una cosa tan absurda? ¿Quién en su sano juicio se expone así de forma consciente?

—¿No vas a hablarme?

No suena como un reproche, porque me lo pregunta apenado, como si de verdad quisiera que no le aplicara esta ley del silencio que, pese a que me libre de canalizar mis temores, es algo cobarde y de lo que no me siento orgullosa en absoluto.

—Bien, es justo —claudica y yo me siento entre aliviada y un poco triste, como si me decepcionara que se diera por vencido conmigo.

Una parte de mí quiere que se vaya lo más lejos posible. La otra, la que sigue colgada de él, la que se quedó en el cuarto de Celia antes de que Julio nos interrumpiera, echa de menos a Tristan.

Cada maldito día.

Con cada respiración.

Y es una tortura con la que me estoy volviendo loca. Sobre todo, cuando lo veo tan cerca. Y está tan guapo con esa camisa blanca arremangada y los pantalones oscuros, que definen tan bien su anatomía. Y huele tan bien, como acostumbra, a madera, a menta, al frescor de su loción para después del afeitado.

Sus ojos azules están clavados en mí, no sé si esperando a que le diga adiós. Lo noto, aunque no me atrevo a devolverle la mirada de forma directa. Porque sé que, si lo hago, no seré capaz de controlar mis propios temblores y no quiero que él sepa cuánto control tiene sobre mí, pese a que estoy convencida de que ya lo intuye.

No es tonto. Y esas cosas se saben.

Se sienten dentro sin necesidad de una confirmación verbal de ninguna clase.

El cuarteto de cuerda muere y comienza a sonar el hilo musical. Ahogo un gemido cuando reconozco la canción. *Too Much Love Will Kill You*, de Queen.

—Isabel...

No sé si me está llamando o implorando por algo. Se me rompe el alma, pero no puedo... Dios, no puedo hacerlo. Necesito poner distancia antes de que se me quiebre el corazón de nuevo.

Parezco una quinceañera, incapaz de asumir la presencia del chico que le gusta, pero sé que es mucho más que eso. Es el miedo a exponerme y volver a sufrir. Estas semanas separados, que me han dado tanta perspectiva, no pueden irse al garete solo porque aparezca y, con su voz acariciadora, me conmueva a la primera.

Quiero irme lejos de aquí, pero cuando intento alejarme de su lado, me retiene. Me toma de la mano y me la acaricia. Odio que siga intentando llegar a mí, que no me deje seguir con mi vida, que se interponga en todo. Pero, a la vez, una parte de mí es incapaz de resistirse a la atracción que ejerce sobre mí, como una tela de araña en la que la estúpida mosca ha quedado atrapada y solo espera a ser engullida por completo.

—Baila conmigo —susurra, cerca de mi oído, y yo sé que me quiero morir.

De miedo y de ganas.

De incertidumbre y deseo.

Me acerca poco a poco a él y yo me dejo acercar, porque aunque vaya de dura, aunque odie la traición por encima de todas las cosas, es mi cuerpo quien está al mando. Y mi cuerpo parece responder solo a su tacto, a su súplica.

Así que me agarro al suyo, que me espera, y él me abraza como si ese lugar fuera mío por derecho propio. Desoigo a mis propios latidos desbocados y al golpeteo que en mis sienes hacen mis últimos pensamientos racionales. La música que llega a ese rincón de Los Jarales nos envuelve, como la noche en que nos conocimos y, como en aquella ocasión, todo parece tener sentido.

Sus brazos alrededor de mi cadera y mis manos, en su pecho, arden, como si fuéramos a prendernos en un fuego inevitable.

Estamos demasiado juntos, pero, sin razón al mando, eso ni siquiera importa. Aunque estemos rodeados de gente, y toda esa gente sepa que él no me pertenece.

*Too much love will kill you*
*If you can't make up your mind*
*Torn between the lover and the love you leave behind*
*You're headed for disaster 'cos you never read the signs*
*Too much love will kill you every time.*[19]

Duele profundamente escuchar la letra y pensar que podría cantarla él, dividido entre dos personas a las que amar, demasiado amor...

Demasiado amor te puede acabar por matar.

Cada vez.

Pero Tristan no me ama. No ama a Celia. No ama a nadie, porque, de hacerlo, no podría estar llevando a cabo este horrible juego de pesares y traiciones. No... nadie ama demasiado de una manera tan terriblemente desgarradora, que hace tanto daño.

Cuando me convenzo de la fuerza de este pensamiento tan desolador e intento soltarme de su abrazo, ser consecuente, valiente, una voz nos paraliza.

Cierro los ojos y agradezco la intervención. Aunque luego me

---

19  «Demasiado amor te matará. Si no puedes tomar una decisión, dividido entre el amante y el amor que dejas atrás, te diriges al desastre porque nunca lees las señales». Escrita por Frank John Musker, Brian Harold May, Elizabeth A. Lamers y Marianna Toli • 1988. Copyright © Universal Music Publishing Mgb Ltd., Emi Music Publishing Ltd, Duck Productions Ltd.

cueste explicar este momento.

—Isabel, por fin te encuentro.

Me alejo poco a poco de los brazos ardientes que se estaban convirtiendo en mi mortaja y ni siquiera me atrevo a mirar a los ojos a Tristan, por si tuviera el poder de seguir reteniéndome ahí, junto a él, envuelta por su calor y la sensación ficticia de que el resto del mundo no existe.

—¡Carlos! ¡Has venido!

Corro al encuentro de mi excusa para no seguir pensando que Tristan Cornell es mi única opción y me olvido de que, por un efímero instante, he sido felizmente desdichada dentro de un abrazo que le he robado a mi hermana.

Espero olvidar pronto esa sensación.

Aunque ya sea oficial que Isabel Onieva es de las que traicionan.

# 20
# Y se armé el belén

Carlos, mi segundo Carlos, me contempla con distancia, aunque lo tenga a mi lado.

Estamos parados en medio de la pista de baile, a donde nos hemos acercado, dejando mi escondite y a Tristan, que ha rehusado seguirnos. Creo que puedo volver a respirar sin que una opresión indeterminada, pero constante, me aplaste el pecho gracias a poner distancia física con él, pero me queda lidiar con el interrogante que se dibuja tras los párpados entornados de Carlos.

Le invité ayer por la tarde a venir a la fiesta. Algo improvisado y a todo correr, una reacción estúpida tras la conversación con mi prima y la certeza de la ya consolidada relación entre mi hermana Celia y Tristan. No quería venir sola, no quería que pasara lo que casi ocurre hace unos minutos.

Lo que no tenía planeado es que Carlos, que ya me avisó que llegaría con un poco de retraso, porque tenía una reunión importante con un proveedor a última hora de la tarde, me pillara bailando con otro. Y no con otro cualquiera, no un baile inocente con un primo lejano, no... Un baile que ha sido como un incendio, como una bala lanzada a quemarropa sobre mi pobre corazón maltrecho.

—Siento haber llegado tan tarde —se disculpa Carlos con una

sonrisa benévola en sus labios y yo me siento aún más culpable por haber quedado con un chico, pero haberme dejado seducir por otro.

—No te preocupes, lo bueno empezará ahora. Mi madre y sus discursos. La bomba.

Siempre me ha relajado bromear y parece que se distiende el ambiente. Aunque igual es que Carlos sonríe de verdad y eso hace que la culpa que siento se vaya diluyendo, aunque no me lo merezca.

—Había oído hablar mucho de este sitio —dice mirando a su alrededor y valorando la majestuosidad de la finca—. Tu familia ha hecho un trabajo espectacular.

Lo dice con tono apreciativo y creo que mi madre estaría encantada de escuchar algo así, por eso, cuando veo que se acerca hasta nosotros, no dudo en componer mi mejor semblante de hija buena y esperar para presentarle a Carlos. Probablemente, el primer hombre que pongo delante de ella en toda mi vida.

—Mamá, mi amigo por fin ha llegado. Carlos, esta es mi madre, Pilar.

—La artífice de que este lugar sea la maravilla que es, supongo —dice sonriéndole y acercándose a darle dos besos, uno en cada mejilla.

A ella no le pasa por alto el piropo a Los Jarales, que es mejor que alabarla a ella o pedir la mano de una de sus cuatro hijas. Así que compone en su rostro una sonrisa descomunal y afectuosa, y sé que Carlos le encanta inmediatamente.

«*Punto para mí*».

—Es obvio que este chico me gusta, Isa —contesta, mirándome a mí, apreciativa—. Si lo dejas escapar, saco tu nombre de mi testamento.

Carlos le ríe el chiste y yo sonrío, tensa. Puede que parezca una broma, pero con mi madre y su mala baba si le tocas mucho las narices, nunca se sabe.

—Entre colegas, hay que reconocerse el mérito hostelero y este lugar es un auténtico paraíso —admite Carlos, paseando su mirada de experto por todo lo que nos rodea.

—Mamá, Carlos tiene varios negocios en Madrid, incluidas un par de esas terrazas en azoteas tan elegantes que tú siempre has pensado que son una gran idea.

Mi madre asiente, todo la complace. Lo que ve y lo que escucha. Valora que Carlos la halague y que sea un hombre de negocios, de su gremio, que sabe lo que hace falta para levantar y mantener un sitio como Los Jarales. Y aprecia que esté ahí conmigo, la hija que nunca trae a nadie a casa.

—Enhorabuena por estos diez fantásticos años, Pilar —dice Carlos—. No es nada fácil lograrlo, con los tiempos que corren.

—Y que lo digas, hijo. Y que lo digas... —asiente mi progenitora, más complacida con cada segundo que pasa en compañía de mi nuevo amigo—. Ahora, si me disculpáis, tengo que subir ahí —dice, señalando el pequeño escenario que queda a nuestra espalda—, para dar mi discurso de agradecimiento. Rezad para que no haga mucho el ridículo.

—Seguro que le sale fabuloso —la anima Carlos, y ella le dedica su última sonrisa antes de dejarnos para ultimar los detalles de su momento estelar de la noche.

Nos quedamos solos y Carlos me mira, apreciativamente. Se me saltan los latidos mientras espero a que me diga algo. Cuando estoy a la expectativa y no sé a qué atenerme, suele atacarme el miedo de manera muy poco elegante. Rezo para que deje de hacerlo, que mire para otro lado o diga algo, por el bien de mi salud coronaria.

Un camarero pasa a nuestro lado con canapés y otro, no muy lejos, con copas de vino. Como hace ya un par de minutos que no me queda nada que beber, dejo pasar al camarero que porta la comida y me lanzo a por el de la bebida, tomando de su bandeja dos copas de vino. Esta vez, sin embargo, no me quedo yo ambas —aunque no por ganas—, y le tiendo una a Carlos que, a su vez, ha cogido dos bocaditos de patata gratinada con queso y foie, uno para él y el otro para mí.

Nos intercambiamos las viandas con una complicidad que es difícil de explicar por lo poco que nos conocemos y, por primera vez en toda la velada, siento que he hecho bien llamándole. Y no solo porque mi madre se haya ido de nuestro lado encantadísima de la vida con el muchacho.

—Pensé que nunca darías este paso —dice Carlos tras probar el canapé y apreciar lo sabroso que está.

—¿Este paso?

—Llamarme para quedar.

—Ya...

Si él supiera las verdaderas razones... Pienso en ello y me siento fatal, así que carraspeo y le sonrío. No se me ocurre mejor manera para alejar los fantasmas que correr un tupido velo sobre ellos.

—Que conste que me alegra —asegura, contento—. El lugar y la compañía son inmejorables.

—Y a mí me alegra escuchar eso.

—Todas estas semanas de mensajitos, no sé, me daba la impresión de que intentabas mantenerme a distancia.

Me mira muy serio de pronto, como si esperara mucho de mi respuesta a esa apreciación, bastante acertada, por cierto, así que trago saliva con dificultad y lo miro con honestidad, no quiero mentirle, aunque tampoco tenga que decirle toda la verdad acerca de mis circunstancias personales y el cacao mental que me gasto últimamente.

—Estaba de gira con Blue Joy.

—Ya... —dice, y en sus labios asoma una sonrisa que parece poner en duda mis palabras—. De gira...

—Tenemos al chaval por aquí, en algún lugar, si quieres preguntárselo...

Se ríe abiertamente y le da un sorbo a su copa de vino. Le imito. De repente tengo la garganta tremendamente seca.

—No desconfío de que me dijeras la verdad sobre tu trabajo

fuera de Madrid —aclara—. Pero creo que existen más razones que la distancia kilométrica para mantener la otra. La emocional.

Me quedo sin habla. Qué intuitivo es este chico. Otra virtud que sumar a las que ya ha demostrado, y me da pena que tenga razón. No he estado disponible para él al cien por cien porque, en mi interior, no lo estoy. Para él no, tampoco para nadie más. Quizá solo para... Trato de mitigar un calambre de dolor que me asola solo por tener el fugaz pensamiento que vuelve a traer a Tristan a mi mente, y lo descarto enseguida, antes de que el daño se haga permanente.

—No sé de qué me estás hablando...

Siempre se me dio muy bien hacerme la tonta, aunque soy consciente de que esta vez no será tan fácil. Carlos parece de los inteligentes.

—Sí que lo sabes —confirma mis peores temores—. Lo que he visto al llegar, no sé, imagino que esa es la causa de que no me permitieras acercarme más.

—No es lo que piensas.

—Eh —dice, subiendo las palmas de las manos—. A mí no tienes que darme explicaciones. Me caes bien y esta fiesta es el mejor plan al que me han invitado en mucho tiempo. No lo estropeemos con mentiras, aunque sean de las piadosas.

Juro que siento ganas de llorar al escucharle. Me gusta su franqueza, la misma de la que yo he carecido con él en todo momento. Pero que me enfrente a mi peor rasgo, el egoísmo, me entristece tanto que siento cómo me sube la náusea desde el estómago.

*«Mierda, Isabelita. Te has coronado».*

—Es mi jefe. Y el novio de mi hermana. Es complicado.

No sé por qué se lo cuento, aunque asumo que su honestidad ha llamado a gritos a la mía. Y ahí me veo, confesando cosas que nunca diría en voz alta a nadie a quien le tuviera mucha confianza. Supongo que se debe precisamente a eso, a que nos conocemos realmente poco, aunque también puede ser porque irradia comprensión. No lo sé, y me muero de la vergüenza solo de pensarlo. Bajo mi cabeza y me miro la punta de los zapatos. No se me ocurre un gesto que defina mejor mi desolación interior ahora mismo.

—Eh, cada relación es complicada a su manera —dice Carlos, comprensivo, elevando mi rostro con sus dedos bajo mi mentón—. Si yo te contara...

Sonríe. Y es una sonrisa limpia, amplia, de esas bonitas que parece no tener dobleces ni esconder segundas intenciones.

Entonces dejo de arrepentirme de haberle invitado, porque puede que ese segundo Carlos sea lo mejor que el verano me ha enviado. Justo cuando necesito que alguien me diga que complicado no tiene porqué significar malo, y que cosas así pueden ser más comunes de lo que una podría imaginarse, aparece él para quitarme un peso de encima de los hombros.

Le devuelvo el gesto. Le sonrío con un poco de vergüenza, y estoy segura de que me sonrojo hasta que mi rostro muestra un delator color rojo. Por alguna razón, ni siquiera eso me importa. Es agradable no esperar más que eso y, precisamente, obtenerlo.

—Me gustaría proponer un brindis —añade entonces, levantando su copa en mi dirección—. Por las relaciones complicadas y por los jefes y novios de nuestras hermanas que no dejan de mirarnos como si pretendieran disolver una manifestación no autorizada.

Abro mucho los ojos cuando lo escucho a modo de interrogación muda, y él asiente, sonriendo jocoso, también contestando sin utilizar ni una sola palabra. Entonces se echa a reír y yo le imito. Porque me apetece y porque todo esto empieza a parecerme una película mala de esas que Antena Tres emite los domingos a la hora de comer.

De todos modos, la risa no mitiga los nervios. Saber que Tristan nos mira me revuelve el estómago por culpa de las mariposas —o del enjambre de abejas—, y me hace sentirme vulnerable, expuesta. Pienso, de manera fugaz que lo mejor que puede pasar es precisamente eso, que me vea con otro, y que lo haga despreocupada, riéndome. Eso mandará un mensaje muy claro al respecto.

Y, seamos sinceros, esa es una de las razones por las que he invitado a Carlos. No hay que ser un genio para saber que mi intención era hacerle saber que hay más gente interesada en mí y que yo tengo opciones.

Que le quede bien claro.

Mi madre tarda otros cinco minutos en tomar el escenario y dar su ensayadísimo discurso, para el que Olivia le ha prestado su ayuda. Habla de los comienzos, de la idea, de cómo convirtió una herencia envenenada en un propósito, primero, y en un sueño, después. Y habla de que su alma gemela, mi padre, le falta al lado para disfrutar de los frutos de ese legado convertido en futuro, emocionando a toda la concurrencia, yo incluida. Por último, habla de sus cuatro hijas, la modelo, la contable, la comunicadora y la que, pronto, tomará el relevo.

Al nombrar a Sara, la contempla con arrobo. Ella, sin embargo, palidece con cada palabra de mi madre e intercambia conmigo miradas inseguras y llenas de miedo. Si pensaba decirle algo de lo suyo en los próximos días o semanas, recula con cautela y vuelve a enterrar su verdad, regresando al armario, donde se siente protegida de la ira de nuestra progenitora.

No la culpo. Conocemos todos a esa mujer que acaba su intervención entre aplausos y mucha emoción.

En ese momento, noto que alguien me toca la espalda, requiriendo mi atención, y me giro para comprobar quién es ese alguien.

El rostro feliz de Blue Joy me mira sonriente y yo le devuelvo el gesto.

—¡David! —exclamo, saludándole—. Espero que estés

divirtiéndote. Este es mi amigo Carlos —los presento, educada.

—Encantado —dice el chaval, apresurado y sin apenas dedicarle su atención a mi acompañante.

Me pongo en alerta de inmediato, porque David es una persona muy educada y que siempre muestra su mejor cara delante de los demás. Que pase de Carlos es raro, y seguro que tiene una razón de peso para hacerlo.

—Isabel, necesito hacerte una cuestión. Laboral.

—Claro. Lo que quieras.

—Allí —dice señalando el otro lado de la pista de baile. Concretamente, el punto exacto desde el que Tristan permanece estático, mirando hacia nosotros.

Trago saliva con cierta dificultad y maldigo mi suerte. Mi idea era seguir la noche tranquila, lo más lejos del hombre del que depende mi futuro y el de la empresa a la que represento. Si acabo montando alguna escena con Olivia pululando cerca, o bien acabo en la calle o ella sin contrato en vigor con Tinkerer Music.

—Ve —me dice Carlos, con una sonrisa amplia en su atractivo rostro—. Parece importante. Yo te espero por aquí.

Señala impreciso ese *por aquí* mientras yo murmuro una maldición entre dientes. David podría abstenerse de traer cosas de trabajo a la fiesta de mi madre, cosas de trabajo que tengan que incluir a Tristan forzosamente. Ya hemos pasado la tarde grabando un programa, ¿es que no puedo tener ni una noche libre?

Le doy las gracias a mi comprensivo acompañante con un gesto y sigo al inoportuno Blue Joy, al que siento muchas ganas de estrangular.

—Vosotros diréis.

Mi tono no admite muchas tonterías cuando llego junto a Tristan Cornell, el artífice de toda mi insatisfacción. No quiero ocultar que no estoy a gusto, que no me hace gracia y que ese no es el sitio en el que quiero estar en ese momento.

—David quiere subir a cantar para los invitados de tu madre.

Tristan me mira fijamente y yo no sé si espera que añada algo a esa afirmación o si debo esperar a que continúe. No sé si es una pausa dramática o mi pie para intervenir.

—Muy bien —añado, cuando veo que nadie más va a hacerlo—. ¿Qué tiene eso que ver conmigo? ¿Necesita mi permiso? Para eso no le hacía falta arrastrarme hasta aquí. Que haga lo que quiera, seguro que a mi madre le encanta el espectáculo.

Tristan niega con un gesto resignado, como si mi impertinencia estuviera fuera de lugar, y siento ganas de gritar de la frustración.

—¿Algo más? Mi amigo no conoce a nadie en la fiesta y es de mala educación que le haya dejado solo.

—*Tu amigo* —dice, puntualizando muy bien esas dos palabras, clavando en mí sus ojos azules, fríos ahora, como si pretendiera congelarme con ellos—, no parece muy incómodo.

Me giro y veo que Carlos está charlando con mi madre, que le sonríe con una complicidad que me recuerda, inmediatamente, a como hace con Kevin. Me recorre un escalofrío por la columna, no quiero pensar en mi madre considerando a Carlos para cosas tan elevadas como ha considerado a mi excuñado. Se trata de nuestra primera cita y nadie ha hablado de que vaya a haber una segunda.

—Como sea —atajo—. Si necesitáis mi permiso como hija de la dueña, lo tenéis. Para cualquier otra cosa, decide tú, que eres el que lleva la carrera musical del chico.

Me giro teatralmente para largarme lo más lejos del objeto de mis desvelos, cuando le escucho carraspear a mi espalda. Me vuelvo de nuevo hacia ellos. A la mierda el giro teatral.

—¿Qué? —pregunto con una exasperación bastante condescendiente.

—David quiere saber si, desde el punto de vista de la comunicación, estaría bien que hiciera un directo desde sus redes sociales para retransmitir la actuación —explica Tristan con un tonillo de autosuficiencia que no me gusta ni un poco. A punto estoy de poner los ojos en blanco, pero me contengo en el último segundo.

—Puede estar bien. Es improvisado, pero indica que, aunque no lo haya planificado, quiero hacer partícipe a la gente a la que le gusta mi música y me sigue —amplía el propio David, con una vocecita que indica que puede que le haya dado miedo mi contestación anterior.

Me da hasta un poco de pena, ahí parado, esperando por mi veredicto. No negaré que la idea no está mal y que me halaga que me lo estén consultando, como dándome el poder para darle luz verde a ese movimiento que puede convertirse en buena publicidad a un coste realmente bajo.

Asiento, los miro a ambos tratando de esconder una sonrisa en mis labios, que debo mantener serios, rectos, sin que nada los perturbe si no quiero quedar ahora como una estirada y una estúpida.

—Me parece buena maniobra —consiento, mirándolos directamente e intentando mantener una compostura que, con cada segundo que permanecemos así, los tres frente a frente, me cuesta más—. Si no precisáis más de mí...

Ahora sí, ahora me giro despacio, sin teatralidad, pero con una sonrisa enorme en mi rostro. En ese momento que ya no me pueden ver, me regocijo con el hecho de que me hayan consultado algo así, me hace sentirme respetada, que mi opinión importa. Han dejado la decisión en mis manos y eso me llena de satisfacción, tanto, que creo que mido diez o quince centímetros más por lo menos.

Cuando regreso al lado de Carlos, este me dedica una mirada jocosa, con su ceja elevada y su risa contenida. Todo porque parezco un pavo real ahora mismo. Me gusta este tono de camaradería recién descubierto. Podría acostumbrarme a ello sin proponérmelo con demasiado ahínco.

—¿Y bien? Ha sido breve.

—Lo breve, si bueno...

—Entonces, ¿todo bien?

—Claro, era solo una tontería —digo, no entrando en detalles para no aburrirle—. ¿Y tú? Mi madre ha huido en cuanto ha visto que volvía. Espero que no te haya importunado.

—Para nada. —Con un gesto despreocupado le resta importancia al hecho de haber estado con ella esos dos minutos en los que yo he faltado de su lado—. Es una mujer fascinante, me ha invitado a quedarme esta noche.

Intento saber qué le parece esa invitación por el tono y por su lenguaje corporal. Me acuerdo de la noche en la que nos conocimos, en la que parecía que podía surgir la magia, y decido dejar que la noche haga su trabajo. Un clavo saca otro clavo, dicen, y el clavo Tristan Cornell está demasiado incrustado en mi organismo. Carlos y yo estamos aún en la *friendzone* y puede que ahí acabemos por quedarnos, pero nunca está de más explorar para ver hasta dónde nos puede llevar algo en la vida.

Ese es mi lema.

Bueno, en realidad no tengo lema. Pero, de tenerlo, sin duda sería ese.

—Buenas noches —se escucha entonces a David, encima del pequeño escenario—. Soy Blue Joy, para los que no me conozcáis, soy un chaval que hace música y que, por cosas de la vida, a la gente le suele gustar.

Unas risas leves de los asistentes acompañan su comentario. La mitad de los invitados puede que no hayan oído hablar jamás en la vida de él, más cercanos a la edad de mi madre. Pero la otra mitad, la mitad más joven, sabe quién es y no han parado de pedirle autógrafos y fotos desde que llegamos, una hora atrás.

—El caso es que he sido invitado esta noche aquí y no me gusta haber venido con las manos vacías. Mi madre me dice siempre que eso es de mala educación —más risas, sobre todo entre la generación más veterana—, y por eso me propongo ponerle remedio, si la encantadora anfitriona así me lo permite.

Mira hacia mi madre que, aunque lo contempla un tanto escéptica, sabe que no puede dejar mal al chico delante de tantas personas. Es su fiesta y ella misma no va a boicotearse.

Así que compone una sonrisa beatífica y se retira el pelo de la frente, a la vez que asiente con la cabeza en su dirección. El público sigue ese intercambio mudo con expectación y, con cada minuto que pasa, creo que la idea de emitirlo por *streaming* es mejor. David ha estado rápido pensándolo, puede convertirse en viral si sigue tan bien el asunto.

Al obtener el beneplácito de mi madre, hace un gesto a los cuatro músicos que han amenizado la primera parte de la fiesta, ese cuarteto de cuerda que ha dado la bienvenida a los invitados, y estos suben al pequeño escenario, donde ocupan los mismos lugares que un rato antes. Se miran, cómplices y, ante otro gesto más de David, comienzan a tocar.

Las notas de *No Wonder*, el primer y más reconocido éxito de Blue Joy suenan de manera maravillosa al salir de los instrumentos de cuerda de los cuatro músicos. Es magia, algo que, para ser improvisado, es de una hermosura indescriptible.

La voz de David se acompasa a la belleza de los violines y la viola, y la solemnidad magnífica del chelo, componiendo una experiencia tan delicada como inesperada.

El público asiste complacido a la actuación. Un tema *tecnopop* de máxima actualidad, adaptado a los instrumentos con los que Blue Joy cuenta, convierten la pieza en algo para todos los públicos, incluido ese sector más cercano a la edad de mi madre que disfruta de la canción con deleite.

Se paraliza el tiempo bajo el influjo de la voz cargada de sentimiento de Blue Joy, que parece que canta por su vida. Llevo escuchándolo meses y este es el momento estelar de su carrera hasta la fecha. Lo sé, completamente convencida.

Sin pretenderlo, mi mirada vaga hasta Tristan que, desde el lado contrario de la pista de baile, me contempla serio, circunspecto, sin apenas pestañear. Juro que se me para el corazón por espacio de varios latidos. Hay algo primitivo y feroz en su manera de mirarme, como si el ambiente, la música y sus ojos estuvieran confabulando para atraparme ahí dentro.

Desvío con dificultad mi atención de él cuando, casi sin notarlo, la melodía de los violines llega a su fin. El suspenso que sigue hace que contenga el aliento. Luego, de manera inevitable, el aplauso atronador lo llena todo y David, desde la pequeña altura del escenario, se inclina, humilde, para recibir ese reconocimiento que se merece.

Con creces.

—¡Gracias! —exclama él desde su posición en el centro del escenario que ha llenado como el grandísimo artista que está demostrando ser—. Gracias, de corazón. Significa mucho ver que os ha gustado este experimento improvisado —se ríe y provoca sonrisas complacidas del respetable, al que tiene completamente en el bolsillo—. Y por eso quiero compartir esto con una de las personas más importantes de mi vida. Casualmente, la hija menor de nuestra anfitriona.

Señala a Sara que, en medio de los asistentes embelesados por la actuación de David, se queda paralizada al ser nombrada.

Él le hace un gesto con la mirada para pedirle que le acompañe al escenario, pero mi hermana parece retenida por alguna extraña fuerza que la mantiene lejos de Blue Joy.

La contemplo y casi puedo ver cómo tiembla. Tarda en moverse. No lo hace hasta que él extiende su mano hacia ella, señalándola.

—Sara, mi dulce Sara... ¿Querrías subir un momento hasta aquí?

Tarda en reaccionar aún. Está asustada y quiere escapar, es obvio por su lenguaje corporal y ese miedo que se ha instalado en sus ojos.

Yo también estoy lenta. No lo veo venir. No impido nada de lo que está a punto de pasar. Ni que David lo diga ni que uno de los fotógrafos contratados por Olivia siga retransmitiendo en *streaming* todo eso desde la cuenta de Blue Joy, para todos sus seguidores.

Mi hermana reacciona y sube, despacio, hasta llegar a lo alto del reducido escenario. Se coloca al lado de David, a la expectativa, rezando para que no diga nada de lo que se puedan arrepentir.

Temiéndose lo peor.

Porque ellos dos están acostumbrados a salir en los directos en los *stories* del otro desde que forman dúo en las redes, con todas sus maravillosas colaboraciones. Pero nunca ha pasado así, de forma improvisada y sin contar con el beneplácito de los que les llevamos la publicidad.

Espera, de hecho, yo sí he dado mi permiso...

«*Oh, mierda...*»

Sé que me va a caer una buena mucho antes de que pase y, sin embargo, no hago nada para evitarlo.

—Sara... —comienza David, tomando a mi hermana de la mano y acercándola a él—. Mi vida cambió el día que te conocí. Nunca creí que lo que iba a ser un acuerdo comercial, pudiera convertirse en lo mejor que me haya pasado nunca.

La mira, embelesado, y me pregunto si no se da cuenta de lo asustada que está ella. ¿Pensará que es emoción esa mirada turbada que lo contempla a la espera de que se desate el apocalipsis?

—Eres una *youtuber* de primera. —Ahí está, lo ha dicho. Y Sara, como quien espera que suelten la bomba, arruga el rostro, contrayéndolo tanto que es casi inverosímil—. Eres una gran profesional y no solo por la enorme cantidad de seguidores que tienes y el puesto tan alto que ocupas en tu comunidad de *influencers*, sino porque te tomas todo con una profesionalidad que admiro y porque haces partícipe de todos tus éxitos siempre a toda la gente de tu equipo.

Sara mira fugazmente hacia nuestra madre, que los observa con los ojos entrecerrados, intentando entender qué es todo eso de los *youtubers* y los *influencers* y, sobre todo, por qué esas palabras se le aplican a su hija menor, la que ella considera una estudiante de matrícula.

—Sara, te quiero —declara David, con el rostro arrobado, contemplando al objeto de sus desvelos—. Te quiero tanto que sé que eres el maldito amor de mi vida. Por eso, delante de toda esta gente, quiero gritarlo al mundo. Y quiero que seamos el uno para el otro, en exclusiva, sin más rodeos, sin pensar en nadie más. Tú para mí y yo para ti. Siempre. ¿Qué me dices?

Mi hermana me mira fugazmente. Me busca entre toda esa gente y me pregunta con los ojos llenos de temores.

Joder... haga lo que haga, me la voy a cargar.

Si dice que sí, adquirirá un compromiso que ella no ha pedido y que no estoy muy segura de que desee. Si dice que no... Dios, si dice que no en directo, su carrera se verá seriamente perjudicada si las hordas de seguidores despechados de Blue Joy se le lanzan a la yugular.

Así que, pensando con mi parte más racional y práctica, la que quiere que ninguna de las dos marcas se vea perjudicada, asiento despacio, sin pronunciar palabra. Solo un gesto leve, casi imperceptible.

Acabo de hacer algo terrible.

Lo sé nada más aceptar formar parte de ello.

Mi hermana va a matarme.

# 21
# La decepción de una madre

Sara le dice que sí. Se dan un beso de esos que marcan época y bajan del escenario cogidos de la mano.

Se masca la tragedia y el pobre David ni siquiera lo sabe. Siento pena por él, pero más por Sara, porque me imagino cómo se está sintiendo. Estoy que me subo por las paredes porque he sido yo quien la ha empujado a decirle que sí a Blue Joy delante de toda esa gente —y de los miles que seguían el evento en directo a través de su Instagram—, y ella todavía no sabe que, además de todos los invitados que nos rodean, existe un público invisible que ha sido testigo de todo a través de la pantalla de sus dispositivos.

—Sara, espera —se oye a David correr detrás de ella.

Le ha soltado la mano y solo quiere separarse todo lo que pueda de él. Si no pone distancia, todos conocemos a Sara, puede estallar la tercera guerra mundial.

Y la cuarta.

Y hasta la octava.

Siento la responsabilidad de hacer algo. Darle explicaciones, aplacar su ira, abrazarla si lo precisa. Lo que sea, pero que me vea, que me sienta cerca.

Así que corro yo también, después de hacerle un gesto a Carlos para que me espere. No quiero ser grosera volviendo a dejarlo solo, pero esta emergencia requiere que vaya y no que sea una anfitriona correcta con él. Carlos es un buen tío, y me deja ir con otro gesto y una sonrisa encantadora en sus labios.

Los encuentro fuera de la vista de los invitados, apartados en medio del aparcamiento. Justo cuando los veo y me empiezo a acercar, con cierta cautela para no parecer una entrometida, siento que a mi lado llega otra persona. No necesito girarme para saber que es Tristan.

Y no sé por qué razón, pero su presencia esta vez no me incomoda. No sé, igual es que siento que necesito un apoyo para que la ferocidad de Sara no haga que todo salte por los aires o que, quizá, ella tiene tanta rabia ahora mismo en el cuerpo, que no veo qué gano sacando yo la mía contra el novio de mi otra hermana.

Nos miramos un par de segundos en los que alcanzamos una especie de acuerdo silencioso. Asentimos y recorremos los pocos metros que nos quedan hasta llegar hasta Sara y David.

—¿Qué demonios se te ha pasado por la cabeza ahí arriba, tío?

La cólera más primaria impregna cada una de las palabras que pronuncia mi hermana. Ella, que es todo delicadeza en apariencia, con su larguísima melena rubia, sus ojos azules y esa sonrisa que embelesa, puede convertirse en un instante en un dragón furioso que asuste como ninguna otra cosa si la tienes en contra.

Yo lo sé por experiencia.

Es hija de nuestra madre.

—Yo solo quería...

—Joderme, David. Joderme —le dice, incapaz de contenerse—. No sabes lo que has hecho.

—Decirte que te quiero.

—¡Para decir te quiero no hace falta montar una puta encerrona!

—¿Una encerrona? —pregunta Blue Joy con el rostro contraído por la turbación que la actitud y las palabras de mi hermana le provocan.

Sara niega con un gesto excesivo, sonriendo como una demente. Me siento fatal por ser testigo de toda esta escena, que debería ser íntima, privada, suya. Me pregunto si debo largarme por donde he venido y dejar que ella lo resuelva sola, pero algo me dice que, tarde o temprano, Sara necesitará un hombre sobre el que llorar su frustración o, quizá, un muro al que dar patadas de pura rabia.

—¿Cómo le llamas tú a subirme a un escenario con cien personas mirando, esperando por una respuesta que me comprometa?

David traga saliva al escuchar lo de las cien personas... Sara no tiene ni idea de que la actuación y su posterior declaración estaban siendo retransmitidas en vivo. Si mi hermana está enfadada, no sé qué demonios va a hacer cuando se entere. Me siento en el deber de decírselo, cuanto antes lo sepa, antes podremos atajar el problema.

Al fin y al cabo, fui yo quien dio luz verde a la emisión a través de las redes sociales de Blue Joy.

—Sara, hay algo que...

—¿Qué coño haces tú aquí? —inquiere mirándome de frente. Está claro que no sabía que su conversación con David no era del todo privada—. ¿Vosotros qué sois? ¿Dos mirones?

Intercambio un gesto de incredulidad con Tristan y le pido, con la mano sobre su brazo, que me deje hablar a mí.

—Sarita, escucha...

—No me llames Sarita. Nunca viene nada bueno después de un Sarita.

En eso tiene razón, aunque ahora no es momento de dársela, la verdad.

—No es malo, te lo juro...

Quiero que me crea, aunque lo tengo bastante complicado. Así que le pongo mi carita de pena más convincente y doy un paso hacia ella.

—Isabel, tranquila. Yo se lo digo —me corta David con el semblante circunspecto y la resolución más convincente bailándole en las pupilas.

Hay una mínima nota de miedo en su voz, pero el tío le está

echando arrestos. Eso hay que reconocérselo, así que le dejo el mando, y retrocedo un paso, hasta colocarme de nuevo a la altura de Tristan.

Siento su presencia y me reconforto de una manera extraña. Sé que esto no va a acabar bien y, sin embargo, que él esté aquí, tomando parte de la crisis y dispuesto a ayudar a solucionarla hace que me sienta más segura.

—¿Qué me tienes que decir? ¿Es que hay más cosas? —pregunta Sara, con una nota de histeria en la voz.

—La actuación se ha retransmitido en directo por Instagram.

Un silencio espeso sigue a la revelación de Blue Joy, que contempla a mi hermana con tanto pesar que a uno podría rompérsele el corazón solo con mirarlos. La tiene cogida de la mano, como intentando retenerla, y Sara, por alguna razón, no rompe ese contacto físico, por más que esté fuera de sus casillas.

—¿La actuación? —pregunta ella, perpleja.

La tragedia está a punto de abatirse sobre nosotros.

Se respira la tensión.

Casi dan ganas de irse a buscar refugio, como si la amenaza sobre nuestras cabezas fuera de ataque nuclear y no esperar por la reacción de mi hermana.

—La actuación —confirma David—. Y lo que ha venido después...

Cierro los ojos, esperando la detonación.

Pasados unos segundos, los abro de nuevo, atónita porque Sara no haya montado en cólera. Más aún.

—¿Quieres decir que todo eso —pregunta, con los dientes apretados y la furia destilando espesa por todas y cada una de las letras que componen su cuestión—, la maldita encerrona... La ha visto todo el que ha seguido tu puto directo?

—Sara, ha sido culpa mía. Yo le di permiso.

Se gira de cara a mí, aún con la mandíbula tensa y los ojos inyectados en sangre.

—¿Tú? Mierda, Isabel. ¿Tú?

—Creí que era una buena jugada publicitaria.

—Tú siempre pensando en tus jugadas publicitarias sin pensar en nadie más.

Me duelen sus palabras. Puede que yo sea una profesional obsesionada con hacerlo bien, comprometida con los resultados y, ahora más que nunca, con la empresa pendiendo de un hilo, una persona que busca el rédito en términos de marketing de todo cuanto me rodea, pero no puede reprocharme nada. Ella también es una mujer de negocios implacable que ha convertido su marca en una inversión rentable y ganadora.

—No ha sido culpa suya —dice Tristan a mi lado, dando un paso en dirección a Sara y David—. Yo lo planteé como un hecho consumado. A Isabel solo le pregunté su opinión. Hubiera dado luz verde a la idea del directo aunque ella hubiera estado en contra.

Lo miro con asombro. Eso no es cierto, me preguntaron qué me parecía porque dudaban de si sería una buena idea o no. Si yo hubiera dicho lo contrario a lo que dije, estoy convencida de que Tristan le hubiera parado los pies a David y que la actuación se hubiera quedado allí dentro, en Los Jarales. Y eso, hubiera sido un completo error, porque la interpretación de Blue Joy ha sido una pasada y sí, aunque a Sara le fastidie, su declaración, tan íntima, tan profundamente inocente, les ha venido a los dos de perlas de cara a la opinión pública.

Una puñetera jugada maestra, si alguien me lo pregunta.

Aunque haya hecho saltar por los aires secretos que mi hermana no estaba dispuesta a compartir aún.

—Joder, esto va a traer muchas consecuencias —se queja Sara, aún enfadada, pero ya dando por hecho que no hay nada que se pueda hacer para cambiarlo—. Mi vida se acaba de ir a la mierda.

David la mira circunspecto, dolido incluso. Hay cosas que él no entiende y, claramente, mi hermana no parece muy por la labor de compartirlas con él.

—Joder, que yo solo he dicho que te quiero, Sara, que parece que te he sentenciado a muerte o algo.

—Me has dicho te quiero delante de no sé cuántos miles de personas y me has obligado a responderte —le replica ella, con acidez, el cuerpo en tensión y las ganas de hacer saltar todo por los aires otra vez metidas en el cuerpo—. Eso no se hace si de verdad se quiere a otra persona. Eso es una puta encerrona.

—Si te aviso, menuda gracia. Se llama sorpresa por una razón. Pero allá tú, Sara. Yo ya paso de esto, has conseguido quitarme la ilusión...

Sin mediar más palabras, David se va en dirección a la puerta de salida de Los Jarales, dejando a mi hermana con un palmo de narices. Se la ve tocada por muchas cosas y, desde luego, seguro que no se pensaba que él la dejara ahí. Pero ¿qué esperaba después de su actitud?

Doy un paso en su dirección, pero ella hace un gesto con la mano para mantenerme a distancia.

—No me puedo creer que le dejarais hacer algo así. Pensé que vendía más el chico soltero y disponible, que el que está atado a una relación.

Lo dice como si le resultara inverosímil todo lo que ha pasado y creo que me estoy empezando a sentir fatal con todo esto. Siento un dolor de tripa importante y la náusea subiendo por mi tráquea, pugnando por escapar de mi cuerpo.

—Te juro que no sabía que iba a acabar la actuación con una declaración, Sara —le asegura Tristan. También ha dado un paso en dirección a mi hermana, con mejor suerte, porque a él no le ha apartado. Supongo que es más fácil enfadarse con la persona de más confianza—. Pero no creo que sea malo que lo haya hecho de cara a la opinión pública. Ha sido un acto bonito, una sorpresa, como él ha dicho...

—Yo odio las sorpresas. Y pensé que os gustaba mantener este rollo de tonteo no comprometido entre los dos.

—Ahora las parejas felices venden también —intervengo, con algo de miedo a su reacción—. Desde Alfred y Amaia, vende un montón, de hecho.

—Arg, por Dios, Isabel, menudo ejemplo. Duraron dos telediarios e iniciaron una guerra absurda en todos los medios en los que tenían presencia. ¿Eso es lo que quieres que hagamos? ¿Que nos convirtamos en dos caricaturas? ¿En carne de programa de cotilleos? Por ahí sí que no paso.

La miro, cada vez más falta de ideas para levantarle el ánimo, y me desespero. Yo no sirvo para hacer que los demás se sientan bien cuando están hundidos, soy un desastre intentándolo siquiera.

—Sara, a mamá se lo tenías que decir ya...

—Ya, pero quería elegir yo el momento.

—¿Y eso cuándo iba a ser? Cuanto más tarderas, peor iba a ser.

—¿Tú la has escuchado ahí arriba? ¿Crees que está preparada para saber que su hija ha dejado la carrera por convertirse en una *youtuber*? No lo entendería...

—Tienes razón. No lo entiendo.

La voz profunda y seria de nuestra madre, a mi espalda, nos sobresalta a todos, incluso a Tristan, que no la conoce enfadada y no sabe cómo podría ir una conversación como la que ella y Sara están a punto de tener.

Me giro para contemplar el semblante adusto de mi progenitora. Su cuerpo, tenso; sus ojos, como si fueran dos piedras heladas. Está enfadada, se le nota a una distancia kilométrica, incluso entre las sombras que nos envuelven.

—Mamá... —deja escapar Sara de sus labios, curvados en una mueca de perplejidad y miedo que dan ganas de borrar a base de un buen abrazo.

Pero sé que no me va a dejar, jamás permitiría que me acercara a ella en un momento como este. La tozudez y el temor se dan la mano ahora mismo en su interior, lo sé. Lo primero, nos mantendrá a todos alejados de ella. Lo segundo, por desgracia, podrá hacer que todo salte por los aires.

Mi madre, a distancia, quiere mantener esos metros interpuestos con Sara, también el silencio, porque no dice nada después de la frase.

—Iba a contártelo, de verdad —dice mi hermana, con la voz pequeña y el cuerpo, de repente, encorvado.

Sara, la segura Sara, la dueña de su destino, la que se come el mundo... Sara, mi hermana pequeña, temblando delante de nuestra madre, al borde del colapso nervioso.

Mi madre sigue mostrándose distante. Está tan lejos, que parece que se ha ido a la luna. Su cuerpo está ahí, pero el vacío que está generando, la convierte en alguien distante, inalcanzable. Y me da tanta pena mi hermana, que me gustaría gritar bien alto, para que todo el mundo me oyera, que ella no tiene por qué pasar por eso solo por haber elegido su propio camino en la vida.

Pero el discurso lleno de orgullo hacia ella que mi madre ha pronunciado en el escenario lapida las esperanzas de Sara de salir indemne de ahí. Porque para ella no hay escapatoria si nuestra progenitora ha decidido que mi hermana la ha traicionado.

—Ha sido todo muy rápido —sigue justificándose Sara—. De la noche a la mañana he perdido el control sobre esto, que solo era un juego al principio, te lo juro, mamá. Pero me gusta y se me da bien, y yo también le gusto a la gente. O eso parece...

Se calla. Guarda un silencio espeso y doliente que a mí se me clava muy dentro. La situación es angustiosa y la quietud siniestra de mi madre no ayuda.

A mi lado, Tristan contempla la escena como si estuviera considerando si es real o no. Parece horrorizado por el silencio de mi madre, pero también, profundamente conmovido por el alegato de Sara, y sé que quiere que las dos lo arreglen, porque se siente responsable de lo que estamos viviendo, probablemente, en la misma medida en que yo lo hago.

Así que, cuando me tiende su mano cálida y tan suave, que

aprieta la mía y me intenta transmitir que está ahí, para lo que sea y que, en lugar de irse, ha decidido quedarse, no por curiosidad o morbo, sino por ayudar o mostrar apoyo, yo no le rechazo ni le aparto, porque creo que está bien, que es correcto que lo haga y que yo se lo permita.

—Mamá... Sara quería contártelo, es verdad —intervengo cuando noto que mi hermana va a venirse abajo. Porque ella no tiene una mano que la sostenga.

Se gira hacia mí y clava en mis ojos una mirada que parece indicar que ni siquiera me conoce, como si estuviera observando en la distancia a una desconocida insignificante, y entonces es cuando me doy cuenta de que está mucho —muchísimo— más dolida de lo que podríamos haber imaginado al conjeturar toda esta situación.

Porque lo habíamos hecho. En nuestras cabezas y hasta en nuestras conversaciones habíamos intentado dibujar ese momento, el preciso instante en que nuestra madre se enteraba de que Sara había dejado los estudios para dedicarse a ser *youtuber*. A veces, intentando reírnos de la situación y otras, las más, mucho más serias, Marta, Sara y yo le habíamos dedicado horas y horas a intentar descubrir la mejor manera de no provocar un infarto en nuestra madre ni tampoco un cisma familiar.

Parece que lo del infarto no va a suceder. Lo del cisma, bueno, más bien parece un cataclismo, una amenaza nuclear. Y no tenemos ni idea de cómo conseguir que esto se solucione, sobre todo porque mi madre, pétrea e inamovible, se gira de nuevo de cara a Sara, sin tan siquiera responderme que me calle o que me largue de allí.

No sé qué esperaba, pero más silencio, desde luego que no. Las chicas Onieva somos un polvorín, y eso es herencia de nuestra madre, la única que no comparte apellido con nosotras, pero sí todos los genes que componen esa mezcla explosiva que nos anima a montarlas bien gordas.

—Joder, mamá, di algo... —suplica Sara, envuelta en un llanto que hace que sus hombros tiemblen.

Está a punto de desmoronarse, y es entonces cuando entra Celia en acción, que aparece no se sabe de dónde, y se acerca a Sara, a quien abraza sin importarle si ella se lo va a permitir. Es conmovedor y, a la vez, profundamente injusto. Porque eso es precisamente lo que debería estar haciendo yo, que la he visto romperse delante de mis narices y no he hecho apenas nada.

Celia mira a nuestra madre como si le reprochara esa frialdad inaudita en ella y, aunque parezca mentira, parece que, por fin, algo pasa, porque su silencio y su presencia casi inanimada se rompen, al instante. Nos mira a todas, a las tres, y de su garganta surge un pequeño gemido que estremece.

Acto seguido, como si no lograra soportar por más tiempo su actuación, se va y nos deja allí, tan quietos como ella lo ha estado hasta hace apenas unos segundos.

No osamos movernos por un espacio de tiempo indeterminado, como si todo estuviera en suspenso. Entonces, la razón vuelve de golpe a mi cuerpo y noto los ojos de Celia clavados en mí, en nosotros, en mi mano dentro de la mano de Tristan, y siento deseos de morir de la vergüenza.

Quizá, si la noche va de presentar las verdades y no guardárselas más tiempo dentro para que no sigan haciendo daño, estamos ante el momento preciso para decirle a mi hermana Celia que tengo un ligero enamoramiento con el padre de su hijo. Que sueño con él, que llevo semanas huyendo de eso que me hace sentir y que, una noche de borrachera y confusión, casi acabo en su cama —la de ella —, dejando que él me follara con la intensidad que mis ganas precisaban para ser calmadas.

Obviamente, me callo. Las Onieva tenemos carácter, pero, a la hora de la verdad, solemos pecar de cobardes. Así que retiro con cautela mi mano del interior del refugio que suponía la de Tristan y siento que vuelvo a perder, como llevo haciendo ya todo este año: mi padre, la confianza en el amor, la seguridad en el trabajo y el deseo que me hace sentir viva y culpable a la vez.

Todo.

Ya no me queda apenas nada.

Así que, imitando a David y a mi madre, que abandonaron la escena sin rubricar su huida con una simple frase de despedida, me doy la vuelta y me alejo, asumiendo que yo ahí ya no pinto nada. Lo he intentado, pero no sirvo ni para consolar ni para aceptar que soy una mala persona delante de los demás.

Los primeros pasos los doy despacio, cautelosa, esperando algo, no tengo mucha idea de qué. Quizá que alguien me llame. Sara, para que la acompañe a su habitación para llorar en mi hombro toda su angustia. O Tristan, para retenerme, para tomar mi mano de nuevo y, esta vez, no soltarla pese a la mirada y la presencia de mi hermana. O Celia... Celia para lanzarme todos los reproches que me debe y que sé que, en algún momento, tendrán que llegar y machacarme.

Apresuro el paso cuando veo que nada de eso va a pasar y una ráfaga de insatisfacción me recorre entera. Nadie me necesita, me desea o quiere gritarme que soy una mala persona. Me siento sola. Me siento sola como nunca me he sentido y tengo que retener un sollozo, que ahogo antes de que se atreva a poner de manifiesto esa terrible verdad delante de los demás.

Me detengo para enviarle un mensaje a Carlos, un mensaje cobarde de despedida, y me dirijo a la zona de alojamiento de la finca. Necesito distancia con todo, silencio.

Necesito digerir todo y encontrarle un sentido.

Entonces siento una mano en mi hombro, que me retiene, y cierro aún más los ojos, para dejarle bien claro a mis lágrimas que de ahí, de ese lugar donde están atrapadas en mi interior, no pueden salir.

—Sara no quiere que la atosiguemos —dice Celia a mi espalda, y me estremezco. Entre el consuelo que podría darle a mi hermana pequeña y la extraña y obsesiva sensación de pertenencia hacia Tristan, me tocan los reproches de Celia.

Estupendo.

—Vale —concedo. Creo que estoy temblando, así que me separo un poco para que la mano de Celia se aparte de mi hombro—. Creo que me voy arriba. Las copas de vino no me han sentado bien.

—Nunca supiste beber —se mofa, y yo creo que me puedo librar. Porque se ríe, porque bromea. Así que me relajo, pero no lo suficiente como para liberar la tonelada de aire que retengo en los pulmones.

—Sí, ya, bueno. Nos vemos mañana.

Vuelvo a alejarme de ella y me pregunto dónde ha dejado a Tristan, porque de él no hay rastro, supongo que ha vuelto a la fiesta. Paseo mis ojos por ella, por la alegría que reina en el patio principal de Los Jarales, donde no estamos ni Sara ni mi madre ni Celia ni yo. Marta, la única que permanece al frente del castillo, baila entre los brazos de Kevin, tan pegados, que me sacan una sonrisa débil, pero esperanzada. Al menos, alguien sí acabará la velada con risas y no con la angustia que supone fallarle a alguien o recibir el mazazo hiriente de la verdad y la traición.

—Isa —vuelve a retenerme Celia, esta vez sujetándome por el brazo cuando ya estoy casi en la puerta principal, con la firme intención de subir a mi habitación y despedir el día—. No está bien lo que has hecho con Tristan.

Cierro los ojos. Sí, los cierro de nuevo, esta vez para huir de la realidad, de Celia y de sus palabras, tan justificadas, tan evidentes y cargadas de razón.

—Ha tenido que contratar a más gente, correr y meterle caña a los obreros solo porque a ti se te ha metido en la cabeza que se tenía que largar de casa.

Abro los ojos de golpe y la enfoco. Estoy desconcertada y ella nota que no tengo ni idea de qué me está hablando. Yo no me esperaba esa clase de reproche, así que guardo silencio, sobre todo, porque no tengo ni idea de las acusaciones que está vertiendo sobre mí.

—Es un buen tío, Isa. Y la casa es de mamá, de todas. No tenías derecho a echarle.

—¿Él...? ¿Él te ha dicho que lo he echado de casa? —logro balbucear mientras parpadeo con insistencia, un poco alucinada por las palabras de Celia.

—Bueno, no exactamente —recula, y yo dejo escapar un suspiro de alivio— Pero quería irse de casa, y dijo que se iba por ti, porque te veía incómoda. Aunque yo creo que es un caballero, y algo se estaba callando para no ponerte en evidencia, que eres tú quien le hacía sentir incómodo a él. No muy bienvenido, y apuesto a que no eres capaz de desmentirlo.

¿Podría hacerlo? Seguramente, no. Además, ni siquiera me apetece.

Así que me giro y abro la puerta del inmueble. No tengo ganas de seguir con esto. De repente, más que sola, me siento tremendamente exhausta.

Necesito vacaciones.

Gracias a Dios, tengo casi un mes entero para hacer lo que quiera.

Ojalá un mes sea suficiente para dejar de sentirme como la persona con menos valor de todo el puto planeta.

# Acto 5

# EN LOS PREMIOS COSMOPOLITAN

# 22

# Salir del escondite y enfrentarse a la vida

He pasado diez días recorriendo Croacia en un coche alquilado con Marta. Han sido unas vacaciones agridulces. Su compañía ha sido justo lo que necesitaba, aunque ninguna de las dos estaba centrada en nada, y muchas noches cada una se iba a la cama con la cabeza aún llena de bastantes preocupaciones y muy pocas alegrías.

Pero hace ya un par de semanas que Marta me ha abandonado por otros planes alternativos —que sospecho que incluyen a cierto hincha del Manchester United alto, rubio y guapo—, y yo me he conformado con un pequeño retiro espiritual en un pueblo remoto de Soria, sola, intentando poner mucho orden a mi cabeza hecha un asco por culpa del último año de mi vida. Parece que todo se empezó a torcer con la muerte de mi padre y ni una cosa ha salido bien desde ese momento.

Los paseos al amanecer, la comida casera del único restaurante del pueblo y la pila de libros que me llevé conmigo, parecen apaciguar un poco los demonios, aunque nada tan sanador como apagar el maldito teléfono móvil durante dos semanas enteras. Menuda terapia que ha resultado ser esa.

Por desgracia, nada bueno dura eternamente, y menos aún las

vacaciones.

En mi último día libre me acerco a Los Jarales, donde mi madre apenas me dirige la palabra y debo lidiar con sus miradas torvas y sus gestos de desaprobación. Sigue sin perdonar a Sara por sus mentiras, ni a Marta y a mí, por encubrirlas.

Un panorama realmente desalentador, pero tengo miedo de cruzarme con Celia o con Tristan si me quedo en Madrid —por más que hablemos de una ciudad de más de tres millones de habitantes—, y poner distancia es lo único que sigue haciéndome sentir segura.

Mañana debo salir para Valencia, donde por la tarde se van a entregar los Premios Cosmopolitan. Sara y David están los dos nominados, por separado, claro, cada uno en su categoría, pero no es casualidad que lo estén. Su popularidad ha subido como la espuma desde el vídeo viral de Blue Joy cantando y declarándose en la fiesta de mi madre.

El vídeo que ha enrarecido el ambiente familiar ha encumbrado aún más a Sara y a David. Sería casi gracioso si no tuviera a todo el mundo de los nervios a mi alrededor.

Después de saludar a mi madre y recibir la callada por respuesta, dejo mis cosas en la habitación y decido bajar a la piscina a hacer unos largos y, luego, a tomar un poco el sol. Ahora no hay mucha gente, y es el momento propicio para hacer uso de las instalaciones veraniegas de la finca.

Acabo exhausta con el ejercicio, y me tumbo para que la suave brisa y los rayos de sol me sequen el cuerpo. Cierro los ojos y me relajo. O, por lo menos, lo intento.

Al cabo de unos minutos, me doy cuenta de que aún no he encendido el teléfono móvil, que era mi tarea para hoy: enfrentarme a los fantasmas alojados dentro de ese pequeño cacharro. Antes de bajar a la piscina, me acordé de meterlo en la bolsa, así que lo saco, lo enciendo y me preparo para que el mundo real me golpee de lleno, como si me lanzara un brutal gancho de izquierdas, directo al estómago.

Tengo tantas llamadas perdidas, que me tiro un buen rato discriminándolas por emisor. La mayoría, como no podía ser de otro modo, son de Olivia Calonge, incapaz como siempre de dejarme en paz incluso en vacaciones. Por ese lado, me alegro muchísimo de haber desconectado del todo. Después de la temporada de infarto en la empresa, necesitaba esta desconexión si es que no quiero morir de agotamiento los siguientes meses que tenemos por delante.

Sin el contrato por cinco años firmado y asegurado con Tinkerer Music, Comunica2 seguirá en la cuerda floja mucho más tiempo, con serias posibilidades de desmoronarse en apenas un puñado de meses.

El resto de llamadas corresponde a mis hermanas —tampoco muchas—, un par de mi prima Lorena, algunas de contactos del trabajo y un número desconocido y muy largo, que asumo que no es nacional. La llamada en cuestión es de seis días atrás y creo que puede ser del Reino Unido, si la memoria no me falla, al compararla con alguna de las veces que Marta llamó desde Manchester desde un teléfono local.

Me desconcierta y me apunto mentalmente devolver la llamada perdida, aunque solo sea para salir de dudas. Lo más probable es que, de nuevo, sea Marta, ya que, aunque en paradero desconocido —como yo misma lo he estado—, todos la hacemos en Inglaterra o, al menos, en compañía de su exmarido inglés.

Guardo el teléfono y vuelvo a tumbarme de cara al sol. Cierro los ojos y me dejo envolver por el silencio, solo roto por los píos de los pájaros que se esconden en la arboleda que circunda Los Jarales.

Esto es vida.

—Así que por fin te has dignado a aparecer por aquí —me reprocha la voz de Celia, ocultándome el sol que estaba intentando tomar junto a la piscina.

Abro los ojos de pronto, y el susto que me da verla es imposible de disimular, y ella lo nota. Joder, si es que soy terrible disimulando y evitando personas.

Me la quedo mirando con el corazón en un puño y no sé cómo actuar. No me esperaba que estuviera por aquí o que tuviera intención de acercarse a Los Jarales. Menuda suerte la mía.

Se queda mirándome unos segundos, como esperando una respuesta, con su tripa de siete meses y medio redondeando su esbelta figura en bikini.

Es frustrante comprobar que, incluso con su abultado vientre y su avanzado estado de gestación, tiene más estilo y le queda mejor la ropa de baño que a mí, que parezco un *hobbit* a su lado. Maldigo el capricho genético que nos hizo hermanas y sonrío de medio lado, contestando a su reproche con una mueca y un encogimiento de hombros.

Finalmente, me tiende un cóctel y se tumba a mi lado. Ya doy por terminado mi día de relax al sol, junto a la piscina de la finca, porque intuyo que su acercamiento no se va a limitar a soltarme un reproche y a acercarme una bebida.

Tomo el vaso de sus manos y le doy un sorbo. Como todo indicaba, es un mojito, y está cargado a conciencia.

—¿Esto a qué responde?

—¿Una ofrenda de paz? —contesta, preguntando y componiendo una sonrisa inocente, mientras se termina de colocar con esfuerzo en la tumbona al lado de la mía.

—No sabía que estábamos en guerra.

Sueno a la defensiva, lo sé. Soy incapaz de esconder que me siento incómoda en su presencia. Me hubiera gustado haberme quedado en Soria un día más si llego a saber que Celia, que ha rehusado volver a Italia por si hubiera más complicaciones y no tener a nadie de la familia allí, estaba también en Los Jarales. La hacía en Madrid, acurrucada entre los brazos de su amante inglés, el mismo del que llevo huyendo un mes entero.

—Yo tampoco, hasta que me di cuenta de que me llevas

esquivando ya varios meses —dice, y en su rostro se dibuja una sonrisa jocosa que me indica que me ha pillado. De pleno.

No tengo ni idea de si está al tanto de lo que casi pasa entre Tristan y yo, pero, desde luego, lo que sí sabe es que algo pasa y que, por eso, llevo mucho tiempo tratando de sortear su presencia. No es que sea cobarde —que probablemente lo sea—, es que no tengo ni la más remota idea de cómo se afronta una cosa así. Cómo se enfrenta una al hecho de haberse obsesionado con el novio de su hermana. Muy común no es. Ni tampoco fácil.

—No te rehúyo —miento descaradamente—. Es solo que he estado muy ocupada.

—Y una mierda, Isa —me contradice sin mirarme siquiera—. Estás de vacaciones desde hace varias semanas y en todo este tiempo no me has llamado para quedar o para saber cómo estoy. Es como si no quisieras verme o hablar conmigo. Y te juro que no sé cuál puede ser la maldita razón. Dime ¿te he hecho algo y no me he dado cuenta? Porque si es así, no sé, igual necesitas que te pida perdón o algo.

«*No, necesito pedírtelo yo a ti*».

Guardo silencio. No abro la boca, porque no sé asumir culpas y soy la persona más cobarde del mundo. Así que bebo del mojito como si fuera un vaso de agua, y lo apuro de un trago que me quema la garganta.

—Es por Tristan, ¿verdad?

Menos mal que ya no estoy bebiendo cuando hace la maldita pregunta, porque estoy segura de que me hubiera atragantado.

«*Allá vamos, Isabelita. Prepárate para sufrir...*»

—Celia, yo...

—Me pasé en la fiesta de mamá, lo sé —dice, dejándome con cara de tonta, de nuevo—. No tenía ningún derecho a dar por sentado que lo hubieras tratado mal en casa y que se fuera de allí por tu culpa.

—Bueno, quizá sí se fue por mi culpa.

Decirlo en voz alta me sienta mejor de lo que hubiera estado dispuesta a admitir. Ambos lo hicimos mal, pero está claro que yo lo hice mucho peor, porque le dejé de hablar y le di a entender que la convivencia con él era algo imposible para mí. Lo era, pero me había comprometido a acogerlo y tengo muy claro que no actué como una buena anfitriona en ningún momento.

—Isa, joder, que lo entiendo. Que trabajas para él y lo tenías metido en casa. Y eso siempre complica las cosas. Seguro que para Marta y Sara no era tan difícil.

—Ni para ti tampoco. Estás allí, en su casa, con él, ¿verdad?

No quiero que me duela la pregunta y ni siquiera quiero escuchar la respuesta. Pero la hago y espero sus palabras. Definitivamente, soy un poquito masoca.

—Es un buen arreglo —contesta tras pensarlo un par de segundos, encogiéndose de hombros—. Yo con Tris siempre he estado muy a gusto. En el piso de papá y mamá está todo muy lleno siempre, con las cosas de Sara y la gente que no para de entrar y salir. Además, estáis tú y Marta, buf, qué jaleo. Y aquí, en Los Jarales... bueno, aquí está mamá y no soporto que me diga a todas horas lo que tengo que hacer. Además, después de lo de tu hermana la *youtuber*, está más insoportable que nunca.

La entiendo. Entre la caótica rutina del piso de Madrid y su incompatibilidad de caracteres con nuestra madre, la posibilidad de irse a vivir con el padre de su bebé era la mejor de las opciones. Yo tampoco me lo pensaría.

—Siento haber hecho que Tristan se sintiera mal en casa —susurro, y es verdad. Pese a todo, es verdad que lo siento, aunque su marcha significara un alivio difícil de explicarle a ella.

Me mira con esos ojos enormes y preciosos que tiene y en su rostro se dibuja una sonrisa beatífica, como si entendiera el dolor que me causa todo lo que tiene que ver con él. Ojalá pudiera contárselo abiertamente, ojalá ella pudiera ser mi confidente, como lo era a los quince, cuando no competíamos por un mismo chico ni mi felicidad dependía de su tristeza y de una traición inexcusable.

—Ya te lo dije el otro día, aunque no terminéis de congeniar, es buen tío.

Asiento. No creo que tenga mal fondo, se le nota que se preocupa por las cosas, que hace muy bien su trabajo y que es divertido y sensible. Pero es tan culpable como lo soy yo de lo que casi le hacemos a Celia. Y eso creo que, como en mi caso, le invalida para detentar el título de buen tío.

—Y lo está pasando mal —continúa, dejando en suspenso todos mis pensamientos ante esa afirmación.

—¿Por qué? ¿Ha pasado algo?

Hay una nota de preocupación en mi voz que no debería estar ahí y, sin embargo, toma el control de mis palabras y coloca en mi rostro un gesto parejo que sé que a Celia no le pasa desapercibido.

—Su padre sufrió un derrame cerebral hace poco más de una semana. Ha estado en su casa todo este tiempo. Vuelve mañana para eso de los premios en Valencia.

—No tenía ni idea... —dejo escapar en un hilo de voz.

—Ya, bueno. Es lo normal cuando apagas el teléfono y no hay ni Cristo que te localice —lanza su reproche con una sonrisa triste. Me lo tengo bien merecido, pero no por ello duele menos.

—¿Y cómo está?

—¿Él?

—Bueno sí, él. Y su padre, ¿cómo están los dos?

Celia me nota alterada y coloca una mano sobre la mía, como intentando tranquilizar mis peores temores. Me arrepiento mucho de no haber tenido el teléfono encendido para saber de esa terrible noticia y haberle enviado, por lo menos, un mensaje de ánimo y de cariño. Seguro que piensa que le odio hasta el punto de parecerme indiferente que su padre esté pasando por algo así.

—El señor Cornell sigue en cuidados intensivos, no hay muchas novedades. Tris dice que puede estar así aún unos cuantos días, y su madre dice que ella no logrará sobrevivir a una espera semejante —

me cuenta Celia—. Él parece bastante entero, aunque creo que todo lo que dice forma parte del personaje, ya sabes, fachada y todo eso. La flema británica, que él también posee, aunque tenga la mitad de los genes de aquí. Me ofrecí a acompañarle, pero con mis antecedentes médicos con respecto a este —dice señalándose el abultado vientre—, no lo consideramos demasiado inteligente.

Por alguna estúpida razón, me alegro de que el embarazo con cierto riesgo de Celia le haya impedido viajar a Manchester con Tristan. Una sensación —que debo reconocerme que se parece demasiado a los celos— se apodera de mí al contemplar el escenario en el que ella le coge de la mano y le consuela en uno de los peores momentos de su vida.

Me deshago como puedo de esos pensamientos demoledores. Me imagino que una mano amiga —la de Celia, aunque me duela— le hubiera venido bien en medio de tanta angustia y me reprendo mentalmente por mi egoísmo.

—Lo siento, de verdad —me disculpo, compungida—. Necesitaba estar sin contacto por un tiempo, y apagar el teléfono fue lo único que se me ocurrió.

—A mí no tienes por qué darme explicaciones, Isa —me dice—. Esta con la que hablas se compró una villa en la Toscana precisamente por esas razones.

Me río, la miro y me guiña un ojo. Un atisbo —pequeño aún— de nuestra complicidad de siempre asoma en ese gesto, y yo creo que es posible conseguir volver a ser nosotras.

—Sí, yo solo podía permitirme una habitación alquilada en un pueblo de Soria. Lo de la villa Toscana está reservado a súper modelos internacionales, me temo.

—Bueno, siempre nos quedará Los Jarales —ríe y le da un trago a su botella de agua helada.

Parece que lo que quiera que ella imaginaba que pasaba entre las dos está solucionado. Ojalá fuera tan fácil y una charla de hermanas al lado de la piscina pudiera borrar de un plumazo todo lo que he hecho a sus espaldas.

—Y si tantas ganas tienes de evitar a mamá ¿qué demonios haces aquí?

—Me aburría en Madrid sola. Tris no está, ni tampoco Sara, que está ya en Valencia para eso de los premios. Tú estabas perdida por Soria y de Marta mejor no hablamos, que igual tenemos que ir a Inglaterra a por ella porque no se acuerda de volver. Además, en la ciudad hace mucho calor. Y aquí hay piscina. Supongo que aguantar a mamá un par de días es un buen precio que pagar por la piscina...

Asiento, aunque lo hago con cautela. A mí mi madre no me habla, así que no estoy en la misma situación que ella. Yo no tengo que aguantarla, pero me duele no tener que hacerlo. Está cerrada en banda y no parece haber manera de sacarla de su hermetismo contra nosotras tres.

—¿Crees que le durará mucho más el enfado a doña Pilar? — tanteo, tratando de saber si Celia sabe algo más sobre el humor que respira nuestra progenitora estos días.

Me mira unos segundos, tomándose su tiempo en responder. Esboza una leve sonrisa que tiene menos de sardónica que de pena. Una pena ligera que me roba un poco más de esperanza.

—Verás, está dolida. Yo creo que sabía que Sara había dejado la *uni*, el Erasmus y todo eso. Al parecer, hace tres o cuatro meses llamó una compañera del piso de Hamburgo y, en un castellano muy macarrónico, le dijo que Sarita se había dejado unas cosas allí y que no sabían qué hacer con ellas después de que se fuera a España a ser famosa.

—¿A ser famosa? ¿Así lo dijo?

—Eso parece.

—Pobre mamá —me río, aunque no deje de preocuparme el asunto—, seguro que se imaginó que se había apuntado a tronista de *Mujeres y Hombres y Viceversa*.

Sabemos cómo funciona la mente de nuestra madre y, casi con seguridad, eso sería lo que se le pasó por la mente en un primer instante.

—Lo malo es que, para ella, eso de ser *youtuber* es casi lo mismo —convengo.

—Eso, y que Sara no se lo ha contado directamente —aclara mi hermana—. Se siente traicionada. Por ella, por ocultárselo. Y por vosotras, claro.

—Por cómplices del delito.

—*Voilà*.

—Ojalá pudiera entender que no hay nada de malo en lo que hace Sara y que es muy buena, tiene carisma, llega a la gente... y usa su poder mediático con mucha cabeza pese a su juventud.

Celia asiente y da otro trago de agua a su botella. Yo también tengo sed, y le reprocho mentalmente a mi hermana que no trajera con ella una bandeja entera de mojitos. Con lo rico que me ha sabido el primero...

—Tu madre pertenece a esa generación de niñas bien que iban a la iglesia y se educaban para tener un buen marido y, acaso, un trabajo respetable. Nada de enseñarse en público a través de una camarita.

—Pero ella se salió de la pauta al desafiar al abuelo por casarse con papá —replico—. Ella mejor que nadie debería saber lo que es seguir un sueño. Con lo que sufrió cuando su padre la apartó, no me creo que repita la historia y sea ella quien no logre perdonar a Sara. O a nosotras, ya de paso.

—¿Y quién entiende a tu madre, guapa? —pregunta, encogiéndose de hombros—. Yo solo sé que, con todo esto, a mí me usa de comodín para todo, me llama a todas horas y no deja de machacarme con el padre del melón.

—¿Melón?

—Este —dice acariciándose la tripa con cariño—. Ya me contarás cómo le llamo a estas alturas. Lo de cacahuete hace tiempo que ya no me cuadra.

Se ríe y es precioso ese sonido que sale claro, cristalino, de ella.

Celia, que siempre fue seria, sarcástica, dura y poco flexible, ahora se ríe como si todo le hiciera gracia y encontrara alegría suficiente en su interior.

—Siento que te dé la tabarra...

—Bueno, ya la conoces. Quiere que haga las cosas bien, o todo lo bien que ella considera que las cosas se tienen que hacer. Que sea una buena chica respetable y que ni se me ocurra volverme a la Toscana yo sola, sin conseguir que el padre de la criatura se haga cargo y se case conmigo.

—¿Y tú quieres casarte con él?

—¿Estás de coña? Yo no soy de las que se casan, ya lo sabes —replica con resolución—. Esos circos los dejo para Marta y todas las que sueñan con vestirse de princesa para malgastar una pequeña fortuna en un día que ni siquiera logran disfrutar.

—No seas dura con las que sueñan con vestirse de princesas. Tú lo has hecho miles de veces encima de la pasarela. Ya te has quitado el gusanillo.

—Será por eso que no me va la vida en ello. Tengo cosas más importantes en las que pensar. Cuando el padre de tu hijo vive en un país distinto al que tú has elegido, casarse no es ni siquiera una opción a considerar. Eso, si tuviera ganas de pasar por ese infierno, claro.

Escuchar que no tiene intenciones de casarse con Tristan me relaja bastante, aunque el hecho de no casarse no signifique, ni mucho menos, no quererse. Además, existe ese niño que está cada día más cerca de nacer y formar parte de esta familia extraña de mujeres disfuncionales que tienen tan pocas cosas claras en esta vida.

No, desde luego que no casarse no significa que Tristan sea un hombre libre.

—¿Y tú? ¿Es que tú no piensas casarte?

—Primero me tengo que echar novio... Si empiezo la casa por el tejado, mal asunto —respondo, procurando disfrazar de comentario jocoso mi desazón.

Vuelvo a pensar en Tristan y me entristezco de nuevo.

—El bombón que te trajiste a la fiesta de mamá parecía una buena pieza, incluso a ella le gustó. Mucho —declara, enarcando una ceja en un gesto divertido—. No me digas que lo has dejado escapar.

Niego con la cabeza. Esta mujer es imposible. Y mi madre también. Seguro que han hablado de Carlos, sobre todo porque a mi madre el tema le habrá interesado mucho y a Celia le habrá venido de perlas para desviar la atención sobre ella.

—Carlos es solo un amigo —resumo.

No me apetece entrar en detalles con ella. Él se queda en esa parte de mi vida en la que mi familia no puede alcanzarlo. Y creo que está mucho mejor ahí, resguardado y a salvo.

Digamos que Carlos sí es un buen chico. Uno, quizá, demasiado bueno, que hasta entendió mi retirada forzosa de la fiesta de mi madre, donde lo dejé colgado. En mi lista de acciones horribles, dejar a Carlos tirado va justo después de traicionar a mi hermana mayor besando a su novio. Vale, no soy la mejor persona del mundo, pero, a mi favor, diré que estoy hecha un lío y que tengo la esperanza de reparar todos los estropicios que llevo cometidos hasta la fecha.

Al menos, con Carlos soy capaz de hablar sin despedazarme entera. Le vi la mañana siguiente a la fiesta, justo antes de irme de vacaciones. Quedamos para comer y le conté todo lo que me pasaba por la cabeza, el agobio del trabajo, la angustia de haberme enamorado de la persona que no debía, mi incapacidad para manejarlo todo y mis ganas de escapar y desconectar de esa vida caótica que me desesperaba.

Fue él quien, con un beso de despedida en la mejilla, me aconsejó que apagara el teléfono si de verdad buscaba una desconexión real. También me pidió que lo llamara a la vuelta, que no se encontraban chicas que admitieran cosas con tanta franqueza, dejando los juegos aparte. Tampoco abundan los chicos como él, así que cuando él también me contó que su bagaje emocional incluía una ex que lo dejó sin muchas explicaciones al poco de firmar una hipoteca conjunta y decidir una fecha para casarse, supe que Carlos y yo podríamos ser buenos amigos. Y lo seríamos durante mucho, mucho tiempo.

Lo he invitado a venir conmigo a Valencia mañana. Y me hace ilusión que vayamos con las cosas muy claras entre los dos.

—Bueno, si no vas a soltar prenda con el buenorro de la fiesta, me voy al agua, que me muero de calor y melón quiere refrescarse —dice Celia, de pronto, levantándose con dificultad de la hamaca que ocupaba hasta hace unos segundos a mi lado.

Me hace un gesto para invitarme a unirme a ella, pero rehúso con otro. No me apetece chapoteo ni tampoco seguir con la conversación. Tengo muchas cosas en las que pensar, y solo unas horas para viajar a Valencia y volver a tomar contacto con la vida que dejé en suspenso un mes atrás.

Pero lo primero es lo primero.

Tomo mi teléfono móvil y escribo un mensaje. Por rara que sea nuestra relación, debo ofrecerle algo bueno de mí. Y, además, estoy preocupada de verdad.

*«Espero que tu padre mejore y la angustia se vaya poco a poco. Si es como tú de obcecado, estoy convencida de que en nada lo tendréis de nuevo en casa.*
*Siento haber tardado en escribir.*
*Lo acabo de saber.*
*Cuidaos».*

Sé que tiene un toque impersonal y distante que es justo lo que se espera de una compañera de trabajo. Aunque en el fondo, me gustaría decirle otras cosas, llamarle y dejarle saber que realmente puedo estar para él si me necesita.

Sin embargo, mi deber como hermana de Celia es quedarme en ese plano.

Aunque duela.

Aunque no sea suficiente ni remotamente.

# 23

# Un reencuentre inevitable

Hoy comienza septiembre, pero en Valencia hace tanto calor como si fuera 15 de julio. Hay, además, una humedad espesa que me encrespa el pelo y me hace sudar como si me hallara dentro de una sauna finlandesa.

El taxi me deja en el hotel en menos de diez minutos y agradezco que la distancia entre la estación del tren y el alojamiento sea tan corta, porque he llegado un poco justa de tiempo, apurando a tomar el último AVE que salía de Madrid.

Los Premios Cosmopolitan se entregan esta misma noche y tengo los nervios cogidos del estómago. Llego sola porque ya está todo el mundo aquí y porque Carlos, que en un principio se había ofrecido a ser mi acompañante-amigo, ha tenido que quedarse en la capital porque ha surgido un problema en una de sus terrazas, con un brote de salmonelosis entre sus camareros que le ha dejado el cuadrante de personal en números rojos.

Justo cuando me instalo en mi amplia habitación con vistas a la Ciutat de les Arts i les Ciències, suena mi teléfono, sobresaltándome.

—Al menos, con la llegada de septiembre ya respondes a mis llamadas.

La voz de Olivia suena metálica y seca al otro lado de la línea.

Me lo merezco, soy plenamente consciente de ello.

—Olivia, buenas tardes también a ti.

—Déjate de gilipolleces, Isabel. Tengo mil cosas que atender, y mi mano derecha ha estado desconectada todo el puto verano. No estoy para que encima me vaciles.

—¿Soy tu mano derecha?

—Joder, Isabel, ¿no me acabas de escuchar? Te digo en serio que no me tomes el pelo, no está el horno para bollos. Ahora mismo, estás más cerca del despido que de colgarte el título de mano derecha, así que cállate y escucha.

Trago saliva con dificultad al escuchar su amenaza, que no sé si lo es tanto, pero acojona mucho escuchar a Olivia con ese tono tan cortante y serio en su voz de hierro.

Me cuadro, como si estuviera en presencia de un sargento con mano dura, como si me estuviera viendo a través de una rendija, y me preparo para escuchar lo que sea que tenga que decirme. Parece grave y me temo lo peor.

—Siento haber estado ausente este último mes —me disculpo con toda la humildad de la que soy capaz.

Un silencio, al otro lado de la línea, me responde durante varios segundos seguidos y no sé muy bien qué esperar a continuación de mi errática jefa.

—Entiendo que en los últimos tiempos te he pedido demasiado, Isabel —concede, por fin—. Por eso creo que has hecho bien en apagar el teléfono durante tus vacaciones y no te lo voy a reprochar más. —Suspiro con un alivio que me deja ligera como una pluma tras librarme de un peso mayor que mi propio cuerpo—. Pero ahora escucha, necesito que te pongas las pilas y que tantees esta misma noche en la gala a Tristan Cornell acerca de la oferta que acaba de recibir Tinkerer Music para llevar su comunicación al finalizar nuestro contrato de prueba de un año.

—¿QUÉ? —grito a través del auricular.

La noticia me pilla totalmente desprevenida. Quizá es que soy demasiado ingenua, pero pensaba que la consecución del contrato de cinco años con Tinkerer Music dependía más de nuestro desempeño que de la entrada de una segunda agencia en discordia. Si después de dedicarles nuestros esfuerzos y crearles una buena estrategia de comunicación que tiene a Blue Joy en lo más alto de las listas y de la presencia en redes, con interacciones casi siempre positivas, los muy traidores se van con otros que les mejoren la oferta, todo nuestro trabajo —y por extensión, toda nuestra empresa— se irá a pique, hundidos sin remedio en un naufragio catastrófico.

—TikaCom ha hecho una oferta —dice, la voz mucho más aplomada—. No sé cómo se han enterado esos buitres, pero me consta que es muy ventajosa para los ingleses y que ya la estudian en Londres.

—Mierda.

TikaCom es de las empresas más fuertes en nuestro sector, competencia de la seria. Lo peor que podría pasarle a nuestra pequeña compañía moribunda era que un gigante entrara para arrebatarle de las fauces lo único que la mantiene con vida en estos momentos.

Me paso la mano por el pelo, claramente desesperada por intentar despejar la incógnita sobre cómo atajar el problema. Necesitamos a Tinkerer, aunque bien saben mis demonios que deshacerme de Tristan Cornell sería, probablemente, lo mejor que podría pasarme en la vida.

—Mira, Isabel —retoma Olivia—, sé que necesitabas este descanso y que Camino te ha sustituido lo mejor que ha podido en tu mes de asueto. Pero las vacaciones y el relajo acaban ya mismo. O nos ponemos las pilas o echamos el cierre a Comunica2.

Suspira al otro lado de la línea, y me la imagino entre derrotada y decidida a luchar. Esbozo una sonrisa a la que me agarro para llenarme de energía positiva.

—Haré todo lo posible por conseguir información directa de

Tristan Cornell esta noche. Si hay algo en firme, lo sabré. Y si no, procuraré sembrar dudas sobre la competencia afianzando nuestra presencia con todo el trabajo y resultados ya alcanzados con ellos.

—¿Ves como no me equivocaba al nombrarte mi mano derecha? —bromea ella, algo más relajada tras escuchar mi propósito para esta misma noche—. Sé que te pido mucho —añade, algo más seria de nuevo—, pero también sé que tu profesionalidad es uno de los mejores activos que tiene esta pequeña compañía que tratamos de salvar a la desesperada. Soy realmente afortunada de contar contigo, Isabel.

Me emociona escucharle decir eso, porque Olivia Calonge no es una persona dada al halago fácil. Quizá le salga de forma natural a su parte mujer de negocios, cuando debe dorarle la píldora a algún cliente presente o potencial, pero es difícil que le dedique palabras así de sentidas y profundas a alguien del que no va a sacar nada de provecho.

«*Bueno, si retienes a Tinkerer tú solita, igual sí que saca algo de provecho de ti, bonita*».

Deshecho ese pensamiento con un movimiento ágil de cabeza y me insto a mí misma a dar todo lo que tengo para acometer esta misión, aunque me duela el alma mientras se la entrego al maldito Tristan Cornell.

*****

Me doy una ducha rápida, huyendo de la inclemente humedad, y me preparo para acompañar a David al recinto donde se entregarán los premios. A primera hora de la tarde concluyó su ensayo y la prueba de micros, así que me espera en el vestíbulo con los deberes hechos.

Afortunadamente, no hay ni rastro de Tristan, y suelto todo el aire que traía retenido en los pulmones desde que abandoné la seguridad de mi habitación un par de minutos atrás.

—¿Vamos? —le propongo después de saludarlo con un caluroso abrazo.

Después de tantas semanas juntos de gira y de plató en plató, este mes separados ha sido raro. Está muy guapo vestido con esmoquin. Ha escogido la vestimenta más formal para la entrada y el *photocall* con la prensa, aunque luego se tenga que cambiar para la actuación que hará durante la entrega de premios. Tiene el pelo un poco más largo y el bronceado de su piel le da un aspecto veraniego y juvenil que le hace ganar muchos puntos. Está aún más guapo que cuando lo dejé para irme a Croacia.

—Estás preciosa —me dice, con una sonrisa, ofreciéndome su brazo para que lo tome—. El verano te ha sentado de maravilla.

—Lo mismo que a ti —replico, radiante, feliz de que valore mi moreno soriano y mi vestido rojo, que resalta ese color de piel que he adquirido tomando el sol como actividad principal en ese pueblo castellano perdido de la mano de Dios.

—Te he echado de menos —susurra en mi oído con complicidad, mientras echamos a andar hacia la salida, donde nos espera el taxi que hemos solicitado—. Tu sustituta no está mal, pero me mola más que me metan caña. Y para eso, nadie te llega a la altura del talón.

Me guiña un ojo y yo le aprieto el brazo al que estoy cogida, en un claro gesto de cariño. Este chico siempre me ha caído bien y algo en mi interior se emociona al escucharle decir que me ha añorado. Yo puedo decir lo mismo, pese a la necesidad de aislamiento, la gira con David fue de las cosas menos duras de los tiempos anteriores a la drástica determinación de escapar.

Me adelanto a él al llegar al vehículo y él me abre la puerta del taxi con gesto caballeroso. Pero cuando me giro para darle las gracias, no es David quien se encuentra justo detrás de mí.

Siento un millón de cosas en el centro del pecho y noto cómo el corazón realiza una pirueta mortal en mi interior cuando poso mis ojos en los suyos, tristísimos y hermosos, como si una tormenta devastadora hubiera causado daños irreparables en el chico más guapo del mundo.

—Hola —susurra.

Me mira y sonríe con debilidad. Se me derrite por completo el hielo que me había nacido el último mes al pensar en él y en todo lo malo que acompaña la estúpida idea de quererle aunque no deba. Es Tristan y está aquí. Lo demás, Dios... lo demás puede irse al cuerno.

—Hola —le devuelvo el saludo en el mismo tono íntimo, incapaz de añadir nada más y temiendo ponerme a temblar como un pajarillo muerto de frío.

Creo que las piernas se me vuelven de gelatina y que sufro algún tipo de colapso. Juro que me he preparado mentalmente todo este mes sin verle para el momento justo en el que nos volviéramos a encontrar. En mis ensayos, jamás perdía la compostura, pero está claro que de nada sirve hacer pruebas con una misma, en la soledad de un pueblo casi deshabitado, porque ahí, en la vida real y frente a él, todo mi aplomo y mi sangre fría se desvanecen apenas cruzamos una mirada. Su aroma alcanza mi organismo y su piel roza la mía al ayudarme a entrar en el interior del taxi.

Me acomodo y procuro aplacar mis nervios, cosa que sé que no seré capaz, sobre todo si se sienta a mi lado. Pero no lo hace, y no sé si me causa alivio o desesperación. Deja que David pase a mi lado y cierra la puerta. Él se acomoda en el asiento del copiloto y no vuelve la vista atrás en todo el breve trayecto hasta nuestro destino.

Quiero que diga algo, que abra la boca, que me mire, que me enfrente... pero ni siquiera habla con David. Se muestra callado, impertérrito y creo que mi mente se ha inventado su sonrisa leve al verme, como si yo necesitara creerme que podría haberse alegrado al volver a reencontrarse conmigo.

Cuando llegamos, tras intercambiar un par de preguntas y respuestas con David sobre el resto del verano en el que no nos hemos visto, nos apeamos del taxi. Ya hay mucha gente en los alrededores de la Ciutat de les Arts i les Ciències. Entre curiosos, prensa e invitados, la tarde de sábado se convierte en un galimatías que me permite volver a respirar con normalidad.

Brilla el sol en lo alto aún cuando accedemos al recinto donde se celebrará el evento. El día es precioso, de esos que apetece disfrutar al aire libre, y no dentro de un edificio —por emblemático que sea —, rodeados de gente y con un apretado programa que debe respetarse al milímetro para que todo salga según los ensayos.

David, más Blue Joy que nunca, se encuentra con Sara en la entrada y se dan la mano. Se sonríen con afecto al llegar al *photocall*, para que los fotógrafos los retraten con su mejor cara, con su insultante juventud y ese brillo que da el amor que tanta envidia causa a quienes lo andan buscando.

Mi hermana está preciosa. Lleva un vestido blanco lleno de brillos, que se funde con su nívea melena nórdica. Parece Elsa, de *Frozen*, y ella juega a explotar ese recurso y esa ambigüedad. Me sonríe desde su sitio entre la prensa y yo le devuelvo el gesto. Me tranquiliza saber que, pese a que no hemos hablado desde la fiesta de nuestra madre, no me guarda rencor por el hecho de dejar que David retransmitiera su declaración de amor.

Parecen más unidos que nunca y eso es buena señal, seguro que, al final, le acabó por parecer una buena idea y le ha sacado un buen rendimiento.

En el viaje en tren desde Madrid he estado poniéndome al día con todo lo que se ha cocido en las redes sociales de ambos este largo mes de agosto que acabamos de despedir.

No les ha ido mal. El incremento de seguidores ha sido notorio en ambos perfiles, sus apariciones conjuntas han arrojado un buen número de interacciones positivas y el contenido con el que han dotado a sus cuentas en sus diferentes Redes Sociales ha sido de calidad, con muy buen *feedback* en los dos casos. Además, han salido varias veces en medios de comunicación —me descargué el dossier preparado por Camino antes de subirme al tren—, y se puede decir que este mes de agosto ha sido un buen periodo para Sara y David. Veremos si son capaces de rentabilizarlo hoy con la consecución de algún premio.

Sara opta a *Influencer* del Año y compite con una cocinera con un brillante canal culinario en YouTube y con una maquilladora, capaz de hacer que cualquiera, por sencillos que sean sus materiales iniciales, parezca Beyoncé. Los otros dos, un *gamer*, popular en Vimeo, y una profesora de Zumba que da clases gratuitas a través de distintos canales, tienen menos posibilidades, pero nunca hay que dar nada por sentado.

Blue Joy, por el contrario, es bastante probable que se lleve de calle el premio a Artista Revelación del Año. Tiene poca competencia porque este verano ha reventado con todo: venta de sencillos, reproducciones en Spotify y número de visitas a sus vídeos en el canal de Vevo, en YouTube.

—Son tan monos —escucho que alguien dice a mi espalda y sonrío. Es verdad, lo son, y me agrada mucho que ese sea el sentir de la gente que los contempla.

Miro a mi alrededor en busca de Tristan, pero lo veo alejado del gentío, hablando por teléfono. Probablemente con Manchester, para comprobar cómo sigue su padre o con Celia, para interesarse por su estado y el del bebé. Es sábado tarde, no quiero creer que se trate de un asunto de trabajo, máxime si consideramos que, de hecho, está trabajando al estar aquí, en los premios, como representante de la discográfica de Blue Joy.

—Disculpa —me dice un chico con un micrófono en la mano y el rostro congestionado por el calor y el agobio de la gente—. ¿Eres Isabel? ¿Eres tú con quien hay que hablar para la entrevista a Blue Joy?

Lo miro un par de segundos antes de contestar, no me ubico del todo. Intento repasar en mi mente todo lo que el dossier de Camino incluía sobre las peticiones de la prensa para ese día, y se me enciende la luz solo dos segundos después.

—¿Eres de Los Cuarenta?

—Jon, sí —confirma—. Nos gustaría hablar con él tras ganar el premio. Los primeros.

—Si lo gana.

—Claro, si lo gana, aunque lo damos por hecho.

Asiento, complacida. La sonrisa siempre debe ir delante de las palabras para hablar con la prensa, pueden colocarte siempre en las nubes o aplastarte como basura, según el enfoque que decidan darte. Y, vaya como vaya la cosa, a los compañeros de los medios siempre hay que tenerlos de lado, nunca en contra.

—Hará unas declaraciones genéricas en rueda de prensa, como establece el protocolo de la organización —le explico—. Pero en cuanto se quede libre, es vuestro en exclusiva.

—Genial...

—¿Algo más? —inquiero cuando veo que, pese a obtener lo que quería, sigue ahí, plantado, mirándome.

—Sí, verás... ¿Podría ser posible que estuviera también presente Sarah Blue? Sería perfecto si pudiéramos entrevistarlos a ambos.

Aunque me parezca una buena manera de seguir potenciando su marca conjunta, lo que repercutiría en la de cada uno en particular, no puedo prometer a Sara sin contar con ella antes. No es mi cliente. Es solo mi hermana, y ya metí demasiado la pata la última vez que una decisión mía la involucró sin su conocimiento.

—Yo no llevo a Sarah Blue, lo siento. No puedo hacer nada en ese sentido.

Sonrío. Compongo mi sonrisa más amplia, la que indica más cercanía y cordialidad, y rezo para que mi respuesta le parezca adecuada. Como el periodista no parece muy conforme, intento mantenerlo de nuestro lado, sin mojarme tampoco como para hacerle una promesa que no sé si sabría cumplir.

—Puedo hablar con ella por ti —le propongo—. Pero dependerá de Sara en última instancia.

—Eso sería genial, de verdad. ¡Muchas gracias!

Se va, por fin, y yo me apunto mentalmente ser más rápida en mis ideas y aportaciones. Tengo que volver a engrasar mi estilo, se me nota oxidada después de este parón de un mes completo.

—¿Te puedes creer que invité a mamá para que fuera mi acompañante en la gala y me colgó el teléfono? —me dice Sara después de concluir el momento de las fotos para la prensa, mientras entramos en el recinto. Me ha abrazado como si todo estuviera bien entre las dos y hasta he suspirado de alivio cuando ha empezado a hablarme como si nada.

—Suena a mamá.

—Sí, no sé de qué demonios me asombro.

—Yo creo que debes darle tiempo...

—Joder, Isa, que ya hace un puto mes desde que se descubrió el pastel. ¿No crees que ya se le tenía que haber pasado?

—Hacernos.

—¿Qué?

—Que a Marta y a mí tampoco nos habla, por encubrirte. Parece que estos días solo tiene una hija.

—Pues pobre Celia.

—Díselo a ella.

Nos reímos y nos abrazamos según entramos en el enorme pabellón lleno de globos blancos y rosas, el nombre de la publicación que organiza el evento y mesas vestidas para una cena de gala que promete ser memorable.

—He hablado con ella esta tarde —me confiesa mientras buscamos el sitio que nos han asignado. Al parecer, estaremos juntos gracias a las gestiones de la secretaria de Tristan.

—¿Con quién?

—Con Celia. La he llamado para que consiga que mamá siga todo esto por *streaming*.

—¿Vas a disculparte en público?

—Para eso tengo que ganar.

—Ya, pero si lo haces, ¿vas a disculparte en público?

—Voy a hacer mucho más que eso. Fuiste tú la que dijo que hay que hacer buenas jugadas publicitarias.

La miro con una curiosidad genuina que no soy capaz de esconder. La verdad es que admiro la capacidad de Sara para idear planes y gestionar sus proyectos, tanto profesionales como vitales. Es una superviviente nata, una persona jovencísima que ha sabido labrarse un futuro prometedor y lleno de posibilidades. La admiro tan profundamente que, aunque se lo dijera abiertamente, me costaría encontrar las palabras adecuadas para hacerle llegar lo muchísimo que me inspira.

—Seguro que es una jugada maestra —admito, y sonrío con amplitud para que ella entienda que, haga lo que haga, tiene mi total apoyo.

Nos acercamos a la mesa donde aparecen nuestros nombres sobre los platos, escritos en unas placas de oro rosado preciosas. Los detalles a nuestro alrededor hacen que el ambiente sea único. Es, simplemente, encantador.

Me fijo en el nombre que figura al lado del mío, el de Carlos, y me siento un poco culpable porque no me da pena que, al final, se le haya complicado el día y no haya logrado venir como mi acompañante. Miro su sitio vacío y siento que, contra mi propio criterio sensato, la presencia que anhelo no es la suya.

—Me alegro de que al menos a mí sí me hayas perdonado —confieso antes de que los demás se nos unan, borrando esos pensamientos tan perturbadores de mi cabeza—. No quería ponerte en ningún compromiso, si llego a saber lo que David iba a hacer después de cantar...

—Ya lo sé —concede—. Sé que no tuviste nada que ver. David ya se ha disculpado suficientemente por todos los implicados, y él y yo hace ya tiempo que lo solucionamos. Como habrás visto, hemos pasado un buen verano *juntos*, aunque hemos procurado que nuestras apariciones conjuntas fueran más amistosas que amorosas.

Me sonríe con beatitud y yo asiento. Sé que Sara y David podrían formar una pareja encantadora, pero que mi hermana no va a fingir nada que no sienta. Por eso tengo una ligera sospecha de que su estatus como pareja del verano está a punto de cambiar. Y eso me hace profundamente feliz, porque yo a Sara la quiero como es, libre y segura de sí misma, huyendo de las etiquetas y haciendo siempre aquello que logra alimentar su espíritu rebelde y genuino.

—Me alegra veros bien y saber que lo habéis solucionado. Para mí aquella noche en Los Jarales no fue fácil y me ha costado mucho reconciliarme con la idea de que me cargué tu secreto con mamá.

—Has hecho las cosas estupendamente, Isa —me asegura, acariciando mi mejilla—. Me diste asilo, cobertura, cariño y no te quejaste ni una sola vez cuando puse toda tu vida patas arriba. Te compensaré por todo ello y muy pronto descubrirás cómo.

Fija en su rostro resplandeciente una sonrisa radiante, que mantiene hasta que se nos unen el resto de comensales de nuestra mesa. Tristan se coloca a mi derecha, y sé que la comida no va a ser tranquila para mí. También están David, que se sienta a mi izquierda, después del hueco dejado por la ausencia de Carlos; Sara, a continuación, y Tania, la estilista de mi hermana, a quien sonrío con afecto. A las otras tres personas no las conozco —dos hombres y una mujer—, pero parecen agradables.

—Gracias por el mensaje de ayer —dice en mi oído Tristan una vez acomodado a mi lado.

Está muy cerca de mí y su voz suena llena de anhelo y pesar. Me estremezco como cuando me rozó la mano al subir al taxi y creo que la noche que estamos a punto de afrontar puede complicarse mucho si, con cada palabra que pronuncie o cada mirada que pose sobre mí, mi corazón se desboque de esta manera tan frenética.

¿Existe un modo de escapar de lo que una más desea en el mundo sin perderse a sí misma en el camino? ¿Es humanamente soportable resistirse a ello?

Yo creo que no.

No, definitivamente no.

# 24

# Una audiencia dispuesta a escuchar

Varios presentadores, actores y cómicos populares amenizan la cena y van preparando al respetable para la entrega de premios que no tardará en comenzar.

Justo después de los postres y antes de que se ponga en marcha la mecánica de concesión de galardones, Blue Joy aparece en el escenario para interpretar su último single, *Miracles*, un marchoso tema con toques muy *funky*, y la versión con cuarteto de cuerda de *No Wonder*, que se ha hecho tan popular desde que la cantara en la fiesta de mi madre. El público aplaude a rabiar. Este chico tiene algo y me alegro de formar parte de su campaña pública, porque creo que es el trabajo más fácil y satisfactorio del mundo.

Cruzo una mirada con Tristan mientras David deleita a los invitados, y sé que pensamos lo mismo. Me gusta sentir esa corriente de complicidad con él y que esta no venga asociada al deseo más primitivo. Estamos centrados en Blue Joy, y eso me hace sentir moderadamente segura a su lado. Probablemente, esa sensación apenas dure un par de segundos, pero no quiero dejar de aprovechar el sentimiento, y lo atesoro en mi interior como uno de los mejores recuerdos que me voy a llevar de este día y este lugar.

Antes de que David vuelva a su sitio, Sara y Tania se disculpan para ir a saludar a unos conocidos del mundillo YouTube y, por primera vez en toda la velada, Tristan y yo nos quedamos a solas. Estoy nerviosa. Llevo estándolo desde que salí del hotel, pero sé que tengo que tantearle, tal y como le prometí a Olivia que haría. Si hay más ofertas sobre la mesa y estas están siendo consideradas, tenemos derecho a saberlo y conocer nuestras opciones.

Ya sabía que no iba a ser una conversación fácil, pero me lleno de valor con una bocanada gigante de aire y trato de romper el hielo entre los dos, empezando por un tema neutro.

—Me alegra verte aquí —le digo, la voz con ese ligero temblor que soy incapaz de esconder cuando me pueden los nervios—. Supongo que significa que tu padre está mejor.

Me mira en silencio varios segundos. Bajo el escrutinio de sus ojos, azulísimos y tristes, me deshago entera. Me dan tantas ganas de quedarme anclada a ellos que me tengo que obligar a fijar la vista más allá de él, en el escenario, que ya se está convirtiendo en el lugar donde dentro de nada dará comienzo la entrega de galardones.

—¿De verdad te alegras? —pregunta sin que suene a reproche, lo cual no deja de tener su mérito tras mi más que evidente huida permanente de él.

—Me alegro —confirmo, y me humedezco los labios, pensando en cómo dar el siguiente paso sin meter la pata—. Y ojalá pueda demostrártelo de ahora en adelante. No pienso volver a marcharme, puedes contar conmigo sin tener que recurrir a una sustituta. Blue Joy vuelve a ser mi prioridad.

Asiente mientras me contempla, y una sonrisa que no sé cómo interpretar aflora a sus labios, que me parecen irresistibles y que tengo que dejar de mirar si no quiero perder el hilo de la conversación.

—Supongo que tu jefa ya sabe lo de la otra oferta.

Lo deja caer como si nada, como si me estuviera diciendo

claramente que sabe por qué estoy hablando con él sin interponer ninguna barrera y por qué me estoy mostrando tan solícita. Me vence mucho antes de empezar a batallar, descubriendo mis cartas sin apenas hacer un mínimo esfuerzo. No sé si es que yo soy muy transparente y se me da fatal interpretar un papel que no me creo del todo o que él es tremendamente intuitivo. Es muy probable que se deba a una mezcla de las dos, así que opto por no seguir con el juego y mostrarme franca con él.

—Olivia me lo ha dicho esta misma tarde —admito—. Y también que os estáis pensando muy seriamente considerar la oferta de la competencia.

Esboza un gesto que nubla su semblante, como si confirmar algo así le causara un profundo pesar. Eso le honra. Aunque nos hunda, al menos siente hacerlo.

—¿Quiere eso decir que todos mis esfuerzos no han servido de nada? —le pregunto sin dejarle hablar para decirme claramente si mis suposiciones son o no ciertas—. ¿Que no he logrado estar a la altura?

Lo siento como un estrepitoso fracaso personal. Y no quiero fallar delante de Olivia ni de mis compañeros, que ahora se tendrán que ir a la calle, sin muchas opciones para continuar en sus puestos de trabajo. Me vengo abajo, fijo mis ojos en el hueco que han ocupado los deliciosos platos que nos han servido durante la cena y que ahora permanece vacío. Siento unas horribles ganas de llorar, pero me contengo, consciente de que ese no es el lugar adecuado para dejar desbordar mis lágrimas.

Noto su tacto y me estremezco de nuevo, como si me recorriera una sacudida eléctrica. Sus dedos se colocan bajo mi mentón y me obligan, con una suavidad que me perturba y me deja sin aliento, a mirarlo a los ojos, con ese leve movimiento lleno de ternura.

—Lo has hecho muy bien, Isabel —casi susurra—. No tiene nada que ver contigo. Ojalá pudiera hacer más... Algo. Aún no hay nada firmado, puede que...

Se calla y su voz queda en suspenso entre los dos. Está muy cerca de mí y puedo notar su aroma, ese olor inconfundible que siempre ha apelado de una forma muy primaria a mis instintos y mi deseo. No quiero que me afecte su tono de voz, su olor o la forma en la que sus dedos se han quedado en mi rostro, apurando los segundos y acariciando con tenue gesto mi piel.

El tiempo se detiene en ese instante y se niega a seguir su curso natural. Nos traspasa, nos deja al margen, mientras yo me pierdo de nuevo en su mirada oceánica y llena de tormenta, y él se enreda en la mía, como si fuera irremediable, como si nada más fuera a importar el resto de nuestras vidas.

Solo cuando las luces de la sala se atenúan de manera considerable soy capaz de romper esa conexión extraña, casi sobrenatural que me ha tenido presa de una sensación de pertenencia que no es real. Con Tristan, eso nunca podrá ser real.

Desvío la mirada y él hace lo propio.

La voz clara de la presentadora del evento, una conocida humorista que ha tomado la palabra para dar comienzo a la entrega de premios, me devuelve la cordura y sonrío, de cara al escenario, mientras Sara y David vuelven a su sitio y esperan el desenlace en sus respectivas categorías.

Hay muchos nervios en el ambiente. No se conocen realmente los vencedores hasta que la presentadora lee los nombres de los nominados a cada premio y, de entre ellos, nombra a quien se hace con el galardón. Hay numerosas distinciones, divididas entre música, cine, televisión, literatura y celebridades varias.

A nuestro alrededor, muchas caras famosas se dejan retratar por la prensa en los minutos previos a la comunicación de la decisión del jurado en cada premio, y es realmente emocionante esperar cada nuevo veredicto.

Sin mucha sorpresa, Blue Joy se hace con el premio en la categoría de Artista Revelación del Año y se levanta de su sitio para subir al escenario a recogerlo, después de dejar que le abracemos y le demos nuestra más sincera enhorabuena. Se merece el reconocimiento, vaya que sí, ha trabajado como si la vida le fuera en ello, plegándose a todas las exigencias de la discográfica y también a las mías, para conseguir que su nombre y su música suenen a todas horas en los medios nacionales y, poco a poco, también en algunos de fuera de nuestras fronteras.

Antes de subir las tres escaleras que le separan de su premio, le da un beso a Sara, pero lo hace en su mejilla y ella le sonríe con un afecto verdadero que es precioso de contemplar.

Son adorables.

Simple y llanamente, adorables.

Una vez en el escenario, David, humilde y divertido, da las gracias a todos los que han votado por él, agradece las muestras de cariño de quienes le acompañan en cada paso del camino y el apoyo de los que siempre han confiado en su música. Nombra especialmente a Tristan, a quien llama amigo, como representante de la discográfica que lo avala y le representa y, contra todo pronóstico, también me dedica unas palabras cargadas de cariño y agradecimiento por ayudarle a recorrer la senda siempre difícil de comunicarse con los demás, medios y seguidores, porque él, asegura, siempre se ha expresado con música y, sin ella, las palabras no siempre le han acompañado en la vida.

Me emociono tanto que estoy a punto de soltar una lágrima, aunque logro contenerla a última hora. Sonrío en dirección a él y le hago un gesto, una sencilla inclinación de cabeza, que él me devuelve entusiasmado por todo lo que le está pasando.

—¿Ves? Él también sabe que lo has hecho muy bien —me susurra Tristan al oído, corroborando las palabras llenas de pesar que pronunció para comunicarme que, casi con seguridad, perderemos la cuenta de Tinkerer Music.

Evito moverme para enfocarle con mis ojos, temiendo volver a quedar atrapada ahí, con él, en su interior, y me centro en unirme a la ovación que todos los asistentes le están dedicando a nuestro chico, del que no me puedo sentir más orgullosa. Centrarme en pequeñas cosas evita que me vuelva loca, así que eso pienso seguir haciendo toda la velada.

David regresa a la mesa con una sonrisa tan amplia que apenas le cabe en el rostro. Da gusto verlo así. Presume de trofeo, una reinterpretación en fino cristal de Murano de la Victoria de Samotracia, una de mis esculturas favoritas y frente a la que, siempre que visito el Louvre, puedo pasarme las horas muertas, en contemplación embelesada.

Sus líneas finas son perfectas, su color, rosa pálido, es delicado y espectacular. Una pequeña obra de arte en cristal que recoge la luz de una manera sencillamente divina. Es imposible no quedarse embelesada mirándolo, casi como pasa con el original de París.

Tras un par de premios más, le llega el turno a la categoría de Sara. Mi hermana, que no puede más de los nervios, toma las manos de David y Tania cuando anuncian a los nominados a *Influencer* del Año, en un intento desesperado por aplacar los temblores provocados por los nervios. Sonrío al verla así, con los ojos cerrados, como si implorara o rezara para escuchar su nombre al final de esa impresionante lista de candidatos al galardón.

—Y el premio es para... —anuncia la presentadora, imprimiendo una gran emoción a cada una de sus palabras—... ¡Sarah Blue!

Saltamos todos, emocionados, como lo hemos hecho con David poco antes. Sara se abraza a sus dos amigos, que la envuelven y la besan como si acabara de escuchar su nombre en la noche de los Oscar. Hay lágrimas en los ojos de mi hermana y, cuando finalmente la liberan y la dejan avanzar de camino al escenario para recoger su galardón, se para de cara a mí y me abraza también, fuerte, tan fuerte que me aferro a ella, a ese gesto cálido que significa tantas cosas, sobre todo, lo contenta que estoy por ella y todo el orgullo que despierta en mí, mi pequeña hermana revoltosa y feliz.

Sube los escalones con gracia, alzando ligeramente su precioso vestido plateado, y recoge de manos de la presentadora el trofeo que la acredita como la mejor *Influencer* del Año, algo que ha conseguido en apenas unos meses de muchísimo trabajo y entrega, dejando, por el camino parte de sí misma y defraudando a una madre que, pese a todo, debería sentir el mismo orgullo que yo estoy experimentando al contemplarla ahí arriba.

Es entonces cuando recuerdo que, si Celia ha puesto en marcha su parte del acuerdo con Sara, nuestra madre puede estar ahora mismo viendo las lágrimas de felicidad de su hija pequeña, observando cómo recoge los frutos de su trabajo y de todos sus esfuerzos. Me emociono aún más y tengo que buscar en mi pequeño bolso de mano un pañuelo, por si no consigo mantener a raya las lágrimas en lo que queda de noche.

Se aferra a la base de cristal del galardón y se acerca al micrófono para dar las gracias. Está tan nerviosa que, desde la distancia que nos separa, noto que tiembla ligeramente. Sonrío, por si le da por mirarme y ese gesto logra tranquilizarla un poco. Se aclara la garganta y mira alrededor, a esa audiencia dispuesta a escuchar sus palabras de agradecimiento. La tiene a sus pies, todos estamos expectantes.

—Cuando era pequeña, cuando no levantaba más que un palmo, yo quería ser cantante, ser famosa y salir en la tele —comienza, la voz de cristal y el cuerpo tenso—. Cantaba a todas horas y hacía que mis hermanas me entrevistaran, jugando a programas de la tele en los que yo actuaba y luego contaba mi vida al respetable. Quizá es que veía mucho Telecinco...

Los asistentes se ríen con la introducción de Sara y ella se relaja. Yo doy fe de sus palabras y mi risa es más genuina y tiene más sentido que la de los demás a mi alrededor, porque yo la conocí vestida de princesa Disney cantando canciones de Rihanna con cinco años.

—Después de una etapa en la que todos a mi alrededor huían de mí, para no participar en mis demenciales juegos de famoseo y canciones chapurreadas en un inglés que ni conocía ni entendía, entré en otra aún peor: la de la vergüenza más espantosa —dice, y sonríe encogiendo su naricilla respingona, pareciendo aún más adorable—. Me volví el ser más tímido de toda la creación y me ponía colorada solo con que alguien fuera de mi círculo habitual dignara hablarme.

»No os quiero aburrir con todo lo que pasó entre el repentino nacimiento de mi timidez y ponerme delante de una cámara por primera vez para contar, a nadie en particular, cómo hacerse un moño con un rulo hecho de calcetines viejos. —Su voz se va emocionando según cuenta sus vivencias, y yo noto ya la primera lágrima que ha escapado a mi férreo control—. Pero el resultado lo tenéis aquí —dice, elevando su precioso galardón de cristal rosado —. No hizo falta mucho para pasar de unos pocos a unos cuantos millones, y no entiendo de verdad cómo ha podido pasar, qué he podido contaros para que convirtáis a Sarah Blue en una de vuestras amigas y compartáis conmigo este sueño tan bonito, que hoy alcanza uno de esos momentos estelares con el que pienso quedarme toda la vida.

Un aplauso generalizado resuena en la sala y Sara agacha la cabeza, en un bonito gesto de humildad ante el cariño de toda la gente que la rodea.

—Sin embargo, no he hecho las cosas bien. No del todo. No con quien se merecía que no ocultara mi forma de vivir y trabajar. No he sido honesta con mi madre, a la que me daba vergüenza confesarle que me ganaba así la vida y que, además, era completamente feliz con ello —añade—. Y tampoco he sido honesta con muchos de vosotros, que me veis con David, con Blue Joy, un amigo al que quiero con toda mi alma, pero con quien no mantengo ninguna relación amorosa. Él se declaró y yo le dije que sí, en directo, muchos lo visteis y os emocionasteis con nosotros. Sin embargo, aunque real, el momento no fue del todo sincero por mi parte. Él lo sabe, hemos hablado mucho de esto y entiende que yo no puedo mantener una idea de mí misma que no es real.

Guarda silencio unos segundos, volviendo a clavar los ojos en el suelo. Coge aire, traga saliva y levanta su mirada hacia la audiencia de la sala. También, de forma metafórica, hacia nuestra madre que, a través de Celia, estará siguiendo ese momento en directo.

—Yo ya no quiero mentirle a nadie. Ni a mi madre, a la que adoro y espero que algún día entienda que dejé la carrera a sus espaldas por miedo más que por hacerle ningún tipo de daño, ni a David, que ya sabe mis sentimientos, ni a vosotros, que me acompañáis cada día y debo tanto.

»Tampoco, por ser coherente, debería mentirme a mí misma. Por eso, hoy, con mucha verdad en mis palabras y una emoción que soy casi incapaz de controlar, os presento al verdadero amor de mi vida, Tania Laguardia —dice con el tono contenido, señalándola—, la persona más increíble que conozco y la mujer más hermosa sobre la faz de la Tierra.

»Tania, te amo con toda mi alma y estoy tremendamente orgullosa de contárselo a todo el mundo.

Sonríe en dirección a Tania que, sentada a nuestra mesa, la mira con un arrobo que es tan hermoso y delicado como lo es ella, toda ella. Ambas resplandecen, es como si Sara se hubiera liberado de una lacra, de un peso muerto que la impidiera disfrutar del todo de la vida. Ahora sus ojos, que contemplan a la mujer que quiere sin tapujos, sonríen como lo hacen sus perfectos labios.

Los asistentes vuelven a aplaudir y el rostro de mi hermana se llena de unas lágrimas cristalinas y copiosas que conmueven a todo el mundo.

—Gracias a todos los que habéis hecho esto posible —concluye con la voz ronca, alzando el galardón—. Mamá, sobre todo a ti, que me has enseñado a luchar y no rendirme nunca.

Con sus últimas palabras, desciende del escenario y se funde en un abrazo intenso y precioso con Tania, quien la besa, las dos bañadas en un llanto emocionante que conmueve.

Miro fugazmente a Tristan y lo pillo contemplándome, con el rostro taciturno pero, también, con un brillo intenso, peligroso, en el fondo de sus ojos celestes. Me estremezco al darme cuenta de que yo querría para mí ese acto de valentía que Sara acaba de protagonizar. Que él diera un paso al frente por mí... Acaso algo así ronde su mente, porque sus pupilas dilatadas hacen que, durante un brevísimo instante fugaz, yo pierda todo el miedo que lleva cogido de mi estómago desde la misma noche en que nos conocimos.

Cierro los ojos y procuro no darle pábulo a esos pensamientos que solo traen dolor y desolación. Y esta noche, con el premio de mis dos chicos, me niego a que entren en juego el dolor y la desolación.

Atendemos al resto de galardonados hasta que concluye la entrega de premios, y la gente se dispersa entonces, para saludarse, felicitarse o hacerse *selfies* que subir inmediatamente a las redes sociales.

Yo me escapo en cuanto puedo. Necesito ir al baño, serenarme un poco, retocarme el brillo de labios y hacer pis, que llevo bebiendo champán desde que David recogió su premio, y de eso hace casi hora y media.

Me contemplo en el espejo del concurrido baño —demasiado champán para todas, me temo—, y salgo en busca de mis conocidos que me permitan seguir con la noche sin sobresaltos. Por supuesto, eso excluye de la lista a Tristan Cornell.

—Ven —dice entonces Sara, saliendo de la nada y tomándome de la mano con una brusquedad que me impide reaccionar. Así que me dejo llevar a donde quiera que pretenda arrastrarme.

Va esquivando invitados, devolviendo sonrisas y agradeciendo enhorabuenas según avanzamos por el salón, que ahora, con las mesas libres de comensales, parece una fiesta de nochevieja llena hasta los topes.

—¿Se puede saber a dónde demonios me llevas? —me quejo

cuando el camino que está siguiendo, zigzagueando por toda la sala, parece no tener ningún tipo de final.

—Tú calla y déjate llevar.

Estoy a punto de protestar cuando nos paramos, por fin, delante de una enorme mujer de casi un metro noventa. Es preciosa y lleva un vestido de un tono de rojo parecido al mío, intenso, aunque el de ella es aterciopelado y tiene un escote en forma de corazón que le queda espectacular, sobre todo, gracias a su generoso busto.

—Isa, esta es Amaranta Crystal —me presenta y la interpelada esboza una sonrisa encantadora en sus anchísimos labios, perfilados al extremo—. Es una *youtuber* súper inspiradora y con un montón de seguidores, abanderada del movimiento trans y comprometida con los derechos de la comunidad LGTBI.

—Encantada —la saludo, extendiendo mi mano en su dirección, pero ella la obvia y se inclina decidida sobre mí, para estampar en mis mejillas dos sonoros besazos que estoy segura de que han dejado hasta marca en mi piel.

Me gusta de inmediato Amaranta Crystal, aunque no logro comprender por qué mi hermana ha recorrido un salón lleno de gente solo para hacer esta presentación.

—Amaranta está buscando quien le lleve la comunicación ahora que empieza a tener un nivel considerable de seguidores y se está haciendo realmente popular. Creo que podría encajar perfectamente con Comunica2. Contigo.

Miro a mi hermana sin apenas pestañear. ¿Ha dicho que...? ¿De verdad me están sirviendo en bandeja una buena clienta, así, sin tener que ir a buscarla ni ganármela? Sara asiente y sonríe ampliamente, mostrándome una perfecta hilera de dientes blanquísimos, y tengo que reprimir el instinto de abrazarme a ella y ponerme a bailar una polca sin soltarla siquiera.

—Te lo advierto —dice Amaranta—. Yo no soy tan fácil como ese angelito de Blue Joy, que estoy segura de que no te ha dado ni un disgusto. Yo soy una bocazas, me meto en líos, tengo trapos sucios en mi armario, del que salí hace mucho tiempo, y habrá que limpiar mi imagen tantas veces, que acabarás harta de mí. Pero si quieres una clienta con la que te costará aburrirte, Sara me ha hablado maravillas de tu trabajo. Quisiera que nos viéramos en Madrid la semana que viene, si te cuadra.

—¡Dios, me encantan los retos! —exclamo sin poderlo evitar, tan contenta que me sale la excitación y la alegría por todos los poros de mi piel—. Te daré mi tarjeta para agendar una cita cuando te venga bien. Soy toda tuya.

Nos despedimos con otros dos sonoros besos que me dejan temblando por su contundencia. Sara me mira, esperando que le diga algo. La verdad es que no se me ocurren muchas cosas, salvo un enorme y sentidísimo gracias.

—Tengo que presentarte a más colegas antes de que acabe la noche. Están impresionados con la forma en la que has gestionado la imagen de David, que no deja de ponerte por las nubes.

—Sara ¿esto es de verdad? —pregunto, totalmente alucinada por el hecho de que se me esté presentando esta oportunidad tan enorme, justo cuando volvíamos a estar en la cuerda floja.

—¡Claro! —exclama, y se ríe como si dudara de mi cordura al hacerle esa pregunta que yo considero del todo legítima porque sigo sin creérmelo—. Te lo has ganado, Isa. Lo has hecho realmente bien y eso, al final, tiene su recompensa. Eso sí, hazme un hueco preferente, que para algo soy tu hermana pequeña, ¿no?

—¿Qué? ¿Quieres decir que...?

—Claro, tonta —confirma, pasando uno de sus brazos por mis hombros y conduciéndome hasta su siguiente interesado—. Ya es hora de que alguien que sabe se ocupe de mi comunicación, ¿no? Y sería tonta si no fichara a la mejor.

Las lágrimas amenazan con volver a dominarme del todo mientras Sara me lleva de un lado a otro, presentándome gente que quiere una cita para hablar de sus relaciones públicas y que busca jefes de prensa casi de manera desesperada. Menudo filón resultan ser los *influencers*, creo que Olivia se va a desmayar, como estoy a punto de hacer yo, abrumada por todo lo que me está pasando esta noche.

Cuando Sara concluye su periplo y se dedica a beber champán y besar con ganas a su novia, me disculpo y salgo del recinto. Necesito aire fresco si no quiero colapsar ahí dentro. Barajo la idea de llamar a Olivia para darle la noticia, pero consulto la hora en mi teléfono móvil y desecho la idea. Pese a ser sábado, las doce de la noche no es buen momento para llamar a nadie, aunque sea para dar buenas noticias.

Pese a todo, envío un mensaje. Necesito compartirlo, aunque deba esperar para darle los detalles a mañana o al lunes.

> *Ha ocurrido un milagro.*
> *Creo que podemos sentirnos a salvo.*

Guardo el teléfono y respiro hondo. La noche está siendo de lo más intensa. Necesito tomar aire e intentar pensar con mucha claridad si no quiero venirme abajo, como un maldito castillo de naipes.

Entonces lo veo. Está sentado en las escaleras al fondo, con la chaqueta del traje encima de las piernas, la corbata aflojada y la cabeza gacha. Es la imagen de alguien perdido, que conmueve. Doy un paso en su dirección, pero me detengo, impelida por pensamientos que, puede, sean los últimos nítidos y sensatos que tenga esta noche.

«*No te acerques. Vuelve a la fiesta o vete al hotel, duérmete y olvídalo. Déjale en paz. No es asunto tuyo*».

El siguiente paso es determinante.

Tristan levanta la cabeza cuando oye el sonido de mis tacones.

Ya no hay vuelta atrás.

# 25

# A corazón abierto

—Menuda noche, ¿eh?

No se me ocurre frase más trivial para romper el hielo cuando llego hasta él. Se levanta al ver que me acerco y me recibe con una sonrisa taciturna.

—Demos un paseo —propone, y yo se lo agradezco. Este vestido fabuloso de fiesta no está hecho para sentarse en las escaleras del Oceanografic.

Comenzamos a caminar sin rumbo en medio de la noche. Corre una ligera brisa que suaviza las altas temperaturas alcanzadas durante el día, lo cual se agradece. Aun así, un pequeño estremecimiento me recorre, mis brazos están completamente expuestos y no he cogido el chal que completaba mi atuendo, abandonado en mi asiento dentro de la sala que acabamos de dejar atrás.

Tristan, que siempre ha sido intuitivo y detallista, se da cuenta, y coloca sobre mis hombros su chaqueta, cuyo aroma me ataca sin contemplaciones, haciendo despertar un centenar de sensaciones en mi interior al aspirarlo. Cierro los ojos un par de segundos, incapaz de resistirme, y noto que en mi estómago un millón o dos de mariposas se revolucionan y arrasan todo con sus revoloteos inevitables.

—¿Qué tal tu verano? —pregunta, caminando a mi lado, disfrutando de las vistas nocturnas de la ciudad.

En su voz hay una curiosidad genuina y sonrío para mí misma, amparada en las sombras de la noche. Por alguna estúpida razón me gusta que sienta interés por mí, por lo que he hecho.

—Ha sido raro —confieso—. Raro y solitario. Pero creo que era justo lo que necesitaba.

Soy consciente de que, según vamos paseando, su mirada se clava en mí. Yo no la cruzo con él porque no quiero enredarme y volver a luchar contra mi propio instinto de quedarme ahí con él, para siempre. Pero saberlo me reconforta, es dolorosamente delicioso, y no quiero negarme que me gusta.

Porque me gusta mucho.

—Te he echado de menos —susurra en medio de la noche, y en sus palabras hay tanta verdad que creo que hasta se me olvida respirar.

Caminamos unos segundos en silencio. Un silencio cómodo y expectante, del que no sé muy bien cómo salir. Afortunadamente, él es quien lo rompe.

—No quiero incomodarte, Isabel. Perdóname si te he molestado con mi comentario.

Está claro que anda con pies de plomo conmigo. No se lo reprocho, siempre que se acerca, acabo por alejarme, dramáticamente. Pero es que sus acercamientos no son lícitos. Los míos, desde luego, tampoco lo son. Dos ilusos haciendo siempre lo incorrecto, quién sabe por qué maldita razón.

Ojalá pudiera decirle todo eso, desahogarme, quitarme la escafandra que se queda sin aire poco a poco para volver a respirar tranquila, sin dificultades, sintiendo que no me muero con cada bocanada que intento introducir en mis pulmones. Porque es así exactamente como me siento desde el día en que nos conocimos, con ese beso que lo cambió todo, con esa manera de meterse dentro y dejarme sin capacidad de reacción. Desde esa noche, desde ese mismo instante, siento que dejé de ser libre para condenarme en una cárcel donde mi deseo y mis ganas de él son más fuertes que todo lo demás.

Más fuertes que mi cordura, que mi lealtad. Que mi propio coraje.

Y lo odio, porque yo nunca fui de las que traicionan. Detesto esa forma de coger las cosas, sin importar ni pensar en las consecuencias, pero aquí estoy, a su lado, anhelando que me eche de menos, que me hable así, que me susurre que he hecho las cosas bien.

—¿Y tú, Tristan? ¿Cómo has pasado el verano?

—Bueno, ya sabes...

Me doy cuenta de que la grave enfermedad de su padre ha significado unas vacaciones diferentes a todo lo que, probablemente, había imaginado. También que Celia, ya en la última fase del embarazo, no esté para muchos planes estivales.

—Siento lo de tu padre —repito, parafraseando el mensaje que le envié el día ayer para trasmitirle mi pesar.

—Ha sido tan inesperado que apenas he logrado procesarlo, si te digo la verdad.

—Normal...

Se me apaga la voz al recordar lo que yo sentí poco más de un año atrás cuando mi madre me llamó en mitad de la noche para contarme, con palabras interrumpidas por el llanto más desgarrador, que mi padre había fallecido de un ataque al corazón traidor que se lo había llevado en apenas unos segundos, de manera fulminante y definitiva.

—A mí me ha llevado mucho tiempo hacerlo —le confieso—. Creo que una parte de mí aún espera que, al llamar a la asesoría, él coja el teléfono y me pregunte qué tal estoy o me cuente alguno de los chistes malos que siempre tenía preparados para cualquier ocasión. Era el rey de los chistes malos, por si te lo estás preguntando, contaba algunos tan espantosos que acababas muerto de la risa solo por su empeño y lo mal que lo hacía.

Sonrío al recordarlo y sé que Tristan, a mi lado, se hace una composición de lugar de lo devastador que es perder un padre. Es un terreno sumamente delicado, el suyo aún sigue vivo, aunque haya estado a punto de no poder contarlo.

—Suena como un padre capaz de generar buenos recuerdos.

—Dios, claro —exclamo—. Los mejores. Era paciente, sabía llevar a mi madre y entendía cuándo dejarla sola en sus arrebatos, esos que las niñas Onieva hemos heredado. Vivió muchos años con cinco mujeres y para todas, sin excepción, fue un modelo a seguir. Para las cinco tuvo sus momentos, a todas nos dedicaba nuestra parcela compartimentada, como si para él fuera vital que todas nos sintiéramos importantes.

—Lo echas de menos...

—Todos los días —concuerdo—. Es imposible no hacerlo. Estábamos muy unidos y recurría a él más de lo que me gustaría, tengo que reconocerlo. Era más listo que yo y daba unos consejos magníficos. Ahora me siento completamente perdida la mayor parte del tiempo, y él no está para ayudarme a ver las cosas con la claridad que me ayudaría a tomar la decisión adecuada.

Hay mucha pena en mi voz, soy consciente. Me ha costado eones comprender que él de verdad ya no está, pero cada vez que me acuerdo de mi padre se me olvida todo lo procesado y debo recordarlo, volviendo el dolor de su ausencia en cada nueva ocasión. Es desolador pensar que el resto de mi vida esto va a ser así. Dicen que el tiempo cura esta clase de heridas, pero me cuesta aceptarlo ahora mismo.

—Siento haberte hecho pensar en él. No lo he tenido en cuenta.

—Eh, he sido yo quien ha sacado el tema de tu padre —le disculpo, mirándole directamente a los ojos por primera vez desde que hemos echado a andar—. ¿Quieres hablarme de él? Aunque duela, hablar puede ayudar.

Agacha el mentón y fija la mirada en el suelo. Guarda silencio mientras me doy cuenta de que estamos a apenas cien metros del hotel. Sé que no es terreno seguro, pero es inevitable que entremos dada la cercanía del edificio donde ambos nos alojamos.

—Me cuesta, la verdad —confiesa, tras unos segundos en los que parece haber considerado qué respuesta darme.

—No es obligatorio. También podemos estar callados. O hablar del tiempo. O del anuncio de Sara en medio de la gala. No tenemos que hablar de padres dado el historial de los nuestros.

Sonríe y se me enciende en el pecho un calor bonito. En medio de sus tribulaciones, que deben de ser unas cuantas, he conseguido que esboce una sonrisa de verdad. Una pequeña, sí, pero sin el poso de tristeza que ha acompañado a todas y cada una de las que esta noche ha intentado componer en su hermoso rostro.

—Tomémonos la última —sugiere cuando alcanzamos el hotel, dirigiéndose al bar del hotel que, a estas horas, permanece abierto y sirve unos cócteles con una pinta deliciosa.

Yo no debería mezclar mucho, no es conveniente con el champán que ya he ingerido —aunque es verdad que el paseo ha ayudado a despejarme bastante—, por eso pido otra copa de la misma bebida espumosa que he estado bebiendo toda la velada. Vamos a acabarla a lo grande y sin meter la pata.

Aún recuerdo la última vez que me emborraché y él andaba cerca...

Me sonrojo solo de pensarlo y hago un intento desesperado por borrar esos pensamientos de mi mente mientras tomo de su mano la copa de champán que ha pedido para mí. Él, quizá porque necesita una ayuda extra para hablar de temas que no son fáciles, se pide un whiskey doble, con mucho hielo, que tintinea en su vaso mientras tomamos asiento en la terraza con vistas a la piscina.

—Mis recuerdos y vivencias no son como las tuyas —comienza, pasando su dedo con suavidad por el canto del vaso, la mirada perdida dentro del ambarino líquido que aún no se ha llevado a los labios—. Mi padre nunca ha sido un hombre cariñoso o apegado a la familia. Mi madre, con el carácter más cálido por sus raíces españolas, lo ha compensado todo con creces, pero reconozco que hay una carencia enorme en mis afectos, sobre todo porque soy hijo único y mi madre trabajaba bastante, con lo que apenas la veía.

Hay un rastro de nostalgia indeterminada en sus palabras, una evocadora sensación de ausencias que, sin duda, han conformado al hombre que es hoy. Sin embargo, pese a la angustia manifiesta con la que habla, está claro que Tristan no es un hombre amargado o que le cuesta prodigar sus afectos. Siempre tiene una sonrisa para todo el mundo —una sonrisa preciosa, por cierto—, palabras de ánimo y un carácter abierto que invita al acercamiento siempre. Lo he visto con mi madre, con mis hermanas, con David, conmigo... Es un gran conversador y hace suyas las penas y alegrías de los demás sin apenas proponérselo.

—De pequeño, pasaba más tiempo con otras personas que con mi familia —continúa—. A veces mi abuela, que era aún más callada y hermética que mi padre, a veces chicas que contrataban para que me cuidaran cuando a ellos se les hacía tarde. No me quejo, creo que toda esa gente distinta me fue dando puntos de vista diferentes de lo que es el ser humano y yo, que era un crío muy curioso, fui aprendiendo de todo y de todos.

Levanta la mirada del vaso y la fija en mí, esbozando una sonrisa leve que no le llega a los ojos esta vez. No creo que le esté resultando grato regresar a esa parte de su vida.

—Mi padre levantó de la nada una empresa de logística que desde el principio supo gestionar con sensatez, así que creció rápido, absorbiéndolo casi por completo. Mi madre, que no era de las que se quedaban en casa de brazos cruzados, y que había ayudado en todo el proceso de creación de la compañía, trabajaba al mismo nivel que él, las mismas horas, con la misma dedicación y concentración.

»Las cosas iban bien para ellos, pero cuanto mejor iban, más tiempo dejaban de concederme a mí. No es un reproche, que conste, entiendo que era importante para ellos, aunque no lo pensaran antes de tener un hijo al que no le pudieron dar lo que un crío pequeño demandaba.

Toma el vaso despacio y bebe un trago que luego saborea, como sus palabras, que flotan en el aire y se me cuelan bajo la piel, haciendo que nazca en mí una necesidad casi patológica por protegerle, abrazarme a él y consolar esa parte del niño que fue y creció sin referencias paternales como lo hicimos los demás.

—Debió de ser duro —me aventuro a decir, aunque no debería juzgar ni emitir juicios de valor sobre cómo él debió de sentirse en su infancia.

—No creas —me contradice, dibujando una sonrisa más amplia que la anterior, aunque no acabe de creérmela del todo—. Lo peor estaba por llegar. Lo peor no fue no recibir atenciones de crío, aunque no te lo creas. Lo peor llegó cuando alcancé la adolescencia y para mi padre nada de lo que hacía era lo correcto.

Arruga el gesto y noto la amargura, ahora sí, al llegar a esa parte en la que se siente vulnerable, casi perdido, como el chaval que vivió la desaprobación paterna.

—Nada era suficiente. Ni los trofeos que gané nadando, ni las notas de clase ni las chicas con las que salía. Me exigía tanto que me obsesioné profundamente por complacerle, pero nunca alcanzaba su expectativa y vivía en un estado de frustración tan grande, que tuve que empezar a visitar a un psicólogo con solo dieciséis años.

»Escogí la carrera que él quería que cursara, empecé a salir con la clase de gente que él deseaba que frecuentara y a hacer el tipo de cosas que él esperaba de mí. Hasta que un día comprendí que nunca iba a estar a la altura de sus demandas y que mi felicidad y mi cordura dependían de que fuera yo mismo el que estableciera sus propias metas en la vida.

»Me costó muchísimo llegar a esa conclusión, y muchísimo más poner en práctica lo de ser yo mismo y vivir según mis propias reglas. Cuando lo hice, cuando al salir de la universidad empecé mis prácticas en la industria de la música en lugar de ir a trabajar para él, todo se torció definitivamente entre los dos. Discutimos, dijimos demasiadas cosas que quizá llevaban guardadas dentro de nosotros mucho tiempo y me cerré una puerta que pensaba que jamás volvería a abrirse.

Se calla, incapaz de seguir. Su voz se ha teñido de una emoción que me conmueve y que hasta le hace temblar las palabras al salir de su garganta. Vuelve a beber, esta vez apurando el contenido de su vaso, y yo le imito, dando un sorbito al champán, aún fresco, que no había tocado todavía desde que me lo han servido.

—Aún lo pienso —dice, taciturno—. Si no se recupera, lo último que nos habremos dicho se habrá pronunciado con odio y rencor, y no sé si me veo capaz de vivir con eso.

—¿Y cómo está? ¿Qué dicen los médicos?

—Está despierto, pero el derrame ha causado daños —explica—. Es posible que recupere parte de sus funciones motoras y sensoriales, pero será difícil que vuelva a ser el de siempre. Existe una posibilidad de que se quede en esa cama de hospital para siempre y eso sería horrible. Mi madre no podría soportarlo.

—Lo soportará —desmiento sus palabras con tristeza—. Le costará y se hundirá, pero acabará levantándose. Mi madre ha podido y te aseguro que hubo un momento en el que pensábamos que eso no iba a ser posible.

—Ya, supongo que es todo cuestión de tiempo, aunque yo no sé si tendré de eso más con mi padre —se lamenta, abatido como si hubiera sido derrotado por la fuerza de un huracán.

—No estás solo, Tristan —me atrevo a decir, pronunciando su nombre con intención, saboreándolo entre mis labios, dado que a él no podré tenerlo jamás—. Aquí hay mucha gente que te quiere y en quien puedes apoyarte. Mi familia, Celia. Yo...

Eleva sus ojos celestes hasta los míos y los atrapa con una mirada llena de pesar. Es tan hermoso y parece tan vulnerable que, si todo fuera de otro modo, sé que ahora mismo estaría consolándolo con toda la necesidad que me nace al verlo así, perdido, hermosamente perdido.

—Me siento solo, Isabel —confiesa, pronunciando también él mi nombre, como devolviéndome el sentimiento de pertenencia—. Te llamé desde Manchester...

Ahogo un gemido angustioso y lo miro con una culpabilidad difícil de esconder. Ese teléfono apagado me está trayendo más disgustos que tranquilidad. Por un segundo, me pregunto por qué me llamaría a mí, aunque no quiero saber la respuesta. Me siento demasiado expuesta cuando él me habla así, como si su mayor deseo en esta vida fuera que yo le hubiera contestado a esa llamada.

Yo...

No Celia. Que espera un hijo suyo.

No Kevin. Que es su mejor amigo.

Yo. Que vivo confundida y muerta de ganas de que mi vida y la suya sean diferentes.

Entonces, antes de que yo logre acomodar mis caóticos pensamientos, él se pone en pie y da un paso hacia mí. Mi corazón se dispara dentro de mi pecho, acelerando tanto mi pulso que temo sufrir un infarto fulminante.

—Vuelvo a incomodarte. Lo siento —se disculpa, el rostro tensionado en un gesto de tristeza—. Será mejor que me vaya a dormir y deje de meter la pata contigo, que es algo en lo que estoy empezando a considerarme todo un experto.

Sonrío al escucharle algo que yo también tengo muy claro, ambos somos dos experimentados especímenes en actuar a destiempo, sobre todo el uno con el otro. Si nos hubiéramos conocido solo un segundo antes de que él y Celia se vieran por primera vez y congeniaran, mi vida sería completamente diferente. Probablemente, la suya también. Porque sigo sin entender que él pretenda que lo nuestro sea algo más que una relación profesional o de amistad mientras está con mi hermana.

Debería preguntárselo, sin embargo, aún tengo tanto miedo de su respuesta, que me confirme que ella no le importa, que asiente dentro de mí la idea de que es, en realidad, muy mala persona, y todo lo que yo siento me haga sentir aún más culpable por desarrollar estos sentimientos por alguien que no se los merece.

Me incorporo y me pongo a su altura, le devuelvo la chaqueta y le miro como si estuviera a punto de emitir alguna clase de veredicto. Deshacerme de la prenda que cubría mis hombros y devolvérsela me deja como huérfana, es como dejar de sentir su tacto simbólico sobre mi piel, y me estremezco, como si una ola helada me hubiera atravesado.

Él se da cuenta y hace amago de dar un paso en mi dirección. Instintivamente, yo lo doy en la dirección contraria, protegiendo los diminutos restos de mi corazón fracturado.

—Sí, es buen momento para retirarse —concedo, echando a andar hacia el ascensor que queda a la derecha, entrando desde la terraza.

Sé que él me sigue, no porque escuche sus pasos a mi espalda, sino porque siento su presencia inundándolo todo. Lo más sensato sería poner una excusa, ir al baño, escapar de ese momento, lo que fuera con tal de no compartir ascensor con él. Ese reducto mínimo, en la soledad de esas horas de la noche, en la que no se ve a mucha gente a nuestro alrededor. Es una trampa mortal, y creo que los dos lo sabemos muy bien.

—¿En qué planta está tu habitación? —pregunta, con el dedo preparado para darle al botón pertinente.

—En la quinta.

—Oh...

Dentro de mi pecho, la respiración se atora. Eso solo puede significar que la quinta es también su planta. Joder, ¿por qué el maldito universo se alía para que todo incite a que el deseo que siento por él se incremente más y más cada vez?

Me coloco en el punto más alejado de su cuerpo, pero el ascensor no es grande y es inevitable que ese aroma suyo que me vuelve loca me llegue de forma nítida y totalmente desquiciante. Cierro los ojos un par de segundos, intentando controlar el aire que entra en mis pulmones, pero cuando los abro es aún peor, porque los suyos están clavados en mí de manera intensa y perturbadora. Dicen tanto que quiero parar el ascenso, darle a ese botón que detiene los motores, y fundirme con él como si el mundo fuera a acabarse en las siguientes horas.

Guarda silencio.

Me mira fijamente, se humedece los labios y guarda silencio.

Y a mí, el silencio, maldita sea, me vuelve aún más inestable.

Sube la temperatura a mi alrededor, en mí también. Noto un incremento en el calor que siento en mi interior y soy consciente de que él lo percibe claramente, como si un letrero sobre mi cabeza le estuviera alertando de la excitación que crece, segundo a segundo, dentro de mi cuerpo a punto de explosionar.

De repente, deja de mirarme fijamente a los ojos y desciende su mirada por mi cuerpo, elocuente, ardiente hasta el punto de hacerme sentir que ese fino vestido de fiesta me sobra por completo. Miro por encima de su hombro y no puedo creerme que aún estemos por el tercer piso. Si esta tortura no se acaba ya, yo misma me arrancaré la ropa y se la quitaré a él de la misma forma brusca y primitiva.

Cuando el ascensor se detiene en nuestra planta, él sale primero, pero no se mueve ni un milímetro de la entrada, haciendo que yo deba pasar muy cerca de él, rozando su mano con la mía. Saltan unas chispas cargadas de electricidad que soy consciente de que él también siente. Me perdería en ese tacto, en nuestros dedos enredándose en una caricia que me negaría a soltar, pero cuando Tristan hace amago de prolongar ese gesto, retiro mi mano, haciendo gala de un autocontrol descomunal que no sabía que poseía.

Me acompaña hasta mi habitación y yo quiero y no quiero que lo haga. Una parte de mí, la racional, debería haberle despedido junto al ascensor. La otra, la pasional, se niega a desprenderse de él, de la sensación de estar al borde del precipicio que ahora mismo es lo único en lo que puedo pensar.

—Buenas noches, Tristan —susurro cuando alcanzamos nuestro destino, ese lugar que puede librarme de cometer una estupidez o lanzarme directamente a hacerla. Aún no tengo muy claro cuál de las dos tocará lamentar por la mañana.

—Isabel... —él también me habla en un murmullo, que me parece el sonido más sensual que jamás he escuchado y noto flojas las rodillas—. Sé que tú también lo sientes...

Dios, claro que lo siento. Lo siento tan nítidamente que estoy a punto de convertirme en una maldita supernova. Tengo un fuego incandescente abrasándome las entrañas y una terrible sensación de ingravidez me rodea todo el cuerpo, pero no le voy a confesar todo eso. No puedo si no quiero morir en el intento de no consumirme.

Así que pongo una mano sobre la suya y se la aprieto con algo que espero él entienda como cariño, le sonrío triste y me acerco a él para dejar un beso en su mejilla. Un beso que me duele, que me parte el corazón, pero que es la mejor manera de despedir esta noche sin cometer la mayor de las traiciones.

Me giro y, sin esperar que él reaccione, abro la puerta de mi habitación y me encierro ahí, a solas.

A salvo.

Y lloro. Lloro con unas lágrimas oscuras y viscosas que no son capaces, pese a su virulencia, de llevarse todas las ganas y esa piedra de culpa y deseo que me obstruye el resto de las emociones. Lloro por lo que no puedo tener, por lo que he dejado en los ojos de Tristan al despedirme de él, por lo que se queda dentro de mí y solo puedo definir como frustración. La más enorme y dolorosa frustración que voy a experimentar en toda mi vida.

Y entonces me doy cuenta de que no seré capaz de vivir con esa horrible sensación de haber fracasado también en eso, que querer a

Tristan no tiene por qué ser algo tan terrible, porque el amor es bonito, o debería serlo, y yo no soy una persona terrible por mis deseos y mis anhelos, y que sentir, querer y desear no me convierten en un monstruo.

Me justifico, puede que lo haga, pero algo en mí despierta de pronto, algo que me anima a limpiarme las lágrimas y salir a buscarlo. Enfrentarlo. Preguntarle por qué yo, si ya existe Celia. Por qué yo, si no es posible.

Abro la puerta decidida, lo hago con un ímpetu que no sé de dónde me nace, que lo controla todo, pero me apago al segundo.

Porque ahí, parado justo delante de mí, con el semblante tan triste que es imposible no sentir la necesidad de ofrecerle amor y consuelo, Tristan me contempla como si se acabaran de abrir las puertas del cielo.

Algo así.

Aunque probablemente, esto sea el mismísimo infierno y estemos a punto de condenarnos.

# 26
# Traición y Lágrimas

Me mira y vuelve a encenderme.

Discurren unos segundos preciosos en los que el pecho de ambos, agitado, sube y baja de manera descontrolada. En sus pupilas, dilatadas y oscuras, mi reflejo lo cubre todo y sé que llega más lejos que sus ojos, que algo dentro de él, algo primitivo, casi animal, necesita todo de mí.

Así que lo toma.

Se acerca rápido una vez que asume esa decisión. Me acerca a él, tomándome de la nuca y me besa con ansia, con unas ganas que llevan ahí, esperando su momento, seguramente tanto tiempo como las mías. Son inevitables, lo somos los dos entregados a ese beso que consume y que nos hace envolvernos, uno en el otro, perdidos, anclados.

*«Traidora. Traidora. Traidora»*.

Mi mente me sabotea, los últimos coletazos de cordura que debo aplacar, porque sus labios cuentan la verdad de lo que soy sin necesidad de tener que escuchar esa retahíla de certezas en mi cabeza.

Para acallarlas, para anular el poderoso nivel de dolor que me produce escuchar en mi cabeza la palabra que me merezco, le beso con más fuerza, con más ganas, con un ardor que llevo escondiendo meses.

Tristan responde a mi intensidad, sumando la suya, haciendo que todo fluya, que nos queme por dentro de una manera definitiva. Hoy no habrá marcha atrás. La sensatez se nos ha muerto, embestida al contacto de ese primer beso demoledor.

«*Traidora. Traidora. Traidora*».

Me despego de él y lo miro a los ojos. Cuesta esa distancia, ese poner centímetros entre sus labios y los míos, pero necesito ver en sus propios ojos la certeza de que él también está dispuesto a quemar las naves, ir hasta el final y consumar la traición. Mañana, cuando la luz del día nos salude, estoy convencida de que ambos querremos morir. Ahora mismo, la muerte tiene forma de ausencia de besos, piel y deseo de Tristan Cornell.

Así que a eso me aferro. Traidora a Celia o a mí misma, una de las dos va a vencer y sé que, en sus brazos, ahora mismo, voy a ser egoísta.

Tremendamente egoísta.

Tristan vuelve a besarme, pero pronto abandona mis labios y se entrega a mi cuello, raspando con delicia mi piel con la incipiente barba que recubre su atractivo rostro. Soy consciente de que seguimos en el pasillo y que pronto podríamos estar protagonizando una escena no apta para todos los públicos. Por eso, lo arrastro conmigo al interior de la habitación, sellando de una vez por todas nuestro destino.

«*Traidora. Traidora. Traidora*».

Le dejo a mi mente que me repita el mantra una última vez. Ya sé lo que soy, pero he decidido hacerlo pese a todas las consecuencias. Así que acallo mi voz interior de una vez por todas, dejo que el corazón tome el mando, que las entrañas capitaneen la noche, pase lo que pase. El cerebro desconectado es la mejor opción para no manchar el momento.

Porque este momento no puede ser sucio. Porque lo quiero, lo deseo, lo necesito.

Es una urgencia verdadera, honesta. Sale de dentro de mí como si un ser sobrenatural tomara el control de todo este instante glorioso.

Las manos de Tristan, una vez dentro de mi habitación, se vuelven más osadas, se pasean por mis costados hasta alcanzar mis muslos, donde levantan el vestido, con decisión y me lo sacan sin apenas pararse a pensar en nada más. Sostiene mis brazos en alto, repasando mi piel con las yemas de sus dedos, haciéndome estremecer cada vez, como si mis terminaciones nerviosas estuvieran todas activadas, esperando, a la expectativa.

Me contempla, pausando ese ritmo frenético con el que atacó mi boca al encontrarme con él en la puerta. Quizá también necesita apagar los sensores de alerta, su propia voz interior que le está gritando que se detenga, que no cometa su traición contra las promesas que, seguro, ya le ha susurrado a otra al oído. Pero sus ojos están turbios, cubiertos por un deseo que se desborda al contemplar mi cuerpo casi desnudo, expuesto, vulnerable.

Se regodea mientras su mirada lánguida se descuelga de mis pechos desnudos. Al quitarme el vestido ha dejado a la vista casi toda mi anatomía, con ese atuendo no era posible llevar sujetador, y la tarea de desnudarme se le ha quedado sumamente fácil con solo hacer un movimiento. Se relame ante lo que ve, y su aliento choca contra el mío.

Quiero que vuelva a colocar su boca encima de la mía, quiero volver a saborear el regusto amargo del whisky de sus labios y que me devore como si fuera la presa que la fiera no piensa soltar hasta acabar con ella.

Necesito que acabe conmigo.

Que me apague los pensamientos que quedan activos.

Que me derrote en el campo de batalla.

Pero permanece estático, solo acariciando mis brazos que sigue manteniendo por encima de mi cabeza. Así que soy yo quien asume la iniciativa, la que toma su boca por asalto y comienza a devorar todo lo que encuentra a su paso, sin dejar ni una molécula por avasallar. Tristan, por fin, responde a mi urgencia y desliza las palmas de sus manos, tan ardientes que me abrasa, hasta llegar a mis nalgas, las cuales alza con un enérgico gesto y me eleva, colocándome con la espalda en la pared más cercana y él entre mis piernas que no dudan en anudarse a su espalda.

Ahí, en ese momento, es cuando más real lo siento todo. Su erección completamente alineada con mi cuerpo, mis ganas de que se elimine la barrera que supone la ropa sobre él, y la necesidad de que me toque, que me explore, se hunda en mí y me permita volver a respirar con normalidad, porque ahora mismo estoy conteniendo el aliento ante la expectativa, como si temiera despertar de repente de un sueño y notar que estoy yo sola en este lugar; él, un mero espejismo.

Cuando deja de besarme y se aparta un ápice, aprovecho para quitarle la camisa. Me permite hacerlo de forma brusca, como si nos faltara el tiempo, arrancando sus botones y liberando la piel de su pecho, que siento que debo fundir con la mía de inmediato. Sentir su calor en mi propio cuerpo me proporciona un escalofrío placentero que me hace perder la cabeza. Él se deshace de la prenda del todo y yo le suelto el botón del pantalón, liberándolo de una de las últimas barreras que separan el deseo de los dos.

Está cerca de mí, tan pegado, que cada embestida que hace me clava sus ganas en mi centro, empapando mi ropa interior y haciendo que la maldita necesidad de sentirlo dentro se multiplique por cien mil con cada uno de sus sensuales movimientos. Me besa, bajando de mis labios a mis pechos, regodeándose en ellos, trazando senderos con su lengua y marcándome con su saliva. Es tan placentero, que temo morir, derretida por sensaciones que nunca antes nadie ha conseguido despertar en mí de esta manera.

Me pone de nuevo en el suelo y me duele perder contacto con su erección. Me siento vacía incluso antes de que me llene del todo. Me tumba en la cama sin deshacer y vuelve a contemplarme, mientras se libra de las prendas de ropa que aún viste. En sus ojos, oscurecidos por el deseo, no aparece ni una sola pizca de cordura y me imagino que son fiel reflejo de los míos, enfebrecidos y absolutamente entregados a esa deliciosa locura.

Se inclina sobre mí, completamente desnudo. Es majestuoso. Se me seca la boca al contemplar su envergadura, sus anchos hombros, su pecho imponente, sus muslos firmes y su erección, apuntando hacia mí, con la clara intención de satisfacernos a ambos. Me muero porque lo haga cuanto antes, no sé cuánto tiempo más lograré esperar antes de combustionar, arder, volatilizarme por completo.

Sin embargo, se entretiene conmigo, juega con mis esperanzas y mi deseo y se deleita en volverme loca. Traza con las yemas de sus dedos círculos diabólicos encima de mi ropa interior, que enseguida se inunda de humedad al contacto de su piel sobre la escasa tela que nos separa. Me vuelve loca de ganas, alargando la agonía de forma tan deliciosa y angustiosa que creo que me voy a desvanecer. Cuando decide traspasar la barrera que impone la tela e introducir dentro de mí su tacto, ya no hay duda de que esa dulce tortura me llevará mucho más lejos de lo que he ido nunca. Porque nadie antes ha jugado con el poder del deseo y el anhelo como Tristan está haciendo en este momento.

Juega con mis pliegues y se entretiene deleitándose en su formidable trabajo entre mis muslos. Yo me desplomo sobre la cama y dejo de presentar batalla, no hay nada que pueda hacer para detener su avance hacia la victoria. Me va a vencer, lo sé, va a acabar con la poca resistencia que me queda. Sin embargo, cuando noto que la tensión de mi cuerpo ha crecido hasta límites insospechados, como si me hubiera convertido en un volcán a punto de erupcionar, detiene abruptamente su juego en mi interior y me mira, travieso.

Creo que ahora mismo podría matarlo. Gimo de insatisfacción y estoy dispuesta a exigirle que vuelva ahí, que sus dedos sigan su recorrido por mi anatomía más vulnerable y acaben lo que han empezado, pero antes de que de mi garganta surja el más mínimo sonido, él no permite que lo haga porque de un certero movimiento, se introduce en mí, todo él, y me siento llena, completa, como si ese momento culminante de nuestra extraña relación no pudiera ser de otro modo. Él en mí, yo recibiéndolo. Tan mío.

Yo suya del todo. Para siempre.

Al principio, se queda quieto, mirándome a los ojos. No sé qué debe de ver en ellos, pero le gusta. Lo más probable es que estén tan turbados de deseo como lo están los suyos, y parece que eso le complace. Es entonces cuando, lentamente, comienza a moverse en mi interior. Lo hace con un cuidado y una levedad que parece que temiera hacerme daño, pero yo le animo, con un muy poco delicado movimiento de caderas, a que incremente el ritmo y me dé lo que necesito. Su rabia, su intensidad, todo lo que sea capaz de entregarme en este acto fortuito de anhelo y ganas. Y de amor. Porque yo entonces comprendo cuánto lo amo y cuánto he necesitado que alguien me ame así, con esta sensación de pertenencia tan grabada a fuego en la piel de ambos.

Me complace, se vuelve salvaje poco a poco, con cada embestida, dibujando en su rostro una rotundidad y una determinación que me arranca un suspiro y la certeza de que él también siente que está en el sitio correcto.

Dios, estamos en el sitio correcto.

«¿*Verdad?*».

—Isabel...

Su murmullo justo antes de alcanzar el clímax espolea el mío, llegando a la cima de todas las sensaciones acumuladas desde el instante en que, esta misma tarde, rozó la piel de mi mano al tomar el taxi.

Se desploma sobre mí y yo lo acuno en mi pecho, acaricio su pelo, dibujando círculos en su melena rubia. Amenaza el miedo y la ansiedad con recoger parte de los sentimientos que he postergado voluntariamente —aunque con gran reserva y reticencia de mi propia mente—, pero los mantengo a raya un poco más.

Necesito que este momento aún se dilate en el tiempo, que dure solo un poquito más. Que no se rompa la burbuja de inmediato y podamos ser, solamente durante unos minutos más, Tristan e Isabel, y no el novio y la hermana de Celia.

En un movimiento lento pero decidido, Tristan se da la vuelta y se tumba de espaldas, arrastrándome con él hasta quedar apoyada yo en su pecho. Él se dedica a pasar con suavidad sus dedos por mi espalda, dibujando las líneas que unen los lunares que la pueblan. En la penumbra de la habitación, con un poderoso olor a sexo y emociones desatadas, creo que todo es posible. Incluso seguir la mentira hasta creérmela.

—¿Podríamos quedarnos así toda la vida? —susurra en mi oído y entonces siento que se pincha la burbuja y entra el aire viciado de las traiciones que acabamos de cometer.

Reprimo una lágrima y aplaco como puedo el dolor que me atraviesa el pecho. Nunca había pensado que ser *la otra* hiciera tantísimo daño. Tampoco me hubiera imaginado siéndolo.

Jamás.

Pero aquí estoy, entre los brazos de un hombre que no es libre y cuya justificación para estar conmigo aún no logro entender.

—No... No podemos —me limito a responder en apenas un murmullo, uno que sale de mi garganta cargado de pesar y que me lacera los labios al alcanzarlos.

Cierro los ojos, fuerte, como intentando huir de todos los pensamientos que están empezando a bombardear mi mente.

Celia con su vientre hinchado.

Celia preocupada por mí.

Celia sonriendo, creyéndose a salvo...

—No me vas a creer —dice Tristan en mi oído, estremeciéndome por el tono tan íntimo que utiliza—, pero creo que te quiero antes incluso de conocerte.

Escucharle me rompe el corazón en tantos pedazos que sé que nunca seré capaz de recomponerlo. A su lado, lo que me hizo Carlos, es un juego de niños comparado con la desesperanza que me nace dentro al escuchar a Tristan.

—Tus hermanas me hablaron tanto de ti —sigue—. La misteriosa Isabel que nunca venía de visita, la trabajadora, la juiciosa. También la divertida, la patosa, la justiciera. Isabel la perfeccionista, la entregada a los demás... Te dibujaron de una manera que te hicieron casi irreal a mis ojos. Y yo te iba conociendo, poco a poco, generosa, independiente. Leal —al escucharle esa última palabra, la primera lágrima se escapa de mis párpados, dejando el camino libre a todas las demás—. ¿Se puede uno enamorar a través de terceras personas? Yo creo que sí... porque yo lo hice, te quise mucho antes de verte en la boda de Marta y Kevin, medio escondida a todas horas, pegada al teléfono, preocupada, lidiando con aquel pesado...

Se calla un instante, probablemente recreando aquella noche, la primera. Yo también me acuerdo de ella, la tengo tan presente que recuerdo todo, su aroma, el brillo de sus ojos, el tacto de sus dedos en mi piel al quitarme las sandalias... Y el beso. Dios, ese beso que me condenó para siempre. Su dulzura, su intensidad, la cantidad de promesas encerradas en un gesto tan sencillo y, a la vez, tan determinante.

—Casi no me atrevo a acercarme a ti —continúa, la voz sesgada, tomada por una especie de emoción que se la convierte en un susurro ronco, grave, masculino, erótico—. Si no te llego a ver tan sumamente incómoda con aquel imbécil, creo que hubiera dejado pasar la oportunidad de conocerte esa noche. De bailar contigo, de... De besarte.

Lo dice como si ese momento hubiera significado tanto que lo hubiera cambiado todo. Trago saliva mientras las lágrimas siguen fluyendo por mis mejillas. Creo que él ya ha notado que estoy devastada por el llanto. Mi cuerpo tiembla sobre el suyo y, además, su pecho cada vez retiene más humedad que cae directamente de mi rostro empapado.

—Y no sabes lo que agradezco a aquel pesado que te acosara y que me ofreciera la excusa perfecta —dice, acariciando mi espalda, componiendo círculos con las yemas de sus dedos—. Esa noche cambió mi vida de un modo que no podía ni sospechar. Porque te hizo real. Dejaste de ser esa obsesión lejana que no me dejaba ni pensar y te convertiste en la chica preciosa, divertida y sensible que no consigo sacarme de la cabeza, por más que lo intente.

No sé si espera que yo añada algo a su relato, pero confío en que no, porque no se me ocurre nada que pueda mejorar las cosas. Yo ya estoy devastada solo con escucharle, muriendo un poco con cada nueva palabra que pronuncia.

—Y sé que algo te aleja de mí. Quizá ese chico cuya ausencia esta noche me ha hecho tan feliz. No lo sé, pero sí sé, con toda seguridad, que aunque haya más personas a nuestro alrededor, ninguna, jamás, me hará sentir como tú logras hacerme sentir. Y estoy convencido de que nadie en este mundo causará el mismo efecto que yo.

Me incorporo, sin poderlo resistir ya más. Porque me bombea la sangre en el interior a un ritmo tan frenético, que es posible que acabe en el hospital esta misma noche.

Se me queda mirando con el rostro compungido al ver el mío, congestionado por el llanto, completamente devastado por todo lo que acabo de escuchar de esos labios que, pese a todo, yo me muero por volver a besar.

—¿Crees que soy yo quien tiene a alguien que nos aleja? —pregunto, totalmente perpleja.

—¿No es así?

Su cuestión es tremendamente inocente y yo no puedo evitar mirarle como si me estuviera tomando el pelo un profesional de la estafa. ¿De verdad hace recaer mi reticencia en Carlos? ¿Es que se ha vuelto completamente loco?

—¡No! —exclamo fuera de mí, haciendo que su gesto de confusión se incremente y se convierta en una máscara de contrariedad—. ¿Vas a decirme que no te sientes ni un poquito mal, tú, por lo que acaba de pasar aquí, entre nosotros?

—¿Por qué demonios debería sentirme mal? —me interpela, incorporándose también, sus ojos azules y tormentosos a la altura de los míos—. ¿Por un tipo al que ni siquiera conozco y por el que no sé qué sientes exactamente? Por el amor de Dios, Isabel, ¡acabo de decirte que te quiero!

Cierro los ojos, esta vez muy fuerte, apretando mis puños para no sacar a la loca histérica que vive en mí. Mis lágrimas dejan de fluir y la rabia amenaza con tomar el control, ese gen de las Onieva que es garantía segura de que todo salte por los aires.

—Pero ¿tú te estás escuchando? —le suelto, abriéndolos y clavándolos en él, derramada en furia—. ¿Es que Celia no te importa nada o es que eres aún más cabrón de lo que me negaba a considerarte?

Me mira como si no me reconociera y niega con un gesto que sigue siendo de desconcierto, como si de verdad no tuviera ni idea de lo que estoy hablando. Me frustro tanto que siento ganas de coger una de las almohadas y gritar en ella, para ahogar mi rabia. No puede ser que yo sienta los remordimientos más insidiosos de mi vida y él ni siquiera crea que ha hecho algo mal.

—¿Qué cojones tiene que ver Celia con todo esto? —pregunta. Está enfadado, noto cómo la confusión va dejando paso a un enojo que crece según avanza la conversación.

Suelto un bufido incrédulo y busco una camiseta con la que cubrir una desnudez con la que, de repente, no me siento cómoda en su presencia.

—Celia no sé, el hijo que vais a tener supongo que sí que tiene que ver.

—Pero ¿de qué demonios me estás hablando, Isa?

Lo pregunta descolocado de verdad y el uso de mi nombre

abreviado lo complica todo un poco más. Yo sigo en modo irracional y, para considerarme una chica lista, debería haber empezado a fijarme en las señales que me está enviando ya desde hace un par de minutos. Pero estoy ofuscada y no soy capaz de razonar, ni siquiera de pensar con un mínimo de claridad. Voy a toda velocidad, sin frenos y acercándome a un abismo mortal.

—¿Tenéis una especie de relación abierta? ¿Es eso? ¿Podéis acostaros con otros y por eso a ti esto —digo señalándonos a los dos — te ha resultado fácil?

Bufa sin poderlo evitar y se retira un mechón de pelo que le tapa la frente. Se sienta en la cama y comienza a vestirse. Ese gesto me deja desolada. Completamente inerme ante mis sentimientos y mi forma de afrontarlos. Quiero que se vaya para que yo pueda gestionar mis mierdas emocionales sola, digerir mi parte de culpa en esa traición sin excusas y llorar a gusto por lo que he hecho. Pero también deseo que se quede, con todas mis fuerzas, que me abrace y se lleve lejos el dolor que se está alojando en el pecho al comprender que lo que hemos tenido se ha acabado ya, esta fugaz aventura de hotel ha concluido y debemos emprender esos caminos separados que nos condujeron a esta habitación.

—Isabel, en serio, me está empezando a dar miedo comprender lo que estás insinuando y me estás dejando sin palabras.

Quiero volver a llorar. Esta vez de pena absoluta. Empiezo a entender una parte de la foto y me da miedo verla en su totalidad y comprender lo equivocada que llevo estando todo este tiempo.

—¿Quieres decir que…?

—¿Que el bebé de Celia no es mío? —pregunta a su vez, sin dejarme acabar a mí una cuestión de la que ni siquiera deseo saber la respuesta ahora mismo.

Me llevo las manos a la boca y ahogo un sollozo. En mi interior, escucharle decir esas palabras abre una compuerta que deja escapar un peso tan enorme que me estaba aplastando el corazón y las entrañas. Es alivio, simple y maravilloso alivio, aunque queda la culpa al fondo del todo. Mucha. Porque yo me he acostado con Tristan sin saber esa verdad, creyendo que traicionaba a mi hermana y al hijo que está a punto de tener.

—Pero tenéis una relación, aunque el niño no sea tuyo... —afirmo no muy convencida. Algo tiene que haber, me resisto a que no exista nada que a él lo retuviera lejos de mí. Me niego a pensar que yo lo he mantenido a distancia solo por algo que creía que era cierto, sin llegar nunca a verificarlo directamente.

—¿Y cómo es que has llegado a esa conclusión?

—Vuestra complicidad, el día de la boda me dejaste por ella...

—Tú te fuiste y nos dejaste solos —replica, mordaz.

—Y te fuiste a La Toscana cuando tuvo que mantener reposo.

—Ella me lo pidió. Se sentía sola y necesitaba alguien con quien hablar.

—Y ha estado en tu casa, viviendo contigo, todo este tiempo...

—Creo que ya sabes la respuesta a esa cuestión, Isabel —contesta, la voz lánguida, como si se hubiera dado por vencido conmigo—. En vuestra casa no había mucha calma con las cosas de Sara y en Los Jarales está tu madre, que no hace más que darle la lata con el padre del bebé.

Asiento en silencio. Coincide con la explicación que la propia Celia me dio ayer. Y tiene sentido. Todo tiene sentido... salvo que Celia nunca ha dicho que Tristan no fuera el padre de su bebé.

Tampoco ha afirmado nunca lo contrario.

Dios mío... qué película más grande me he montado yo sola en la cabeza. Debería dejar de usarla, porque las cosas que puedo llegar a creer son capaces hasta de hacerme dudar de mí misma.

Pese a todo, he traicionado. He actuado mal. Me he acostado con él sin saber nada de todo esto, lo que me convierte en la peor persona del mundo.

—Celia y yo somos amigos, Isabel —explica—. Muy buenos amigos desde que nos conocimos en Inglaterra. Lo ha pasado mal por su relación, que no es capaz de encauzar y no sabe cómo resolver. Desde el principio, yo he estado a su lado y me ha utilizado como paño de lágrimas. Nunca he sabido decirle que no cuando me buscaba para desahogarse o llorar. Pero te aseguro que nunca ha habido nada entre tu hermana y yo salvo eso.

Lo miro desolada. Una enorme lágrima, espesa, viscosa, dolorosísima, surca mis mejillas empapadas ya del llanto anterior. Encadeno lágrimas como atesoro culpas, y quiero desaparecer del todo, esconderme o hacerme completamente invisible.

—Lo que no puedo creerme es que hayas pensado de mí todo el rato que estaba con ella, que íbamos a tener un hijo juntos y que, aun así, te intentaba seducir a ti —dice, con una amargura que me vuelve a romper el corazón. Se coloca la camisa por encima del pecho y luego la chaqueta del traje, ante la imposibilidad de utilizar los botones que yo he desgarrado en nuestro momento más pasional—. Y, pese a todo, te has acostado conmigo, te has entregado para luego acusarme de desleal. Isabel, creo que eres tú la que tiene el problema, no yo.

Se acerca hasta la puerta y la abre sin pronunciar ni una sola palabra más. Tampoco se vuelve a mirarme y mi alma se quiebra en tantos pedazos, que sé que cada uno de ellos lacerará rincones remotos de mi cuerpo, impidiendo que me recupere de esto.

*«Acabas de alcanzar el cielo para terminar en el infierno, bonita».*

Asiento sin dejar de llorar.

Entonces, noto que mi teléfono vibra dentro de mi bolso y me acerco, entre lágrimas, a cogerlo. Al abrir la aplicación de mensajería instantánea, veo que el chat familiar está que arde. Toco el icono del grupo y accedo, se abre por el primer mensaje no leído y entiendo todo el ajetreo. Algo dentro de mí hace que las comisuras de mi boca formen una sonrisa involuntaria, aunque por dentro me esté muriendo por mi propio y estúpido drama personal.

*Reservad el 24 de septiembre porque ¡Nos volvemos a casar!*
*Kevin me lo ha vuelto a pedir, otra vez ha hincado la rodilla en*

*tierra y ha vuelto a colocarme MI anillo en el dedo que le corresponde.*
*Si alguno de vosotros falta, lo mato.*
*¡Y no vale repetir vestido!*

# Acto 6

# En la segunda boda de Marta y Kevin

# 27
# Una intervención al estilo Onieva

Afortunadamente, esta vez la boda de Marta y Kevin va a ser un acto relajado e informal, sin apenas preparativos y sin que mi madre sufra un nuevo ataque de nervios.

Al menos, eso es lo que dicen las fuentes oficiales. Que todos conocemos a mi madre y es capaz de tener ataques de nervios por las cosas más insignificantes.

Han pasado tres semanas desde los acontecimientos de Valencia, aquello que lo ha cambiado todo, poniendo mi vida en su totalidad patas arriba.

Otra vez.

Aquella mañana, justo al día siguiente de que Tristan abandonara mi habitación enfadado, lo busqué en vano en el desayuno, o al hacer el *check out* del hotel. No había ni rastro de él por ninguna parte, no había manera de localizarlo. No contestaba a mis llamadas y en recepción no pudieron decirme nada por política de protección de datos.

Yo sabía muy bien qué significaba huir y esconderse, llevaba meses haciéndolo de una manera u otra, pero no imaginé que Tristan fuera de esos que prefieren salir corriendo. No daba el perfil, así que debía de estar realmente tocado para hacer algo así.

Luego supe, por su secretaria, que había adelantado su billete de vuelta y que, para la hora que yo había abandonado el hotel, probablemente él ya estaba llegando a su casa de Madrid.

Lloré durante todo el viaje en tren hasta la capital, escondida tras unas enormes gafas de sol y una visera horrible, un suvenir que vendían en la estación y que me tuvo que servir. Me sentía como una gran estrella del pop que viaja de incógnito, y todo para que nadie se fijara en mi semblante mortuorio y la llantina que no conseguía abandonarme desde la noche anterior.

Afortunadamente, David, Sara y Tania, que tenían agendas más descargadas, decidieron quedarse en Valencia para aprovechar lo que quedaba de fin de semana, así que el trayecto lo hice sola. Yo trabajaba al día siguiente y, por suerte para mí, mi primera parada era la oficina de Comunica2 y no la de Tinkerer Music.

Olivia me había convocado allí para una reunión urgente nada más leer el mensaje que le había enviado la noche anterior. Tuve que darle gracias de nuevo a los *influencers* que querían que llevásemos su comunicación, porque ese iba a convertirse en mi billete de salida de la compañía para la que Tristan Cornell trabajaba.

—Lo has bordado —me dijo Olivia nada más llegar a la oficina, esbozando una de sus mejores sonrisas, las que desplegaba ante posibles clientes y gente que le caía especialmente bien—. Tinkerer puede irse al carajo, que esto nos salva el año.

La veía demasiado dispuesta a soltar el caramelo que, pese a todo, seguía siendo la discográfica británica. Tuve que hacerle ver que era mejor no acabar con ese punto a nuestro favor. Lo estábamos haciendo bien con ellos, aún no estaba todo perdido.

—Queda más de medio año de contrato, Olivia —le recordé—. No podemos hacer que la entrada de una oferta nueva en el juego eche por tierra todo el trabajo realizado hasta la fecha. Tenemos una marca que defender, aunque ellos nos den la patada,

Comunica2 debe continuar rindiendo al cien por cien, como hemos hecho hasta ahora.

—Tienes razón —concedió, aunque no de buena gana—. No podemos dejar que crean que, por sacarnos de la carrera, nos vamos a relajar. Seguirás con ellos...

—No —afirmé tajante, categórica—. No voy a ser yo quien siga con ellos.

—Pero has dicho que debemos seguir prestando el servicio como hasta ahora...

—Sí, y eso haremos. Camino se quedará con ellos. Yo me encargo de las nuevas incorporaciones. Afianzaré los nuevos clientes como hice al principio con Tinkerer Music.

Olivia me miró con su ojo más crítico, elevando una de sus cejas y valorando, palabra por palabra, todo lo que había salido de mi boca. Era consciente de que me la jugaba, que ella seguía siendo mi jefa, pero sabía que entendía que una parte de mí, la más profesional, tenía razón con eso. La mejor apuesta para consolidarnos con esos nuevos clientes era que los llevara yo misma, que tenía mucha más experiencia que nadie más en la empresa —salvo por la propia Olivia— y, además, yo era la cara visible con la que, en un principio, habían establecido contacto.

Al final, sonrió de medio lado, como hacía cuando valoraba en su justa medida la valía de alguien, y asintió, mirándome fijamente de un modo extraño que nunca le había visto dirigido a mí.

—Llegarás lejos, Isabel Onieva —decretó, aprobando mi propuesta y proporcionándome el balón de oxígeno que precisaba en esos momentos para evitar enfrentarme a Tristan.

De haberme obligado a seguir con Tinkerer Music, creo que me hubiera vuelto completamente loca.

Así que, ahora, tres semanas después y justo a punto de irme a los Jarales para la segunda boda de mi hermana y Kevin en menos de un año, estoy empantanada en la oficina de Comunica2, intentando cuadrar una agenda demencial: un *youtuber* al que tengo que escribir un comunicado sobre su decisión de trasladar su domicilio fiscal a Andorra para ahorrarse que parte de sus ingresos se conviertan en impuestos, una nota de prensa sobre una *tiktoker* que está a punto de sacar un libro sobre recetas de cocina basadas en el uso del microondas, y el estudio de una oferta bastante interesante para que varios de nuestros representados participen en un *reality show* sobre encontrar pareja solo usando dispositivos de texto y voz, sin verse las caras.

Casi estoy por decirle a Olivia que se encargue ella de los *influencers* y me mande de nuevo con Tristan, aunque me siga odiando y aunque yo creo que me moriría de pena si, estando con él a diario, él ni siquiera osara mirarme de la misma forma en que lo hacía antes de nuestra discusión en Valencia.

Apago el ordenador y me dispongo a salir de la oficina cuando recibo el mensaje de mi hermana Celia, histérica perdida.

> *¿Cuándo piensas pasar a por mí?*
> *Me estoy aburriendo y derritiendo y pensando en estrangular a*
> *alguien ahora mismo.*

En buena hora me ofrecí a llevarla a la finca conmigo. Quizá debí dejar que cogiera un taxi o la acercara Tristan mañana, a tiempo para la ceremonia. Pero se sabe aprovechar de su estado y es capaz de manipularme con una maestría diabólica que cualquiera le discute.

Intento llegar lo antes posible a buscarla, aunque no lo consigo antes de las siete y media de la tarde, una hora horrible para ser viernes, la verdad. Celia sigue en casa de Tristan, por eso la espero dentro del coche, a una distancia segura, mirando al frente y no desviando mis intenciones de pasar desapercibida en ningún momento. Cuando Celia llega hasta el lugar en el que la espero, deja sus cosas en el maletero, donde descansan las mías desde que las coloqué ahí dentro esta misma mañana. No me bajo a ayudarla y ella me lo reprocha con una mirada asesina cuando se sienta en el coche y se abrocha, como puede, el cinturón de seguridad con un adaptador que ella misma coloca.

—¿Piensas arrancar en algún momento? —me inquiere, totalmente impertinente y contengo un grito de frustración. Celia embarazada es una versión horrible de la Celia normal.

Durante los primeros minutos de trayecto, mientras trato de salir de la ciudad, mi hermana mantiene un silencio críptico que me preocupa más que si fuera echando sapos por esa lengua viperina que tiene cuando quiere. Carraspeo para hacerme notar, pero ella se mantiene impertérrita.

—¿Qué tal el bebé?

—Melón está muy bien, gracias.

—¿Y tú?

—Estupendamente. Ya me ves.

Vuelve a guardar silencio y tengo que morderme la lengua para no increparla por esa actitud que me pone enferma. Sé que le pasa algo, y que ese algo tiene que ver conmigo. Probablemente, también con su compañero de piso y antiguo interés amoroso de una servidora. Bueno, el interés sigue, no puedo negarlo, es quizá el suyo el que ha disminuido hasta probablemente desaparecer del todo.

—¿Te pasa algo conmigo? —pruebo, mientras me incorporo a la A-4 y dejo atrás el bullicio y el tráfico de la capital poco a poco.

—No especialmente —se encoge de hombros antes de sacar su móvil y enfrascarse en el *Candy Crush*, pasando olímpicamente de mí el resto del camino.

Casi lo agradezco, porque me está empezando a poner de muy mal humor que pague el suyo conmigo. No sé qué mosca le habrá picado, si son las hormonas del embarazo, el tramo final de la gestación o el calor insoportable que sigue haciendo en Madrid casi a finales de septiembre, pero Celia está pagando conmigo algo que desconozco.

A no ser que Tristan le haya contado...

En ese caso no está pagando su mal humor conmigo, sino que me está castigando por ser una estúpida redomada. Aunque esta posibilidad toma cada vez más fuerza en mi cabeza, me abstengo de sacar el tema el resto del trayecto, no me apetece hablar de ello. La verdad. Llevo evitando hablar de ello tres semanas, y no me ha ido tan mal.

O sí, pero eso solo lo sé yo y nadie más.

Aparco en el lugar habitual, dentro de la finca, y bajamos nuestro escaso equipaje para el fin de semana nupcial en completo silencio.

Parece que su mutismo no va a cambiar, porque continúa callada mientras entramos en el edificio principal y comenzamos a subir las escaleras hasta nuestras habitaciones de siempre. No hay rastro de nuestra madre, lo cual ahora mismo agradezco infinitamente. Cuando tengo la mano en el picaporte de mi cuarto, oigo que Celia se para justo detrás de mí.

—Te espero en media hora junto a la piscina —dice, muy seria, con el rostro imperturbable—. Tenemos que hablar.

—Vaya, ahora tenemos que hablar. ¿Y qué pasa si no quiero?

—Tú verás. Si no quieres, peor para ti.

Y se va. Se larga de mi lado y se mete en su propia habitación, que es la contigua a la mía.

Bufo mientras pongo los ojos en blanco y paso a mi cuarto, donde dejo la pequeña maleta de mano en un rincón antes de tirarme todo lo larga que soy encima de la confortable cama. La ventana está abierta y por ella se cuela una deliciosa brisa fresca, propia del atardecer en estas latitudes. Los Jarales es el sitio ideal cuando cae el sol, eso siempre lo repetía mi padre, con una sonrisa beatífica endulzando su rostro bonachón.

Me quedo dormida sin pretenderlo, acariciada por ese aire fresco que, por fin, rebaja las temperaturas infernales de ese verano que ya se ha convertido en otoño, pero que sigue sin dar tregua. Cuando abro los ojos, me doy cuenta de que ya ha transcurrido esa media hora que Celia me ha dado para reunirme con ella y, a todo correr, me quito el traje y me pongo un vestido fucsia largo, de tirantes, que acentúa el bronceado que aún conservo de mis días escondida en Soria. Me calzo unas sandalias básicas y me recojo el pelo en una coleta alta. Valoro la posibilidad de pintarme los labios de rojo, pero lo descarto casi de inmediato. Para lo que sea que Celia tiene preparado, no creo que sea necesario ponerse de punta en blanco.

Cuando salgo al exterior, la noche ya está echándose encima de nosotros. La puesta de sol está a punto de consumarse, pintando de rojos intensos y dorados todo al oeste de nuestra ubicación. Hay pocas cosas que me gusten más que una puesta de sol, su cadencia, su intensidad, las sombras avanzando, el color abrasador de unos tonos casi imposibles...

—Vaya, mira, si la señorita se ha dignado unirse a nosotras.

La voz de Celia me alcanza justo cuando llego hasta la piscina donde me espera. Para mi sorpresa, no está sola. Marta y Sara la acompañan. No me gusta mucho el cariz de la situación, pero al menos tengo que agradecer que mi madre no sea una de las integrantes de este aquelarre secreto que se han montado junto a la piscina.

Las observo detenidamente mientras ellas me devuelven la mirada. Sara es la única que me sonríe de las tres, como intentando darme ánimos. Siento la enorme tentación de echar a correr por donde he venido, pero me contengo, y me conformo con ponerme a temblar ligeramente, esperando lo peor de esta encerrona.

—Esto es una intervención —anuncia categórica Celia.

Me río. No puedo evitarlo. Celia tiene mucho mundo y todas esas cosas, pero también tiene muchas series americanas encima, y todo ese tinglado es una clara influencia de ello. Aquí decimos, sin preámbulos, *estamos preocupados por ti, tenemos que hablar*. Los americanos, sin embargo, te dicen *esto es una intervención*. Y se quedan tan anchos.

Muy bien, juguemos, representemos el papel en la intervención que Celia se ha montado y para la que ha liado también a Marta y a Sara.

—¿Qué es lo que he hecho para merecerme esta... *intervención*? —no logro esconder lo gracioso que me parece y marco la palabra de marras con un tono que a Celia no le hace ni una pizca de gracia.

Mi hermana, toda digna, se estira su vestido ajustado que le forma arruguitas al sentarse, y me indica que yo también tome asiento a su lado.

Han dispuesto una de las mesas de terraza de alrededor de la piscina con unos cócteles —al menos hay mojitos, no puede ser tan malo todo lo que venga—, y alguna cosa para picar que tiene una pinta increíble y que será obra de esas manos portentosas de mi Marta.

—Isa, te queremos mucho, ya lo sabes... —comienza mi hermana mayor y, por su tono, creo que esto es serio de verdad.

Me entra el miedo y tengo que aplacarlo de algún modo. Así que me acerco a los labios el mojito que ellas han dispuesto delante de mí y lo apuro de un solo trago. Dios, qué rico está, qué fresquito, qué bien entra.

Marta me acerca otro de la mesa de al lado, donde tienen montada una especie de barra de bar y yo me lo acerco a la boca, aunque Sara me lo impide, dibujando un *tranquila* con sus labios curvados en una sonrisa cómplice.

—¿Dónde está mamá? —pregunto para interrumpir aún más a Celia, y ella me mira como si pretendiera estrangularme de un momento a otro.

—En Madrid, cenando con el tío Félix y los padres de Kevin —contesta después de poner los ojos en blanco.

—¿Y dónde está Kevin?

—En Madrid, con Tristan, de tranquila...

—Tranquilísima —interviene Marta antes de que Celia concluya.

—De *tranquilísima* despedida de soltero.

—¿Y la abuela Carmen?

—¡Bueno! ¡Ya está bien! —estalla Celia, que sabe que estoy tomándoles el pelo y haciendo tiempo para evitar los sermones que tengan preparados para mí—. Si quieres saber los paraderos de todos tus familiares, cuando acabemos aquí, haces una videollamada grupal y se lo preguntas tú misma.

Levanto las manos para calmar a Celia, que ha elevado el tono considerablemente. Me mira furibunda y tengo que reprimir un escalofrío de miedo. Porque cuando mi hermana mayor se pone farruca, es mejor no jugar con ella. El riesgo de salir escaldado es grande.

—Tampoco hace falta ponerse así —me defiendo, componiendo un gesto lo más inocente que puedo—. Si te alteras, igual te provocas el parto.

Se desespera, pero Marta trata de calmarla colocando una de sus manos en su brazo, justo cuando empieza a hacer ademanes asesinos hacia mi persona. Reprimo una sonrisa, pero es más cosa de los nervios que porque me dé verdadera risa sacar a mi hermana de sus casillas.

—¿Te quieres callar de una vez y escucharnos?

La miro muy seria y hago como que me cierro la boca con llave y tiro esta al vacío. Sara suelta una carcajada pero yo me insto a permanecer impasible, como si nada de esto me estuviera afectando.

Celia intercambia una mirada con mis otras dos hermanas y, cuando ambas le dan su conformidad con un leve movimiento de cabeza, se endereza, me contempla con severidad y se aclara la garganta.

—Isabel, eres imbécil.

—Gracias.

—Quiero decir, una tía como tú consigue que un tipo tan impresionante como Tristan se vuelva loco por ella...

—¡Auch! —exclamo dolida.

—No quiero decir que no estés a su altura —se apresura a matizar—, sino que una tía como tú, que lo has tratado bastante mal, reconócelo, que has pasado de él y hasta has huido ¡a Soria! con tal de no enfrentarte a tus sentimientos hacia él, y Tristan sigue total y perdidamente enamorado de ti.

La miro con unos ojillos de cachorro, de esos que anhelan más de lo que están escuchando o recibiendo. Se me pone cara de tonta, pero así son las cosas...

—¿Quieres decir que aún...?

No me atrevo a formular la pregunta completa. Me da miedo que se desdiga de sus palabras anteriores y me diga que no, que Tristan no es para mí, ya no, porque ese barco ya ha zarpado, dejándome en tierra, triste y amargada.

—Quiero decir que eres imbécil. No sé si te ha quedado claro la primera vez.

—Clarísimo. Cristalino.

—Bien.

—Bien.

Un clamoroso silencio sigue a este intercambio absurdo de palabras. Marta y Sara permanecen totalmente calladas, moviendo sus rostros de Celia a mí, como si se tratara de un partido de tenis. O de ping pong, dado el escaso recorrido de sus miradas alucinadas.

—¿No tienes nada más que añadir? —inquiere Celia, su tono inclemente.

No le noto ni la más mínima intención de aflojar conmigo. Y eso me preocupa, porque sé que me voy a acabar por derrumbar y ella me terminará por aplastar.

—No sé qué quieres que añada. Parece que tú tienes todo bastante claro.

Me mira con una chispa de lástima atravesando sus ojos verdes y yo aprieto los puños. No quiero que sienta pena por mí, no puedo soportar tal cosa. Sara, que es de nuevo intuitiva y tan empática que asusta, me acaricia el muslo por debajo de la mesa, intentando tranquilizarme.

—Te lo está preguntando por tu bien. Para ayudarte —interviene Marta, que ha permanecido callada todo el rato, lo cual es sumamente extraño en ella. Supongo que tienen una estrategia clara en esto, poli bueno y poli malo. Y Sara, paño de lágrimas o algo así. Son muy listas, las tengo muy caladas después de convivir con ellas casi treinta años

—¿Por mi bien? ¿Crees que someterme a esta tontería va a hacer que mejore mi mierda de vida? —contesto amargamente, dirigiendo mi angustia hacia Marta, como si ella fuera la causante de que todo me vaya mal—. ¿Que va a traer de nuevo a la vida a papá? ¿O que va a hacer que yo deje de jugar a esconder novios que, en realidad, lo que querían era esconderme a mí porque tenían otras muchas tontas comiendo de su mano y metiéndose en su cama? ¿Crees de verdad que, si lo cuento, ese cabrón no va a ir a por la empresa para la que me dejo los cuernos cada día en paz y no se va a llevar los ahorros de mi jefa, en parte por mi culpa, por mi maldita ingenuidad? ¿Crees, acaso, que hablar de ello hará que me sienta menos estúpida por haberme enamorado de un tipo al que creía el padre del hijo de mi hermana y a la que, aunque no fuera real, acabé traicionando al acostarme con él? ¿Puede hacer que hablando de ello ese tipo, al que quiero como nunca he querido en esta vida, logre perdonarme el hecho de que le considerara tan mala persona como para seducirme después de haber dejado embarazada a Celia?

Me callo al acabar mi retahíla de reproches a lo que la vida me ha traído en los últimos tiempos. Soy consciente de que algunas cosas me las he buscado sola y me las merezco, pero otras son totalmente circunstanciales, lo que no hace que me culpe menos por ellas.

—Me siento estúpida por creer que el bebé era suyo —confieso en un susurro, con los ojos clavados en el suelo, totalmente avergonzada—. Pero quizá solo era yo saboteándome, dando por sentado que no soy capaz de tener una relación o boicoteando una que podría ser sana y bonita e ilusionante. Igual no me lo merezco, igual necesito un castigo por haber hecho tantas y tantas cosas mal.

—Pero tú no tienes la culpa de que papá muriera o que un imbécil con labia y oportunidad dejara seca a la empresa para la que trabajas —dice Marta, lamentando mi suerte con un tono tan condescendiente que odio inmediatamente.

—Tampoco de creer lo de Tristan —añade Celia—. Me temo que me venía muy bien que todos lo creyerais y por eso no me molesté nunca en desmentirlo. No pensé en ti.

—No sabías nada...

—Oh, claro que lo sabía —admite—. No soy tonta, creo que todos lo sabíamos. La forma en la que hablaba de ti, la manera en la que os mirabais...

Me contempla con el rostro circunspecto. Se siente culpable y es algo que, pese a todo, no me hace sentir mejor.

—Pero ahora que ya todos sabemos lo que hay, que Tris y yo no tenemos nada, que melón no es suyo y que los dos os queréis, solo tenéis que solucionarlo y ya está.

—Mierda, Celia, ¿es que no lo entiendes? —pregunto con amargura—. He basado toda mi no relación con Tristan en una suposición que ha resultado no ser cierta. Y ahora que lo sé, él no quiere saber nada de mí. No hay nada que hacer. Todo ha salido terriblemente mal y la culpa es solo mía.

—Tris lo ha pasado mal estas semanas por lo de su padre, pero también por lo que pasó contigo —dice Celia, poniendo una mano encima de las mías, apretándomelas, infundiéndome ánimos—. Pero me niego a pensar que sea tan estúpido como para dejar pasar esto contigo. Sois perfectos el uno para el otro. Solo un ciego no lo vería.

Sonrío con tristeza y le devuelvo el gesto, apretando su mano a mi vez. Ella esboza un amago de sonrisa, pero se la ve tocada, como si sintiera toda la culpa de lo que ha pasado recayendo sobre sus agotados hombros.

—¿Sabes qué? —pregunto, controlando las lágrimas que amenazan con empañar el momento—. De lo que más me arrepiento es de haberte traicionado al acostarme con él. Me duele tanto pensar en ese momento.

—Pero en realidad no me estabas traicionando…

—Sí que lo hacía, Celia. Lo hacía porque yo actué movida por una verdad, la mía, una certeza y, aun así, lo hice y di el paso. Sabiendo que era desleal hacia ti, pudo más mi necesidad de él, mis ganas de matar esa angustia, que pensar en el daño que podría hacerte todo eso.

Asiente cuando lo comprende por fin, y me contempla aumentando toda esa lástima que acumula para mí. Cierro los ojos y aplaco mi llanto, casi inminente. No quiero llorar. No es el momento. Debo mostrarme entera, debo asumir mi enorme falta. Mi error con ella, mi escasa solidaridad y mi pecado, el más grande que nadie puede cometer contra una hermana.

—Te perdono —susurra ella, besándome en la mejilla, provocando que me derrumbe, que todo se enturbie y se derrame mi desesperanza.

Me abraza, y lo hace tan fuerte que puedo sentir que de verdad me perdona, aunque yo no logre hacerlo. Aún no… Aún tengo muchas culpas por purgar.

—¿Y sabes qué más? —pregunta, aún pegada a mi oído—. Que lo entiendo, Isa, que entiendo que hay cosas que escapan a nuestro control, deseos que pueden parecer equivocados pero, al final, son los que nos hacen sentir vivas. Que no siempre podemos elegir de quién nos enamoramos y que, cuando eso ocurre, ni un puto huracán es capaz de desviarnos de nuestro camino, sea el equivocado o no para los demás. Es nuestro maldito camino y está grabado a fuego, indeleble. Imposible de ignorar.

La miro y no puedo evitar pensar mil cosas mientras la escucho. Habla de ella misma, de su bebé, del chico misterioso que la ha dejado embarazada y para cuyo papel no le ha importado utilizar a Tristan. Sonrío porque yo también lo entiendo. Y lo comparto. Y, maldita sea, lo siento en todo el cuerpo, en las entrañas, que son de fuego cuando pienso en él; en la cabeza, porque no se me va ni siquiera cuando estoy dormida. En el corazón, en el mismísimo corazón, donde está tallado, como si me lo hubiera cincelado en piedra, y ahora ya sé que es imposible sacarlo de ahí.

—Por los malditos caminos —dice entonces Marta, elevando su propio mojito, mirándonos a las dos, para invitarnos a unirnos a ella. También a Sara, que se apresura a imitarla.

—Por los malditos caminos —decimos las tres, casi a la vez, elevando nuestros vasos, dejando que el gesto de hermandad se lleve parte del peso que me aprieta el pecho.

Las miro y me parece que nadie en el mundo tiene tanta suerte como yo en este momento. Tengo las mejores hermanas de todas. Las más asertivas, las más leales. Las que nunca me dejarían tirada. Me ha costado mucho dejarme llevar en sus brazos, pero creo que no volveré a cometer el error de alejarlas nunca más.

—Los chicos tienen su propia despedida de soltero y nosotros este aquelarre —dice Sara, posando con malicia sus ojos claros sobre las demás—. ¿No creéis que debemos superarlos?

No sé qué demonios ha pensado Sara, pero parece que pronto vamos a averiguarlo, porque se levanta de su sitio, apura su mojito y se quita el vestido por encima de la cabeza, quedándose en ropa interior. Nos mira un segundo más antes de asentir con decisión y lanzarse sin contemplaciones al agua de la piscina.

Las ondas que produce su salto nos salpican y nos hacen reír. Nos quedamos un segundo paralizadas cuando las risas cesan. Marta y yo intercambiamos un gesto, las dos cejas levantadas con complicidad y, acto seguido, imitamos a Sara al despojarnos de los vestidos y quedarnos solamente con la ropa interior. Saltamos sin pensarlo mucho —de hacerlo, quizá no sería tan divertido— y notamos cómo el agua nos recibe con su frescor impactante, despertando parte de nuestros cuerpos que parecían hibernar tranquilamente un par de segundos atrás.

—¡Estáis locas! —brama Celia, riéndose tanto que parece que se va a partir en dos.

Ella es más cautelosa —menos mal—, y entra en la piscina poco a poco, por la escalerilla, tras desvestirse con torpeza a causa de su abultado vientre.

No sé el tiempo que pasamos ahí, haciendo el tonto como cuando teníamos siete años. Pero nos reímos, nos dejamos llevar, soltamos lastre y volvemos a conectar.

Cuando la voz de nuestra madre —como pasaba más de quince años atrás— nos devuelve a la realidad el milagro ya se ha producido. Las niñas Onieva hechas mujeres en plena comunión fraternal han sellado un pacto que las vincula de nuevo.

No hay nada más poderoso que eso.

Seguro.

# 28

# Buenas noticias inesperadas

Por suerte, en la segunda boda de Marta y Kevin conozco a todo el mundo y no hay ni rastro de babosos de los que me tenga que escapar a la hora del baile.

De hecho, somos pocos, lo que es peculiar en una celebración organizada por mi madre, como también lo es la propia fiesta en sí: una ceremonia civil corta, una barbacoa informal al acabar, y mucho alcohol para todos, excepto para Celia, por razones obvias.

El día ha amanecido despejado y con el calor persistente del día anterior. Pero no estamos en Madrid, tenemos una piscina para paliar el agobio de las altas temperaturas y el protocolo establece que llevemos ropas livianas y de color blanco, al más puro estilo ibicenco.

Estamos protegidos de la ola de calor y, como ya he dicho, tenemos alcohol. Muchos mojitos, margaritas y caipiriñas que los invitados beben sin cesar.

Creo que esta es una de esas bodas que podría llegar a disfrutar. No hay ningún tipo de presión por entrar en un vestido incómodo y carísimo. No hay regalos, no hay tacones matadores ni peinados sofisticados. Solo hay gente disfrutando los unos de los otros, acompañando a Marta y a Kevin, que aún no han hecho su aparición.

Si tardan mucho, el juez acabará tan borracho que los votos serán dignos de hacerse virales en YouTube.

También falta el padrino.

No hay ni rastro de Tristan por ninguna parte y eso me impide disfrutar del evento como se merece.

Anoche acabé por prometer a mis hermanas que haría lo posible por arreglar las cosas con él, pero en el estómago tengo un miedo alojado que me impide hasta pensar. ¿Qué puedo hacer para que me escuche?, ¿para que me perdone? No ha querido hacerlo hasta ahora, como yo no quise saber nada de él durante todo el verano. Es una manera de devolverme el pago por los desplantes que he protagonizado contra él. Y no creo que sea rencoroso y lo haga para hacerme lo mismo que recibió de mí. Lo que pienso es que está dolido y que está procesando ese dolor a su manera, porque también está el tema de su padre y no debe de estar pasando por momentos fáciles precisamente.

Reconozco que, desde que hemos salido al jardín de la finca, no dejo de buscarle con la mirada. A todas horas, en todos los rincones.

A mi alrededor, los pocos invitados al enlace hacen animados corrillos donde no faltan los chistes sobre la proximidad de las dos bodas, protagonizadas ambas por la misma pareja de novios. El tío Félix, de muy buen humor, propone una porra para jugarse el tiempo que durarán esta vez antes de volver a solicitar el divorcio. Mi madre lo mira arrugando el gesto, pero en el fondo de sus ojos se le nota la ilusión, lo contenta que está de subsanar ese error que Marta y Kevin cometieron al firmar los papeles de su separación.

Julio se ríe sin ganas de las ocurrencias de su padre, la abuela Carmen está ya un poco achispadilla con su tercera o cuarta copa de champán, y mi tía Isina se pasea por el cuidado césped de la finca de su cuñada presentándole a todo el mundo a Luka Orssini, el flamante aspirante a yerno que su hija ha pescado en La Toscana.

Debo reconocer que no creía del todo a mi prima sobre su conde italiano, pero el tal Luka es un tipo afable, cercano, risueño y guapo a rabiar que mira a Lorena como si no existiera nada más sobre la faz de la Tierra.

—Estás aquí —señala Sara, acercándose a mí.

Va acompañada de Tania y ambas están preciosas. La noto nerviosa, pero es que este momento es de suma importancia para ella. Mi madre, que se emocionó profundamente con el galardón y el discurso de Sara en la ceremonia de entrega de los Premios Cosmopolitan, aún no conoce de manera oficial a la mujer a la que mi hermana se declaró y besó delante de todo el mundo.

Con lo contenta que estaba ella con el dulce Blue Joy y su gesto romántico encima de su escenario...

—¡Pero qué guapas estáis! —exclamo—. Sois la pareja más impresionante de la fiesta, a la espera de que aparezcan los novios, claro.

Sonríen las dos y Sara me guiña un ojo, cómplice. Aplaca así un poco sus nervios, aunque es difícil esconderlos todos.

—¿Ya has hablado con mamá? —pregunto.

—No paramos de hablar desde que volvimos a vernos tras los premios. Pero esto es diferente. Con esto —dice señalándose a ella y a Tania alternativamente—, se confirma lo que vio y escuchó en el directo de Valencia.

—¿Y qué es eso que se confirmó? —pregunto, intentando que ella verbalice sus miedos.

—Joder, Isa. Que soy bollera. Que estoy enamorada de una mujer.

Miro a Tania y ambas ponemos los ojos en blanco. Me gusta la novia de mi hermana. Me gusta mucho.

—Estás enamorada. Punto —matizo—. Y mamá puede ser muchas cosas, pero adora el amor. Y aquí hay mucho —puntualizo copiando su gesto de señalarlas a ambas.

Sara sonríe con reticencias aún, pero sabe que tengo razón. Mi madre es una mujer de férreos principios, y uno de ellos es el respeto escrupuloso por las elecciones de los demás. Aunque ella las hiciera de otra manera, jamás ha jugado sucio con nosotras ni con nadie. ¿Que quiere vernos casadas, enamoradas, asentadas? Sí, pero no a cualquier precio.

—Además, yo creo que va a presumir de hija bollera tanto como de hija *youtuber* —me río y ella se relaja un poco más.

—No digas esa palabra delante de ella, dice que no es políticamente correcta.

—¿*Youtuber*?

—¡Bollera! —exclama entre carcajadas, ahora sí, mucho más ligeras, como si se hubiera deshecho de un gran peso que lastrara hasta sus movimientos faciales.

—Vale, nada de llamarte bollera. Mejor gay o lesbiana. De tortillera ni hablamos, ¿verdad?

—¡Cállate ya!

La miro y me encanta ver que encaja las bromas, que es capaz de reír sin preocupaciones y que mi madre, cuando conozca a Tania, va a pensar lo mismo que nosotras —Celia, Marta y yo—, que es una persona increíble, una mujer espectacularmente guapa y una profesional como la copa de un pino. No creo que necesite saber muchos más datos o ponerle más etiquetas a eso que tienen ella y Sara, aparte de que se quieren y han decidido estar juntas.

—¿Se sabe algo de los novios? —pregunto, cambiando de tema.

Mi hermana pone los ojos en blanco y mira hacia las habitaciones.

—Conociendo su nivel de acaramelamiento actual, yo creo que están follando en el cuarto de Marta —suelta Sara sin pensárselo mucho.

Lo peor de todo es que seguramente tenga razón, y nos reímos las tres ante la estampa: los invitados, alcoholizándose en la espera, y ellos, pasando de todo, dando rienda suelta a su pasión en el piso de arriba.

—Con el calor que hace, para cuando bajen estaremos todos ya dispuestos a bailar la conga, con más de una corbata atada alrededor de la frente —aventura mi hermana.

—Yo nos veo más a remojo, todos al rebullón en la piscina. Además, no hay corbatas hoy, las han prohibido los novios.

—Es verdad, bañadores sí. Corbatas, no.

—Me gusta más esta norma y esta etiqueta que la de la boda pasada —afirma Sara—. Me gusta lo irreverente.

Asiento y sonrío. Es verdad, hoy está todo el mundo más relajado. Somos menos y eso se nota. También, nos conocemos todos y ese punto sí que es importante para que una celebración íntima resulte satisfactoria.

—Al que tampoco veo es al padrino —dice Sara, mirándome con intención.

—Ya, bueno, no me había fijado en que también falta.

—Claro, no te habías fijado. Te creo totalmente.

Vuelve a reír y yo le saco la lengua, arrugando la nariz en un gesto travieso. Me gusta esa complicidad que no cambiaría por nada.

—Bueno, al toro, chicas. Por ahí viene mamá. Tania, querida, siento todo lo que pueda pasar de ahora en adelante.

Las animo con un abrazo a cada una y me retiro para dejarles la intimidad que ese momento requiere. Ya se encargará luego Sara de pormenorizarme los detalles destacables, pero en ese instante, yo sobro totalmente.

Por suerte, mi teléfono vibra dentro de mi pequeño bolso de loneta, que llevo cruzado sobre mi vaporoso vestido ibicenco, lo que me permite afianzar mi excusa para darles espacio.

Descuelgo sin mirar quién me telefonea y me aparto de ellas lanzándoles un beso a cada una.

—¿Diga?

—Isabel, acaban de filtrarse los nominados a los Grammy. Habéis colocado al chico en tres categorías.

La voz de Olivia muestra una emoción sin precedentes y yo

ahogo un grito de júbilo que, de todos modos, no puedo evitar que salga de mi garganta. La gente a mi alrededor me dedica una mirada de curiosidad, pero enseguida les aburre lo que ven. Con la expectativa que hay porque aparezcan los novios, una invitada con un teléfono en la oreja es de lo menos interesante que tienen para fijarse.

—¿Estás segura? —pregunto, incapaz de controlar mi asombro—. ¿De verdad Blue Joy opta a tres Grammys?

Ni en nuestros mejores sueños podríamos haber previsto algo así. El objetivo era hacerle estar presente en todas partes. Que se le escuchara en medios nacionales e internacionales, sobre todo en Latinoamérica y en la zona de Florida, donde su tipo de música iba a tener mayor acogida que en otros lugares del planeta. Pero la verdad es que su sonido fresco y sencillo, con ritmos bailables y letras comprometidas, ha cautivado a muchísima gente dentro y fuera del país.

—¡Tres! —exclama Olivia, tan contenta como creo que nunca la había escuchado—. Y eso lo ha cambiado todo.

No sé muy bien a qué se refiere, pero el entusiasmo de su voz es tan poco habitual que me da igual qué es lo que haya cambiado con el anuncio de las candidaturas para Blue Joy. Por mi parte, no puedo estar más contenta y orgullosa de él, mi chico ha arrasado y eso es dificilísimo siendo novel y cantando desde un país no angloparlante, como el nuestro.

—He hablado con el jefazo de Tinkerer Music hace solo unos minutos —me informa—. Y Andrew Koepler me ha confirmado que, aunque aún queden poco más de seis meses para decidir si prorrogar nuestro contrato con ellos y hacerlo extensivo por otros cinco años, que por ellos firman ya con nosotros. Cuando queramos.

No me lo creo. Esa es la mejor noticia que podríamos recibir. Más aún que las nominaciones a los Grammy para Blue Joy.

—¿Lo estás diciendo en serio?

—Completamente en serio.

—No puedo creérmelo.

—Pues hazlo. Aunque...

—Aunque, ¿qué? —pregunto con el miedo bailándome en el estómago de repente. Ya decía yo que todo no podía ser tan fabuloso, que las cosas no suelen salir así de bien a la primera.

—Te quieren a ti.

Olivia suelta esa frase tan demoledora y guarda silencio, esperando a que yo reaccione, diga algo, me alegre o me niegue. Lo que sea. Pero algo.

Y yo no sé qué decir, qué pensar. Qué contestar a algo así. Decir que sí, es volver a trabajar con Tristan codo con codo. Decir que no, es cargarnos la oportunidad.

—Acaban de firmar con dos artistas más para la división española de Tinkerer Music —me informa Olivia, nerviosa—. Para finales de año es posible que haya otro par más. Será mucho trabajo, pero pondremos gente a tus órdenes, contrataremos a más personal para que puedas llegar a todo. No solo nos lo podremos permitir, sino que significará el final de esta horrible pesadilla en la que llevamos meses metidas.

No le contesto pese a que todo lo que dice suena muy bien. Yo al frente de una división centrada solo en la discográfica y con gente a mi cargo, un equipo al que dirigir, un peldaño más que escalar en mi carrera profesional.

Pero sigue existiendo ese escollo que, a estas alturas de la vida, me parece insalvable: Tristan Cornell y yo no somos muy compatibles, por lo que se ha visto hasta la fecha.

—Te librarás de los *influencers*, esos se quedan aquí, se los cargaremos a otro, que lidie con sus caprichos y con las notas a la prensa desmintiendo comportamientos cuestionables.

Olivia sigue hablando, como si creyera que tiene que convencerme. No debería tener que hacerlo, solo con lo que ha dicho al principio, *te quieren a ti*, debería haber bastado.

Sin embargo...

—¿Por qué me quieren a mí? —pregunto, rompiendo el silencio por fin, aunque apenas me sale un hilo de voz que no estoy segura del todo de que Olivia haya logrado escuchar al otro lado del teléfono.

Mi jefa guarda silencio un par de segundos antes de contestar. En ese brevísimo tiempo, mi corazón está en vilo. Totalmente.

—Porque has hecho un trabajo impresionante y porque te has implicado en todo el proceso. Porque el chico te adora y se ha sentido escuchado y valorado. Porque tu trabajo era llevarle a los Grammy y lo has logrado. Porque has sacado a esta empresa del hoyo de muchas maneras posibles y porque no hay nada que te dé miedo —enumera, y yo me emociono con cada razón que me da, porque se las cree de verdad y eso es decirme que he cumplido con sus enormes expectativas con respecto a mí—. Y, también, aunque en última instancia... porque él te ha pedido específicamente.

Ahora sí que se me para hasta el pulso. Porque algo en mi interior me dice quién es ese ÉL al que Olivia acaba de hacer referencia, sin nombrarlo. Lo sé tan dentro de mí, que me da miedo solo considerar que él haya hecho una cosa así. Porque, si es verdad, significa que me quiere cerca, que no me odia y que desea que volvamos a trabajar codo con codo, juntos, como un equipo.

—¿Él? ¿Andrew Koepler? —pregunto con voz temblorosa, descartando que mi instinto se esté equivocando.

—No. Ha sido Tristan Cornell —confirma y yo tengo que sujetarme el corazón, porque este amenaza con golpearme tan fuerte el pecho, que podría causarme daños irreparables—. Ha redactado a su jefe un completo informe sobre tu profesionalidad, tu papel en las nominaciones y premios ya conseguidos de Blue Joy y la cantidad de ocasiones en las que tu capacidad para resolver contratiempos ha salvado promociones, presencia en medios, conciertos o participado en actos benéficos, que han aumentado de forma positiva la forma en la que el chico es visto por sus seguidores y por la crítica.

Abrumada, niego con la cabeza. No me caben más halagos dentro, tampoco creo que me lo merezca, porque he dejado a Blue Joy en otras manos justo cuando más me necesitaba solo por escapar de otra persona. Eso no lo hace una profesional con una lista tan larga de virtudes.

—Camino ha hecho parte de esas cosas —digo, recuperando el mérito que mi compañera merece por lo que ha hecho: quedarse a tirar del barco justo cuando yo lo abandoné sin contemplaciones.

—Efectivamente, Camino ha llevado todo el asunto con buena mano, pero le ha podido muchas veces la inseguridad —me explica Olivia con calma—. No tiene tu temple y, a la mínima que se torcía, me llamaba para que la ayudara a apagar el fuego que tocara cada vez.

—Oh, no lo sabía...

Me siento aún más culpable por haberme cogido ese mes completo de desconexión. Si en pleno mes de agosto Olivia ha tenido que estar tan pendiente del trabajo por mi causa, estoy segura de que acabaré por pagarlo, de un modo u otro.

—No pasa nada. Es joven y tiene mucho talento, aunque aún tenga que desarrollarlo.

—Siento que te haya tocado a ti entonces ocuparte de todo aquello a lo que ella no llegaba.

—Isabel, este año no me he cogido vacaciones, no pensaba hacerlo después de lo que pasó, no hubiera podido relajarme sabiendo que esto se tambaleaba tanto.

Cierro los ojos. Es horrible sentirse culpable y cada una de las palabras de mi jefa se me clava en el estómago, como dagas, una punzada por cada uno de sus reproches.

—Así que he agradecido estar ocupada, de otro modo, me hubiera vuelto medio loca sabiendo que había una cantidad considerable de buitres detrás del jugoso contrato de Tinkerer Music.

Analizo su tono y lo que me dice y, de pronto, me doy cuenta de que no me lo está reprochando. Parpadeo varias veces seguidas, intentando entenderlo, aunque me cuesta.

—Olivia, yo siento haberme cogido todo ese mes libre.

De nuevo, mi jefa guarda silencio al otro lado de la línea, lo que hace crecer mis niveles de ansiedad hasta casi desbordarlos. A veces siento unas ganas terribles de estrangularla. Esta, sin duda, es una de esas veces.

—Y yo siento haberte puesto en una situación casi imposible todo este año —confiesa, la voz emocionada como nunca antes la había escuchado—. Sé que lo del malnacido de Carlos te afectó de manera considerable, no solo por lo que te hizo a ti, sino porque eres de esas personas que se echan encima culpas y culpas, y te echaste la peor de todas: porque Carlos no nos estafó ni nos robó por tu causa, y quiero que lo sepas. Fue un cúmulo de circunstancias, incluido el hecho de que a mí también me sedujera y me sacara información que, de otro modo, no hubiera obtenido.

No quiero exteriorizar lo abrumada que me dejan sus palabras, así que me llevo la mano a la boca para ahogar un sollozo y que ella no note lo mucho que eso que me está contando me afecta.

—Después de lo que pasó tú te volcaste en Comunica2, supongo que para lavar el pecado que creías que habías cometido —continúa —. Sin casi personal, hiciste el trabajo de varias personas a la vez, viajaste a México para retener nuestras cuentas allí y aguantaste mi humor de mierda durante meses. Dejaste incluso que te metiera en casa a un hombre del que no sabías nada, por el amor de Dios, fui una arpía de mucho cuidado.

Se ríe tras recordar el momento en el que no me quedó más remedio que instalar a Tristan en la habitación de al lado, lo que me arranca a mí también una sonrisa. Sobre todo, al recordar lo que casi pasa en esa habitación, justo antes de empezar a huir de verdad.

—En definitiva, que entiendo que estabas quemada, agotada,

hecha un trapo... Que entiendo que necesitaras evadirte de todo eso. Y de mí. Sobre todo, de mí.

Me gustaría sacarla de su error. Porque yo a Olivia ya he aprendido a llevarla y no tengo que evadirme de ella. Ahora sé cómo regatear sus mandatos, cómo retirarme de su camino los días de humor negro, cómo escaquearme de esas tareas que le corresponden a ella como cabeza de la empresa pero que está acostumbrada a delegar en otras manos. No, yo no necesitaba vacaciones de mi jefa, pero, por alguna extraña razón, no soy capaz de desdecir sus palabras.

—Olivia...

—No digas nada y escucha —me insta, con ese superpoder que tiene para callar todo lo que no quiere oír—. Sé todo lo que ha pasado, lo que has hecho y cómo lo has afrontado. Sé que es por ti que tenemos todos esos nuevos clientes y que, además, hemos atado a Tinkerer Music. Sé que tú has salvado Comunica2, Isabel, y que lo has hecho poniendo lo mejor de ti al servicio de una empresa que solo te paga el sueldo, a la que no le debes ningún sacrificio.

Se para a tomar aire, lo que le va a hacer falta, porque ha dicho todo eso en apenas veinte segundos, totalmente atropellada. No logro entender cómo, algunas veces, no se atraganta con sus propios excesos lingüísticos.

—Y todo ello —retoma una vez que sus pulmones vuelven a tener suficiente carga de oxígeno para una siguiente tanda de palabras apresuradas—, sumado a que me he dado cuenta de algunas de mis limitaciones que, aunque no lo creas, también tengo, me ha hecho abrirme a nuevas posibilidades empresariales, a ver las cosas desde otra perspectiva y tomar decisiones que, a la larga, sé que serán más que acertadas.

La angustia y la espera a saber qué demonios quiere decir, me van a matar si no suelta ya lo que tiene pensado decir.

—En fin —parece concluir—. En pocas palabras y yendo al grano: Isabel, quiero que seas mi socia en Comunica2. Todo a partes iguales, las decisiones, los beneficios, las penas, las alegrías y el tener que rascarnos las heridas si tenemos la mala suerte de volver a caer dentro del agujero. ¿Qué me dices? ¿Estarías interesada en colocarte a mi lado en esta nueva andadura de nuestra pequeña compañía?

Me quedo sin palabras. Me colapso casi sin pretenderlo al escuchar la propuesta que acaba de salir de Olivia Calonge. No me lo acabo de creer, porque ella es la persona más orgullosa del mundo y compartir su legado es un paso de gigante, no sé muy bien hacia qué lado en concreto.

Se me seca la garganta y tengo que aclarármela con un gesto deliberado que me hace toser. De verdad, es como haberse atragantado con un vaso de agua.

—¿Y bien? ¿No vas a decir nada? —insiste cuando ve que no sale nada de mis labios tras aplacar mi pequeño ataque de tos.

—En realidad, no sé qué decir.

—Que estás encantada, que me adoras por ser tan generosa, que no te lo esperabas, pero sabrás estar a la altura. No sé, que estoy como una cabra pero, aun así, quieres intentarlo porque no te imaginas en ningún otro lugar del mundo que no sea en Comunica2.

—Estás como una cabra pero, aun así, quiero intentarlo porque no me imagino en ningún otro lugar del mundo que no sea Comunica2.

Se echa a reír con carcajadas agradables y cristalinas, unas risas limpias y sin estridencia que creo que nunca antes le había escuchado. Es un sonido precioso, porque significa muchas, muchísimas, cosas. Para mí, para ella, para la empresa.

—Me alegra escuchar esas sabias palabras —dice por fin, cuando logra calmarse y volver a hablar con normalidad.

—Y a mí que no te parezca descabellado que crea que es buena idea intentarlo.

—¿Bromeas? Probablemente sea una idea nefasta porque

acabaremos por tirarnos todos los trastos de la oficina a la cabeza —asegura, risueña—. Pero también creo que es genial, porque si hemos conseguido salir de esta, y estábamos de marrones hasta las cejas, creo que nada va a poder con nosotras.

Yo también lo creo y se lo digo. Creo que juntas podemos llegar aún más lejos, y crecer, y ser algo aún mejor que lo que éramos antes de que Carlos nos diera aquella estocada que, el tiempo, ha demostrado que no era mortal.

—Por cierto, dale las gracias al tío bueno de mi parte por el informe. Creo que eso lo ha terminado de cambiar todo a nuestro favor.

—¿Al tío bueno?

—A Cornell, hija, que no te empanas. Ni que no tuvieras ojos en la cara. Cuando lo veas, dile que le agradezco que haya sabido ver en ti todo eso que yo ya sabía que había ahí debajo.

*Cuando lo veas...* esas palabras flotan en el aire mientras yo me giro sobre mí misma al notar que se me eriza todo el vello de la nuca. No sabría explicarlo, pero sé, sin ningún género de dudas, que el tío bueno, o sea, Tristan, está ahí, cerca.

A mi alcance.

Y entonces lo veo. Mis ojos traban contacto con los suyos y saltan tantas chispas, que podríamos incendiar Los Jarales. Yo las siento y sé que a él también le pasa.

Está tan guapo que dan ganas de lanzarse a sus brazos. Lleva una camisa de lino blanco con los dos botones superiores desabrochados y unos pantalones a juego, que destacan su bronceado y la intensidad de su mirada celeste.

Me sonríe en la distancia que nos separa, unos siete u ocho metros, y siento que las mariposas de mi estómago se desbocan para convertirse en una manada de elefantes en plena estampida. Su sonrisa es honesta, amplia, preciosa. Y yo quiero pensar que podemos limar todas las asperezas, que me ha perdonado, que podemos empezar de cero sin malos entendidos y sin que me entren ganas de huir a cada instante.

Justo cuando doy el primer paso hacia él, sin embargo, nos rodea una algarabía inesperada.

Los novios hacen su aparición e instan a todos a colocarse en su sitio para la ceremonia, antes de que el juez de paz se les achispe aún más y no sepa ni leer su parte.

Nos alejamos, cada uno para ponerse en el lugar que le corresponde. Él, junto a Kevin, a quien da un abrazo enorme antes de mirar al juez. Yo, en la última fila, para comprobar que todo está en su sitio y la coreografía nupcial sale tal y como está diseñada.

La expectativa, no obstante, se queda conmigo.

Estoy tan nerviosa, que podría saltar hasta la luna si alguien me tocara de improviso.

Eso debe de ser lo que se siente en las comedias románticas.

Ojalá... Ojalá esto acabe como en una comedia romántica.

# 29

# Votos y declaraciones de amor

Justo cuando el juez —ya más ebrio que sereno— comienza su intervención, nos llega el olor de las brasas de las enormes parrillas que han encendido para hacer la barbacoa de la que todos comeremos hoy.

Afortunadamente, el aire cambia rápidamente de dirección y evita que el olor denso del humo se nos pegue a las ropas.

El hombre, que intenta que la ceremonia no se le vaya de las manos y que las palabras no le patinen mucho según salen de sus labios, se mantiene erguido a duras penas. Pasará de los sesenta años y va impecablemente vestido, como si él mismo fuera el novio de la ceremonia. De aquí va a salir más de un chiste, de esos que se contarán de generación en generación, hasta que nuestros nietos sean abuelos.

—A veces, las segundas partes... —dice, con la lengua medio trabada—... Las partes segundas, las que siguen... a veces, pues no son las malas o las peores o, sea, que son las que valen.

Reprimo unas carcajadas que me hacen hasta llorar por el esfuerzo de no romper a reír sin tapujos, y cruzo una mirada cómplice con Tristan, que tiene que girarse cada poco para no hacer lo mismo que yo.

Siento una corriente de energía, de la bonita, discurriendo desde su sitio, junto a los novios, hasta el mío, al final del pasillo nupcial. Nos hablamos con los ojos, con los gestos, con la forma en la que las ganas de entrar en contacto se nos desprenden de dentro. El fuego que ha comenzado a arderme en las entrañas desde que le vi parado frente a mí no hace más que avivarse con cada segundo que paso con esa distancia cruel entre los dos.

—Una segunda parte puede ser igual de buena o más y llevarse el Oscar de la Academia, como *El Padrino II*, que es soberbia y Al Pacino está que se sale —continúa el juez alcoholizado—. Si no la habéis visto, ya estáis tardando. Es ideal para hacer un maratón, os lo digo yo...

Cojo un pañuelo de papel del paquete que tengo en mi pequeño bolso bandolera y me seco las lágrimas que es imposible que dejen de fluir. Este señor va a acabar conmigo. Y mi madre, mucho me temo, que está a punto de acabar con él, las miradas asesinas que le está echando son dignas de una novela de Stephen King. Ya bastante malo para ella es repetir la boda en seis meses y, además, hacerlo sin el boato de la primera. Si trasciende que el juez que vino a recasar a Marta y a Kevin se nos emborrachó hasta el sonrojo, mi madre se las hará pagar. Y mucho me temo que tiene cualidades y formas para hacerlo sin que tenga que mover muchos hilos.

—Bueno... ¿por dónde iba? —pregunta el buen hombre, enfocando con dificultad a los novios que, según observo desde mi posición, tampoco es que lo estén haciendo perfecto en eso de aguantarse la risa.

Esto de la segunda boda, así, en plan informal, tiene muchas ventajas. En la primera, con todos los nervios, la ilusión, la necesidad patológica de que cada detalle preparado saliera como se había diseñado y demás parafernalia nupcial, Marta hubiera estrangulado al juez si se le hubiera ocurrido tomarse una copita de más. Pero cuando montas una boda en tres semanas, sin pretensiones, solo con la gente que importa de verdad y vestidos como para irnos a un *chill out* balear, pues que el encargado de oficiarte el casamiento esté ebrio perdido, le da un toque indiscutiblemente genial a tu boda.

—Iba a pedir que dijéramos nuestros votos, señoría —le dice Kevin, que se lo grita como si el juez estuviera más sordo que borracho.

—Señoría no, que yo no soy juez de Derecho, majo —le dice el hombre, dándole un par de palmaditas en la mejilla—. Hay que ver cómo sois los extranjeros, que lo mezcláis todo.

Ha debido de darle fuerte, porque Kevin se pasa la mano por el lugar donde el juez le ha marcado con su puntualización. Esto mejora por momentos.

—¡Venga esos votos! —exclama de pronto, levantando los brazos como si fuera el presentador de alguno de esos concursos de la tele que piden la complicidad del público para amenizar el ambiente—. Cuanto antes acabemos, más pronto podremos refrescarnos con una copita, que aquí hace un bochornazo...

La mitad de los asistentes, directamente, ya se están carcajeando sin tapujos, y sé que a los novios les va a costar decir sus votos sin que se les suelte la risa a la mitad.

Se miran, con una intimidad que rebosa amor y los ojos echando chispas de alegría desbordante, y Marta asiente, dejando que sea Kevin el primero que los pronuncie de los dos.

—Marta —comienza y, aunque parezca mentira, se le nota bastante más nervioso de lo que podría esperarse—, no puedo creerme la suerte que he tenido en esta vida de encontrarte, y que vengas aquí, ante nuestra familia y amigos, dos veces para decirles a todos que me has elegido.

»Sé que la primera vez fue desastroso —continúa y es asombroso cómo ha empezado a dominar el castellano en los últimos tiempos, aunque sea incapaz, como no le pasa a Tristan, de deshacerse de su profundo acento británico—. Nadie dará un duro hoy por nosotros y seguro que tu tío Félix ha cumplido su amenaza y ahora todos los invitados tienen su dinero invertido en la apuesta más morbosa de todos los tiempos: ¿Duraremos más de veinticuatro horas esta vez?

Nos reímos todos con ellos. Kevin va perdiendo el nerviosismo de sus primeras palabras y, a estas alturas de su pequeño discurso, ya sabemos todos que habla con el corazón.

—Depende de nosotros que esta vez sea la buena, que esta vez dure, Marta —prosigue, confiado—. De la fortaleza de nuestros sentimientos que, como hemos visto, no nos han mantenido lejos mucho tiempo. De lo que trabajemos en esto, unidos, juntos, por un bien común, sin imponer egos o primeras personas del singular. Somos un equipo. Lo hemos sido siempre, aunque tú seas del Atlético de Madrid y yo del Manchester United, aquí —dice, señalándose el pecho con la mano abierta—, aquí somos un equipo.

»Otro día 24, uno de hace justo seis meses, te dije SÍ QUIERO, convencido, enamorado, feliz. Hoy lo repito, si cabe, más convencido, más enamorado. Completamente feliz. Te quiero y te voy a querer toda mi vida.

Kevin concluye sus votos y ya tiene a la mitad de los invitados con la lágrima surfeando peligrosamente al borde de los párpados. Incluso a sus padres, que no han debido de empaparse de nada de lo que ha dicho, pero han pillado el tono, el sentimiento que su hijo le ha puesto a su maravillosa declaración de amor.

—Kevin, mi amor —comienza Marta cuando la emoción por lo que ha escuchado del hombre de su vida logra dejarla hablar—. Hemos cometido errores, hemos superado obstáculos y hemos llegado a conclusiones dolorosas. Y siempre, siempre, ha prevalecido lo que yo sentía por ti, lo que tú sentías por mí. Amor. Un amor enorme, capaz de rescatarnos de la estupidez, capaz de salvarnos del naufragio. Capaz de hacernos ver, sin proponérselo mucho, que estamos incompletos si no estamos juntos.

»Porque lo estamos. Lo estábamos hasta este momento en el que volvemos a unir lo que de forma tan tonta rompimos sin darle siquiera una oportunidad. Y nos la merecemos, vaya que si nos la merecemos.

»Te quiero y sé que, desde este momento en el que me uno a ti, ambos remaremos en una misma dirección, aunque, a veces, no sepamos ni siquiera si lo estamos haciendo bien, si remamos en la dirección correcta para salvarnos o si, inevitablemente, acabaremos por chocar contra las rocas. Mientras lo hagamos juntos, que el río nos lleve a donde nos tenga que llevar.

Marta concluye su parte y se miran en silencio. Estoy segura de que para ellos transcurre una eternidad entera, tan bonitos están, tan imbuidos de amor el uno por el otro. Mis ojos se encuentran con los de Tristan. Hemos dejado de reír, ya no nos miramos con complicidad cómica, ahora hay una electricidad que, estoy segura, todo el mundo puede sentir. Entre él y yo hay una corriente desesperada de emociones, y yo me muero por acortar esa distancia que nos separa, para ir a fundirme con él, el único lugar del mundo donde ahora mismo me gustaría estar. En él.

—¿Tenéis los anillos? —les pregunta el juez, que parece mucho más espabilado desde que los novios han hecho sus votos. Si me preguntas, yo creo que tiene los ojos rojos, como si se los acabara de restregar para eliminar el rastro traicionero de unas lagrimillas de emoción.

Tristan les tiende los anillos y, tras contestar las preguntas pertinentes que el juez, con la lengua trabada, les va haciendo sobre elegirse y respetarse, cada uno desliza una alianza en el dedo correspondiente del otro.

—Yo os declaro marido y mujer. Otra vez. ¡Y ahora, vayamos a celebrarlo con un buen rioja, amigos!

Y se besan. Lo hacen con ganas y sin que les importe nada más que eso. El juez se echa a reír sin motivo alguno y mi madre se sube al pequeño estrado para apartarlo ya de la vista del resto de invitados. Conociéndola, es probable que le esté echando un buen rapapolvo y obligándole a tomar un buen café con sal para despejar su mente ofuscada por el vino.

Todos los demás, prorrumpimos en un caluroso aplauso que los envuelve y Marta y Kevin se giran para sonreírnos y mostrarnos su felicidad. Están tan bonitos así, que espero que esta vez mi hermana guarde el genio desmedido y Kevin medite bien las decisiones que vayan a tomar, juntos, como ambos han especificado en esos votos tan preciosos que han proclamado delante de todos sus invitados.

Cuando los asistentes empiezan a disolverse, para ir a hacerse fotos con los novios o charlar con otras personas, veo que mi momento para acercarme a Tristan ha llegado —por fin—, así que comienzo a caminar hacia él, con la sonrisa más bobalicona del mundo en los labios, sin perder contacto visual con él en ningún momento, igual que está haciendo él conmigo.

Sin embargo, justo cuando parece que vamos a encontrarnos en ese punto medio que marca nuestro camino, la madre de Kevin se interpone y se lanza a hablarle en su lengua materna, ese inglés que Tristan domina tan bien como ella, y que lo engatusa para tener una conversación educada con la madre de su mejor amigo. Me mira por encima del hombro de la buena señora, que espera paciente a su turno para fotografiarse con su hijo y su recién recuperada nuera, mientras le da conversación a la otra persona de toda la boda que no habla casi exclusivamente en castellano. Pobre mujer, eso de limitar los invitados ha mermado mucho la lista del lado británico.

—Nos toca foto con ellos —dice Sara, tocándome ligeramente el brazo y señalando hacia donde los novios, mi madre y mis hermanas esperan delante del fotógrafo.

Pasamos por esto hace seis meses, pero parece que la tortura nupcial hay que repetirla para mantener la tradición y guardar un puñado de recuerdos que atestigüen que, en realidad, hubo una segunda boda. Aunque, pensándolo bien, puede que la exigencia de Olivia al teléfono en la ceremonia anterior me impidiera aparecer incluso en los retratos familiares.

Posamos para un buen puñado de instantáneas, que casi dan para hacer un reportaje por sí solas. Cuando el profesional nos libera, me despido de mi familia para ver si la madre de Kevin ha dejado también libre a Tristan, pero lo veo a lo lejos, interceptado por su mejor amigo, que ha sido más rápido que yo, y con quien se funde en un abrazo cómplice.

Decido no interrumpirles, lo que mi abuela Carmen aprovecha para cogerse de mi brazo y hablarme de lo contenta que está de que Sarita se haya echado novia, y que a ver cuándo me decido yo a traer a alguien conmigo a casa, que ya va siendo hora.

En ese momento, comienzan a servir la barbacoa, cuyo aroma dulzón ya inunda todo a nuestro alrededor. La gente come de pie, en grupos reducidos, riendo y con nada de presión, todo lo contrario al postín de la boda anterior.

Da gusto ver a los invitados, algunos de los cuales, los más atrevidos, hasta se han animado a lanzarse a la piscina. El día avanza y yo sigo sin poder acercarme a Tristan. De hecho, ya hace un buen rato que no lo veo. La última vez que lo vislumbré estaba hablando por teléfono cerca del lugar donde bailamos durante la fiesta de aniversario de la finca, lo que me hizo recordar un montón de sensaciones de aquella noche tan intensa.

Empiezo a preguntarme si los astros andan alineados en nuestra contra, cuando lo veo aparecer, saliendo del edificio principal. Me ve y me sonríe. Comienza a caminar hacia mí y mi corazón se sobresalta como el de una quinceañera asustada. Habrase visto, qué tonta me pongo solo con pensar en hablar con él, intercambiar algo, lo que sea, una continuación de la conversación que nos separó en Valencia tres semanas atrás.

—Tienes que venir y decirle a mamá que me deje en paz, de verdad que no puedo más.

Celia aparece de la nada y tira de mi mano como si no le importara que yo estuviera haciendo algo importante.

Intento que no me desplace mucho del sitio donde estaba esperando a Tristan. Esto empieza a parecerme ya una broma de mal gusto, y de verdad, necesito hablar con él.

Pero, al intentar frenarla, me mira como si hubiera perdido el color del rostro, y sé que ha pasado algo.

Algo grave.

Mucho más importante que escuchar la constante intromisión de nuestra madre en su vida.

Así que, de mala gana, me dejo arrastrar por su ímpetu que, si no interpreto mal, es más agresivo que de manera habitual. Definitivamente, ha pasado algo, y me toca averiguar qué es lo que ha sucedido.

—Celia, ¿estás bien? —pregunto con un tono suave y pausado, sin tentar mucho a su mal humor.

—¡Estupendamente! ¿O es que no me ves?

Precisamente porque la veo, sé que debo insistir si no quiero que, al final, estalle la bomba y nos arruine la fiesta.

—En la otra boda tampoco estabas muy bien —le recuerdo—. ¿Eso es porque estaba presente el padre del bebé? ¿Lo está ahora? ¿Puedo hacer algo por ti?

Se para en seco antes de llegar hasta donde fuera que pretendiera arrastrarme.

—¿Se puede saber qué os ha dado a todos hoy con el puto padre de melón? ¿Es que doy la idea de necesitar un macho en mi vida que me la dirija y decida por mí y por mi hijo?

Buf, está cabreada. Sin duda. Esto no se resuelve con el tono dulce y las palabras sosegadas. Esto se resuelve con el método de choque Onieva que a ella tanto le gusta utilizar con los demás.

—Celia, mírame —la obligo, tirando yo ahora de su mano para que me preste su atención—. ¿Qué demonios te pasa? Hoy no es un buen día para numeritos. Se lo debemos a Marta y a Kevin.

Me mira, tensa, como si acabara de decirle a una niña de tres años que no tiene derecho a su rabieta. Entiendo que las hormonas le pueden gastar una mala pasada, sobre todo con la fecha de parto tan cercana, pero este día no lo enturbia ni Dios, me prometo a mí misma. Si un juez borracho no lo ha logrado, una hermana a punto de dar a luz y con mala leche de serie, tampoco lo hará.

—Pasa que todo se desmorona, Isa —se queja, al borde del llanto.

No puedo soportar su tono de derrota y, cuando las primeras lágrimas acuden a enturbiar sus preciosos ojos claros, la acuno entre mis brazos, aunque la diferencia de altura no me lo ponga fácil para consolarla.

—¿Podemos hablar? —escucho a mi espalda y sé que esa petición no va dirigida a mí.

En mis brazos, Celia se tensa como una tabla rígida, y se separa de mí con una lentitud casi irreal. Cuando lo ha logrado del todo, se encara a Julio, que la contempla con el rostro demudado y una preocupación manifiesta oculta en esos preciosos ojos pardos que se esconden detrás de sus gafas de pasta.

—No quiero hablar más, Julio —decreta mi hermana, decidida. Se cruza de brazos y lo mira con distancia, como si no quisiera nada con él.

—Siempre fuiste la más cabezota de las cuatro, pero nunca pensé que esa cualidad estaría por encima del bienestar de nuestro hijo.

Vale, tiene sentido. Joder, tiene todo el maldito sentido del mundo.

Celia y Julio.

Juntos.

Liados.

¿Enamorados?

—Por bienestar te refieres exclusivamente al tuyo, ¿verdad? — inquiere mi hermana, todo veneno en esa voz que debe de rasparle la garganta al salir con tanta bilis de los labios—. Tu bienestar que consiste en que yo deje mi vida por la tuya. Que me vuelva a Madrid, que tenga una vida anodina y gris, con monovolumen, niños, compra en hipermercado los sábados por la mañana y comida con tu padre los domingos.

Julio la mira dolido. Es casi seguro que esa conversación la han tenido mil y una veces. Y que todas, sin excepción, han acabado igual: sin entendimiento, los dos rotos. Julio, a distancia. Celia, refugiada en los demás. En Tristan, en nosotras.

Miro hacia donde mi madre, que nos contempla con una ceja levantada, inquiriendo en silencio por lo que está pasando, y hago un gesto con los hombros, para indicarle que no tengo ni la más mínima idea.

—Joder, Celia, mira que eres difícil —se queja Julio, con la voz tomada por la rabia, pero también por una intensidad que me conmueve. Él nunca ha sido muy vehemente, pero da un paso hacia mi hermana y la encara, a menos de diez centímetros—. ¿Es que no te das cuenta de que lo que yo quiero es estar contigo sin importarme nada el cómo? ¿No ves que te quiero y todo lo demás no es relevante?

Mi hermana lo contempla impasible, sin conmoverse por esas palabras que suenan a declaración de amor y que hubieran derretido el hielo de cualquiera. De Celia, no. Celia siempre fue dura de roer.

—Me dices que quieres estar conmigo, pero sigues con tu vida como si nada, sin sacrificar nada por mí.

—Es que no es cuestión de sacrificar, sino de amoldarse uno al otro. ¿Qué estás dispuesta a hacer tú porque seamos una familia? ¿O se trata solo de forzarme a mí a hacerlo?

En ese instante sí parece tocada. La acaba de acusar de egoísta, y por experiencia sabemos que Celia siempre ha tenido un punto en el que era imposible moverla de sus posiciones. Siempre ella primero, sin que los demás pudiéramos estar nunca al mismo nivel que sus propias exigencias.

Me siento como una intrusa, siendo testigo de excepción de algo que es suyo, privado. Trato de dar un par de pasos lejos de ellos, pero veo en la mirada de Celia tal ansiedad que, sin pensarlo mucho, me vuelvo a quedar quieta, cerca de ahí. Hay una vulnerabilidad extraña en ella, algo impensable solo unos minutos atrás.

—Déjame en paz, Julio —le dice mi hermana, incapaz de responder de manera coherente a sus últimas palabras. Está acorralada y lo sabe.

—Celia, venga, no vuelvas a huir de esto —le pide Julio cuando ella ya se ha girado para irse, dándole la razón en muchas cosas—. Tú nunca has sido una cobarde, no me hagas empezar a pensar que, en realidad, siempre lo has sido.

—¿Cobarde? —Se gira y en sus ojos hay encendido un fuego que la convierte en alguien realmente terrible—. ¿Me llamas a mí cobarde cuando eres tú el que sigue pegado a tu padre sin atreverte a vivir tu propia vida? ¿Crees que soy yo la que no arriesga? Ya he asumido que voy a criar a mi hijo sola, si eso es cobardía, será que sí, que soy una maldita cobarde, pero prefiero ser fiel a mí misma y no traicionarme que dejar que otros decidan por mí cómo proceder en esta vida.

Julio aprieta los puños con una fuerza que indica que podría destrozar algo si se lo propusiera, cualquier cosa. Tensa la mandíbula y da un paso en su dirección, dispuesto a dejarle claro que se equivoca. Ojalá se lo haga ver, porque yo sé que Julio tiene intención de hacer algo con su vida lejos de la gestoría. Ahora, además, todo tiene más sentido. Aquella conversación con Marta sobre dejar de vivir la vida de los padres para buscar el camino propio, en el caso de Julio veo que no iba solo de seguir su pasión por el Arte, sino que, probablemente, tenga que ver con Celia y con el hijo que esperan juntos.

—Yo quiero estar contigo, Celia —le vuelve a repetir. Su voz es inusualmente suave, todo lo contrario de lo que uno se esperaría al ver cómo sus nudillos han emblanquecido unos segundos atrás—. Ser fiel a mí mismo es estar contigo. Puedo renunciar a cosas, a personas, lugares y sueños, solo por ti. Pero necesito saber que tú también me pondrás primero de todo, que me quieres del mismo modo y crees en la familia que podemos crear si nos das una oportunidad.

Los ojos de Celia apagan el fuego de la furia al escucharle. Estoy segura de que esas palabras han conseguido tocar el corazón de mi hermana, aunque ella siga siendo tan terca y orgullosa como para quedarse callada y no conceder ni un solo milímetro de terreno.

—Tengo miedo —acierta a decir, con las palabras casi atascadas en la garganta y la mirada cubierta, de repente, por un pesar que es impropio de Celia la Guerrera.

—Es que da miedo. Claro que da miedo. Pero estoy aquí, eso tienes que saberlo.

Celia da un paso en su dirección. Julio lo acorta al acercarse también a ella. Sus ojos no se despegan de los del otro y una corriente distinta se siente correr entre los dos. Sonrío. No está todo solucionado, pero mi hermana parece dispuesta a, por una vez, no salirse con la suya.

Y esta es una vez importante.

Quizá decisiva en su relación.

—Mi padre se jubila en tres semanas —susurra Julio—. Cerrará para siempre la asesoría. Marta se irá a Londres con Kevin durante un año y luego vendrán a Madrid, para asentarse aquí. Yo soy libre para irme a La Toscana o al fin del mundo. Donde sea, pero contigo.

Celia abre mucho los ojos e, inmediatamente después, su sonrisa se expande como si fuera una flor marchita recibiendo de golpe agua y luz del sol. Está radiante, exultante, pletórica. Acaban de hacer de ella la mujer más feliz de la Tierra, solo hace falta verle la cara, navegar en su mirada ilusionada...

Julio acorta del todo la distancia que los separa, la toma en sus brazos y la besa. El mundo es un poquito más hermoso al contemplarlos.

Yo creo que mi hermana es difícil, pero también creo que Julio es capaz de hacer que se convierta en mejor persona. Él y el pequeño que pronto tendrán con ellos.

Miro hacia mi madre porque sé que los está viendo desde la distancia. En su rostro, una sonrisa de complacencia aparece y se queda ahí, acompañando al leve asentimiento que su cabeza realiza casi sin darse cuenta.

Estoy convencida de que mi madre sabía que Julio era el padre del bebé de Celia y que, si presionaba lo suficiente, su hija mayor acabaría entrando en razón.

Los métodos de una madre suelen ser eficaces y, con mi hermana, hacen falta de los drásticos.

—Mierda —dice Celia, de pronto, separándose de Julio y componiendo en su expresión un rictus de perplejidad.

—¿Estás bien?

Julio, solícito, la toma de la mano y la interroga con el semblante demudado.

—Creo que melón ha decidido que no quiere esperar más.

—¿Eso significa que...?

—Eso significa que creo que estoy de parto. Acabo de sentir una contracción.

# 30
# A veces, me gustan las bodas

Alrededor nuestro, sin saber muy bien cómo, comienza a cundir el pánico.

Mi madre, que parece poseer un sexto sentido, se acerca sin que nadie se lo pida, sabiendo de antemano qué es lo que le está pasando a su hija mayor.

Enseguida y de manera sumamente ordenada, se pone a organizar todo. Le pide al tío Félix que vaya poniendo en marcha su coche mientras me pide que suba al cuarto de Celia a por la bolsa preparada para la maternidad. Indica a mi hermana que cuente los minutos entre contracción y contracción, y a Julio le ordena que no se separe de ella ni un solo segundo.

Sara y Tania se disponen a explicarle a los invitados lo que está pasando, y Marta y Kevin, que esperaban una boda sin sobresaltos, se apresuran a coger su propio coche para seguir al del tío Félix camino del hospital cuando este salga pitando para allí.

En lo que tardo en subir al cuarto de Celia, localizar su bolsa y cogerla, todo parece transformado a nuestro alrededor.

Los camareros han dejado de servir, los invitados más atrevidos, los que usaban la piscina a placer, han salido y se han secado, se están vistiendo y, cuando terminan, se ponen a disposición de lo que sea que se necesite hacer.

En apenas un puñado de minutos, todo se disuelve. Los invitados, que sin los novios no encuentran mucho sentido a quedarse allí, se empiezan a ir. Mi hermana y mi madre se montan en el coche y desaparecen, con el futuro padre y el futuro abuelo de la criatura. Marta y Kevin se llevan a Sara y Tania y yo, que de repente me quedo sola, miro a mi alrededor, pensando en que ni una potente y furiosa tormenta de verano hubiera sido capaz de limpiar de gente este lugar tan deprisa como el anuncio de un parto inminente.

Me pregunto si haré falta, si estorbaré, si se extrañarán de que falte o si soy un poco tonta por pensar que es mejor quedarse en casa, esperando noticias, en lugar de colapsar la sala de espera de la maternidad del hospital.

Paseo la mirada por la finca, que ha quedado desolada, como si hubiera caído una bomba en mitad del patio, y me doy cuenta de que todo el mundo ha tomado rápidamente la decisión sobre lo que hacer a continuación.

Todos menos yo, que me he quedado allí plantada, como un pasmarote.

Quizá es que a mí aún me queda algo pendiente en esta boda.

Quizá es que tengo que terminar algo que me he propuesto acabar cuando lo he visto aparecer, tan guapo, tan apuesto que quitaba la respiración.

Quizá es que, después de que todo se interpusiera entre ambos durante todo el día, ahora yo me resisto a pensar que he perdido mi oportunidad con él.

—Está sonando nuestra canción.

Es apenas un murmullo en mi oído, pero lo dice a tan poca distancia, que se me eriza todo el vello del cuerpo y logra que un escalofrío me recorra entera.

Antes de girarme de cara a él, escondo la sonrisa estúpida que escucharle me ha provocado y me doy cuenta de que tiene razón, que suena —en el hilo musical que alguien no se ha acordado de apagar antes de irse— *The Wonder of You* de Elvis, algo que tampoco podía faltar en la boda de Marta.

Con esa canción nos conocimos. Durante esa canción nos besamos. En lo que duró esa canción, caí rendida a un sentimiento que ni siquiera creía que volvería a experimentar.

Cuando me doy la vuelta para quedar justo frente a él, noto cómo Tristan me examina como si me viera por primera vez en mucho tiempo. Me ahogo al contemplarle, incapaz de hacer salir ni una sola palabra de mi boca enmudecida.

Así que cuando él abre sus manos en mi dirección y me invita a bailar, me dejo llevar hasta apoyarme en el centro de su pecho, donde su corazón late tan desbocado como el mío. Ese sitio es uno de esos que una es capaz de llamar hogar sin ruborizarse por ello. Y a mí ese lugar me ha faltado mucho tiempo, así que reencontrarme con él es como sentir que las piezas del puzle se colocan exactamente en su lugar.

—Te he echado de menos —susurra en mi oído, íntimo, como si estuviéramos rodeados de gente y necesitara preservar su confesión de los demás.

No contesto a eso. No puedo. Mi garganta se ha cerrado y aún está procesando el hecho de que todo parece estar en el sitio correcto.

Él. Yo. Ambos.

Y me doy cuenta de que, a veces, aunque no demasiado a menudo, a una pueden llegar a gustarle las bodas. Sobre todo, si son como esta, en la que desaparece todo el mundo, como por arte de magia, menos la única persona de todo el universo con la que quieres —necesitas— estar en ese momento.

Me aclaro la garganta y me obligo a contestarle. Algo. Lo que sea. No quiero que entre los dos se instalen silencios incómodos. No, después de haber perdido tanto tiempo de forma tan estúpida.

—Olivia me ha contado lo del contrato...

—Ya, bueno. No podíamos dejar escapar a la mejor agencia de

comunicación de Madrid —dice, riendo de manera que hace que su risa reverbere en su pecho, haciéndome unas cosquillas diminutas, electrizantes—. No hubiera tenido sentido después de tres nominaciones a los Grammy.

No lo miro. No puedo. Pero sé que sonríe, que está de buen humor, y que es mejor que me mantenga pegada a su cuerpo, escuchando su corazón con mayor nitidez incluso que la canción de Elvis que bailamos tan pegados. No quiero moverme, no quiero dejar escapar la sensación de pertenencia.

—Tres nominaciones...

—Sí, ¿puedes creértelo? Nuestro chico les ha fascinado —susurra en mi oído y vuelvo a estremecerme por culpa de su aliento cálido acariciando mi piel expuesta.

Sonrío al pensar en David, tiene que estar que ni se lo cree. Tengo que llamarle, aunque casi mejor dejo pasar el día de hoy. Hoy no estoy para nadie.

Salvo para Tristan.

—Tú has hecho magia con él desde que está con Tinkerer Music —le señalo su mérito, que no es pequeño—. Tú confiaste en él, tú le fichaste. Tú te has venido aquí por gente como él. Que hayas acertado solo confirma que nunca te equivocaste al elegir esta vida.

No quiero hacerle sentir mal por resaltar su elección sobre las preferencias de su padre, pero tampoco quiero que se quede sin escuchar lo que pienso de verdad al respecto. Sé que Tristan entiende lo que quiero decir. Espero que lo entienda, al menos.

—He tenido mucha ayuda. Tuya, para empezar. No lo hubiera logrado sin ti.

—¿Por eso me has pedido como requisito para firmar con nosotros?

—¿Puedes culparme? —Vuelve a reírse—. No solo creo que eres buena y que es parte de tu logro el que Blue Joy esté donde está hoy, sino que, además, soy un egoísta redomado que se muere de ganas por trabajar contigo codo con codo.

—¿Por qué? —pregunto sin poderlo evitar.

—Porque hemos hecho un buen equipo —dice, el tono cómplice, íntimo, casi secreto—. Y porque trabajar contigo me estimulaba, me retaba, me llevaba al límite y siempre, siempre, creo que me hacía dar lo mejor de mí.

—Vaya...

—Eso por no hablar de que estoy bastante colado por ti, y que verte a diario me haría profundamente feliz.

Me separo unos centímetros de él para enfocarle con mis ojos vidriosos. Los suyos, empañados como el mar envuelto en tormenta, me contemplan absortos, como esperando que algo rompa el hechizo que los mantiene presos de los míos. Qué sensación de poder me da el saberme mirada así. Aunque, si él sabe leerme a mí, verá lo mismo en los míos. Esa misma sensación de éxtasis estúpido que me tiene completamente a su merced.

—¿No estás enfadado conmigo?

Soy consciente de que de mis labios apenas ha brotado un sonido diminuto que no estoy segura de que él haya alcanzado a escuchar. Pero sonríe, vuelve a sonreír con esos labios que no me dejan ni pensar si enfoco mi atención en ellos, y los nubarrones, una gran parte de ellos, se despejan mientras siento que un gran peso se me va de encima.

Si Tristan ha conseguido perdonar mi torpeza y la creencia errónea de que me trataba de seducir tras haber dejado embarazada a Celia... Si lo ha logrado, entonces yo podré volver a respirar con normalidad, como si la piedra que me oprime el pecho desde que él salió de aquella habitación de hotel, pudiera disolverse por arte de magia en mi interior.

—Si te digo la verdad, no sé con quién he estado más enfadado todas estas semanas —confiesa con una calidez en su voz que me reconforta.

Lo miro, perpleja, y no soy capaz de ocultar mi turbación. Agradezco que estemos solos, que nadie más me vea dudar o expresar mi desconcierto. Últimamente, parece que todo en esta familia es público, y da gusto saberse a salvo de hermanas cotillas y preocupadas, que te montan una intervención a la mínima, y de madres entrometidas, que no descansan hasta que te vas al hospital reconciliada con el padre de tu futuro hijo.

—Deberías haberlo estado conmigo y solo conmigo. Por dudar de tu honestidad y por dejar que mi cabeza desquiciada te colocara como padre del bebé de Celia.

—Bueno, tan descabellado no era, ¿no? —pregunta, encogiéndose de hombros—. Quiero decir que, si lo miras desde tu posición... quizá...

—¿Estás disculpando que tenga una imaginación tan desbordante que hasta creyera que eras un seductor deshonesto?

—Se nota que eres periodista y sabes usar las palabras —se ríe—. Yo a seductor deshonesto lo llamaría, directamente, cabronazo.

—He querido ser refinada —bromeo.

—Ya veo, ya... —asiente, cómplice—. Pero igual no era un caso de imaginación desbordante del todo. Celia y yo congeniamos desde que nos conocimos, en uno de esos fines de semana que yo viajé a Manchester desde Londres, y ella vino de La Toscana para ver a Marta. Estaba hecha polvo. Lo recuerdo perfectamente, desecha sin que pareciera que nada iba a poder recomponerla. Acababa de cometer la estupidez de confesarse a sí misma que estaba enamorada de Julio después de llevar un par de meses acostándose con él a escondidas. Había empezado como algo inocente, pero ella se veía incapaz de salir de ese bucle en el que se habían instalado. Discutían mucho, ya conoces a Celia y lo orgullosa que es, Julio solo se dejaba llevar y ella le acusaba de no luchar por ellos dos. Le daba vergüenza que lo supierais, y por eso me lo contaba a mí, que hasta la primera boda ni siquiera lo conocí. Entonces, Celia ya estaba embarazada y, bueno, el resto ya lo sabes.

Asiento en silencio. Entiendo que la arropara y que sintiera la necesidad de protegerla, dado que ella había confiado en Tristan de entre todo el mundo posible.

—El caso es que...

—¿Qué? —inquiero, nerviosa.

—He llegado a la conclusión de que se ha tratado de un malentendido sin que nadie quisiera hacer daño a otra de las personas implicadas, pero en mi cabeza hay una duda dando vueltas desde que te escuché en el hotel.

No tiene que decir nada más para saber de qué está hablando. Sería lo más lógico, así que me adelanto y me aventuro, sabiendo de antemano que voy a acertar en mi dolorosa conjetura.

—Quieres saber por qué no pregunté directamente.

Me mira con franqueza desde la escasa distancia que nos separa. A nuestro alrededor, sopla una brisa ligera que mueve las copas de los árboles y también los bajos de mi vestido. Que acaricia mi piel y me estremece, como lo hace el roce suave de los dedos de Tristan. De repente, el anhelo por sentir su tacto en mi espalda, mis muslos o mi estómago me roba por un segundo toda la coherencia de mis caóticos pensamientos, y solo cuando él asiente, confirmando que mi suposición —tal y como me temía—, es acertada, vuelvo a centrarme en lo que me ocupa: explicarme, resarcirme. Lograr que me exonere.

—No podía preguntar porque la mayoría de las veces no existía ni la más mínima duda —digo en un hilo de voz al que apenas logro imprimirle fuerza. Me sonrojo con mi propia confesión, así que evito trabar contacto con la claridad de sus preciosos ojos azules—. Y cuando lo hacía, cuando dudaba de que mi propia y absurda suposición no fuera verdad, me daba miedo o angustia y hasta vergüenza meter la pata. Quedar como una tonta o, por si la respuesta a la pregunta fuera afirmativa, acabar por colocaros en una situación incómoda a Celia o a ti.

—Una situación incómoda y que hubiera certificado que de verdad era un cabronazo jugando a dos bandas.

Ahora soy yo quien asiente.

—Y yo no quería estar enamorándome de un *seductor deshonesto* —matizo el apelativo con una sonrisa triste—. Una cosa es que eso existiera en mi cabeza, y otra que lo confirmarais alguno de los dos, si yo acababa preguntando.

Sigo sin atreverme a mirarle a los ojos, así que es él quien me ayuda a hacerlo, colocando uno de sus dedos bajo mi mentón y elevándolo hasta que mi mirada choca frontalmente con la suya. Vuelve a provocarme un escalofrío, como si una corriente de ardiente fuego se encontrara con la heladora frialdad del hielo, descontrolándolo todo a su paso. Con Tristan las sensaciones siempre han sido un poco así, devastadoras, descontroladas, viscerales, primitivas. Por eso, quizá, resultó tan duro oponerse y resistirse a ellas. Por eso, sin duda, acabé cayendo en la tentación de dejarle entrar dentro de mí, de instalarse en mi mente, en mi corazón, porque, desde el principio, todo había sido inevitable.

Nosotros, los dos, éramos inevitables.

—Siento no haber comprendido todo lo que te estaba pasando cuando me fui y te dejé sola tras hacerte el amor —confiesa, y a mí la piel se me eriza de una manera nueva, igual que si me hubieran bañado en nitrógeno líquido—. No debí irme... Lo siento.

Me vuelvo a quedar sin palabras. En mi cerebro hay cientos de ellas, quizá miles. Pero les cuesta a todas ellas alcanzar mi garganta, tomar mi boca y convertirse en sonido a través de mis labios. Es, probablemente, una consecuencia directa de haberle escuchado remitirse a cuando me hizo el amor. El estremecimiento que me ha sacudido solo de oírle ha cambiado toda mi configuración orgánica.

Aun así, me insto a hacerlo. A contestar. No quiero estropearlo todo quedándome callada y quieta como una estúpida. O peor, como una mujer obnubilada que no es capaz de reaccionar ante un hombre.

Aunque se trate del hombre al que ama.

—Prométeme que no lo volverás a hacer —le pido tras un minuto de silencio, en el que me he obligado a contestar, a

440

atreverme a hablar con él, aunque me cueste. Aunque sienta que es lo más difícil del mundo ahora mismo—. Prométeme que no te irás de nuevo. Nunca.

Me abraza más fuerte y me besa en la cabeza, en un gesto tan íntimo que me desborda. Siento tantas emociones ahora mismo bombardeándome que creo que voy a estallar de felicidad, de incertidumbre, de deseo, de expectación...

Ojalá tuviera más respuestas.

Ojalá fuera más valiente.

—Te quiero desde antes de conocerte —repite aquella confesión que hizo en la habitación de hotel de Valencia, después de haberme amado con tanta intensidad como ganas—. No puedo irme de tu lado. No, si tú permites que me quede.

Se me encoge el corazón. Juro que se contrae dentro de mi pecho, pequeñito, como si temiera expandirse y sentir todo lo que prometen sus palabras. Pero me obligo a ello. Dios, debo ser yo quien decida mi destino, quien tome las riendas de mi propia vida. Quien haga lo que hay que hacer para conseguir alcanzar mi propia parcela de felicidad.

—Siempre —le digo, convencida—. Quédate siempre.

Y entonces me besa y sé que acabo de sellar el pacto más bonito de mi vida. El que me une a Tristan indisolublemente.

Siempre fue una idea muy estúpida la de enamorarme de él cuando no debía. Ahora, con todo lo que sé, creo que no hay nada más maravilloso para mí en la vida.

Lo estúpido sería alejarlo de mí.

Por eso, no tengo ninguna intención de hacerlo.

# Acto 7

# EN EL NO bautizo de Enzo

# Epílogo

# Antes de que caiga el primer copo de nieve

Quedan dos días para Nochevieja y el aire huele a nieve.

Sería genial rematar estas navidades con una buena nevada, o eso no se cansa de repetir Sara, emocionada. Los demás no parecemos estar por la labor, sobre todo yo, que espero como agua de mayo a que Tristan regrese de Inglaterra, a donde ha ido a pasar las fiestas. Su padre ya está en casa, intentando recuperarse poco a poco de parte de los daños que el derrame cerebral le ha causado, lo que no parece que vaya muy rápido.

Tristan, al menos, ha conseguido hablar con él, sentirse escuchado y que su padre entienda que no todos los hijos están destinados a seguir los pasos de sus progenitores.

El ejemplo del tío Félix le ha sido muy valioso. Le costó cerrar la asesoría el último viernes que fue a trabajar, sabiendo que nunca más iba a abrirse con su nombre y el de su socio —mi padre— en la placa de entrada. La ha traspasado a otro de sus trabajadores de siempre y dice que, aunque no sean Marta y Julio quienes la lleven, al menos se queda en manos de alguien de su entera confianza.

Está contento. Al menos lo está ahora, que es un jubilado despreocupado, solo pendiente de malcriar a su primer nieto y de seguir llamando la atención de la que, probablemente, sea la mujer que más ha amado en años —sí, mi madre—, aunque ella se empeñe en continuar tratándolo solamente como el amigo de toda la vida que siempre ha sido.

Ahora con el bebé entre los brazos, juega a hacerle carantoñas que le saquen una sonrisa, aunque Enzo, de solo tres meses, apenas entienda nada de lo que pasa a su alrededor, menos aún las ganas de nieve que algunos tienen por aquí.

—Déjamelo, Félix, que llevas con él toda la mañana —se queja mi madre, quitándole al bebé de encima y ganándose una sonrisa benevolente de su consuegro de facto, que no de forma—. Los chicos vendrán enseguida y casi no lo he disfrutado.

Julio y Celia están arriba. Descansando, o eso dicen. Aprovechando que hay tantas manos dispuestas a cuidar de Enzo, ellos dicen que quieren dormir tres días seguidos. Lo cierto es que Celia no se salta ni una toma, pero entre una y otra, desaparece escaleras arriba para... bueno, para lo que ella estima que es el descanso que se merece.

Esta tarde, cuando estemos todos, celebraremos una especie de fiesta para darle la bienvenida a Enzo al mundo, ya que tanto Celia como Julio se niegan a que el bebé sea bautizado. Mi madre aún está rumiando la noticia, pero no sé qué se esperaba viniendo de su hija mayor, la más irreverente de todas.

Ha dejado que hagamos una fiesta de NO bautizo, como ella ha querido llamarla, pero ha prohibido expresamente darle cualquier toque religioso al evento. Mi madre ha estado a punto de llevárselo a escondidas a la iglesia del pueblo de al lado, pero al final ha podido el sentido común y aquí está, quejándose de espíritu católico delante de todo el que es tan insensato como para demostrarle un mínimo de interés.

—Por mucho que mires por la ventana, no va a llegar antes —me dice Marta, acercándose a mí por la espalda, y dejando una de sus manos sobre mi hombro—. Eso lo sabes, ¿verdad?

Me giro para mirarla con una sonrisa sardónica y ella me la devuelve, exultante. No hay quien la aguante desde que es feliz.

—Nunca te he hablado de mi superpoder convocador, ¿a que no?

Se ríe y me da un coscorrón antes de reunirse con Kevin que, junto a la chimenea, les cuenta a Sara y Tania lo mucho que le gusta la idea de venirse a España a trabajar en cuanto acabe su contrato actual. Marta, que está llevando a cabo un curso en las cocinas del chef Rafael Cagali, dueño y creador de Da Terra, un restaurante vanguardista con dos estrellas Michelin, está medio exaltada y loca de contento.

—¿Quién iba a decirme a mí que iba a ir a Londres, donde la comida nunca sabe a nada, a aprender cosas increíbles sobre alimentos y cocina? —les cuenta ella, entusiasmada.

Me alegra verla así, relajada y sin miedo a lo que nuestra madre pueda opinar por dejar la asesoría que levantó nuestro padre. La verdad es que, fue probar los pinchos de Marta, y ella misma la animó a seguir el camino de la cocina. Mi hermana no se lo podía creer, las demás, casi que tampoco, mi madre no dejaba de sorprender a cada paso del camino.

Así que Marta ahora está entregada a su pasión por los fogones, aprendiendo y siendo respaldada por Kevin, que ha resultado ser un marido perfectamente conciliador y que le ha ofrecido la oportunidad de volver a España para instalarse aquí, si ella le ofrecía el año que había pactado con su actual empresa. Así las cosas, ellos han entrado en una preciosa rutina de concesiones y amor que les ha venido estupendamente. Marta hasta está más centrada, menos exaltada y, por supuesto, más dispuesta a dar a cambio de lo que también recibe.

En ese sentido, tanto ella como Celia han aprendido una valiosa lección este año que estamos a punto de acabar. Y yo las miro, las veo tan relajadas y felices, que creo que todo lo que han pasado, lo bueno y lo malo, al final, ha valido la pena, porque las ha transformado y las ha hecho más resolutivas, leales, empáticas y, sobre todo, felices, que las que eran solo unos meses atrás.

Sara, sin embargo, que siempre ha sido más cándida y dulce que todas las demás Onieva juntas, ahora disfruta de las mieles del éxito que este año tan prolífico para ella le ha proporcionado.

Su canal de YouTube sigue creciendo, su relación con Tania se ha afianzado, su amistad con Blue Joy la sigue colocando en muy buen lugar de cara a la opinión pública y, en breve, sacará un libro contando un montón de cosas sobre seguir los propios sueños y ser fiel a una misma.

Seguro que es un éxito inmediato, como todo lo que toca. Es una experta en triunfar y todo un referente para quienes nos reflejamos en ella al querer intentarlo.

Lo peor para mi madre —que de momento tiene a Celia en Italia y a Marta en el Reino Unido—, es que Sara está barajando la posibilidad de trasladarse por un tiempo a Miami, donde le han ofrecido una colaboración sustanciosa por un año en Univisión, la cadena hispanoparlante más importante de Estados Unidos. Tres de sus cuatro hijas fuera del país, y aún da las gracias porque la cuarta —o sea, yo—, no me largue también con el inglés de mi novio.

Afortunadamente, Tristan tiene mucho que hacer por aquí todavía y no planea volverse a su país en un periodo indeterminado de tiempo. La división española de Tinkerer Music se ha estrenado por todo lo alto. En menos de un año de vida ha conseguido el Grammy al Mejor Intérprete Latino para Blue Joy, no existe ninguna carta mejor para presentarse y mantenerse en el exigente mercado discográfico.

En el improbable caso de tener que regresar al Reino Unido, la verdad, es que no sé cómo nos las arreglaríamos, pero estoy convencida de que hallaríamos el modo. Hace ya tres meses que nos prometimos no separarnos, así que queda fuera de toda cuestión que vivamos en países diferentes. Algo se nos acabaría ocurriendo.

Mientras mis ojos no se despegan del camino de entrada, impacientes por clavarse en el coche de Tristan que llegue desde el aeropuerto, siento que, en mi bolsillo, me vibra el teléfono. Demasiado ansiosa que hasta me tiemblan las manos, compruebo que es un mensaje el que me ha entrado. Y no, no es de Tristan para decirme que ya ha aterrizado y está de camino, esquivando la tormenta de nieve que nos amenaza desde la oscuridad del cielo más plomizo que he visto en años.

*Ya no soporto más al influencer ese de los retos extremos. Dice que quiere irse a Corea del Norte a desafiar a no sé quién que vive encubierto allí, para retarse con un militar del ejército de Kim Jong-un a vida o muerte.*
*¿Este es tonto o qué le pasa?*
*¿Se cree que conozco al ministro de Asuntos Exteriores para que me conceda un visado para que el memo se deje matar allí?*

Leo y releo el mensaje de Olivia y me entra la risa floja. Desde que Comunica2 se ha convertido en la agencia de comunicación de la mayoría de los *youtubers*, *instagramers* y *tiktokers* con más seguidores del país, nos llueven las peticiones imposibles. Afortunadamente, yo estoy centrada en la rama musical que, gracias al cielo, aún no están a ese nivel de imbecilidad. Cruzo los dedos para que no me toque ninguno entre los nuevos fichajes que Tinkerer Music ha estado haciendo durante estos últimos meses. El catálogo de la discográfica se abre a nuevos estilos y ya estamos trabajando en sus estrategias de comunicación para el año que está a punto de entrar.

*Siento comunicarte que no todos son como mi hermana: calladitos, centrados y con los pies en la Tierra. Sorry...*

Sé que mi respuesta le sacará humo por las orejas porque, en lugar de ayudarla, la he hundido más en la miseria. Pero también sé que estos días está de buen humor por dos razones, principalmente: la primera, que se la ha visto por Madrid y Londres de lo más acaramelada con Andrew Koepler, el jefe de Tristan, y estoy segura de que, si lo tiene cerca, quemará su frustración de esa manera tan suya y que le reportará más de una satisfacción a ella y al jefazo inglés. La segunda, una que también me ha alegrado a mí el fin de año y hasta el lustro entero, es que recientemente han extraditado desde Brasil a Carlos Luarca, mi exnovio y desfalcador profesional. El muy tonto podría haberse escondido en Bahamas o Haití o cualquier país sin convenio de extradición, pero se fue a esconder cerca de Copacabana, donde lo pillaron por intentar blanquear divisas de manera bastante chapucera.

Ahora, en espera de que la justicia española actúe contra él, pasa sus días en la cárcel de Soto del Real, solo y arruinado, porque sus cuentas han sido intervenidas y es muy probable que todo lo que haya en ellas sirva para indemnizar a todas sus víctimas anteriores a su cobarde huida del país.

Unos pasos quedos procedentes de la escalera principal de Los Jarales me sacan de mis pensamientos. Celia y Julio aparecen la mar de relajados y con el rostro sonrojado del que se ha pasado horas en la cama, no durmiendo precisamente.

Julio lleva con la sonrisa permanente en los labios varios meses. Nadie sabe si se trata de haber pescado por fin al amor de su vida, por el hijo tan precioso que comparten o porque sus clases en Florencia, con un par de reputados maestros que Celia le ha presentado gracias a su enorme lista de contactos, lo tienen del todo emocionado. En su finca de La Toscana, Celia sigue dedicada a la elaboración de productos artesanales como aceite, pasta fresca y jabones naturales, mientras Julio aprende y pinta y le hace el amor a la única mujer que ha querido en todos los años que hace que se conocen.

—¿No ha llegado Tris aún? —pregunta Celia, tras darle un

sonoro beso a la abuela Carmen, que se calienta junto al fuego mientras dormita a su aire.

Niego con la cabeza y me encojo de hombros.

—Pues sin mi segundo cuñado inglés, no hay NO bautizo de Enzo, así que abortamos celebración —anuncia, cruzándose de brazos, como si la presencia de Tristan fuera absolutamente necesaria en este evento que se ha sacado ella misma de la manga.

A nuestro alrededor, Marta y Fina, la cocinera de Los Jarales, han preparado un festín que nadie más que nosotros disfrutará esta tarde. Las previsiones meteorológicas tan adversas han hecho cancelar la asistencia de todos los demás invitados. Yo no digo nada, pero a mí me gusta más así, un evento más íntimo, solo nosotros, los de casa. Quizá se eche de menos a la tía Isina y a Lorena, pero mi prima está de lujo con su conde italiano de crucero por el Caribe, no creo que piense en nosotros ni un solo segundo.

Me retiro de la ventana para rebatirle la tontería de cancelar la celebración en honor a Enzo, sobre todo por respeto al trabajo de Marta en la cocina, cuando escucho con nitidez las ruedas de un coche derrapando con las piedrecitas de la entrada de Los Jarales.

Sin volverme a comprobarlo siquiera, me lanzo a todo correr hacia la puerta para recibir a Tristan con mi mejor sonrisa y la calidez de mis labios, dispuestos a comérselo a besos.

Cuando la abro, de sopetón, me lo encuentro ya subiendo los escalones, con el mismo ímpetu con el que yo le espero. Me mira una sola milésima de segundo y se abalanza sobre mí, cogiéndome en brazos y dándome uno de esos besos suyos que me roban hasta la consciencia. Uno de los que me hacen recordar a aquel primero que nos dimos aquí, en la finca, en la primera boda de Marta y Kevin.

—Dios, lo que te he extrañado, Isa —me susurra cuando logra despegar sus labios dulces de los míos—. He contado hasta los minutos.

Me río, porque soy feliz, porque le quiero como nunca he

querido a nadie y porque, aunque nunca se lo confesaré, yo también los he contado, como si fuera algo normal y no una muestra de que algo no debe de andar muy bien dentro de nosotros.

—Casi te pilla el temporal —le digo, mirándole a esos ojos azules que me fascinan de una manera que no sé ni cómo describir.

—Hubiera llegado sin importar el cómo.

—Te hubiera ido a buscar sin importar el dónde.

Nos miramos un instante más, fundidos en un cruce de sentimientos que nos embargan y nos mantienen inmóviles.

Solo la caída lenta del primer copo de nieve sobre mi nariz me saca de mi ensimismamiento.

El invierno nos ha alcanzado.

Afortunadamente, estamos en casa.

Juntos.

No importa nada más.

# Agradecimientos

La tarea de escribir con una pandemia encima es bastante desafiante.

Hay momentos en los que crear y construir historias puede salvarte. En otras, se hace cuesta arriba y te roba todo el aliento.

Afortunadamente, si el escenario en el que te encuentras es el segundo, suele haber un montón de gente apoyando el titánico esfuerzo de sacar una novela adelante.

Yo sigo teniendo a mi lado el apoyo de quienes siguen creyendo en mí incluso cuando yo misma lo dudo. Y, aunque en esta ocasión no me haya visto del todo acompañada al final del camino por circunstancias personales que no vienen al caso, sé que eso no lo voy a perder nunca.

Esta es la primera vez que publico casi a ciegas, sin que tenga muchas opiniones ni sepa qué puede esperar un lector cualquiera de esta historia sobre esa lucha a muerte que la razón y el corazón mantienen cuando el objeto de deseo no es algo permitido. Se demonizan muchas veces esas conductas, pero hace falta vivirlas para entenderlas del todo. Muchas veces podemos opinar que nunca haríamos algo así, pero dejadme deciros que nadie puede decir eso con una fe tan ciega que, luego, ante una situación real, no se pudiera en entredicho.

Tampoco quiero hacer apología de la infidelidad, entendedme, pero sí poner de relieve lo complicado que es estar ante algo así, el desafío moral y personal que es para quien se ve en medio de algo así.

Nada es blanco o negro por entero.

Nada es bueno o malo de manera absoluta.

Dicho esto, quiero agradecer el apoyo constante de todas esas personas que siguen soportando el sueño.

Sobre todo a Gema Alonso, que sin importar el momento, siempre tiene la puerta abierta para mí y mis historias. Eres ese punto de apoyo que sé que nuca va a faltar, el puntal que soporta mis neuras, la palabra que calma ansiedades y el hombro amigo sobre el que llorar todas las lágrimas.

No sé qué sería de mí sin ti, compañera.

Gracias también a Mayte Esteban por su sabiduría y sus palabras, siempre sensatas y acertadas. Por sus consejos y toda esa experiencia que pone a mi disposición como la mejor de las maestras, que enseña con una pedagogía maravillosa que siempre suma.

Gracias a Dulce Merce por su tiempo y su dedicación, por cazar los gazapos y las erratas, y disfrutar siempre de todas mis historias.

Gracias a las cero bonitas, las de siempre, aunque a veces yo les falte o ellas tengan follón y no puedan llegar a todo: Ana Pilar, Begoña, Maite, Marisa y Pili.

Gracias Raúl y Olivia, por quererme y aguantarme, incluso cuando me cuesta hacerlo a mí misma. Os adoro, aunque a veces me cueste demostrarlo.

Gracias a mi familia y amigos, por esperar paciente por mis tiempos de escritura y por tolerar que no siempre esté disponible.

Y, finalmente, gracias a ti, lector, por elegir esta historia, por darme la oportunidad. Primera o enésima. Gracias por llegar o por quedarte. Tienes en tus manos la historia número catorce...

Ojalá muchas más.

# ¿Te ha gustado esta historia?

Pues te ruego que me ayudes a que otras personas también conozcan mi obra dejando un comentario sobre ella. Puedes hacerlo en Amazon, Goodreads, iTunes o en cualquier otra plataforma que te apetezca.

Los autores independientes nos nutrimos de esos comentarios para poder hacer llegar nuestras historias a más gente. Es por eso que te pido que dediques unos minutos y me hagas, así, muy feliz.

Si quieres decirme algo personalmente, te dejo mi relación de medios de contacto. Contesto a todo el mundo, y procuro no tardar mucho en hacerlo.

**Correo electrónico:**
joanasue.ja@gmail.com

**Twitter:**
@ParvatiEnserie

**Facebook:**
@joanarteagautora

**Instagram:**
@joana_arteaga

# Sobre la autora

Mi nombre es Joana Arteaga y una vez soñé que escribía historias. Tenía apenas ocho años cuando acabé la primera, una obra de teatro infantil que me supo a tantas cosas hermosas, que, desde entonces, ya fui incapaz de parar. Soy una vascoleonesa criada a medio caballo entre el precioso norte y la entrada a esa meseta castellana que tanto arrecia el carácter. Soy hija del mar y de los campos de espigas y tengo en el alma enredadas las letras de cien mil historias que pugnan por salir a ver la luz del sol.

Tengo una pequeñaja que me da la vida, que me regala sonrisas y me señala lugares imposibles donde hallar inspiración. Disfruto leyendo, viajando, conociendo otros lugares y otras formas de ver la vida. Sueño que pongo un pie en todos los sitios de este mundo que merecen la pena y, a veces, hasta lo pongo en práctica. Adoro todo lo que es friki en este mundo, *Star Wars*, *Harry Potter*, las pelis de superhéroes... muero por un buen maratón de alguna serie en Netflix o por poder salir de compras a dejar temblando la cartera vistiendo de arriba abajo a mi peque.

Y tengo trece novelas publicadas. Sí, trece sueños cumplidos que espero que algún día lleguen a tus manos, para que sepas un poquito más de mí y de toda la locura que ocupa mis pensamientos, muchas veces las veinticuatro horas del día: *Clávame las uñas en el corazón* (2015), *El mundo, contigo* (2015), *Juntos somos invencibles* (2016), *La princesa de Central Park* (2016), *Besos bajo la lluvia* (2017), *La chica que soñaba con respirar bajo el agua* (2018), *Deja que todo arda* (2018), *Tú y yo como en una canción* (2018), *Cuidado con lo que deseas, Wendy* (2019), **Maldito Highlander** (2020), **Bendito Highlander** (2020), *Dichoso Highlander* (2020) y **La estúpida idea de quererte aunque no deba** (2021).

Puedes encontrar mása información sobre mis historias en:

https://www.amazon.es/Joana-Arteaga/e/B014B231NK

Esta historia dio comienzo en julio de 2019 en Villahibiera
(León) y fue concluida en junio de 2021, en Lezo (Gipuzkoa).
Fue una época dura, tensa y llena de desafíos pandémicos.
También fue emocionante luchar contra los elementos.

Printed in Great Britain
by Amazon